"十一五" 国家重点图书出版规划项目

中国京剧流派剧目集成

启功题签

《中国京剧流派剧目集成》编委会 编

顾 问　郭汉城　　刘曾复　　朱家溍　　吴小如　　王金璐
　　　　迟金声　　钮　骠　　刘连群　　陈绍武
主 编　黄克
副主编　常立胜　　吴春礼　　赵晓东　　蔡景凤　　杨凌云

第拾贰集

学苑出版社

图书在版编目（CIP）数据

中国京剧流派剧目集成·拾贰／《中国京剧流派剧目集成》编委会编.
－ 北京：学苑出版社，2010.1
ISBN 978-7-5077-3257-3

Ⅰ.①中... Ⅱ.①中... Ⅲ.①京剧-剧本-作品集-
中国 Ⅳ.①I232

中国版本图书馆 CIP 数据核字（2009）第 227393 号

出 版 人：孟 白
责任编辑：潘占伟
责任校对：刘学青
装帧设计：徐道会
出版发行：学苑出版社
社 　　址：北京市丰台区南方庄 2 号院 1 号楼 　100079
网 　　址：www.book001.com
电子信箱：xueyuan@public.bta.net.cn
销售电话：010-67674055　67675512　67678944
印 　　刷：河北新华印刷一厂
开本尺寸：889×1194　　1/16
印 　　张：19.25
版 　　次：2010 年 1 月北京第 1 版
印 　　次：2010 年 1 月北京第 1 次印刷
印 　　数：1-2200 册
定 　　价：77.00 元

　　京剧向称国粹艺术，内容博大精深，剧目十分丰富，人们常以"汉唐三千宋明八百"形容其浩瀚。其中流派剧目又以演员表演的鲜明个性使剧目显得更为多彩多姿，充满魅力，既被专业人员钻研承继，也为广大戏迷喜闻乐见，遂成为京剧舞台上一大亮点。

流派

　　举凡表演艺术，原本就无不带有表演者的个人色彩。京剧表演艺术因其唱念做打诸多方面功夫的综合性和繁难性，表演的个性化尤为突出；加以行当的粗分、剧目的雷同，于大致相同的条件下尽显各自的千姿百态、千变万化；一招一式、一腔一韵之中可以体现不同的特色，同样一出戏，甚至同样一个戏中人物也完全可以演出不同的风采，这种充满个性化的表演，遂成为京剧竞技场上最是为人乐道而又情趣无穷的审美内涵。倘若这种富于个性化的表演为受众所认可，且代有传人，形为规范，即可自成一家，成为迥异于他人的艺术流派。以"四大名旦"（梅兰芳、程砚秋、荀慧生、尚小云）为例，虽皆工旦行，却又各有千秋。京剧大师王瑶卿就曾这样分析这四位后起之秀的独到之处："梅兰芳的样儿，程砚秋的唱儿，尚小云的棒儿，荀慧生的浪儿。"所谓"样儿"，指梅的艺术造诣全面，要什么有什么；所谓"唱儿"，指程以行腔之新颖动听为能；所谓"棒儿"，指尚的刀马功底深厚；所谓"浪儿"，指荀的柔媚多姿、风情万种。寸长尺短，一语道破各有专擅的各家流派特点。如此成就固然来自自己的勤学苦练、苦心孤诣，更少不了观众的知音捧场、鼓励有加。因此，一个艺术流派的形成，对于创始人来说，无疑是开拓了审美追求的新境界；对于受众戏迷来讲，则更是得到了多样化审美需求的新满足。梨园行有云：唱戏的是疯子——指其追求的执着，听戏的是傻子——指其享受的痴迷。二者相得益彰、相映成趣，或许正道出京剧流派形成之三昧。

流派剧目

在京剧传承的一二百年间，随着历史的变迁、社会的发展，以及新人辈出、师承转换，荡涤旧物、崇尚新声，传统剧目中的绝大部分早已绝迹于舞台，然而，其精华部分（包括剧目中表现出来的唱念做打等程式体系）还是被完好地保存了下来，并得到长足的发展。其间，流派创始人于剧目的推陈出新做出了不可磨灭的贡献。基于对剧目乃至剧中人物的理解和认识，以及更便于发挥自己技艺特长的需要，流派创始人对浩如烟海的传统剧目进行了严格的筛选，经过了整理加工再创作，使之又焕发出崭新的韵味和光彩；随着这样剧目的增多，最终形成了自己流派所特有的剧目系列。而另外的流派又在另外的剧目系列中发挥着自己的优势，即或剧目相同，不同流派依然可以于演出中表现出自己的独特风格。总之，在其演出的剧目中，无不打上自己表演风格的鲜明烙印。京剧舞台上一度出现的这种百花齐放、争芳斗艳的盛况，实由自丰富多彩的流派剧目，这在京剧发展史上已是不争的事实。

但也应看到，如今京剧流派剧目相对于京剧的鼎盛时期，已是光景不再。个中原因很复杂，就客观因素而言，新兴的艺术形式的多种多样，人们的欣赏习惯和娱乐方式已经有了更广泛的选择余地，因而完全可以去旁鹜；此外，就京剧本身而言，演出剧目之贫乏不能不说是观众锐减的重要原因之一。本来演出场所和演出场次就不多，翻来覆去又只是那几出骨子老戏，怎么能吸引观众，特别是年轻观众呢？——连那些老戏迷们也都听腻歪了。

回过头来看，今日演出剧目的贫乏和流派创始人晚年艺术景况也不无关系。他们在艺术的巅峰期——集中在上个世纪二三十年代，创作或改编了一出出新戏，直令观众赏心悦目，目不暇接。当其时，除了富连成科班或游动的散班演出些大路戏外，北京的京剧舞台几乎就是流派剧目的天下。据1932年商务印书馆出版的《五十年来北平戏剧史材》的记载，自民国十二年（1923）至十八年（1929）这六七年间，以梅派剧目为例，只"初演"的剧目——也就是自家独创的新戏或整理改编的传统戏，就有前后本《西施》、《洛神》、《廉锦风》、头二三四本《太真外传》、《俊袭人》、全本《宇宙锋》、《凤还巢》、《春灯谜》等12出戏（其中前后四本《太真外传》这四出戏是在一年多时间里陆续完成的）；同一时间段，马派"初演"的剧目也有《化外奇缘》、全本《玉镯记》、《秋灯泪》、《战宛城》、全本《火牛阵》、《鸿门宴》、全部《临江馆（"馆"应作"关"）》、全部《浣纱溪》、《范仲禹》、全本《清风亭》、头二三四本《大红袍》、全本《天启传》、《许田射鹿》、全本《十道本》等15出戏（其中《大红袍》分头二和三四本两次演出），当然，其中还不包括"初演"以外的经常性的大量的传统戏演出。试问，这些曾经轰动一时的流派创始人编创的新剧目于今又有多少出传承下来了呢？个中主要原因就在于流派创始人到了晚年一些唱做吃重的剧目已难胜任，只有将其已臻于炉火纯青的技艺凝炼到少数剧目之中，或演出或教习也只拘囿于这少数几个剧目了。而其传人也就将这几出戏奉为圭臬，全不知其鼎盛时期的所谓"文武双全"、所谓"昆乱不挡"为何事，致使一些当年的热门戏几近失传，这不能不说是梨园一件憾事。记得梅兰芳先生曾撰文论述学艺过程中的"少、多、少"，大意是初学时会的戏（包括技艺）自然是少的。随着所学剧目的增多，技艺的增长，激发起拓宽其艺术驰骋领域的热情，兼收并蓄，从而极大地丰富了自己。进而又随着审美取向的定型，艺术见识的提高，势必要对自己所学所用下一番去芜存精的工夫，扬长避短，使自己的独特技艺集中在少数几个代表剧目之中。表面看来演出的剧目是少了，但炉火纯青，在艺术创新上却达到了新境界。从少到多，从多而少，贯穿着的是继承与发展的艺术成熟的过程，也闯出了一条攀升艺术高峰的必由之路。后学者以为，学会了几出流派代表剧目便可以薪尽火传，得到了真经，孰不料缺少广博的根基，既影响个人的发展，也造成了剧目越传越少的现实。这难道不是应该汲取的教训吗？

有道是"礼失求诸野"。由于流派剧目的独特韵味及其所富有的艺术魅力，由于京剧作为自娱自乐的审美取向已深入人心，更由于迷恋传统演唱艺术者的大有人在，京剧传统剧目——包括一些已经消失于舞台的流派剧目，至今仍在京剧爱好者中间传唱不息。我们不妨到公园里看一看那一圈圈围着的戏迷，他们来自四面八方，或许彼此并不相识，只凭一把胡琴就将大家凝聚在一起，有滋有味地互相欣赏着一段段流派唱腔。更不用说那遍布全国各地乃至国外华人聚居区的票房，他们还时不时地粉墨登场，过一把戏瘾呢！这种自拉自唱、自娱自乐的红火场面，充分显示了京剧流派剧目的深厚群众基础和顽强的生命力，对于相对落寞的京剧舞台不啻一种发人深省的挑战。然而，这又何尝不是对京剧振兴的潜在的呼唤和有力的支持呢！

流派剧目集成

正鉴于其强大的生命力和深厚的群众基础，"振兴京剧"作为文化建设的国策的提出可谓正得其时。而振兴之务，首要的是挖掘和继承优秀传统剧目，以之作为发展和创新的基础和借鉴。我们编纂《中国京剧流派剧目集成》的初衷正在于此：将流派剧目演出的精彩瞬间记录于永恒，将构成流派剧目的诸多元素一一记录在案。诸如每剧的剧情本事、创始人表演特点的提要，剧中人物行当归属、服装扮相，剧本曲文、唱腔谱、伴奏谱、锣鼓经，以及身段谱等得以再现流派表演风格的内容，都力图完整地记录整理出来，为流派艺术的教学和研究提供文字的基础资料。持此，内行自可作为表演的参考，京剧爱好者也可以作为演习的蓝本。

这一工作，对于京剧剧目的基本建设虽然可谓之善举，但具体做起来却困难多多。首当其冲的就是剧目的选定。京剧剧目虽称汗牛充栋，但保存下来的资料却十分有限。京剧形成初期，以"老生三杰"又称"前三鼎甲"的程长庚、余三胜、张二奎为代表的一代固然没有留下什么音像文字资料，即或以"老生新三杰"又称"后三鼎甲"的谭鑫培、孙菊仙、汪桂芬为代表的一代除了少量的唱片外也没有完整的剧目传下来，所以我们的剧目整理工作只能从民国初年以降的"四大须生"、"四大名旦"开始。他们受熏陶于前辈艺术家，可谓传统的集大成而又能创新的一代，整理剧目以他们为重点自然最合适不过。遗憾的是这些艺术大师大都已经作古，得到他们指点和首肯已不可能，为此，我们只能通过其亲传或再传弟子来进行流派剧目的整理工作。从中我们更深地体会到抢救要及时，当初未能抢救下来现在也不要嫌晚而不为，抢救一点是一点，否则能够保存下来的精华越来越少，越加难向历史向后人交代了。

更难的则是遴选整理者。剧目的全面整理需要全面的人才。我们在组织稿件的过程中却发现这样的人手颇不易得。如果流派创始人或其传人曾在戏校任教，且有较为完整的教案保存下来，今日稍加整理即可选用，自然不是难事。不过这样的情况并不多，大量的剧目尚需要对当年的演出本进行追忆记录，加工整理。曾经受业于流派创始人或其传人的京剧工作者虽然是整理演出本的合适人选，但是他们大都是单位的骨干，忙于演出，忙于剧务，或居于领导职位，很难分出身来。即或肯于应承下一两出戏，也常有如下的情况：能演不能说，能说不能写，能写又不能打谱。因此，完成一个剧目经常需由记录者、整理者和打谱人联袂而行，倘再加上剧目的传授者和提要的撰写人，则非四五人鼎力不可。《中国京剧流派剧目集成》收入二百多出戏，每出戏即使平均两三人参加，也要组织四五百人次。其繁难可以想见，其壮观亦可以想见。当然，这还仅就整理者的数量而言，更为难能可贵的还在于参与者的无私奉献。试想，跟演一出戏或教一出戏相比，以文字整理出一出戏，不仅费时而且费力，无疑是一桩一般人不肯为也不屑为的苦差事，而我们的整理者却能甘之如饴，乐此不疲，没有为京剧事业的传承而不计个人得失的宝贵情操，是难有这种积极性的。不仅如此，随着岁月流逝，整理流派剧日益困难，更需要求助一些老专家，他们或是资深艺员、教师，或是资深票友、戏迷，而今已是硕果仅存的京剧艺术的专家、流派历史的见证人。在他们身上洋溢着一种传承京剧流派的使命感，和对振兴京剧的期待。他们热情地参加到这项工作中来，或亲自动手，为我们整理剧目，或答惑解疑，给我们工作以指导。使我们在受教于他们的同时，油然而生一种深深的敬意。

克服了上述困难，《中国京剧流派剧目集成》终于呈现在读者面前。书中，除了囊括主要流派的主要代表剧目，试图反映京剧鼎盛时期的大致面貌而外，尚有可说道者。

首先是挖掘整理出一批流派剧目，其中不乏已近失传的流派艺术精品。其中共收流派五十余家、剧目二百多出，不仅是从装扮到曲谱俱全，而且半数以上不曾整理出版过，可算是京剧剧目建设的一个不小的工程。下列剧目可为佐证。如王（瑶卿）派名剧《南天门》（今能见到的只剩下王和老谭合拍的剧照）、余（叔岩）派名剧《太平桥》（据说是老谭给余说的开蒙戏）、马派名剧《白蟒台》（写王莽被俘后向旧臣一一乞命事，老生扮演反面人物堪称奇特）、麒派名剧《斩经堂》（其中吴汉的悲剧性格曾引起过热烈争论）、荀派名剧《鱼藻宫》（写吕后残害戚姬事，乃荀派悲剧剧目之一），以及汪（笑侬）派名剧《哭祖庙》、龚（云甫）派名剧《徐母骂曹》、徐（碧云）派名剧《绿珠坠楼》、裘（盛戎）派名剧《打銮驾》等，都是难得一见的流派剧目之珍品。而以"关外唐"名世的唐（韵笙）派名剧经其家人和传人的努力竟整理出其代表作《驱车战将》、《闹朝击犬》、《好鹤失政》、《绝龙岭》、《未央宫斩韩信》、《刀劈三关》等七出之多，堪称流派剧目建设的新收获。除此之外，《中国京剧流派剧目集成》还特别着力于武戏的挖掘整理。较之文戏，武戏更难整理，需要将演员在台上的动作招式一一准确地反映出来，没有深入的钻研领会、亲身体验，很难下笔。众所周知，杨小楼作为一代武生宗师，其"武戏文唱"乃武生的不二法门，也是令人神往的一种表演境界，在武戏剧目整理中理应得到体现。资深票友朱家溍先生得其真传，整理了杨派名剧《麒麟阁》，并详细记述了前后六次观剧的心得，惜乎不及将其用工尺谱记下的昆曲吹腔翻为简谱便溘然而逝了。另一出杨派名剧《镇潭州》则是根据京剧耆儒刘曾复先生的讲授整理出来的，其中杨再兴上场的"蝴蝶霸"、和岳飞对打的"枪架子"，皆独得杨派之秘，给人以再闻《广陵散》般的惊喜。此外，高盛麟的《长坂坡》、《走麦城》，王金璐的《落马湖》、《蚰蜡庙》也都走的杨派的路子，有的就是直接跟杨宗师学的。南派大武生盖叫天武功盖世，他的剧目身后却乏人整理，多亏移居上海的原中国戏校武功教师赵雅枫先生以耄耋之年勉力整出《一箭仇》，也算保存了盖派一脉。还值得一提的是收获了一批武丑戏。叶盛章当年是以武丑戏挂头牌演大轴的第一人，勇于创新，能戏甚伙，现将其创作的名剧《酒丐》、《祥梅寺》、《打瓜园》、《徐良出世》、《三盗九龙杯》、《铜网阵》等七出代表作一并推出，既再现了叶氏当年神勇，也为乏人承继的武丑行当提供一些演习之本。尤为可喜的是我们也挖掘整理出富连成科班总教习、文丑"萧派"创始人萧长华老先生的《选元戎》、《荡湖船》、《变羊记》等已近绝迹舞台的拿手剧目。凡此，整理者挖掘流派剧目的辛勤劳作成果，均为我们编纂"集成"增添了光彩。

为了方便读者翻检使用，本书采取四五出戏合编一册的形式，这样全书约有五十册之多，并拟分三批推出。第一批为老生行的余派，以及号称"南麒、北马、关外唐"的三派，和武丑行的叶（盛章）派，计五家八册。第二批则以旦行"梅、尚、程、荀"为代表，包括老旦、刀马旦等流派。第三批是老生、小生、武生、净、丑等其他流派。

预期一两年内出齐。倘若其中有重要疏漏，又得人整理，亦可考虑编辑出版"集外集"，以满足读者的需求，也使这部"集成"更为名副其实。

当然，《中国京剧流派剧目集成》的编纂，其目的只在提供流派剧目作为研究家和后学者的参考借鉴。而流派、流派，意重在"流"。所谓流，指流行和流变。流派艺术正是在流行、流变中最终形成的，即或在最终形成之后，也还是靠流行、流变而发展的，倘若泥古不化，抱残守缺，就会失掉其鲜活的生命力，艺苑奇葩也会枯萎，这已为京剧发展史所证明。不过，流派艺术发展也需要有个前提，那就是首先要掌握渗透在表演程式唱念做打、手眼身发步中的艺术个性，而流派剧目就是其艺术个性展现的载体。继承流派艺术，不能只满足于模拟外在的"体"，更要在剧目演练中去体味其艺术个性的"魂"，这样才能促使京剧流派艺术从剧目建设到表演个性都得到发扬光大。此乃传承流派剧目的题内之义，自毋庸赘言。

梅 兰 芳

万凤姝 万如泉　　　　整理 记录

宇 宙 锋

根据梅兰芳戏曲艺术片整理

梅兰芳、程砚秋、尚小云、荀慧生被誉为"四大名旦"。"四大名旦"在生活中是朋友，在艺术上，则是相互砥砺，甚而是激烈竞争的对手。"四把剑"即是他们竞争的一个表现。"四把剑"是指"四大名旦"各有一出以"剑"命名的剧目。荀慧生《鸳鸯剑》，尚小云《峨眉剑》，程砚秋《青霜剑》，梅兰芳则是《一口剑》——即梅派经典《宇宙锋》。

"宇宙锋"是一口宝剑的名字。故事演的是秦二世昏庸，被奸臣赵高弄权。而赵高的儿女亲家、官拜司徒的匡宏不满赵高所为。赵高忌恨，令人盗取匡家宝剑"宇宙锋"行刺二世。二世因剑罪及匡洪，抄杀匡家，仅赵高女儿赵艳容得免。二世见艳容貌美，欲纳入宫。赵艳容在侍女的帮助下，装疯反抗。

《宇宙锋》全本故事繁杂。梅派的演出尤其是中后期的演出，只以"修本"、"装疯"、"金殿"三折示人。一个多小时的演出，集中体现了梅派唱腔雍容华贵，念白抑扬传情，舞蹈优美雅致等多方面的艺术特色。

赵艳容的身份是大家闺秀——宰相之女、司徒之媳。赵艳容的核心情感是"抗婚"，调动自己的全部能量，抵抗皇帝的强纳强娶。为抗婚，受过良好教育的赵艳容可以用经典古训和父亲论理，可以用礼义廉耻和父亲辩争，甚至不惜自毁形象，装疯卖傻。

梅派的"装疯"，是绝对的经典。尤其是那称绝舞台的"变脸"——通过脸上的表情、眼中的神色来刻画人物内心的变化。哑奴教赵艳容装疯，梅先生用吃惊、惶恐、游移、思考，最后痛下决心的眼神来演绎人物的心路历程。装疯时，赵艳容又有几种不同的"脸"，对哑奴，赵艳容时有嗔怨又不得不听命于她；对父亲，她有父女之情的软弱，而更多的是对父亲倒行逆施的不满。于是，赵艳容要"上天"，要"入地"，要"拔胡子"，要父亲"到闺房内共话缠绵"等一系列疯的表演也就顺理成章了。尤为难得的是，从观众席上，人们可以清楚地看到：赵艳容面对使女时，流露出无助的悲苦；转向父亲，赵艳容又是憨笑、切齿、发疯；而独自一人时，内心的无限痛楚才自然地显现出来。难为的是，这几种面容的改变，只在须臾之间。

提到《宇宙锋》，就不能不提汉剧《宇宙锋》，不能不提到汉剧大师陈伯华。梅兰芳、陈伯华同演《宇宙锋》，又同样地把《宇宙锋》搬上了电影银幕。两位大师对《宇宙锋》，对剧中人物有很精辟的艺术见解。二位大师对戏的不少细节做过认真的切磋。梅大师虚怀若谷，陈伯华认真讨教，成为剧坛一段佳话。有趣的是，1990年，为纪念"汉调北上、徽班进京二百周年"，江城武汉举行了云集南北名家的庆祝演出，位列大轴的是陈伯华与梅派弟子杜近芳合作演出的《宇宙锋》。杜近芳的"装疯"，陈伯华的"金殿"，展现了京、汉两个剧种的迷人风采，让无数顾曲周郎叹为观止。躬逢其盛，那晚的盛况让我没齿难忘。

赵晓东

2

人物行当

赵　高	净	二大太监	杂
门　官	丑	四小太监	杂
哑　奴	旦	四朝官	净一、丑一、生二
赵艳容	青衣	四御林军	杂
秦二世	小生	车　夫	杂

服装扮相

赵　高　勾水白脸。相巾、黪满，紫开氅、衬素褶子，红彩裤，厚底。“金殿”一场：相纱，黑蟒，玉带。

门　官　丑扮。圆纱、黑八字吊耷，青褶子，红彩裤，朝方。

哑　奴　俊扮。梳大头、线尾子、抓髻、水钻头面，裤子袄子、大坎肩、白腰巾，彩鞋。

赵艳容　俊扮。梳大头、线尾子、点翠头面、带抢头联、小白绸条，团花蓝帔或黑帔、衬青褶子，花边腰包，彩裤，彩鞋。“金殿”一场：凤冠，红蟒，玉带。

秦二世　俊扮。九龙冠，黄披、衬黄素褶子，红彩裤，厚底。“金殿”一场：王帽，黄蟒，玉带。

二大太监　俊扮。大太监帽，花褶子，彩裤，厚底。

四小太监　俊扮。太监帽，太监衣，红彩裤，薄底。

四朝官　（净）勾白脸。尖纱、黑满，蓝蟒、玉带，红彩裤，厚底。

（丑）丑扮。圆纱、黑吊耷，红蟒、玉带，红彩裤，朝方。

（生）俊扮。方纱、黑三，绿蟒、玉带，红彩裤，厚底。

（生）俊扮。方纱、黪三，白蟒、玉带，红彩裤，厚底。

四御林军　俊扮。罐子盔，大铠服，红彩裤，薄底。

车　夫　俊扮。太监帽，花褶子，红彩裤，厚底。

道具

桌子	一张	椅子	两把
文房四宝	一份	奏折	一份
烛台	一份	宫灯	一个
印匣	一个	牙笏	五个
云帚	两把	开门刀	四把
车旗	一副	香炉	一个

第 一 场

〔【撤锣】接【小锣帽子头】赵高^①"上场门"上，至"九龙口"抖袖，理髯。走至前台口。

赵　高　（念引）月影满纱窗，

```
 Ṽ ⌒
   0 1 2   3 2  ³2̲  ³2̲ ˅  6  7  ²7̲   ²7̲  ³2 ‖【小锣归位】（转身归"小座"）
梅花照      粉                       墙。
```

　　　　（念）　人道老夫奸，
　　　　　　　　我笑世人偏，
　　　　　　　　若无良谋智，
　　　　　　　　焉能富贵全。

〔【小锣住头】门官从"下场门"暗上，站在"大边"。

赵　高　老夫，赵高。【小锣一击】二世驾前为臣，官居首相，满朝文武皆跪，唯有匡洪与我不和。俺想计想策，将我女儿，许配他子为妻，两家和好，待图大业。不想匡洪老儿还是与我不和，因此，定下一计，将御赐宝剑"宇宙锋"命人盗回，刺王杀驾。万岁大怒，将他拿问天牢，然后抄杀他的满门，将我女儿接回府来。今早朝罢而归，有人报道，匡府有个家人，名唤赵忠，扮做匡扶的模样，被校尉误伤性命而死。我那女儿，在众目之下，哭那赵忠一声丈夫，不知可有此事？不免将女儿唤出，问个明白。——来！

门　官　有。

赵　高　后堂传话，请小姐出堂。

门　官　是。（向前两步）——后堂传话，请小姐出堂。（转身下）

　　　　〔哑奴内："啊吧，啊吧。"

　　　　〔【旦上场】哑奴从"上场门"上，赵艳容随上，抖左袖，再将左袖提起，走至右台口。

赵艳容　（念引）杜鹃枝头泣，

```
 Ṽ              ⌒                  ⌒
   0  0  1 2 ˅  3 2  ³2̲ 2  1 - ⁶3̲ ˅  6  7  6  5  ⁶5̲  ⁶5̲  5  6  -‖
血泪（大 0）暗   悲                           啼。     （拭泪）
```

　　　　〔【旦上场】赵艳容从右台口归到台中。面向里。

赵艳容　参见爹爹。（施礼）

赵　高　罢了，坐下。

---

①　此戏初演时，赵高持扇上，20世50年代始，将扇去掉。

|宇　宙　锋|

赵艳容　告坐。

　　　　　「【小锣一击】赵艳容归"小边"跨椅坐下。

赵艳容　唤女儿出堂，有何吩咐？（双手摊掌）

赵　高　为父朝罢而归，有人报，我儿哭那赵忠一声丈夫，可有此事呀？

赵艳容　爹爹此言差矣！（双摆手）

赵　高　何差？

赵艳容　儿亲眼见夫被校尉杀死。（右手立掌做刀状）想那赵忠，（向台口前指）他是其等
　　　　样人，儿岂能叫他一声丈夫，并无此事。（摆手，摇头）

赵　高　原来如此。（略点头）

赵艳容　（稍一思索）啊——爹爹。

赵　高　嗯。

赵艳容　儿夫已死，公公年迈（双手拱请式），万望爹爹看在女儿的份儿上（双手抚胸），奏
　　　　免匡家之罪（右手向前指出）。

赵　高　（略沉思）也罢，今晚灯下修本，明日早朝启奏万岁，与我儿改过匡家之罪也就是了。

　　　　　「赵艳容感到绝望中逢生机，欣喜地站起。

赵艳容　此乃爹爹恩德。（施礼）——哑奴。

哑　奴　啊吧，啊吧。

赵艳容　溶墨伺候！（右手向哑奴示意溶墨姿态）

哑　奴　（应声）啊吧，啊吧。

　　　　　「哑奴点头表示明白，并急走两步将椅子搬到桌后，随即走到"小边"桌角溶墨。
　　　　　赵艳容左转身，面向台后。赵高坐桌后写上奏本章。

〔西皮原板〕

赵艳容

（赵艳容双抖袖，向桌前走去）

（赵艳容面向台前，站在"小边"）　　　　　　老　爹

```
1  2   7· 3   6 5   3 6·  |  2 03  2376··  5 3   6 5  |
1̣ 6ˇ   7    6   0     |  2̇ˇ    2376    5    6 5  |
```

爹　　　　　　　发　恩　德
（双手拱请式）

```
3 35   6532   1· 2   3 6·  |  7·· 7   6723   6̣ 66·   3 3  |
0      0      0      0     |  7·    67 2̇   6    3   |
```

将　　　　　　　　　　　本

```
3· 4   3 5   7· 7   6723  |  6̣ 01  5635   6 76   5672  |
5̣ 3    0     7·· 7  672̇   |  6̣ 01  5635   6 76   5 6 7  |
```

修　　　　　　上,
（右手向里翻腕托掌式亮相）

```
6̣     6̣     6̣     7 2̇   |  6 7   6 5   3435  6535  |
7̣ 6    -      0     0     |  0     0     0     0     |
```

（向椅子走去,右转身坐下,左手扶鬓

```
6 5   1̇ 3   5 1̇   6 5  |  3 6̣   3 5   1̇ 3   5 5  |
0     0     0     0    |  0     0     0     0    |
```

看修本,哑奴站在椅旁）

```
2123  5 1̇   6 5   3 2  |  1 56   1̇565   32 5   6535  |
0     0     0     0    |  0      0      0      0    |
```

宇 宙 锋

明 早 朝

上 金 殿　　　面 奏

吾　　　　　　皇。

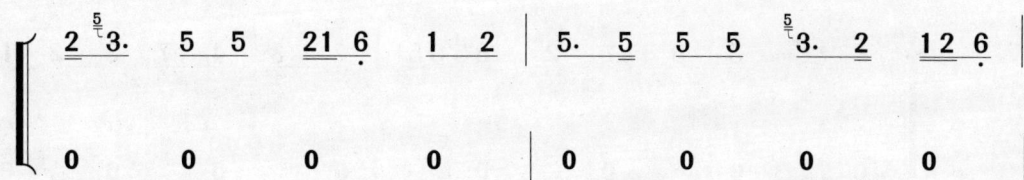

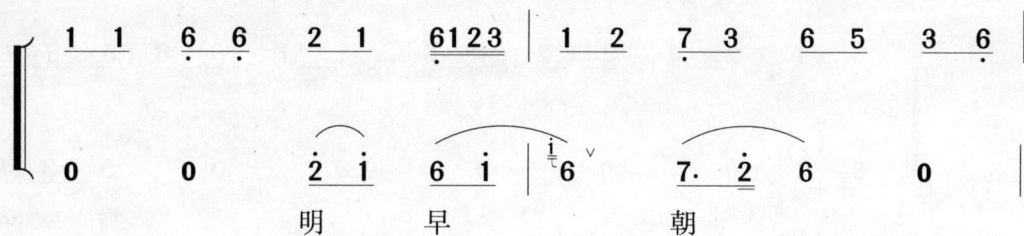

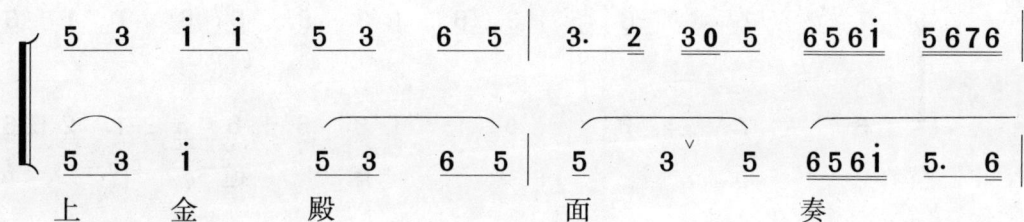

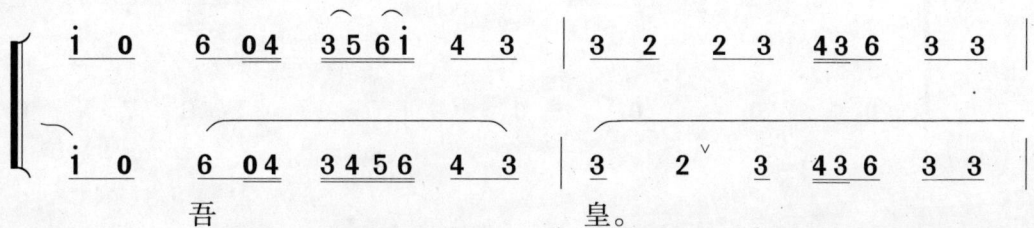

（右手拉左袖拱请式）

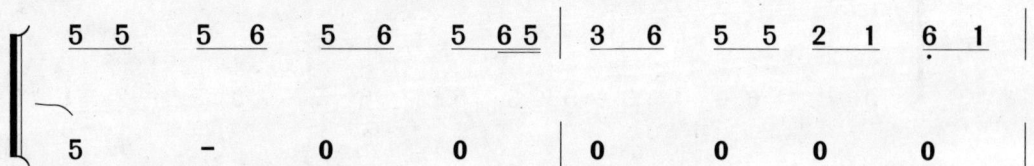

（赵艳容与哑奴交流，示意爹爹已给

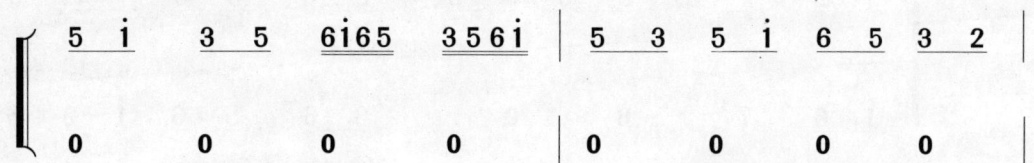

皇上修本，哑奴高兴地点点头，随后赵艳容扶鬓看修本）

1 2 3 5 <u>7</u> 2 <u>6535</u> | 2. 3 4 <u>7</u> 3 2 1 <u>21</u> |
0 0 0 0 0 0 | 0 0 0 0 |

<u>6.</u> 1 2 4 <u>3. 2</u> 1 2 <u>6</u> | 1 1 <u>6 6</u> 5 3 <u>6</u> 1 |
0 0 0 0 | 0 0 5 3 6 i |
倘 若

1 2 <u>7</u> 3 <u>6 5</u> 3 <u>6</u> | 3. <u>6</u> 5 6 i i 6 5 |
i 6 7 6 0 | 3. 6 5 3 i. 2 6 5 |
是 有 道 君
(右手拉左袖拱请式)

3 5 3 <u>6</u> 1 2 3 <u>6</u> | 7. 7 6 7 2 <u>6535</u> |
0 0 0 0 | 7. 6 7 6 |
皇 恩

6 5 6 i 3. 5 3 5 | 6 5 6 i 2321 6123 |
0 0 3. 5 3 5 | 6 0 2 i 6 i |
浩 荡， 观 此
(赵艳容观看赵高修本)

1 2 <u>7</u> 3 <u>6 5</u> 3 <u>6</u> | 3 6 5 6 i ii 6 5 |
i 6 7 6 0 | 3. 6 5 6 i. 2 6 5 |
本 免 了 儿
(右手抚胸)

宇宙锋

```
5 2  3535 65 1 | 6. 1  3 5 65 | 1 22 333 3 6⌃5 55 3⌃ ‖
5 2  3535 65 1 | 6  0  6 | 1 2 3 - 6⌃5 - 3⌃ ‖
一 门        祸        殃。
             (右手向前指出)      (左手摊掌)
```

「赵高写完本章，赵艳容看本。

「秦二世内："摆驾！"

「【小锣抽头】大太监持灯从"上场门"上，秦二世"上场门"上，走至右台口，抖右袖。

〔西皮摇板〕

```
秦二世 (7 6. 5 5 5 3 6 5 5 3 2 1 2 6.5 5 5) 3
                                              适
3 6 5 5 6 6 (6 6 6 5 5 3 5 6) 5 6 6
才 间 观 花 灯              与 民 同
3 5 6⌃6 7⌃6 (6 5 5 3 5 6 5 3 2 1 2 6.5 5 5)
庆，
3 3 6 5 5 5 3 1 6 7⌃6 (6 5 3 5 6) 5
信 步 儿 来 至 在              相
6 1 2 3 5⌃3 3 5 5 - - (5 5 3 6 5 - -) ‖
府 门   庭。              (门官"下场门"暗上走至台口)
```

门　官　参见万岁。（跪）

秦二世　赵相国可在府中？

门　官　现在后堂，可用通禀？

秦二世　不用通禀，你且回避。

门　官　领旨。（起身）

「【小锣一击】门官"下场门"下。

秦二世　内侍。

大太监　有。

秦二世　掩灯而进！（左手抖袖）

〔西皮摇板〕

```
【小锣一击凤点头】（过门同前）3 6 5 5 7 6 (6 5 3 5
                            内 侍 掩 灯
```

9

```
6 )  3 6   5. 6   7 - -  2̇7  2̇7  2̇6 - - ‖
      相    府    进,
```

〔【小锣抽头】大太监以袖掩灯带路,进府门站台右,秦二世随后进门,挖向"大边"站立,【小锣一击】秦二世双手背袖,呆望赵艳容。

哑　奴　(见状)啊吧,啊吧!(示意赵高)

〔赵高抬头见二世。

赵　高　(急切地)哎呀,回避了!(示意女儿)

〔【小锣一击】哑奴忙引赵艳容从"上场门"下,赵高走出桌外。

赵　高　老臣接驾。(施礼)

秦二世　呀!

〔西皮摇板〕

【小锣凤点头】(过门同前)
```
1̇  5   6   6ˇ 5   6 5
灯  光  之  下   一 美
          (右手撩起,变托掌)
```

```
5  3̇5 3   5 - -  ( 6 5   3 6   5 3̇ ) ‖
人。                  (秦二世入内座)
```

赵　高　参见万岁。(跪)

秦二世　卿家平身。

赵　高　谢万岁。

〔【小锣一击】赵高站起在"小边"站立。

秦二世　卿家在此做甚?

赵　高　在此修本,我主龙目御览。

〔赵高双手将本交于秦二世,秦二世接本。

秦二世　待寡人看来。【小锣一击】(看本)原来为匡家之事,寡人一概不究。

赵　高　我主有道明君。(施礼)

秦二世　啊,卿家。

赵　高　嗯。

秦二世　适才灯火之下,见一美貌女子,她是何人?

赵　高　为臣小女,匡扶之妻。

秦二世　喔,想那匡扶已死,岂不误了令媛的青春,寡人有意将她宣进宫去,同掌山河。

赵　高　明日早朝送进宫去,陪王伴驾。

秦二世　如此卿家听封。

赵　高　臣。(跪)

秦二世　封你当朝太师。

赵　高　谢主龙恩。(起)

秦二世　内侍。

大太监　有。

秦二世　掌灯回宫。

大太监　啊。

〔西皮摇板〕

秦二世　【小锣凤点头】（过门同前）　i　5　5 7　6　（6　6）

　　　　　　　　　　　　　　　　　　　心　中　满　意

　　　　6　3 5　3. 5　7　7　6　7̇6　—　—

　　　　回　　　　宫　（啊）　去，

　　　「【小锣抽头】出门向"下场门"走去，右转身，向前走至左台口。

秦二世　（过门同前）3　5 6　6（6 5　3 5　6 6）5　6　6̣7　3　3̇5̌ ∨ 6̇5　5 —‖

　　　　　　　　　　明 日 早 朝　　　　　会　美　人。

赵　高　送驾。（施礼）

秦二世　免。

　　　「【小锣一击】太监引秦二世下。【小锣一击】哑奴从"上场门"上，见二世已走，
　　　向"上场门"招手要赵艳容出来。

哑　奴　啊吧，啊吧。

　　　「【小锣一击】赵艳容从"上场门"上，以手势问哑奴秦二世可走？哑奴点头后将
　　　"大座"移为"小座"。【小锣一击】赵艳容向堂前望去。【小锣二击】赵艳容向前
　　　走两步向赵高施礼，赵高归"小座"。

赵艳容　啊，爹爹。

赵　高　（高兴地）儿呀，坐下，坐下！哈哈哈……

　　　「【小锣一击】二人归座，艳容坐"小边"跨椅。

赵艳容　啊，爹爹。

赵　高　啊。

赵艳容　方才圣驾到此，所为何事（双手摊掌）？

赵　高　是为匡家之事，为父保本，万岁一概不究。

赵艳容　真乃有道明君。（右手赞美指）

赵　高　着哇，有道明君。恭喜我儿，贺喜我儿。

赵艳容　啊，【小锣一击】女儿喜从何来？（右手摊掌）

赵　高　适才万岁在灯光下，见我女儿生得美貌，意欲纳进宫去，做为嫔妃，岂不是大大一
　　　喜？

赵艳容　（急切地）爹爹，你，你，你……　（左手指赵）是怎样回复圣旨呢（双手摊掌）？

赵　高　明日早朝送进宫去！

赵艳容　【叫头】（右手拭泪后，扬袖变单折袖）爹爹呀，你乃当朝首相，（双手拱请式）位
　　　列三台（伸出三指），连这羞恶之心，【一击】（用手抚胸）你，你，你都无有了么？

　　　「【纽丝】赵艳容以左手指赵高，后右手拭泪，再抖袖。

11

〔西皮散板〕

赵艳容 サ（ 7̣ 6̣ 6 5 i ⁵3 2 7̣· 6̣· 2 1 - ）5
　　　　　　　　　　　　　　　　　　　　　　　　　　　　老

i i - i̳3 5 7 7 5 6 （6 6） 7 6
爹 爹　　　　在 朝 中　　　　官 高
　　　　　　　　　　　　　　　　（双手拱请式）

6 3 5 ⁶⁷亡6 （i 6 5 3 3 5 6 - ） 3 3 6
爵　　　显，　（仓）　　　　　　　却 为

5ᵛ i i 3 5 6 （6 5 3 5 6 - ） 7 6 6
何 贪 富　（哇）贵　　　　　　　不 顾
　　　　　　　　　　　　　　　　（摆手，摇头）

5 6 7 2̇ - ᵛ6· i 4 3 3 ⁵亡3 5 -‖
　　　羞　　　　惭。

〔【大锣住头】赵艳容先抖左袖，后抖右袖。

赵　高　　儿啊，你敢违背父命么？（双手托髯，目视赵艳容）

赵艳容　【大锣叫头】（先走双扬袖，再变双折袖）爹爹呀！（双袖抖下）有道是先嫁由父
　　　　母，后嫁由自身，（抚胸）此事只怕就由不得你（左手折袖）了（右手折袖）。

赵　高　　怎么由不得我？

〔【纽丝凤点头】赵艳容双手摆动，先抖右袖，后抖左袖。

〔西皮散板〕

赵艳容（过门同前）サ 5 i i 3 5 7 7 5 6 5ᵛ 6 6 3
　　　　　　　　　想 当 初　嫁 儿 身　 已 从 父
　　　　　　　　　　　　　　　　　　　　（怒视赵高）

5 6 （6 5 3 5 6 - ） 5 i i - 6 5 5 3
（哇）愿，　　（仓）　　　到 如 今　　　还

3 5 （6 5 3 5 6 ） i 5 ᵕ6 5 3 5 ⁵亡3 5 -‖
叫 儿　　　　　　争 宠 君 前。

宇宙锋

〔【大锣住头】赵艳容右手拭泪，左手单抖袖。

赵 高 你敢违抗圣旨？

赵艳容 【大锣叫头】（右手托掌，后双手折袖）爹爹呀！慢说是圣旨，就是钢刀【撕边一击】（右手立掌做刀状）将儿的头斩了下来，（以右手指右额头上方）也是断断不能依从的呀！

赵 高 哎呀！

〔【纽丝凤点头】赵艳容双手向左甩袖。

〔西皮散板〕

赵艳容（过门同前）卅 3　3 6　5　5　7. 6　5 6（6 5 3 3 5
　　　　　　　　　　见此　　情　我　这　　里

（左手抬起，右手指赵高）

6 -）5　6　6 3　5　6（i 6 5 3 5 6 -）5
　　　不 敢 怠　　慢，（仓）　　　　　必

（左手抬起，摆右手）

i　i -53　5 3　3 5　6（6 5 3 3 5 6）i
须 要　定　巧 计　　　　　　　　才

（左手抬起，右手下指）

5　6 i -i.(2) 4. 6　4 3　3 3 5 - -
得　　　安　　　然。

（左手扶鬓思考）　　　　　　　（双手摊开后合拢搓掌）

〔行弦〕
（仓 6　5 2　3 6　5　i　6 5　2 3　4　4　3 2　7. 6

（哑奴示意让赵艳容装疯）

2 1 -）【纽丝凤点头】（7 6　6　5　5 5 i 3 2
　　　（赵艳容急抖右　　　　　　（赵艳容向前走两步，沉思）
　　　袖拦哑奴，向赵
　　　高望去）

7. 6　2 1 -）2 i i i 2 2 2 7 6
　　　见 哑 奴
　　（右手抬起，左手指哑奴）

13

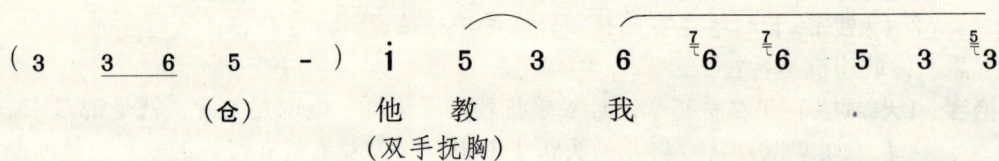

（仓）　他教我
（双手抚胸）

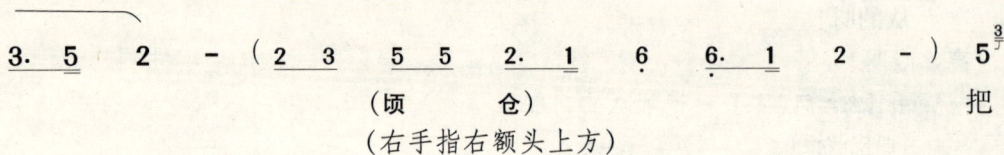

（顷　仓）　　　　　　把
（右手指右额头上方）

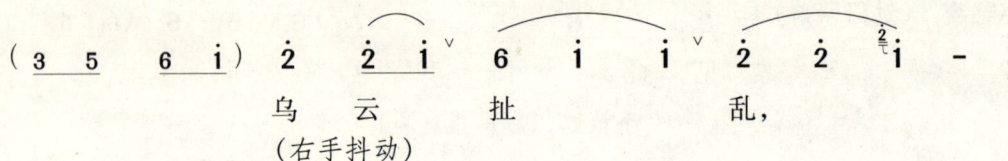

乌　云　扯　乱，
（右手抖动）

〔（八0　大0　仓0）双手扬袖、右转身，右手向里盖袖后，右手在胸前单折袖；左手撑袖。【阴锣】赵艳容从"上场门"下场，哑奴见状，向赵高做手势埋怨赵高，赵高不耐烦拂袖。

〔【急急风】赵艳容斜披着蓝披衣，以右手拉左袖遮面从"上场门"上场，向左转一小圆圈。（八0　大0　仓0）双手抖动拉水袖亮相，额上画（划）有二道血痕。

赵艳容　喂呀……

〔【纽丝凤点头】以袖遮面拭泪。

〔西皮散板〕

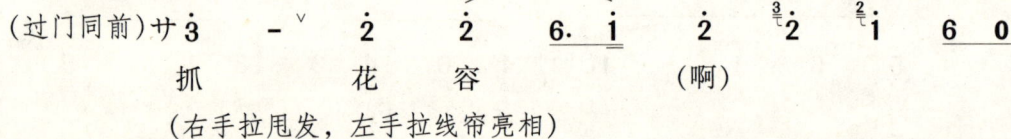

（过门同前）　　抓　　花　容　　　（啊）
（右手拉甩发，左手拉线帘亮相）

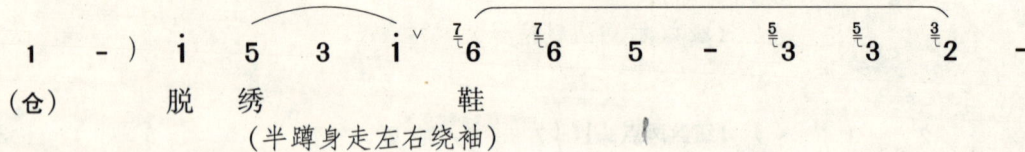

（仓）　脱　绣　鞋
（半蹲身走左右绕袖）

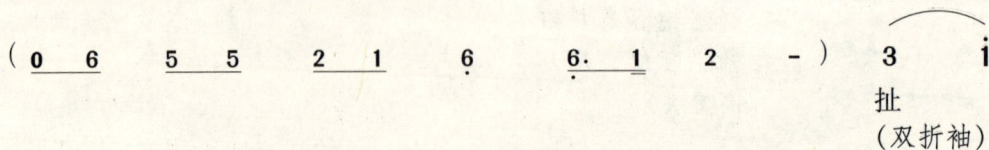

扯
（双折袖）

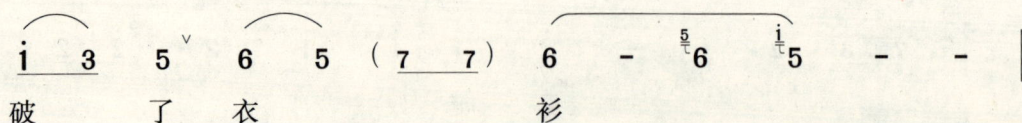

破　了　衣　　衫

14

宇 宙 锋

〔【住头】先抖左袖后抖右袖站立右台口。

哑　奴　啊吧，啊吧（哑奴向赵高示意赵艳容的动态）

赵　高　这是怎么样了，你莫非要疯了吗？

〔【纽丝凤点头】赵艳容双手向外反折袖后双手叉腰，双手冲拳式杵向赵高。

〔西皮散板〕

赵艳容（过门同前）　サ í　　3　6　5　3　6　7．6　5　6ˇ

　　　　　　　　　　　他　那　　里　道　我　疯

（左手抬起，右手按掌）

7　6　6．6　3　5　6（6　5　3　3　5　6　-）3

随　机　应　（哪）变，　　（仓）　　倒

3　6　5ˇ　5．5　3　5　6　6．7　6　5　3　2　5　í

卧　在　尘　　埃　地　（就）信　口

（右转身双袖折起成斜托袖，徐徐下蹲）

6　5　3　3　5　-　‖【住头】（赵高、哑奴连忙向前扶起赵艳容）
　　　　　　　　 ⁵

胡　言。

赵　高　儿啊，起来，起来，起来，起来，儿啊，你当真的疯了哇？！【小锣一击】

赵艳容（笑）哈哈（令台）（面向赵高），哈哈（令台）（向前台），啊（台），哈哈……

〔【小锣原场】赵艳容用左袖盖赵高，双手拍掌向左转身走到"上场门"；赵高挖向"大边"，【小锣一击】哑奴用手指天。

赵　高　哎呀！哎呀！

赵艳容　我要上天！（左手指向左台口上方，上右步）我要上天！（右手指向左台口上方，上左步）我要上天！（双手指向左台口上方，上三步至台中右踏步）

赵　高　哎呀，儿呀！【小锣一击】（看赵艳容）天高上不去呀！

赵艳容　噢，【小锣一击】（左手扬袖）上不去！（右袖反折抬至额头，左手向左台口上方指出）

赵　高　嗯，上不去！

赵艳容　啊，哈哈……

〔【小锣长丝头】赵艳容左扬右盖袖，左转身走到"下场门"，赵高、哑奴随走【小锣一击】看赵高。

赵艳容　我要入地（右手向右台口下方指出；上左步），我要入地（左手向右台口下方指出；上右步），我要入地（左撑袖，右手指向右台口下方；上三步成左踏步）！

赵　高　哎呀，儿呀！【小锣一击】（看赵艳容）地厚无门下不去呀！

赵艳容　噢，【小锣一击】（右手扬袖）下不去（双手反折袖向右台口下方探出）！

赵　高　嗯，下不去！

赵艳容　啊，哈哈……

15

「【小锣长丝头】赵艳容双手拍掌，右转身走到"上场门"。【小锣一击】哑奴暗示，赵艳容急拦阻。

赵艳容　啊，爹爹。（走两步至台中）

赵　高　喔。

赵艳容　你是我的……　（双手捧住赵高的髯口）

赵　高　爹爹呀。

赵艳容　儿呀！（左手拍赵高右肩，左手捏住髯梢，右手揪下赵高的一根胡须①）

赵　高　（疼痛）嗳唷，嗳唷，嗳唷，呸！

「【小锣帽子头】赵艳容右手捏住揪下的胡须，向右转身。赵高归座。

〔反二黄慢板〕

多罗．艹 3　3　3　3　3　3．5　6 ｜ 4/4 2．1　22356　32353　2351‿6532 ｜

（赵艳容双手表示拉住（开）胡须，随即将胡须向上吹得飘拂起来，随即手分别扬

156532　1．2325　2321　6276 ｜ 5632　651̇5　651̇56　4563 ｜

袖，左转身，偷视赵高的神色，哑奴做手势取笑赵高，赵高懊丧地拂袖）

2　13　21　2　221．2　3565‿1̇ ｜ 5632　561̇56　765̇61̇3　2351̇6532 ｜

151̇6532　161̇23256　2356　7．376 ｜ 56323　561̇5　651̇2̇　65　3 ｜

2．1̇653　21　2　2．1̇656　4563 ｜（紧接下面曲谱）

23556　32563212　1661　2125321 ｜ 2　2　212356　2．321　6　13 ｜

赵艳容　2　5　3　21　161̇2．531 ｜ 2　220　3　2　21‿6̇0 ｜
　　　　我　　这　　里

（左手抬起，右手指赵高）

————————

①　这里，表演上是虚拟式的，并非真揪下胡须。

16

宇宙锋

```
22355  356212  1661  23234346 │ 3  3  3  23  76232  62765356 │

2.355 3  21  16 1  2. 34 │ 3    3 2  7622  7. 65 6 │
假      意      儿
```
（左手下落，右手抚胸）

```
1 16  1 12  5 53  5 6 16 │ 76276  5612  5632  5627656 │

1  -  0  0 │ 0  0  0  0 │
```
（缓缓回头，观察赵高的神色；右手抖袖）

```
1612  3235643  235i6532  12352161 │ 5632  56156  765613  235i6535 │

0  0  0  0 │ 0  0  0  0 │
```

```
2 13  21 2  2126 56  4 563 │ 2356  3512  5625  3.212 │

0  0  0  0 │ 2 5  3 1  5 2  3 0 │
                          懒    睁
```
（左托掌，右手拉左袖）

```
3256  3.23235  2.321  6 13 │ 2 2  22565676  276  76567672 │

0  3  2 21  6 0 │ 2  2 5. 67 276 6  56 762 │
杏                  眼，
```
（右手弹泪式）（右手托掌，左手拿袖）

```
67653235  6532113  2212  33 2 │ 2706567  2.3231 7  67671712  727655 │

67653 5  6.  0  2123 2 │ 2706.7  2327  6767171  727655 │
```
（双手甩袖）

17

6　67　6·767　2̇2̇2̇7　65651̇ ｜ 3·235　675667　2̇2̇2̇7　6276 ｜

6̣　-　0　0　0 ｜ 0　0　0　0 ｜

（赵艳容和哑奴交流感情，哑奴暗示，赵

5610323　5356761̇　0665　35616054 ｜ 3 33　3333　2·346　321 ｜

0　0　0　0 ｜ 0　0　0　0 ｜

艳容以右袖遮之，右转身）

　　　　　　　　　　　内

2 13　2312　3012̇　6·143 ｜ 27655　3211̇　65103235　6516532 ｜

0　0　0　0 ｜ 0　0　0　0 ｜

56321230　0765610　065306　5672̇6535 ｜ 2 13　21 2　2212　35610 ｜

0　0　0　0 ｜ 0　0　0　0 ｜

3 3　3 43　2312　3·523 ｜ 5356　32356561̇　3526　1·2325 ｜

3　30　21　3·523 ｜ 5　5 0 6　3 2610 ｜

摇　　摇　摆

（右撑袖左摆袖）

6 53212　5356　3 513　2 13213 ｜ 2346　3 513　23212　3·212 ｜

0　5　3 1　2 31 ｜ 2 34　3 21　2 12 3 0 ｜

摆　摆　摇　扭　捏

（左撑袖右摆袖）　　（抖左袖）

18

宇　宙　锋

```
3 2 5 6  1 6 1 2  3. 2 3 5  5 6 3 2 │ 1 1 1 1 1 1 1 12 │

0        1. 2  3 2 5  5 6 3 2 │ 1  -  -  - │
向              前
(右手拉左袖)        (从右台口至左台口，又返回右
```

```
1 1  1 1 2 2  3 3 6 6 i  5 6 4 3 │ 2 3 2 7  6. 7 6 1  2 3 1 2 3 2  1 0 2 1 2 3 5 │

1 0 0 2  3 6   5 6 4 3 │ 2 3 2 7  6. 7 6 1  2 1 2 3 2  1 0 2 1 2 3 │
台口共走一椭圆形，向赵高左右扬袖，左转身半蹲斜托袖亮相)
```

```
2 2  2 1 2 3 5  2 3 1  2 35 │ 2 1 2 3  5 6 6 5 3  2 3 5 i  6 5 3 2 │

2  -  0 0 0 │ 0 0 0 0 │
赵艳容白："官人来了！
```

```
1 5 6 5 3 2  1 1 2 3 5  2 3 2 1  6 2 7 6 │ 5 6 3 2  5 6 i 5 6  7. 6 5 6  4 5 6 3 │

0 0 0 0 │ 0 0 0 0 │
官人在哪里？官人在哪里？    哎呀，官人哪！"
                         (向里盖袖，拱请式)
```

```
2 1 3 2 1  2  2 3 5 6  4 5 6 3 │ 2 1 2  3 5 2 1  1 6 6 1  2 3 5 6 3 2 1 │

0 0 0 0 │ 2 1  3 2 1  1 6 0 1  2. 5  3 1 │
                          我    只  得
                      (左手抬起，右手抚胸)
```

```
2 3 4 6  3 2 1 i  6 5 i 1 2 3  5 6 4 3 2 │ 2 3 5 6  3 5 2 3  4. 6 3 2  1 1 2 3 0 │

2 0 0 0 │ 2 5  3 0  4  3 2 1 2 3 │
                          把    官    人
                      (双手指赵高)
```

19

```
0123 56653 2321 6.123 | 1 1 1 2 1 5.1 6532 |
0123 5653  2321 6.123 | 1 0 0 0            |
```

（赵艳容感到羞于出口，左手抬起，右手

```
12.3 2161 5632 566532 | 1612 3256 2321 6276 |
0    0    0    0       | 0    0    0    0     |
```

指赵高，看哑奴，哑奴要她不可犹豫，赵艳容看赵高，想到自己处境，决心下

```
5632 5672 61102 32516535 | 2 13 2120 0656 46 3 |
0    0     0     0         | 0    0    0    0     |
```

定，右手抖袖）

```
2356 3.212 562356 3.212 | 325321 6.761 2316 3526 |
25  31  52  3            | 0          6.761 2316 3526 |
```

一　　声　　　来　　　　　　　　　来
（左手托掌）

```
1 12 6212 3 32 3323 | 1.212 3233 2312 3256 |
11  6 03  3 2        | 1    3   2   3 5     |
```

唤，　一　声　来　　　　　　　　　　
　　（右手单指式）　（向赵高坐的位置后退，面带羞涩之神气

```
7672 6 76 5632 5.356 | 1612 6561 2125 3532 |
7    66  5   0        | 1 1 6 1 2 05 3 2     |
```

脚步稍停顿）　　　　　　（决心下定，抖右袖）

宇宙锋

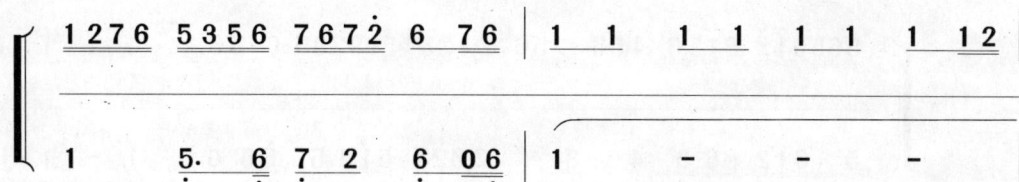

```
1276 5356 767 2̇ 6 76 | 1 1  1 1 1 1  1 12
1    5. 6 7 2  6 06 | 1  -  -  -
```
(向后靠身退五步)

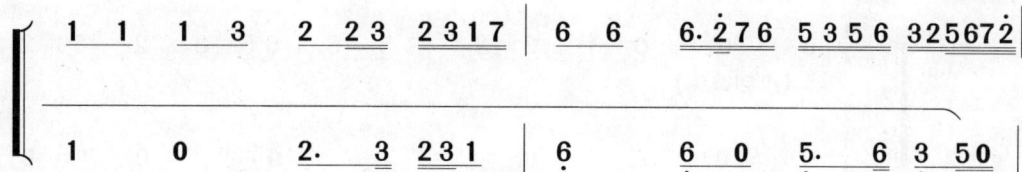

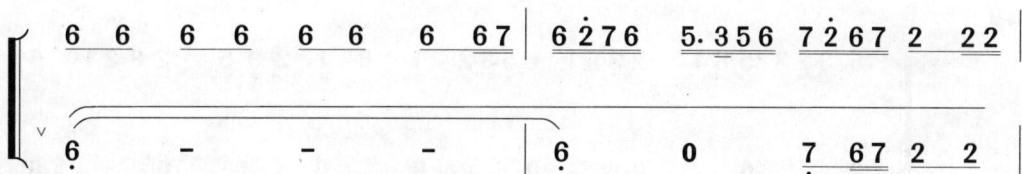

```
1 1 3  2 23 2317 | 6 6  6.276 5356 325672̇
1  0  2. 3 231 | 6.  6 0 5. 6 3 50
```

```
6 6 6 6 6 6 6 67 | 6276 5.356 7267 2 22
6  -  -  -  | 6. 0 7 6722
```
唤，
(上右步横走四步，左撑袖，右手招唤赵高) （赵高向前走过来）

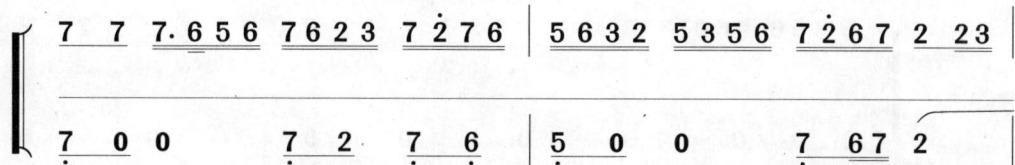

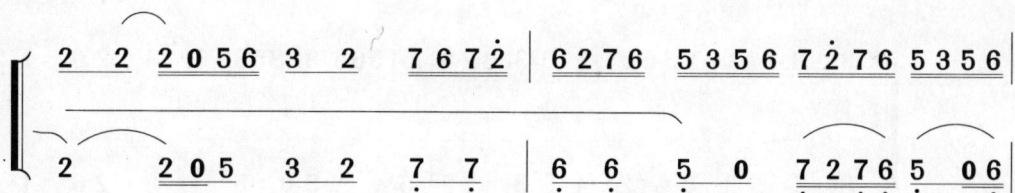

```
7 7 7.656 7623 7276 | 5632 5356 7267 2 23
7 0 0  7 2 7 6 | 5 0 0  7 672
```

```
2 2 2056 3 2  7672̇ | 6276 5356 7276 5356
2  205 3 2 7 7 | 6 6 5 0  7276 5 06
```
奴 的
(左手扶赵高右肩，

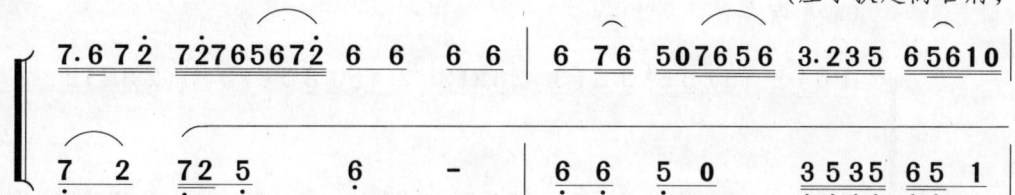

```
7.672̇ 727765672 6 6 6 6 | 676 507656 3.235 65610
7 2 725 6 - | 66 5 0  3535 651
```
夫 哇!
右手抚赵高胸，双手推动赵高身体微晃，随即双手折袖做抱状)

21

565612 6156 4563256 2.123 | 51 3235 6 56 ∨ サ i i i i 6̇5 - |

5. 612 66 5 4 3 2323 | 5135 65 0 ∨ サ 1 - 2̇1 2̇1 1̇5 - |

【小锣抽头】

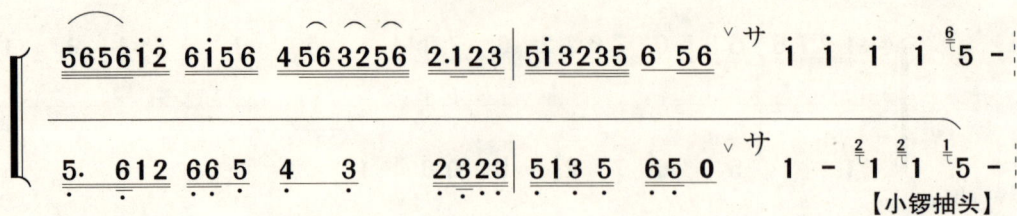

（赵艳容向赵高

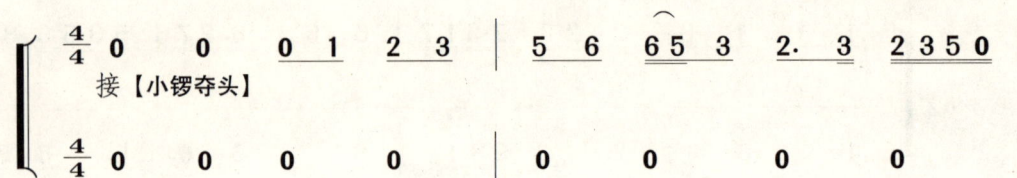

4/4 0 0 0 1 2 3 | 5 6 65 3 2. 3 2350 |

接【小锣夺头】

4/4 0 0 0 0 | 0 0 0 0 |

双甩袖，做羞状）（赵高向赵艳容"呸"了一声、并愤恨地向其甩袖）（哑奴

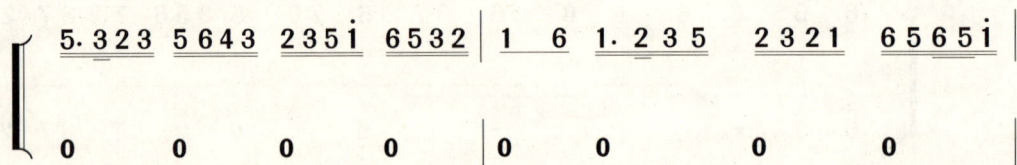

5.323 5643 235i 6532 | 1 6 1.235 2321 6565i |

0 0 0 0 | 0 0 0 0 |

示意，赵艳容抖右袖拦，看赵高）赵艳容白："官人，这里来！"（赵艳容用左

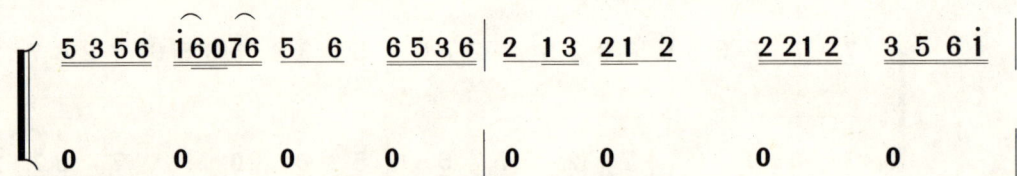

5 356 i6076 5 6 6536 | 2 13 21 2 2212 3 56i |

0 0 0 0 | 0 0 0 0 |

手拉住赵高的右手，走至台口）

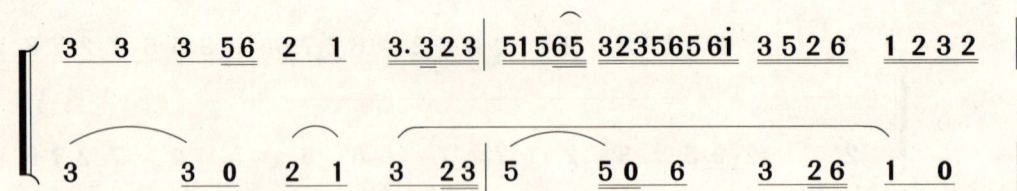

3 3 3 56 2 1 3.323 | 51565 32356565i 3526 1232 |

3 3 0 21 3 23 | 5 50 6 3 26 1 0 |

随 我 到

（右手向右台口指出）

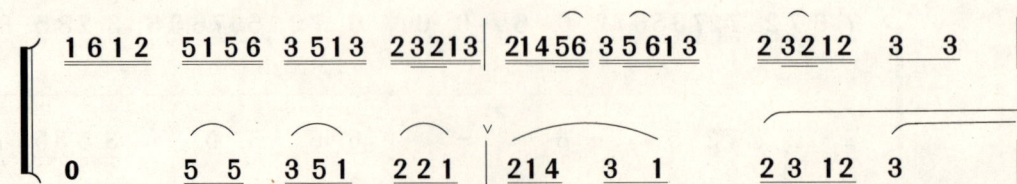

1612 5156 3 513 23213 | 21456 35613 23212 3 3 |

0 5 5 351 221 | 214 3 1 23 12 3 |

闺 房 内 共 话

（双手反折袖指向台后正面）（双手斜托袖）

| 宇 宙 锋 |

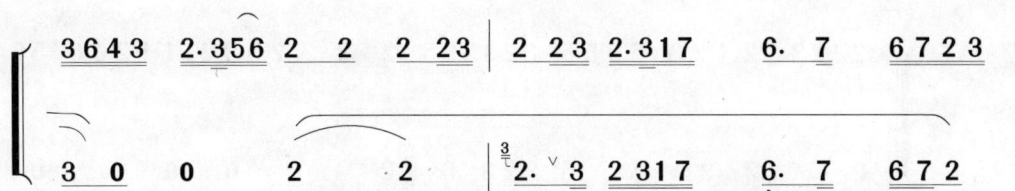

缠

（徐徐下蹲后渐渐起身）

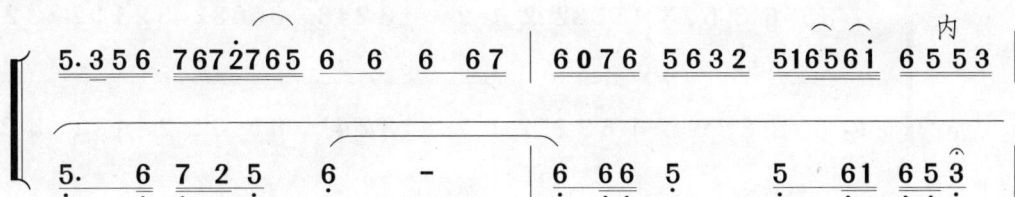

绵。

（左手拉赵高右臂，右手在额头上方成单指式）

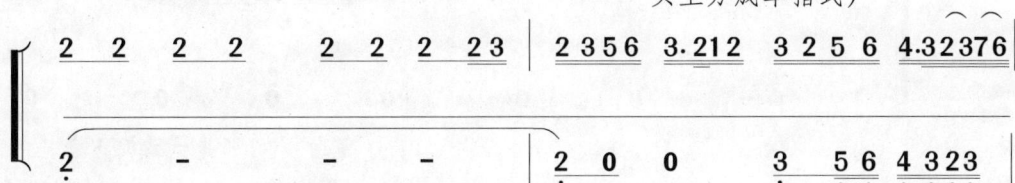

（徐徐下蹲）

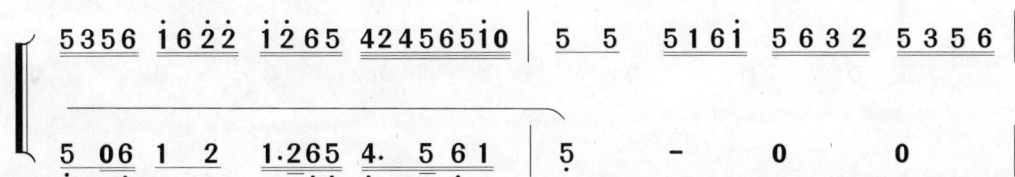

（右手折袖，赵高右手盖下她左手，右手抖袖）赵高白："哎

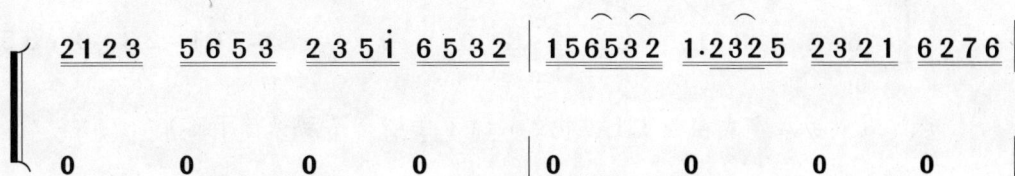

呀！"赵艳容白："打鬼呀！打鬼！"

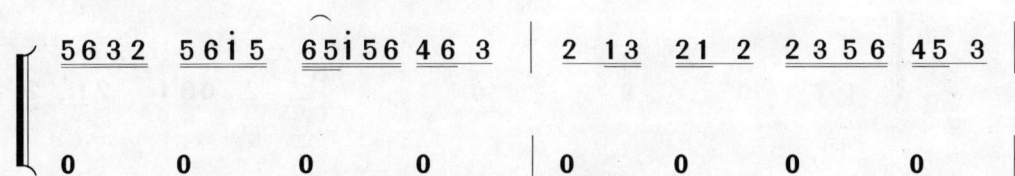

（向右转身走到"下场门"；哑奴走到赵艳容身旁）

```
2  23   2.1 23  5356  323235 | 2  2   2532  11 236  564321 |
2      23   5. 5 3235 | 2.     0     0     0 |
```
那　边　厢
（左手扶哑奴，右手单指）

```
2.3556  3.5 23  45632  21 2 | 3246  35632  32112  3223 |
2  5   3 0   4.632  21 2 | 324  35 32  2 1 2  32 3 |
```
又　　来　了
（左手扶鬓观看）

```
1  1   1 2  1 5. 1  615632 | 156532  112325  2 3 21  6 276 |
1  -   0   0   0 | 0   0   0   0 |
```
赵高白："那是太湖石！"

```
5632  5615  6156  4563 | 2 13  21 2  2656  4563 |
0   0   0   0 | 0   0   0   0 |
```

```
5656  3513  23212  3212 | 325321  6 761  2316  3.526 |
5 5   351   23 12  3 0 | 0   6.761  2316  3526 |
```
牛　头　　　马　
（双手八字式在额头上方托起）（双手姿态不动徐徐下落）

```
1243  2351  615632  123256 | 2  2  2313  2312  3256 |
1     0     0     0 | 2 2 031  21 2 30 |
```
面，　　　　　　　　　　玉　皇　爷
赵艳容白："请了！"
（双手拱请式）　　　　　　（向左转身，走一小圈）

```
2 3  6  0 7 5 6  7 6 2 0  0 2 7 6 │ 5 3 5 6 7 6 2 7  6 7 5 6  6.7 6 1 │
2    6  0 7 5 6  7 6 2    0 2 7 6 │ 5.   6 7 6 2    6 7 5   6  0   │
驾                                  瑞     彩
                                   (右手折袖)

2 2   2 3 5 6 3 2 1 6 1 2  3 2 1 2 │ 3 2 5 6 2 2  2  3  6  1 3 │
2 2   0  3 2 1. 2   3        │ 0   2 2 0  3  6 1 │
接        我              上
(抖右袖)                       (反折右袖，反折左袖，双
                               【收头】

2  2 3  2 3 1  2 23 │ 6 67 2356 3523 7267 │ 4356 76265 32  1 - ‖
2 - 0  0 │ 0 0 0 0 │ 0 0 0 0 ‖
天。
手向左台口指出)
```

赵 高　攮了下去！

「【一锤锣】赵艳容将水袖翻下，右手反折袖叉腰，怒视赵高。哑奴扶赵艳容"下场门"下。

赵 高　嘿！果然得了疯狂之症，将此事启奏万岁便了。哎呀，晦气也！

「【一锤锣】赵高"下场门"下【撤锣】。

第 二 场

「胡琴奏＜西皮小开门＞，四小太监、二大太监持云帚"上场门"上"站门"。秦二世"上场门"上，走至前台口。

秦二世　(念引) 凤阁龙楼，

```
卅  1  3  2  2  2  6  7  7  7  6  - ‖
    万  古  千              秋。
```

「秦二世归"大座"，四朝官从两边上场，站"横一字"，面朝里。

四朝官　官等见驾，吾皇万岁(施礼)！

秦二世　众卿平身。

四朝官　万万岁。

「四朝官"八字站",赵高"上场门"上场。

赵　高　臣赵高见驾,吾皇万岁!

秦二世　平身。

赵　高　万万岁!

「<小开门>收住。

秦二世　啊,赵太师。

赵　高　臣。

秦二世　卿女可曾带上金殿?

赵　高　为臣小女,忽然得了疯狂之症,不能前来见君。

秦二世　啊! 昨晚在灯光之下,看望还是好人,怎么得了疯狂之症? 寡人不信。(摇头)

赵　高　这个……

秦二世　嗯,赐他龙车凤辇,带上金殿,寡人亲自观看。

赵　高　领旨。

「【五击头】赵高"上场门"下。

秦二世　内侍!

二大太监　有。

秦二世　唤武士们上殿。

二大太监　遵旨。武士们上殿哪。

「四御林军内白:"啊。"

「【冲头】四御林军持大刀,从两边上场,归"横一字"站,面向里。

四御林军　参见万岁。

秦二世　殿角伺候。

「【冲头】四御林军分开归"八字"站好。【散长锤】赵高、哑奴、赵艳容、太监持车旗上。

〔西皮散板〕

赵艳容　(过门同前)

sī i i - 36 5 3 36 5 (4 36
　　　　　低 着　　头 下 了 这

5 -) 7 6 5 3 5 3 5 6 - -
　　龙 车　 凤 辇,

「【散长锤】赵艳容下凤辇,抖左袖,抖右袖。太监持车旗"上场门"下。

(4 3 2 5 7 6 - -)【散长锤】(7 6 6 5 i 3

(赵艳容向金殿望去)

2 7 6 2 1 -) i i - 36 5 5 6 6
　　　　　　行 一　　步 来 至 在

26

（6̲ 5̲ 3 3.̲ 5̲ 6） 3.̲ 6̲ 5 6̲ 5̲ 3̲ 5̲ 3 5 － －
　　　　　　　　　玉　　石　阶　　　前。
　　　　　　　　　　　　　　　　（双手摊掌）

（仓 6̲ 5̲ 2 3̲ 6̲ 5 1̇ 6̲ 5̲ 4.̲ 3̲ 2̲ 1̲ 1 2

（哑奴暗示，赵艳容阻拦，转身向赵高架起双拳）

5 － ）【散长锤】（ 7̣̇ 6̣̇ 6̲ 5̲ 1̇ 3 2 7̣̇ 6̣̇ 2̲ 1̲ － ）

5 1̇ 1.̲̇ 2̲̇ 6̲ 5̲ 3 3̲ 6̲ 5 － （ 5̲ 4̲ 3̲ 6̲ ） 7̲ 6̲ 5̲
到 如 今　　　顾　不　得　　　　　抛 头
　　　　　　　（右摆手）　　　　　　　　（右手在右额

5̲ 3̲ 5 － 6.̲ 7̲ 5̲ 6̲ （ 6̲ 6̲ ） 7 － 7̲⁶ 6⁻² － －
露　　面，
头上方成单指式）

赵 高 儿啊,随我上殿!
　　「【散长锤】赵艳容向赵高架起双拳,怒视赵高亮冲拳式,随即右手抓袖,大摇大摆从
　　右台口经台中走至左台口。右手反折袖、左手反折袖,双手背袖面朝秦二世;赵高经
　　台中左转走到右台口,站在"小边"。
赵艳容 （冷笑）哈哈……
赵 高 哎呀坏了!
　　「【纽丝凤点头】赵艳容双手抖袖,面朝台前。
　　〔西皮散板〕
赵艳容 （过门同前）3 3̲ 6̲ 5 1̇ 5 6 （ 6̲ 5̲ 3 3̲ 5̲ 6 ） 3
　　　　　　　看　看　　这 无 道 君　　　　　　　　怎
　　　　　　（右手抬起，左手指二世）

5̲ 1̲̇ 6̲ 5̲ 3 3̲⁵ 5 － ‖【大锣住头】（右手抖袖站立）
把　旨　传。

赵 高 儿啊,上面就是万岁,前去见驾。
赵艳容 啊?
赵 高 前去见驾。
赵艳容 见驾?（看赵)

27

赵　高　　见驾。

赵艳容　　我晓得！（点头）

　　　　　〔【小锣一击】赵艳容右手扬袖。【小锣一击】以右水袖掸鞋。【小锣一击】以左水袖
　　　　　掸鞋。【小锣一击】以左手食指朝上，从额头上方正中笔直划下。

赵　高　　啊，这做什么？

赵艳容　　哟，（面向秦二世）上面坐的敢莫是皇帝老倌么？（右手扬袖），恭喜你万福（拱
　　　　　手），贺喜你发财呀！（双手抓袖架起，忸怩向前走几步）

秦二世　　嗯！【小锣一击】见了寡人因何不跪？

赵艳容　　有道是，这大人不下位（右手指秦二世），我生员么（以右手指自己鼻子），喏喏
　　　　　喏（用右手轻拍自己稍抬的右腿，顺势食指在鼻孔下面抹一下），是不跪的（左手
　　　　　拉右袖，右转身走一小圈）哟！（左手拉右袖，右手下指亮住）【小锣一击】

秦二世　　哎呀呀，果然疯癫，倒叫寡人好笑哇，哈哈……

　　　　　〔【小锣一击】赵艳容略沉思。

赵艳容　　哎呀，我也好笑哇，哈哈……（双手拍掌；左转身走一小圆圈）

秦二世　　嗯！【小锣一击】寡人笑你疯癫，你笑寡人何来呀？

赵艳容　　你笑我疯癫（以右手指自己），我就笑得你荒淫无道！

　　　　　〔【撕边一击】赵艳容右手指二世，右抖袖。

秦二世　　嗯——寡人有道，怎说无道？

赵艳容　　啊，列位大人（双手拱请式）、老哥（以右手扶赵高肩）！

赵　高　　唉。

赵艳容　　你等听了：【大锣归位】（左手向前指出，右手推赵高后，双手抖袖）
　　　　　想先皇当年，（双手拱请式）
　　　　　东封泰岱，（双手向左台口方向指出）
　　　　　西建咸阳，（双手向右台口方向指出）
　　　　　南收五岭，（左、右扬袖）
　　　　　北造万里长城；（左转身右手撑袖，左手向前单指）
　　　　　【二三锣】（双手抖袖）
　　　　　指望江山万代，（向右台口指出）
　　　　　永保平安，（双手拱请式）
　　　　　不想被你这昏王逍遥享受，（右手扬袖后，指秦二世）
　　　　　不理朝纲；（摆右手）
　　　　　【二三锣】（先抖左袖，再抖右袖）
　　　　　我想这天下乃人人之天下，（双袖提起，右手按掌继走三掸手）
　　　　　非你一人之天下。
　　　　　【一击】（双手朝秦二世指出）
　　　　　似你这样任用奸佞，（右手指赵高）
　　　　　沉迷酒色；（右手摊掌）
　　　　　这江山，你家未必坐得长久哟！（从右台口经台口走到左台口）
　　　　　〔【纽丝凤点头】右甩袖，左抖袖。

宇宙锋

〔西皮散板〕

赵艳容（过门同前）这昏王失仁义民（双手按掌）心大变，（仓）听谗言（右手指赵）贬忠良败（右手折袖）坏了江山。（左手折袖）

【大锣住头】（双手抖袖，右手单折袖后立即抖袖）

秦二世 这样疯癫，哪里容得——武士们！

四御林军 有！【一击】

秦二世 刀门架起！

四御林军 啊！

〔【撕边一击】赵艳容右转身归台中，右手撑袖，左手折袖亮相，四御林军将刀门架起。

赵艳容 唗！【一击】（右手抖袖）唗！【一击】（左手抖袖）我把你们这些狐假虎威的强盗，【一击】（指右边御林军）狗仗人势的奴才，【大锣住头】（指左边御林军，抖左袖）我乃当朝丞相之女，（双手抚胸）指挥老爷之妻，（右手托袖）岂容你们这等放肆！【一击】（右手抖袖）大胆！【撕边一击】（双手向右指御林军）记打！【一击】（双手向左指御林军）记责啦！（右手指右边御林军）

〔四御林军回原地站好。

〔【纽丝凤点头】赵艳容双手扬袖成斜托袖。

〔西皮散板〕

赵艳容（过门同前）怒冲冲我把这（左手拉右袖，右手在额头上方单指）云鬓扯乱，

29

「【阴锣】赵艳容左转身，摘凤冠向秦二世扔去，"大边"站的大太监急接。右转身脱蟒扔与"小边"站的大太监。

赵艳容 哈哈……（双手拍掌）

〔散板〕

【快纽丝】（过门同前）3　3 6　5　5　5　6 5　3　5 6 5
（双手抖袖）　　气　得　我　咬　牙 关　火　上 眉
　　　　　　　　　　　　（双手提袖）

6. 1　5（5 5 3. 6 5 -）3　3 6　5　5　7　7. 6 5 6
尖。　　（仓）　　　　我　手　中　有　兵　刃

（双手折袖做冲掌式）

（6 6）7 6　6 3　3 5　7 6　3　3 6 5　5 5　3 5
决 一　死　（呀）战，把　这　些　众

（左转身一圈,右

6 6（5 6）1 5 1　6 5　3 3 5 -‖【大锣住头】（双抱肩袖）
狂　徒　　斩 首 在 马　前。

手折袖举起,左手向前指出)

秦二世 再若疯癫，斩头来见！【一击】

赵艳容 哎呀呀，我也不知道这皇帝老倌（右手指秦二世）有多大的脸面（右手托掌，左手拉右袖），动不动就要斩人的首级下来！你可晓得？这人的首级斩了下来（用左手扶鬓）他……还能长得上么！？（右手向前指出）

赵　高 哎呀儿呀！【撕边一击】（走过去扶赵艳容右手）斩了下来就长不上了。

赵艳容 哦，长不上了？

赵　高 长不上了。（以左手指赵艳容）

赵艳容 呃，爹爹。

赵　高 哦，明白了。

【哭头】

赵艳容（八大台 顷 - 仓）（廿6）5 - - 6. 6　5 6　2/1 - 6/4（0 2 ｜
　　　　　　　　　　　　　啊，
（左手撑袖，双手拉住赵高左手）

1 2 ｜1 0 2 ｜1 2 3 5 ｜2 1 7 2 ｜1 -）廿5 - 6. 5 3 5 6
（仓 - 仓 0 都　仓　仓　仓 才　仓）老
（左手抖袖，再撑袖）

```
( 6  6 )  2̇  7  —  ( 7  7  7  7 )  6  6̇·7  6̇  5  5  —
            哥  哥              我  的              儿

4̇·6  3̇·5  6  2̇  7  7  7̇·6  5  6  —  5  —  ‖
 啊！
```

（用右手推开赵高，赵高右甩袖）

赵　高　哎呀，又来了！

〔【纽丝凤点头】赵艳容归台中，左手背袖，右手端袖。

〔西皮散板〕

赵艳容（过门同前）
```
3  3̇6  5  5  7  7²₇  5  6  ( 6 5  3  3 5  6 ) 7
 此  一    番  在  金  殿                        装

6 5  5₃⌵3  5  —  —⌵  6̇·7  5 6  ( 2̇  2̇  2̇ ) 7  —  7  2₇6  6  —
 疯    弄  险，
```

（双手正折袖后，继而抖下成双反折袖，看秦二世）

秦二世　赶下殿去！

〔【纽丝】四御林军到右台口归"一字"，向前逼赵艳容，赵艳容双手叉腰怒视众御林军，众御林军后退，赵艳容下殿右抖袖。【乱锤】见哑奴双手折袖，哑奴急扶，二人"推磨"，赵艳容哭。【纽丝凤点头】赵艳容左手扶哑奴肩。

〔西皮散板〕

赵艳容（过门同前）
```
2̇  2₇1̇  6  1̇⌵  2̇  —⌵  3̇  —  2̇·3̇  2̇ 1̇  6  0
 但  不              知

1̇·1̇  6 1̇⌵  3₂̇  —  2̇  1̇  —  ( 0 6  5 5  2 1  7₂ 1  — )
                                                    （仓）

1̇  5  6̇·7  6 5  3  3  5₂  —  ( 2  3  5 5  2̇·1̇  6
 何  日  里
```
（看哑奴）
```
6̇1̇  2  — )  1̇  1̇  3  5  ( 5  5 )  6̇·1̇  5  ( 7
     夫  妻                          团
```
（面向台前）

```
7 ) 6 — 6. 5  4  0  5. 5  4  5 — 6 — 6
圆。
```

```
i 5 — — ( 5 5  5 5  5 5  3 5  2 1  6  5 — )
5        ( 龙 冬  衣 大  衣 台  仓  另 才  乙 台  仓 — )
```

（赵艳容左转身；哑奴右转身扶赵艳容向"下场门"缓步而去）

「【冲头】赵艳容右转身；哑奴左转身。

赵艳容　【叫头】哈哈，（左高斜托袖）哈哈，（右斜托袖）啊哈哈……（左高斜托袖）

「【冲头】赵艳容右折袖，继而抖下，左手抖袖后撑袖，左转身；哑奴右转身，扶赵艳容"下场门"下。

赵　高　老臣请罪。（跪）

秦二世　罚俸三月。

赵　高　谢主龙恩。（起）

秦二世　退班。

「＜尾声＞众分下。

—— 剧　终

魏贵德　整理　　　　　姜凤山　校阅

霸王别姬

梅兰芳演出本

刘邦和项羽相约以鸿沟为界，各自罢兵。项羽有勇无谋，刚愎自用，不纳忠言。汉军元帅韩信善用兵，一面命李左车诈降项羽，诓其进兵；一面在九里山下安排十面埋伏，终困项羽于垓下。项羽突围不得，愁闷饮酒，醉卧帐中。虞姬巡营，听得四面楚歌，急告项羽。项羽疑楚军皆已降汉，抚爱骑乌骓马长叹。为解君忧，虞姬拔剑起舞，慷慨悲歌。汉军攻至，虞姬恐误项羽而自刎。项羽杀出重围，迷路，自刎乌江。汉遂灭楚，夺得天下。

该剧一名《九里山》，又名《楚汉争》、《亡乌江》、《十面埋伏》。事见《史记·项羽本纪》、《西汉演义》第七十九回至八十四回、明沈采《千金记》。最初，清逸居士根据清内廷本《楚汉春秋》改编成《楚汉争》，由国剧宗师杨小楼与尚小云演出。后齐如山在《楚汉争》基础上改编成现在的《霸王别姬》，由梅兰芳、杨小楼联袂演出，成为梅派保留剧目。后梅兰芳在上海又同金少山合演此剧，造就了一个"金霸王"。从梅兰芳赴美访问演出时起，由刘连荣演霸王，直至梅兰芳晚年。

《霸王别姬》是梅兰芳的代表作之一，也是构成梅兰芳表演体系的重要一环。在这出戏中，梅兰芳不仅塑造了一个古典美人虞姬的形象，更创造了一个载歌载舞的花衫行当。如果说梅兰芳的表演风格是"雍容大方、清新华丽、节奏准确、姿态优美"，那么这一立论通过虞姬这个艺术形象更能充分地体现出来。

首先看虞姬的扮相，古装头套，顶插如意冠，颈戴金项圈，白色绣马面裙子，明黄圆领半肥袖上衣，外穿鱼鳞甲，系腰箍飘带，披珠串改良云肩，罩黄色绣花斗篷，足穿彩袜、彩鞋。这是一个不同于其他任何扮相的艺术形象，给人的第一印象是既清新亮丽而又沉稳从容。

京剧最善于用音乐来刻画人物形象。在《霸王别姬》中，梅兰芳不用复杂的板式，仅用点睛之笔，"看大王在帐中和衣睡稳"的〔南梆子〕和"劝君王饮酒听虞歌"的〔西皮二六〕及虞姬与项羽诀别时唱的四句〔哭相思〕，以简洁大方的行腔，配合廓远清幽的词意，勾勒出楚霸王妃子虞姬既雍容华贵又温婉贤达、潇洒从容的气度。

剧中的"剑舞"是梅兰芳的一大创造。虞姬归属花衫行当，其舞剑不同于武旦、刀马旦那样以冲、溜、狠取胜，而以动作优美、刚柔相济、寓情于舞见长，再佐以徐兰沅先生出神入化的京胡曲〔夜深沉〕，形成一种乐舞并重的完美艺术境界。这次的整理本特附"舞剑说明"，这是1955年拍摄此剧舞台艺术片时，梅先生持剑边说边舞，对舞剑的表演细加分析说明的文字记录，是十分珍贵的艺术文献。

项羽在剧中当然占有重要地位，他不是草莽英雄，也不是一般的武将，而是一位叱咤风云的盖世英雄，因此一般演员难以胜任。杨小楼躯干伟岸，声如裂帛，饰演楚霸王无论台风、扮相还是气派、声势，无一不佳。金少山雄伟高大，声如洪钟，他扮霸王往台上一站，亚似半截黑塔，气度非凡，令人望而生畏。刘连荣虽不像杨、金那样特色突出，但其表演也是中规中矩，切合人物身份。

自梅兰芳《霸王别姬》问世，后学者不乏其人，一时间能否胜任此剧便成为验证"花衫"的试金石。梅门弟子中的李世芳、言慧珠、杨荣环、杜近芳都擅长此剧。其他派别中人如雪艳琴、章遏云、吴素秋、李玉茹、李砚秀也皆有上乘的表演。后学演项羽的演员中分武生和花脸两个行当，武生中应推高盛麟、李万春当先；花脸行中的刘奎官、孙盛文、袁世海、景荣庆也颇得观众的喜爱。

刘淑兰

人物行当

项 羽	净	韩 信	老生
虞 姬	旦	李左车	老生
项 伯	副净	陈 平	老生
周 蓝	副净	樊 哙	副净
钟离昧	副净	曹 参	武行
虞子期	小生	孔 熙	武行
大太监（二人）	杂	英 布	武行
小太监（四人）	杂	彭 越	武行
御林军（四人）	杂	陈 贺	武行
更 夫（四人）	杂	周 勃	武行
马 童	武行	吕马童	武行
宫 女（或女兵，八人）	旦	汉 兵（四人）	杂
女车夫（一人）	旦	楚 兵（四人）	杂
刘 邦	老生	渔 夫	老生

服装扮相

项 羽　勾专用脸谱。八面威、后兜、黑满髯、甩发（"乌江"一场时用），软靠披蟒，硬靠（开打时用，开打完仍为软靠），绣花红彩裤或绣花黄彩裤，厚底靴。（杨小楼均用黑蟒、黑靠，金少山则改用明黄色蟒、靠）

虞 姬　俊扮。古装头套、如意冠（男旦扮应系后刘海，女旦扮后发长可不用）、金项圈，珠串改良云肩，黄帔，黄色绣花斗篷，白色绣马面的裙子，明黄色圆领半肥袖上衣，裙子，外穿鱼鳞甲，系腰箍、飘带，彩袜，彩鞋。

项 伯　勾老脸。银胎侯帽、黑满髯口，绿硬靠、绿蟒，红彩裤，厚底靴。

周 蓝　勾脸。金胎侯帽、黪满髯口、黄硬靠、黄蟒（均为杏黄色），彩裤，厚底靴。

钟离昧　勾脸。荷叶盔、黑三髯口，红硬靠，红蟒，彩裤，厚底靴。

虞子期　俊扮。粉扎巾、额子，粉硬靠、披粉蟒，蛋青彩裤，厚底靴。

二大太监　大太监帽（挂穗子），大太监衣（可穿一红一绿，如无太监衣，可穿绣花褶子），厚底靴。

四小太监　小太监帽，小太监衣，红彩裤，薄底靴。

四御林军　贯顶盔，红大铠，黑或红彩裤，薄底靴。

子弟兵　红贯顶盔（黑胎的亦可），蓝素侉衣，外套帽钉甲，系小鸾带，青彩裤，薄底靴。

四更夫　按老的扮相：头戴骚子帽，身穿蓝布箭衣，外套红卒坎或绿卒坎，足下大袜子、皂鞋；按新的扮相：即与子弟兵扮相相同。

马　童　按老扮相：打头布，青素侉衣、马夫侉子，薄底或打鞋；按新扮相：头上绣花皎月色头布、外系珠条、两耳掖鬓发、系黄脖绸，杏黄色虎皮坎肩，绣花皎月色侉衣，腰箍，皎月色绣花彩裤，裹腿，虎头鞋。（以上是关羽的马童扮相，如霸王马童，可改用通身黑色）

宫　女　梳大头、戴小过桥，蛋青或粉色素褶子、云肩，裙子，彩鞋。

女　兵　（宫女赶，但须改穿着）水绿或蛋青头布、软额子，素色（与头上颜色统一）打衣、打裤，女薄底鞋。

女车夫　大头、渔婆罩，打衣、打裤，云肩，战裙，腰巾子，女薄底鞋。

刘　邦　九龙冠、黑三髯口，红龙箭衣、团龙黄马褂、苫肩、鹅黄鸾带，红彩裤，厚底靴。

韩　信　台顶盔、黑三髯口，红蟒、苫肩、玉带，红彩裤，厚底靴。

李左车　忠纱帽、黑三髯口，将巾（紫或蓝），蓝官衣、绣花箭衣（紫或蓝），青团龙马褂、苫肩、黄鸾带、玉带，红彩裤，厚底靴。

陈　平　忠纱帽、黑三髯口，紫官衣、玉带，青彩裤，厚底靴。

樊　哙　勾脸。黑大镫、黑满髯口，紫硬靠，青彩裤，厚底靴。

曹参、孔熙、英布、彭越、陈贺、周勃、王陵等将　分两种盔头：抢背将戴虎头壳小额子，不摔抢背将戴大扎巾盔；髯口有戴黑扎的，有戴黑一字儿的，有戴黑满的，其余均戴黑三或黪三；均扎下五色硬靠（官中靠，可分浅绿、香色、蓝、白、黑、皎月、红等色）；均穿彩裤，厚底靴。

吕马童　（不带"乌江"一场则无此将）黑蓬头、黑抓髻、黑扎、黑耳毛子、草帽圈，青侉衣、鸾带、腰包，青彩裤，薄底靴。

汉　兵　红胎贯顶盔，蓝素侉衣、套红卒坎、小鸾带，蓝彩裤，薄底靴。

楚　兵　俊扮。紫马童巾，小大带，紫快衣裤，薄底。

渔　夫　俊扮。老斗衣，白腰裙、大带，青彩裤，草鞋。

道具

酒壶	一把	酒斗	一个
手照子灯	一盏	小气死风灯	一盏
香炉	一个	红柬帖	一张
梆子	一个	锣山片	一个
黄桌围椅披	一份	红桌围椅披	一份
红色大帐	一份	文房四宝	一份
令箭架子	一份	船桨	一个
楚字大纛	一面	大枪	一杆

单鞭	一支	宝剑	三把
虞姬用宝剑	一把	双剑	一副
韩信用令旗	一面	马鞭	十二根
单枪	二十枝	大刀、双刀	若干
樊哙抱的大旗	一面	黄缎车旗	一副
桌子	二张	椅子	四把

第 一 场①

「【冲头】【原场】四汉兵、曹参、英布、孔熙、陈贺、彭越、吕马童、周勃、樊哙、陈平、李左车同上，"站门"。樊哙、曹参、孔熙、彭越、李左车归"大边"。英布、周勃、陈贺、吕马童、陈平归"小边"。

「【四击头】韩信上。【原场】韩信缓步到中台口。【大锣归位】

韩 信 （引）运筹帷幄【小锣二击】廿 2 3 2 1 3【大锣帽儿头】1 2 3 5
掌 兵 符， 一 片

1 1 2 1 2 1 1 6 7 6 5 6 【小锣三击】
丹 心 将 汉 扶。

（念）九里山前十埋伏，【小锣二击】3 2 1 1 （大大）6 1
决 胜 策 神 出

2 2 1 1 6 7 6 5 6 ‖
鬼 没。

「【原场】韩信坐"大座"，众随之向后移，分立两旁。【大锣归位】

韩 信 （诗）登台拜帅掌兵符，
胸中智谋胜孙吴；【小锣二击】
准备一战灭西楚，
万里山河壮宏图。【大锣住头】
本帅（嘟 仓）韩信。【住头】奉主之命，统领雄兵，共灭西楚。想我军自出褒中以来，五年之间，与项王亲临七十余战，劳师动众，千辛万苦。今项王势孤力弱，胜败就在此一举。李左车听令！

李左车 在！
韩 信 命你前去诈降，将项王人马引入腹地，不得有误！
李左车 得令！【冲头】（出门，下）
韩 信 陈平听令！
陈 平 在！
韩 信 命你带领人马，断项王归路，不得有误！

① 为了精简场子，缩短演时，梅先生晚期演出已删去此场，现整理出供参考。

陈　平　得令！【冲头】（出门，下）

韩　信　樊哙听令！

樊　哙　在！

韩　信　命你执掌军中大纛旗，不得有误！

樊　哙　得令！

韩　信　众将官！

众　　啊！（大仓）

韩　信　兵发九里山。

　　　「唢呐吹奏＜泣颜回＞曲牌，韩信离座上马，众将两边上马与众兵向"下场门"站"斜胡同"。接【急急风】韩信下。众兵将"倒脱靴"同下。

第 二 场

　　　「唢呐吹奏＜水龙吟＞曲牌，四御林军、四小太监、二大太监上"站门"，虞子期、周蓝上，分立"大、小边"。

　　　「【四击头】项羽上场，亮相。【原场】缓步到中台口。【大锣归位】

<粉蝶儿>

项　羽　サ 6 7 6 5 　5 7　6 7 5 4　3　2 3　2【小锣二击】7　6 7

大 英 雄 盖 世　　无　敌，　灭

2 3　2 6　6 3 5【小锣三击】2 2 1 7　2 3　2 6 7 5 |

赢 秦，复 楚 地，　　争 战 华 夷。

　　　「【冲头】奏唢呐曲牌＜水龙吟·合头＞转身入"大座"。众随后移，分立两旁。

项　羽　（念）赢秦①无道动戎机，

　　　　　　吞并六国又分离；【小锣二击】

　　　　　　项刘鸿沟曾割地②，

　　　　　　汉占东来（空匡）楚霸西。【归位】

孤，（嘟　仓）霸王项羽。【住头】孤与刘邦鸿沟割地，讲和罢兵。送回太公、吕氏；不想他反复无常，会合诸侯，又来讨战。孤也曾命人前去打探，未见回报。

————————————

① 赢秦：秦始皇帝赢姓，因用赢秦代指秦朝。

② 项刘鸿沟曾割地，汉占东来楚霸西：秦末，各地起兵反秦，其中以项羽、刘邦两军最盛。后，两军以河南荥阳广武山中的鸿沟为界，楚军占东面的中原大地，汉军据西面的黄土高原。所谓"汉占东来楚霸西"，大约是对"西楚霸王"的望文生义，实际上应是"汉占西来楚霸东"。至今，鸿沟犹在，两边留有汉王城、霸王城遗迹。

〔项伯内白："走哇！"

〔【纽丝】项伯上，立"小边"台口。

〔西皮散板〕

项伯 廿 (7̲6̲ 6̇ 6 6̇ 6̇ 6̲5̲ 5 5 i̲ 3̲ 6̲1̲2̲2̇ 7̲6̲ 6̇ 2̲ 1̲ 1 1̂)

1̲2̲3 3̇ 3 3̇ 1̲2̲ 3 3̇(6̇ 1̲2̲ 3̂) 3̇2̲ 3
左 车 背 汉 来 降 顺， （仓） 急 忙

2̲ 1̲ 2 (2̲1̲6̇ 6̇·1̲2̂) 2̲1̲ 1̲6̲ 1̂
上 殿 奏 明 君。

〔【冲头】进门面向项羽站立。

项　伯　臣项伯见驾，大王千岁。

项　羽　平身。

项　伯　千千岁。【住头】（立"大边"）

项　羽　上殿有何本奏？

项　伯　启大王，今有赵国谋臣李左车背汉来降，求臣引见，现在殿外候着。

项　羽　孤此时正少谋士，李左车来降，孤之幸也。只恐他是诈降，且宣他上殿，待孤用言
　　　　语探其真假。

项　伯　领旨。（向外立中台口）大王有旨，李左车上殿。（回原位）

〔【小锣打上】李左车上，立"小边"台口。

李左车　（念）大胆闯虎穴，引龙入沙滩。【小锣住头】（进门）
　　　　　　难臣李左车见驾，大王千岁！

项　羽　平身。

李左车　千千岁！（立"小边"）

项　羽　李左车。

李左车　大王。

项　羽　闻你在齐为韩信作幕客，如今忽然背彼来降，莫非行诈？（大仓）

李左车　啊，大王。臣前辅赵之时，赵王不用臣言，反命陈馀与韩信交战，被韩信斩陈馀于
　　　　泜水。臣无栖身之处，遂投韩信帐下。那韩信受封齐王以后，致生骄傲之心，凡有
　　　　策划，皆自决断。在帐下者，言不听，计不从，逃去者十之八九。今闻大王将与刘
　　　　邦交战，愿投麾下，以效犬马之劳。焉敢行诈？

项　羽　哼！两国交兵之际，诈降甚多。你今此来，定是行诈。（大仓）

李左车　大王此言差矣。想臣乃一谋士，不能披坚执锐，冲锋破敌，不过随在左右，与大王
　　　　策划耳；听与不听，尽在大王。楚营虚实，韩信时有探报，不待臣诈降而后知之。

　　　　大王若是见疑，是臣误投其主，为不明也。飘荡无依，为不智也。莫若死在大王之前，以明心迹！（右袖举起，做欲碰死状）

项　羽　且慢！（大仓）哈哈哈……（嘟……仓）孤乃相戏耳。久闻广武先生英名，今日来归，乃楚国之幸，孤当朝夕与先生商讨破汉之策。

李左车　臣愿为大王效劳，万死不辞。

项　羽　真乃社稷之臣也。

　　　　〔钟离昧内白："走哇！"

　　　　〔【大锣水底鱼】钟离昧上，进门，面向项羽立。

钟离昧　臣钟离昧见驾，大王千岁！

项　羽　平身。

钟离昧　千千岁！【住头】（站立"小边"）

项　羽　上殿有何本奏？

钟离昧　启奏大王，韩信贴下榜文，辱骂大王；细作抄来，大王请看。

项　羽　呈上来待孤观看。【五击头】

　　　　〔钟呈榜文。

项　羽　（念）"倡议会诸侯，先将无道收；【小锣二击】

　　　　　　　　人心咸背楚，天意属炎刘。【小锣三击】

　　　　　　　　指日亡垓下，立时丧沛楼；【小锣二击】

　　　　　　　　剑光生烈焰，馘取项王头①。"

　　　　（崩0　登0　仓0）哇呀呀……（向后扔榜文）

〔西皮散板〕

【快纽丝】サ（7̣6̣ 6̣ 6̣5̣ 1̇ 3̇ 1̇ 2̇ 6̣ 2̣ 1̇）1̇ 3

　　　　　　　　　　　　　　　　　　　　　　　咬 牙

3 3 3̇2̇ 1̇2̇ 3̇（6̣ 1̇ 2̇ 3̇）3 2

切 齿 骂 韩 信，　（仓）拿 住

2̇1̇ 1 2̇（1̇ 6̣1̇2̣ 2̇）1 6̣5̣ 1 1‖

贼 子 碎 尸 分。

【住头】（白）众卿替孤传旨，即日兴兵破汉。

虞子期　臣启大王，汉兵势众，又兼韩信多谋，依臣之见，只可深沟高垒，暂不出兵，候彼军疲乏，陛下以逸待劳，一战可胜。使韩信无以用其谋，张良无以决其策，荥阳、成皋唾手可得也。

项　羽　这个——（嘟仓）

李左车　啊大王，如不亲征，汉兵闻之，必攻彭城；倘不能守，则大王无家可归矣。莫若领兵出战，胜则汉兵可破，不胜则可退归彭城；此乃进可以战，退可以守之策。大王舍此良谋，而欲株守，不亦误乎！

――――――――――――――――――――――――――

　　① 馘（guó 音国）：本为割左耳以计歼敌之功的专用词，此处即取割杀意。

项　羽　嗯！（大仓）先生之言，甚合孤意。众卿传旨；即日兴兵破汉！

虞子期
周　蓝　（同白）还请大王三思。
项　伯
钟离昧

项　羽　孤心已定，不必多奏，正是：【住头】今得先生必制胜。

众　将　（同白）即日兴兵破汉军。

〔【原场】项羽离座下。四御林军、四小太监、二大太监、众将分下。

〔【冲头】虞子期走至中台口。

虞子期　【叫头】且住！我看李左车此来，定有诈意；但是大王发兵之心已定，不能阻止，如何是好？（思索）（嘟……仓）【叫头】有了！不免去到后宫与娘娘商议商议，或能阻止大王出兵，也未可知。正是：【住头】金殿不能回上意，再请娘娘劝一番。

〔【原场】虞子期下。

第 三 场

〔【撤锣】【小锣帽儿头】
〔西皮小上楼〕

多罗． 卅 ³⁵6 6 ｜ 2/4 0 i 3 5 6 i ｜ 5 6 4 3 2 3 5 6 ｜

（扎）　六宫女持宫灯、符节上，"站门"。

5 0 1 5 6 1 5 ｜ 6 0 3 2 1 6 1 2 ｜ 3 5 6 i 5 6 4 3 ｜ 2 1 3 0 2 3 5 ｜

6 1 5 6 4 3 2 1 ｜ 6 5 3 5 6 0 5 ｜ 6 7 2 3 7 6 5 3 ｜ 6 7 6 5 3 5 6 ｜

〔西皮小开门〕
（扎）
0 3 5 3 5 6 ｜ i i 3 5 6 5 3 2 ｜ 3 0 3．5 6 i 5 0 ｜ …………

虞姬上。二宫女持掌扇随上；虞姬向台中走几步双抖袖，再向前走至中台口，转身抖袖念引子，二宫女持掌扇分立外场椅两旁。

虞　姬　（引子）明灭蟾光，金风里，

7 6 5 6 7 6̄ 3 4 3 2 2 3 － ‖

（吟唱）鼓　　角　　凄　　　　　凉。

〔念完引子转身向里走，坐"小边"六宫女分立两旁。曲牌收住。

虞　姬　（念）忆自从征入战场，

43

不知历尽几星霜；

何年得遂还乡愿，

兵气销为日月光。【小锣住头】

妾乃西楚霸王帐下虞姬。（扎）生长深闺，幼娴书剑；自从随定大王，东征西战，艰难辛苦，不知何日，方得太平也。

〔【小锣五击头】虞子期上，立"小边"台口。

虞子期　（念）忙将军情事，报与娘娘知。（一看）（嘟……仓）

来此已是后宫，待我叩环。（做叩环状）（台）

〔虞姬看大边外首宫女，宫女会意，出门立中台口。

宫　女　何人叩环？

虞子期　虞子期求见。

宫　女　候着。

虞子期　是。

宫　女　（进门面向虞姬）启娘娘，虞子期求见。

虞　姬　宣他进宫。

宫　女　（出门，立中台口）虞子期进宫。（进门复原位）

虞子期　领旨。【大锣五击】（进门面向虞姬）臣虞子期见驾，娘娘千岁！

虞　姬　平身。

虞子期　千千岁！（立"大边"）【住头】

虞　姬　进宫何事？

虞子期　这——耳目甚众。

虞　姬　（向众宫女）尔等回避。

八宫女　是。【大锣五击】（两边下）

虞　姬　（起立，轻声问）有何机密大事？

虞子期　臣启娘娘，今有刘邦、韩信等，统领大兵，前来讨战。我军寡不敌众，正宜深沟高垒，以逸待劳，奈大王听信降臣李左车之言，传旨明日发兵，大王此去，只恐中了他人之计。（大仓）

虞　姬　（回坐原位）群臣何不谏阻？

虞子期　群臣屡谏不听。

虞　姬　这便怎么处？

虞子期　欲请娘娘再劝大王，千万不可出兵。

虞　姬　如此卿家暂退，大王回宫时节，待我相劝一番就是。

虞子期　谢娘娘。

〔【冲头】出门，下。

〔虞姬起立，走至中台口。

虞　姬　【叫头】且住！适听子期之言，出兵甚是不利，怎奈大王性情刚猛，不纳忠言；恐日久必败于汉兵之手，思想起来，（双摊手）（嘟　仓）唉！好不忧虑人也！

【纽丝】（八宫女两边暗上）

〔西皮散板〕

廿(7̱6̇ 6̇ 6̇ 5 5 5 5 1̇ 3 6̱1̇2̇ 2̇ 6̇ 6̇ 2̇ 1̇ 1̇ 1̂̇) 3 3 5̱3
　　　　　　　　　　　　　　　　　　　　　　　大　王

5 7 2̇7̱ 6 1̇5 6 (6.5 3 3.5 6̂) 7 6 5̱6 1̱3 5
爷 他 本 是　　　　　　　　　刚 强 成

5̱6 (6 5 3 3 5 6̂) 1̇ 1̇2̇ 3 5̱3 5 1̇ 6̱1̇
性，　　　　　(仓) 时 常 里 忠 言

2̇6̱ 5 6 6 0 5 4 4 3 2 3 3 5 (0 4
语 就 不 肯 纳　 听。

3. 2 3 6 6̂) 3 3 5̱3 5 7 2̇7̱ 6 5 6
(仓) 怕 的 是 西 楚 地

(6 5 3 3 5 6̂) 5 6 7̱6 3 5 5̱6 1̇
被 人 吞 (哪) 并， 幸

1̱3 5 5 5 3 1̇ 5.6̱ 7̱6 5̱1̇ 3 2̇3
负 了 十 数 载 英 勇

5̱2 3̱2̂ (2 1 6. 6 1̇ 2̂) 1̇2̇ 6 5 5 4. 5
英 勇 名。

3 5 6.7̱6̱ 5 6 5 6̱1̇ 5 5̱5 5̱3 ‥‥‥‖
威　　 名。

「【纽丝】虞姬归原座。四御林军，二大太监上，在"小边"一字立。
「项羽上，至"小边"台口立。

〔西皮散板〕

项羽 サ（ 6̣ 6̣ 6 6 5 5 5 5 i̩ 3 6̣ i̩ 2 2̣ 7̄ 6̣ 6̣ 6 2 1 1 1̂ 1 ） 3 3̂ 2 2
　　　　　　　　　　　　　　　　　　　　　　　　　今　得　了

2 1̂ 2 3 3̄ 2̌ 6̣ 3 2 1 3 3̄ 2 （ 2 1̄ 6̣ 6̣ 1 2̂ ） 2 1̄²
李　左　车　楚　国　之　幸，　（仓）　　到　后

3 1 2 3̄2̌ （ 2 1̄ 6̣ 1 2̂2̂ ） 6̣ 1̄ 1 6̄ 1 3̄ 2²̂ 1 - ‖
宫　与　妃　子　　　　议　论　出　兵。

「【原场】二大太监进门白："大王到。"由"上场门"下。虞姬出门立"大边"台口。虞姬白："啊，大王。"四御林军由"上场门"下。项羽至中台口。项羽白："妃子。"项羽进门坐"小座"，虞姬随进，右腿跪项羽前。

虞　姬　妾妃接驾，大王千岁！

项　羽　妃子平身。

虞　姬　千千岁！（起立）

项　羽　赐座。

虞　姬　谢座！【大锣五击】（坐"小边"椅）

项　羽　【叫头】可恼哇！可恼

「虞姬右袖折起高举看项羽。（嘟……仓）虞姬面向外摊手惊异。

虞　姬　大王今日回宫，为何这等着恼？

项　羽　妃子哪里知道，今有刘邦，会合诸侯，兴兵前来，与孤讨战，又散出许多揭帖，辱骂孤家，你道恼是不恼！（嘟 仓）

虞　姬　大王就该深沟高垒等候救兵。不然寡不敌众，反中他人之计。

项　羽　想那刘邦反复无常，韩信奸诈；孤此番出兵，定要生擒韩信，灭却刘邦，方消心头之恨哪！（大仓）

虞　姬　用兵之道，贵在知己知彼；若因一时气愤，不能自制，恐汉兵势众，韩信多谋，终非大王之福。依臣妾之见，只宜坚守，不可轻动，大王三思！（嘟 仓）

项　羽　妃子之言，虽是有理，但是孤已传将令，怎好收回，岂不被诸侯耻笑孤家！

虞　姬　能屈能伸，方为俊杰，又怕何人耻笑哇！

项　羽　哎呀！【大锣五击】孤此番出兵，若不灭汉，誓不回程，（大仓）妃子你……不必多奏了。（嘟 仓）

虞　姬　（无奈起来）王心已定，妾妃不敢多言，如此何日发兵？

项　羽　明日发兵，妃子与孤同行。

虞　姬　领旨。愿大王此去，旗开得胜，马到成功，后宫备酒，与大王同饮。

项　羽　有劳妃子。

　　　　【纽丝】（起立，站"大边"台口）

〔西皮散板〕

サ（ 6 6 6 5 5 5 5 i 3 1 2 2 6 6 2 1 1 1 ） 2 1 2
但 愿 得

5 3 2 2 （ 2 1 6 1 2 2 ） 2 2 2 1 3 2 － － － －
此 一 去 旗 开 得 胜。

【纽丝】（虞姬立"小边"台口）

虞姬 サ（ 6 6 6 5 4 5 5 i 3 1 2 2 6 6 2 1 1 1 ） 5 i i 6 5 5 6 6
灭 刘 邦 擒 韩 信①

（ 6 5 3 3 5 6 ） 3 5. 6 7 2 6. 7 4 3 3 3 5 － － － －
共 享 太 平。

「【原场】虞姬向项羽拱手，项羽转身下。虞姬向外摊手，摇头、叹息表示悲观，背手下。八宫女随下。

第 四 场

「【冲头】项伯、周蓝、虞子期、钟离昧等四将先后上，"起霸"。在台口一字立，项伯在"大边"里首，虞子期在"大边"外首，周蓝在"小边"里首，钟离昧在"小边"外首。【四击头】亮相。【大锣归位】

＜点绛唇＞

四将 サ 6 i 5 4 3 5 2【小锣二击】2 2 1 2 6 1 5【小锣三击】
将 士 英 豪， 儿 郎 虎 豹，

5 5 4 3 5 2【小锣二击】3 2 1 2 3 5 6 i 5【小锣三击】
军 威 耀 地 动 山 摇，

---

① 早年曾唱作： 2 i 6 i 2 2. i 6 i i 6 i 2 i 1 1 （ 6 5 5
灭 刘 邦

2 1 1 2 1 ） i i 5. 6 6 i 2 2 2 2 2 （ 2. 3 5 5 2 1 6 1 2 2 ）
擒 韩 信

（　6　5　6Ｉ̇　5̂　0̂）2　2̂1　2̂1　6　1　5̂）

（念）要　把　　　　（唱）狼　烟　　　　　扫。

四　将　（同白）俺！（嘟……仓）

项　伯　项伯。

周　蓝　周蓝。

虞子期　虞子期。

钟离昧　钟离昧。【住头】

项　伯　众位将军请了。

三　将　（同白）请了。

项　伯　大王发兵，你我两厢伺侯。

三　将　（同白）请。（分立两边）

　　　　　〔【急急风】四楚兵、四御林军、李左车、八女兵、虞姬、女车夫、马童上，“站
　　　　门”。李左车、马童归“大边”，虞姬，女车夫归“小边”。

　　　　　〔【四击头】项羽上，亮相。

项　羽　（念）天下无敌将，英名谁敢当。

　　　　　〔【冲头】项伯、周蓝、虞子期、钟离昧到中间向项羽一字立。

四　将　参见大王。（分立两边）

项　羽　人马可齐？

四　将　俱已齐备。

项　羽　起兵前往。

四　将　（传令）起兵前往。

　　众　啊！

　　　　　〔奏唢呐曲牌＜朱奴儿＞。四将、李左车上马；虞姬在“小边”里首上车，与众兵
　　　　同下。【急急风】、【四击头】项羽上马。【急急风】项羽“趟马”至“大边”台中。
　　　　（崩 0 登 0 仓 0）项羽面向内勒马，同时大纛旗被风吹折。

马　童　狂风刮断纛旗！

项　羽　（回身面向外）哎呀！【快纽丝】

　　　　　〔西皮散板〕

サ（ 7̣6̣　6　6̣5̣　i̇　3　1̇2̇　6̣　2̣　1　1　1̂ ）｜ 4　3　3

　　　　　　　　　　　　　　　　　　　　　　　　　　霎　时　一

3　1̇　2̇　3　3（6̣　1̇2̇　3　3̂ ）｜ 6Ｉ̇　1　2　2　2̇.5̇

阵　狂　风　扰，　　（仓）　折　断　纛　旗　为

3̇2̇　1（7̣　6̣　2̣　1̂ ）｜ 2　2　3　3Ｉ̇2̇　2̇.（3̇　5̇　5̇

哪　条？　（仓）　乌　骓　声　嘶

48

```
2 1 6   1 2 2 )  ｜  2. 1   1   3   3̂2̂    （唢呐吹＜马唤＞）
          连   呱  哮，
```

【软四击头】左转身向内勒马，右转身向外勒马，抚摸马头状。

```
〔亮弦〕
（ 4 3  6̂1̂2̂ 2   2̂ - ）        【快纽丝】
```

（白）呀！

```
廿（7̂6̂ 6   6 5 1̇   3 1 2   6 2̇ 1̂ ）  ｜  3̂ 2   3   3 2 1
                                          遍   体   战
```

```
2（1 6 1 2  2̂ ）  4̂ 4 6 3 2 1   1   2̇  3̂2̂ 6̂1̂   1 - - - - ‖
抖              声           嘶   号。
```

项 羽　人马撤回！

「【急急风】众兵将，李左车、虞姬、女车夫由"下场门"上，分立两边。项羽立
　　　台中里首，虞姬立"小边"外首，李左车立"大边"外首。

　　众　　大王为何将人马撤回？

项 羽　孤方出兵，狂风折断纛旗，战马声嘶，却是为何？

周 蓝　臣启大王，旗折马吼，于军不利，大王千万不可出兵。

项 羽　哎呀！【大锣五击】武王以甲子而兴，纣以甲子而亡，何验于彼而不验于此；想这
　　　旗折马吼，军中偶然之事，何必多虑！

虞 姬　妾启大王，周卿乃是大王效忠之臣，所言不可不信，望大王从谏纳忠，实为万幸。

项 羽　这个——　（考虑）（嘟 仓）

李左车　啊大王，千万不可退兵。臣闻汉军正在缺粮，大王大军一到，彼将不战自乱，大王
　　　不可失此机会。

　　　「虞姬始觉李的阴谋，欲拔剑杀李。

项 羽　嗯！先生之言，甚合孤意。替孤传旨：大队人马往沛郡进发。

　　　「虞姬知项羽性刚，劝亦无用，只得收剑，双手向外一摊表示失望。

李左车　兵发沛郡！

　　众　啊！

　　　「【急急风】众兵将、虞姬、女车夫、项羽同下。李左车藏"大边"里首，候众
　　　下，返回立中台口。

李左车　【叫头】且住！幸得项羽中我之计，如今大功已成，不免回营报与韩元帅便了。

　　　「【冲头】由"上场门"下。

49

第 五 场

〔【快长锤】四汉兵、曹参、英布、孔熙、陈贺、彭越、吕马童、周勃、樊哙同上，"站门"。刘邦上，到中台口。

〔西皮摇板〕

刘 邦　……

（唱）霸王不遵怀王命，

【闪锤】（刘邦到中台口）

〔西皮流水板〕

我占咸阳自为尊。登台拜帅是韩信，暗渡陈仓取过三秦。左车诈降无音信——

〔【扫头】刘邦转身立台中。李左车上，立刘邦面前。

李左车　启奏主公：为臣诈降成功，项羽出兵，特来交令。

刘　邦　再命你站立山口，等候项羽到此，引他入山，不得有误！

李左车　得令！【冲头】（下）

刘　邦　众将官！

众　　　啊！（大仓）

刘　邦　迎敌者！

〔【急急风】众同走圆场，在"大边"站一字，刘邦立"大边"台口。

〔四楚兵、四御林军、项伯、周蓝、虞子期、钟离昧同上，在"小边"站一字。项羽上，立"小边"台口。双方会阵。

刘　邦　项羽请了。

项　羽　【叫头】刘邦！前者固陵之战，免你一死。五年之间，未尝与你亲自交锋，今日倒要见个高下。

刘　邦　【叫头】项羽！孤与你斗智不斗勇，今日一战，管教你全军覆没！

项　羽　一派胡言，看枪！（大仓）

（刺刘邦）

〔【急急风】樊哙、周勃冲上架住项羽。双方兵将"钻烟筒"，分下。

〔项与樊、周起打；曹、英由"上场门"冲上，四将与项起打；孔、彭、陈、吕由"下场门"冲上；八将与项起打，众将佯败下。

项　羽　追！

〔【急急风】四楚兵、四御林军、众将上，过场追下。项羽到台中，要"下场花"。

【四击头】亮住。【急急风】追下。

第 六 场

〔【乱锤】四汉兵、众将、李左车、刘邦上，过场下。

〔【急急风】四楚兵、四御林军、众将上，在"小边"站一字。项羽上，立台中。

项　羽　【叫头】且住！看前面一带山口，刘邦入山而逃，众将官！

众　　　啊！（大仓）

项　羽　随孤追赶。

项　伯　且慢！不要中了那贼诱兵之计。

项　羽　（省悟过来）呀！【纽丝】

〔西皮散板〕

サ（7̣6̣ 6̣ 6 5 4̣5̣ 5 5 1̣ 3 6̣12 2 7̣6̣ 6̣ 6 2 1 1 1）1 2

被

3 3 3 5̣32 1 2 3（6̣ 1 2 3）6̣1̂ 1 2

他 一 言 来　提 醒，　（仓）怕 中 奸

2　2. 5　3 2　1（7　6 2　1）2　2　1 2
计　诱　我　行。　　（仓）传　令　退

3　3/2　（2. 1　6　1 2 2）3　3/2　2　-
兵　　　　　　　　休　前　进——

〔【急急风】众反圆场由"上场门"下；项羽欲下。李左车由"下场门"上，立山
石后椅上。

李左车　大王请转！

（崩 0　登 0　仓 0　嘟　仓）

项羽勒马。　　　回顾。

李左车　大王！【纽丝】

〔西皮散板〕

サ（7/6 6　6 5　4/5 5　1 3　6/1 2 2　7/6 6　6 2 1　1 1）3　1　1 3
　　　　　　　　　　　　　　　　　　　　　我　有　一

3/2　（2. 1　6　6/1 2 2）3　5/2　2 1　1　6　7/6 6　1
言　　　　　　　　对　王　云。

李左车　【叫头】大王！汉室当兴，楚国当灭，今大王已入牢笼，若肯归降我主，为臣愿做
引见之人，请大王三思。

项　羽　答话者何人？

李左车　李左车在此。

项　羽　匹夫！【大锣五击】引诱孤家兴兵至此，恨不得将你碎尸万段，方消孤心头之恨！（大仓）

李左车　你敢上山？

项　羽　众将官！

众　（内应）啊！（大仓）

项　羽　追！

〔【急急风】李左车下，项羽追下。四楚兵、四御林军、众将，八女兵、虞姬、女
车夫、虞子期由"上场门"上，过场从"下场门"下。

第 七 场

〔【冲头】【大锣导板头】

〔韩信内唱。

| 霸 王 别 姬 |

〔西皮导板〕

艹(0 7̲6̲ 6̲6̲ 7̲6̲ 6̲6̲ 5̲5̲ 5̲1̲ 1̲1̲ 1̲1̲ 1̲1̲ 5̲3̲3 1̲2̲2̲ 7̲6̲ 6̲

2̲1̂)3 5̲ 6 5̲ 5 3 5 6̲·5 4̲5 3 (3̲·3 3 3)
　　九 里 山 下

5̲ 3̲ 5 6 7̲5̲ 6̲·5̲ 3̲·5̲ 3 5 6 7̲6̲ 5̲ 7̲5̲ 5 - - -
旌 旗 　　飘,

⌈【快长锤】四汉兵、樊哙执大纛旗上,站门,韩信上,立中台口。

〔流水〕

(7̲6̲ | 6̲ | 4̲5̲ | 5̲ 5̲ | 3̲ 6̲ | 5̲ 1̲ | 3̲ 2̲ | 1̲ 2̲ | 6̲ 5̲ | 5̲ 5̲)

1̲ | 1̲ 2̲ | 2̲ 2̲ | 2̲ 1̲ | 2̲ 5̲ | 3̲ 2̲ | 1̲ | 2̲ 5̲ | 3̲ | 3
十 面 　埋 伏 立 功 劳。 下 得 马

1̲ 2̲ | 2̲ (1̲ 3̲ | 5̲ 2̲ | 1̲ 6̲ | 1̲ | 艹 2̲) 2̲ 7̲1̲ 3̲ 3̲ 3̲2̲ 2 - - -
来 　　　　　　登 山 道。

⌈【快长锤】韩信、樊哙同下马,四汉兵两边分下,韩信立台中里首桌上,樊哙立
左边椅上。

〔西皮摇板〕

韩信 艹(7̲6̲ 6̲ 4̲5̲ 5̲ 5̲ 3̲ 6̲ 5̲ 5̲ 3̲ 2̲ 1̲ 1̲)6̲ 1̲1̲ 3̲ 3̲
　　　　　　　　　　　　　　　　　　　站 立 山

3̲2̂ (3̲ 5̲ 2̲ 1̲ 6̲ 1̲ 2̲ 0)艹 1̲ 1̲ 3̲ 2̲ 1̲ 7̲6̲ 1 - - -
头 　　　　　把 令 旗 摇。

⌈奏唢呐曲牌＜将军令·折鼓＞

⌈汉将执大旗分由两边上,布阵。

⌈【九锤半】李左车引项羽上。【阴锣】入阵。

⌈【急急风】李左车上,项羽追下,八汉兵随下。

53

〔西皮散板〕

韩 信【纽丝】卅 (6̲ 6 6̲ 5 5̲ 5 5 i̲ 3 1̲2̲2 7̲ 6̲ 6 2̲ 1̲ 1̲ 1) 3 2
　　　　　　　　　　　　　　　　　　　　　　　　　　　　　李 左

3 3 2̲ 5 3 - 3 4 3̲ 2̲ 1̲ 2 3 (6̲ 1̲ 2 3)
车 引 项　王　已　入　阵　道，　　　（仓）

1 3 2 3 2̲ 1 2 2̲ (1 6̲1̲2 2) 3
众 诸 侯 齐 奋 勇　　　　　　　争

1 3 2̲ 1̲ (7̲ 6̲ 2 1) 3 2̲ 1̲ 6̲ 3
立 功 劳。　　（仓）只 杀 得 血

2̲ 1̲ 3 1 3 2̲ (2̲1̲6̲ 1̲2̲2̲ 2) 1
成 河 尸 如 山 倒，　　　（仓）灭

3 2̲ 1̲ 6̲ 3 1 2 2̲ (1 6̲1̲2 2̲ 2̲)
西 楚 擒 项　王

6̲ 1 6̲1 2̲ 2 1 - ‖
就 在　　今　朝。

「项羽内唱。

〔西皮导板〕

【大锣导板头】卅 (0 7̲ 6̲ 6 7̲ 6̲ 6 6 5 5 5 5 5 5 0 i i i i

i i 0 4̲ 3̲ 3 6̲ 1̲2̲2 7̲ 6̲ 6 2̲ 1) 1 2̲ 3 3̲ 1̲2̲ 2 (3
　　　　　　　　　　　　　　　　越 杀 越 勇

5 5 2̲1̲6̲ 6̲ 1̲2̲2̲ 2) 3 2̲ 1̲ 2̲ 3 2 - - - - -
　心 暴　　躁，

霸王别姬

「【急急风】项羽左手执枪，右手执铜上，至台中转身。八汉将追上，包围项羽，项用枪挑开八将兵器。

〔西皮散板〕

【纽丝】艹（7̣6̣ 6 6 6 5 5 5 i 3 1̂ 2 2 7̣ 6̣ 6 6 2 1 1 1̂）2 3
汉　军

1 2̲ 2 2 3̲.5̲ 2 1 （7̣ 6̣ 2 1̂） | 1 2 3 1̲ 2
人　马　似　水　潮。　　（仓）　不　见　周

2 （2̲.1̲ 6̲ 1̲ 2 2̂）3 2̲3̲ 2 2 2̲3̲ 2 —
蓝　（用大枪架住八将兵器）　接　应　　到，

「【快纽丝】周蓝上，立"小边"台口。

〔西皮散板〕

周蓝　艹（7̣6̣ 6 6 5 i 3 1̲2̲6̲ 2 1̂）3 2 3 1 3
搭　救　大

3̲2̲ （2̲.1̲ 6̲ 1̲ 2 2̂）3 3 2 1 1 6̣ 7̣6̣ 1̂ —‖
王　　　　出　笼　牢。

「【急急风】周蓝用枪推开八汉将；项羽下，周蓝被刺死，八汉将追下。

〔西皮散板〕

韩信　【纽丝】艹（7̣6̣ 6 6 5 4̲5̲ 5 5 i 3 6̲1̲2̲2̲ 7̣ 6̣ 6 6 2 1 1 1̂）3 2̲3̲
三　军

1 2̲ 2 （2̲1̲6̲ 6̲1̲2̲ 2 2̂）2 1̲ 1 3 3̲2̲ —
带　马　　　　回　营　道，

「【纽丝】韩信、樊哙由高处下来，上马。四汉兵、樊哙下。韩信至"大边"台口立。

艹（7̣6̣ 6 6 5 4̲5̲ 5 5 i 3 7̣1̲2̲2̲ 7̣ 6̣ 6 6 2 1 1 1̂）6 1̲ 1
再　定

1 3 3̲2̲ （2̲1̲6̲ 6̲1̲2̲ 2̂）1 6 3 2 1 6̣ 1̂ —‖
楚　歌　　　计　一　条。

55

「【原场】韩信下。

第 八 场

「【快长锤】八女兵上，站门。虞姬上立"九龙口"。

〔西皮摇板〕

虞 姬

サ(⁷6 6 ⁴5 5 5 5 3 6 5 5 5 3 2 1 1 6 5 5 5) 3 3⁵ 5(5
自 从 我

6 5 3 6 5 5 3 2)1 1 3⁵ 5(5 6 5 3 6 5 5)7 7
随 大 王 东

⁷6 ⁷6 3 3 5 5 3 5 5 ⁷6 6³ —
征 西 战，

【闪锤】（走至中台口）

(⁷6 6 ⁴5 5 5 5 3 6 5 5 5 3 2 1 1 6 5 5 5)5 1
受 风

1 6 5 5 6 6 ⁵6 6 5 6 5 3 6 5 3 2
霜 与 劳 碌

1 1)1 1 5 5 6 5 3 5 5(5 6 5 3 6
年 复 一 年，

5 5 3 2 1 1 6 5 5 5)5 1 ¹3 3 3⁵ 5(5
恨 只 恨 无 道 秦

6 5 3 6 5 5 3 2 1 1)5 7 ⁷6 ⁷6 3 3
把 生 灵 涂

5 5 5 6 5 6 7 7 ²6 ⁷6 6³ —
炭，

霸王别姬

【闪锤】（转身向里走，坐"外场椅"，八女兵侍立两旁）

$(\overline{\underset{7}{6}}\ 6\ \underline{\overset{4}{5}\ 5}\ \underline{5\ 3}\ \underline{6\ 5}\ \underline{5\ 3}\ \underline{2\ 1}\ \underline{1\ 6}\ \underline{5\ 5}\ \underline{5\ 5})\ 3\ 3^{\frac{5}{7}}$

只　害

$5\ 5\ 6\ 6\ \overset{1\ 7\ 6}{\overset{5}{7}6}\ 6\ \underline{6\ 5}\ \underline{3\ 5}\ \underline{6\ 5}\ \underline{3\ 2}\ \underline{1\ 1})$

得　众　百　　姓

$3^{\frac{5}{7}}\ 5\ 6\ 5\ 3\ \overset{5}{7}3\ 5^{\frac{3}{7}}\ -\ \parallel$

困　苦　颠　　　连。

〔【纽丝】四御林军、二大太监上，立"小边"。项羽上，立"小边"台口。

〔西皮散板〕

项　羽 サ$(\overset{7}{7}6\ 6\ \underline{6\ 5}\ \overset{4}{5}5\ \underline{1\ 3}\ \overset{6}{7}\underline{1\ 2}2\ \overset{7}{7}6\ 6\ \underline{2\ 1}\ \underline{1\ 1})\ 3\ 3\ \underline{1\ 2}$

枪　挑

$2\ 1\ 2\ 3\ \overset{1\ 2}{2}\ \underline{1\ 3}\ \underline{2\ 1}\ \underline{6\ 1}\ 2\ (\overset{7}{7}6\ 6$

了　汉　营　中　　数　员　上　将，

$\underline{6\ 5}\ \underline{5\ 5}\ \overset{5}{3}3\ \overset{6}{7}\underline{1\ 2}2\ \overset{7}{7}6\ 6\ \underline{2\ 1}\ \underline{1\ 1}\ \overset{⌢}{1})\ 1\ 3$

（仓）纵　英

$2\ 3\ 1\ 2\ \overset{\vee}{6}\overset{1}{7}\ \underline{1\ 2}\ 3\ \underline{2.\ 3}\ \underline{2\ 1}\ \underline{6\ 1}\ 1\ (7$

勇　怎　提　防　十　面　的　埋　藏。

（二大太监进门报："大王到！"）

$\underline{6.\ 2}\ \overset{⌢}{1})\ 2\ 1\ 2\ 3\ \underline{1\ 2}\ 3\ \underline{1\ 2}\ \overset{⌢}{2}$

（仓）传　将　令　休　出　兵

（二大太监由"上场门"下。虞姬出门，立中台口）

$(\underline{2\ 1\ 6}\ \overset{6}{7}\underline{1\ 2}\ \overset{⌢}{2})\ \overset{1}{6}\ 1\ 2\ \overset{⌢}{2}\ -\ \parallel$

各　归　营　帐，

〔【纽丝】项羽下马。四御林军由"上场门"下。

〔【乱锤】虞姬迎接，双手扶项羽同进门，项立台中，虞立"小边"，上下打量项，

57

见他未受伤，表现出欣慰状。

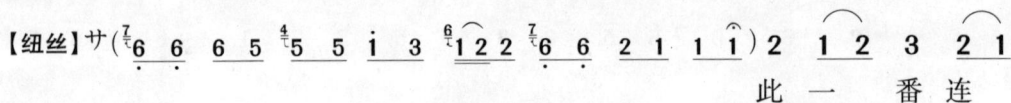

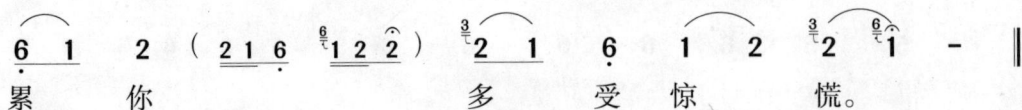

【纽丝】

此一 番连

累 你 多 受 惊 慌。

【住头】（嘟 仓）

「项羽坐"外场椅"，虞姬坐"小边跨椅"。项羽摇头叹息。

虞 姬　啊大王，今日出战，胜负如何？

项 羽　枪挑汉营数员上将，怎奈敌众我寡，难以取胜，此乃天亡我楚。唉！（大仓）非战之罪也！（嘟 仓）

虞 姬　兵家胜负，乃是常情，何足挂意。

项 羽　唉！（嘟 仓）

虞 姬　备得有酒，与大王对饮几杯以消烦闷。

项 羽　有劳妃子！

虞 姬　（起立向宫女）看酒。

「【慢长锤】项羽归里坐；虞姬向外摊手表示愁闷无奈状。转身坐"小边"椅。"大边"一女兵由"下场门"取灯放桌上。"小边"一女兵由"上场门"取酒具放桌上，斟酒。

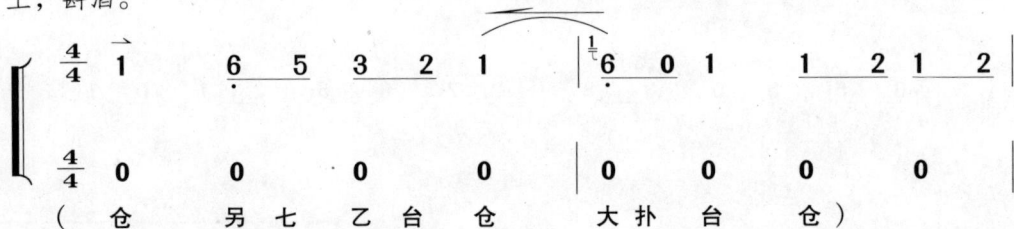

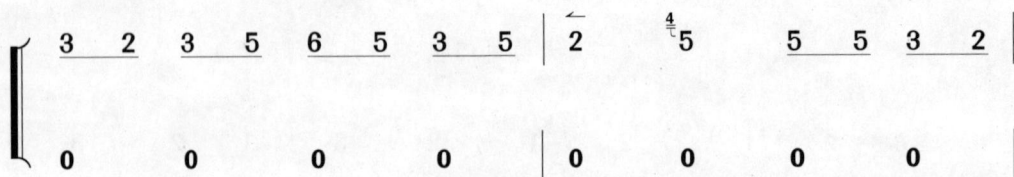

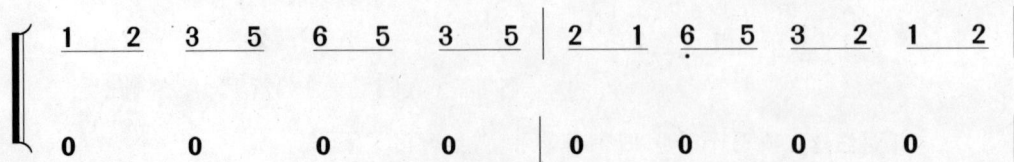

（仓 另七乙台仓 大扑台仓）

霸王别姬

〔西皮原板〕

```
6· 1  2  5  3· 6  1 2  | 1    1̃6   3↗    3  2  |
0     0     0     0     | 0    0    3     3     |
                                   (项羽唱)今   日
```

```
1 2  3  4  3  5  3̄ 6· | 2 3  1  2  3    1     |
1 2  3     3  0  0     | 2    1 2  3   1̃2      |
里            败  阵  归
```

```
2    1    6· 1  2    | 2    1  2  3    2     |
2    0    0     0    | 2    1 2  3   1̃2      |
                                   心   神
```

```
2 3  1 2  3  5  2  1  | 2    2    2 1  6· 1  |
0    0    3  2̄ 1  2    | 2  -    -    -       |
不          定。
```

```
2    1    6· 1 2  1  | 2  0 1    1 2  1 2  |
0    0    0     0    | 0  0    0     0     |
```

渐慢
```
3  0  5 1̇ 6 5 3 5  | 2 1 6· 5 3 2 1 2  |
0     0     0       | 0    0     0       |
```

（虞姬向项羽拱手敬酒）

59

$$\overline{\underset{0}{\dot{6}}\ 1\ 2\ 5\ 3\ \dot{6}\ 1\ 2} \mid 1\ \overset{\frown}{\dot{6}}\ \ 5\ \ \dot{6}\ 2 \mid$$

$$\underset{0}{0}\ \ 0\ \ 0\ \ 0 \mid 0\ \ 0\ \ 5\ 3\ \overset{\frown}{6\ \dot{1}} \mid$$

（虞姬接唱）劝　　　　大

$$1\ \overset{\rightarrow}{7}\ \underline{6\ 5\ 3\ \dot{6}} \mid \overset{\leftarrow\rightarrow}{1\ 1}\ \underline{3\ 6}\ \underline{5\ 3}\ \underline{6\ 5} \mid$$

$$\underset{\underline{6}}{\dot{1}}\ 0\ 7\ \underset{\underline{6}}{7}\ 0\ 0 \mid \underline{1\ 1}\ 3\overset{5}{\underset{\overline{}}{}}\ \ 5\ \ \underline{6\ 5} \mid$$

王　　　　　休愁　闷

$$\underline{5.\ \dot{1}}\ \underline{3\ 2}\ \underline{3\ 5}\ \underline{6\ \dot{1}} \mid \underline{6\ \dot{1}}\ \underline{3\ 5}\ \underline{6\ \dot{1}}\ \underline{2\ 3} \mid$$

$$\underline{5.\ 6}\ \underline{3\ 2}\ \underline{3\ 5}\ \underline{6\ \dot{1}} \mid 6\overset{\dot{1}}{\underset{\overline{}}{}}\ \underline{3\ 5}\ \underline{6.\ \dot{1}}\ \underline{2\ 3} \mid$$

且　　放　　　　　　宽

渐快

$$\overset{\leftarrow}{5}\ \overset{\rightarrow}{5}\ \overset{\leftarrow}{5\ 6}\ \underline{5\ 6}\ \underline{5\ 6} \mid \underline{3\ 6}\ \underline{5\ 3}\ \underline{2\ 1}\ \underline{6\ 1} \mid$$

$$\underline{5\ \ 5\ \ 3\overset{5}{\underset{\overline{}}{}}}\ 0\ 0 \mid 0\ \ 0\ \ 0\ \ 0 \mid$$

心。①

$$\underline{5\ \dot{1}}\ \underline{3\ 5}\ \underline{6\ 5}\ \underline{6\ \dot{1}} \mid 5\overset{3}{\underset{\overline{}}{}}\ \overset{\leftarrow}{\dot{1}}\ \overset{\rightarrow}{\dot{1}}\ \dot{1}\ \underline{3\ 2} \mid$$

$$0\ \ 0\ \ 0\ \ 0 \mid 0\ \ 0\ \ 0\ \ 0 \mid$$

$$\underline{1\ 2}\ \underline{3\ 5}\ \underline{6\ 5}\ \underline{3\ 5} \mid \underline{2\ 1}\ \dot{6}\ 5\ \underline{3\ 2}\ \underline{1\ 2} \mid$$

$$0\ \ 0\ \ 0\ \ 0 \mid 0\ \ 0\ \ 0\ \ 0 \mid$$

---

① 早年曾唱作：$\overset{\frown}{\underline{6.\ \dot{1}}}\ \underline{4\ 3} \mid \underline{3\ 2}\ \underline{0\ 3} \mid \underline{4\ 3}\ \underline{6\ 3}\ 3\overset{5}{\underset{\overline{}}{}} \mid 5\ \cdots\cdots$

　　　　　　　　宽　　　　　心

（项羽唱）怎 奈 他 十 面 敌 如 何 接 应！

渐慢

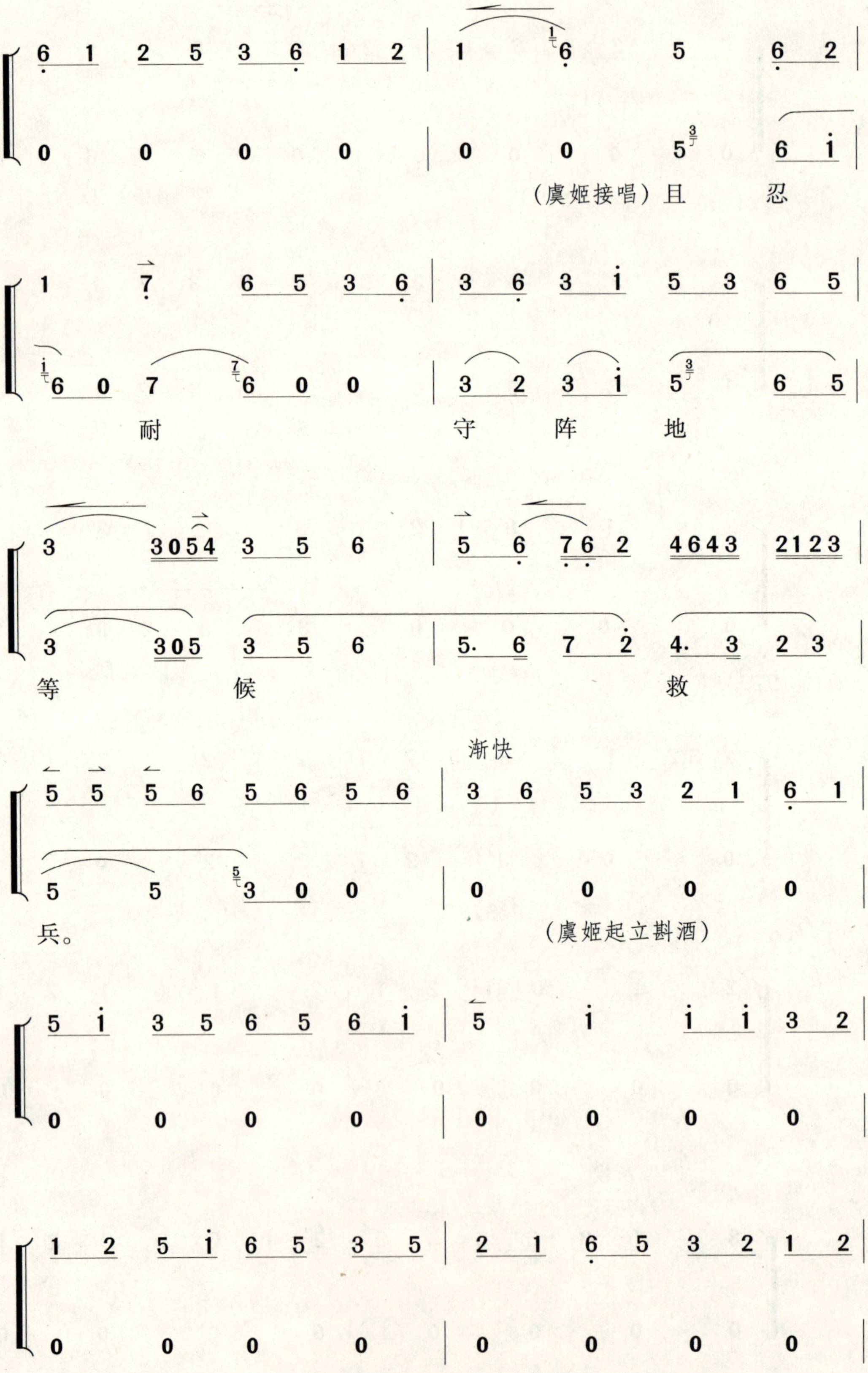
（虞姬接唱）且 忍
耐 守 阵 地
等 候 救
渐快
兵。
（虞姬起立斟酒）

（项羽唱）没 奈

何 饮 琼 浆

消 愁

解 闷。

【快长锤】项羽饮酒。

〔亮弦〕

（ ）【凤点头】

虞 姬 大王！

自 古

道 兵 胜 负

乃 是 常 情。

项　羽　嗯！

「（嘟……仓）项羽伸欠状。

虞　姬　大王身体乏了，到后帐歇息片刻如何？

项　羽　妃子你要警醒了！

虞　姬　遵命。

「【大锣五击】项羽下。

虞　姬　（向女兵）尔等退下。

八女兵　是。（分下）

【初更】（大堂鼓）

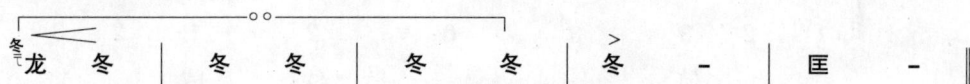

「台上灯光转暗，八女兵分下，虞姬持灯，按剑出门到"大边"，再到"小边"，向内望，【小锣一击】进门灯放桌上，脸朝外搓手叹息，然后坐"小边"椅，俯首思索。四更夫分上，过场下。

【二更】

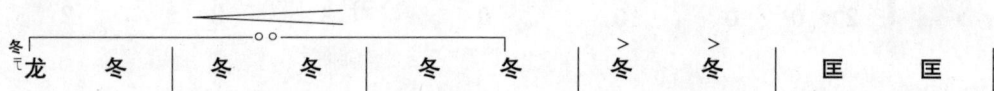

「虞姬向外一望。【小锣一击】

虞　姬　大王醉卧帐中，我不免去到帐外，闲步一回。

〔南梆子〕

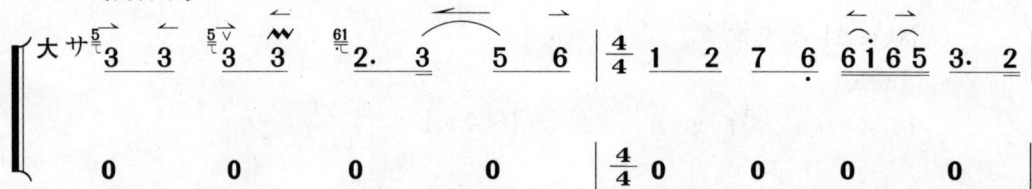

（离座，向前走，搓手揉胸）

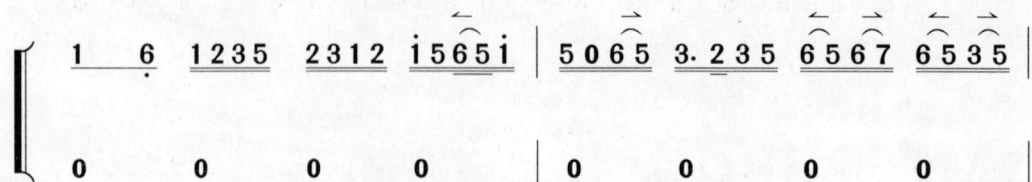

（台）

（双手外摊）

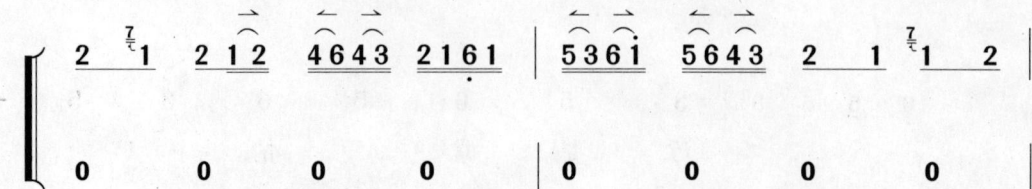

64

65

$\widehat{6}$ $\dot{\overline{7}}$ $\widehat{6}$ $\quad$ $\overset{\curvearrowright}{6}$ 5 4 3 5 | 6 7 6 5 3 . 5 6 $\dot{1}$ |

$\overset{7}{6}$ 6 $\overset{3}{6}$ 0 | 0 0 0 0 |

稳，

$\overset{\frown}{6}$1$\overset{\frown}{5}$6 $\dot{1}$ 7 6 7 6 5 | 3 $\dot{6}$ 3 5 6 $\dot{1}$ $\overset{\frown}{6}$5$\overset{\frown}{3}$5 |

0 0 0 0 | 0 0 0 0 |

6 $\overset{>}{2}$ 7 6 5 3 6 5 | 3 . 5 6 5 4 6 3 5 |

0 0 5 6 5 | 3 . 5 6 5 4 $\overset{5}{4}$ 3 |

我 这 里

2 1 6 $\dot{1}$ 6 7 6 5 6 5 | 3 5 6 $\overset{7}{6}$ $\overset{5}{3}$ 2 3 2 |

0 0 $\overset{7}{6}$ $\overset{1}{5}$ | 3 5 $\overset{7}{6}$ 3 0 |

出 帐 外

（右手执斗篷襟，低头出门）

$\overset{\sim}{1}$. 1 1 0 2 3 2 3 3 3 | $\overset{7}{6}$ 6 $\overset{\sim}{1}$. 1 6 0 3 2 3 1 2 |

$\dot{1}$ 1 0 $\dot{2}$ 3 2 3 | $\overset{3}{6}$ 0 $\dot{1}$ $\overset{1}{6}$ 0 3 $\overset{3}{2}$ 7 |

且 散 愁

（右转身，面向外）

6 5 6 2 7 0 6 . $\dot{1}$ 5 3 6 $\dot{1}$ 5 6 5 | 3 5 6 $\dot{1}$ 6 5 3 5 2 1 6 1 |

6 . $\dot{2}$ 7 6 5 $\overset{7}{6}$ $\overset{7}{5}$ | $\overset{5}{3}$ 0 0 0 |

情。

（双手执斗篷左襟，蹲身亮矮相）

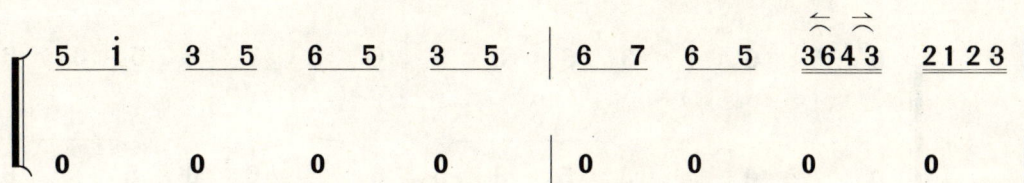

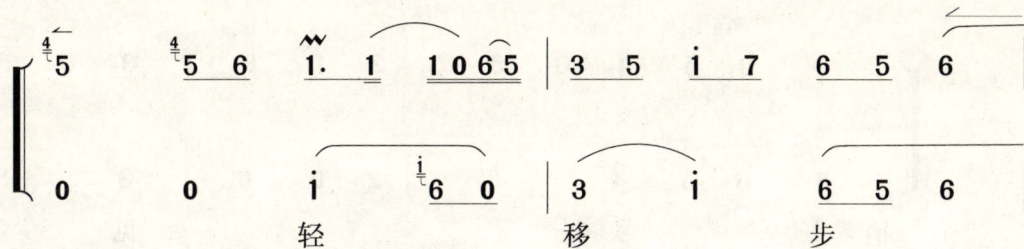

轻　　移　　步
（由"大边"台口左转身向里走半圆场）

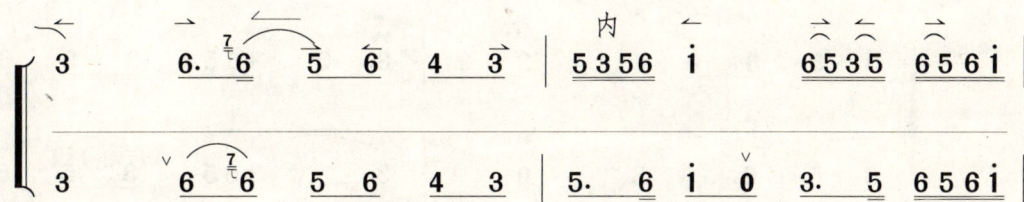

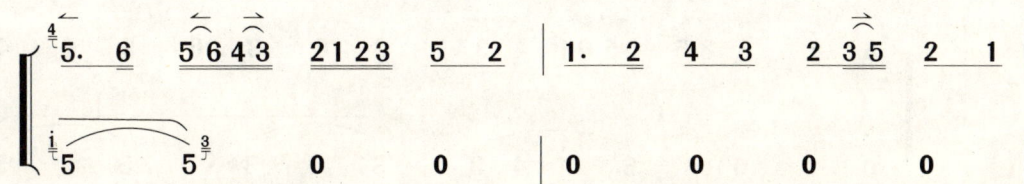

走　　向

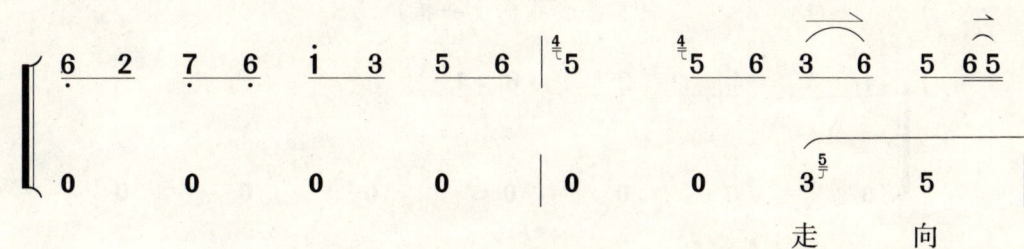

前　　荒　郊
（到台中面向外）

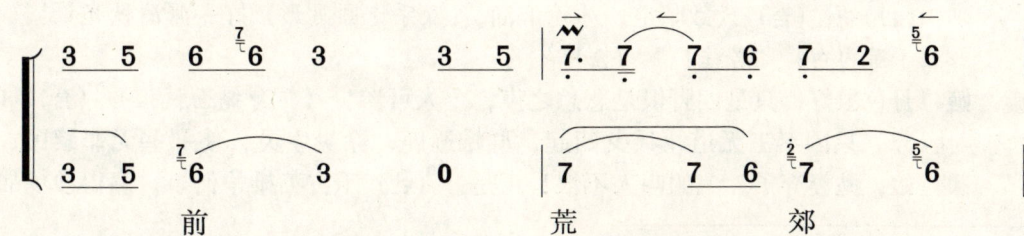

站　定，　　猛

抬　头　　　见　碧

（右手托腮，视向"大边"台口上角处）

落①　　月　色

清　　　明。

（右手食指向上一指）

（白）看（台）云敛晴空，冰轮乍涌，（双手比圆月形）好一派清秋光景！
「幕内白："苦哇！"」（台）

虞　姬　月色虽好，只是四野俱是悲愁之声，令人可惨！（转身掩面拭泪）（台）（转身向外）只因秦王无道，兵戈四起，群雄逐鹿，涂炭生灵，使那些无罪黎民，远别爹娘，抛妻弃子，怎的叫人不恨！正是：（扎）千古英雄争何事，赢得沙场战鼓寒。

———

① 碧落：指天空。

（在"大边"走一小圆场）

【三更】

冬龙 | 冬 | 冬 冬 | 冬 冬 | 冬 冬 | 冬 匡 | 匡 匡 ‖

「汉兵内唱。

〔楚歌〕（笛子、月琴等伴奏）

（多多）6 5 6 5 6 5 6 5 5̆ 3

家 中 撇 得 双 亲 在，

（楚歌声，虞姬似未听见）

2 1 1̣ 1 2 3 1 6̣ 5 5̆ 6̇

朝 朝 暮 暮 盼 儿 回。

「四更夫上，台口站"一字"。虞姬急转身到"大边"里首以斗篷遮面，然后慢慢放下，在更夫身后偷听谈话。

更夫甲　伙计们，你们听见了没有？

更夫乙　听见什么？

更夫甲　怎么四面敌军唱的歌声，跟咱们家乡的腔调一个味儿，这是怎么回子事啊？

更夫乙　是啊，不明白，是怎么回子事啊？

更夫甲　我明白啦，这必是刘邦已得楚地，招来的兵，都是咱们乡亲，所以他们唱的都是咱们家乡的腔调。

更夫乙　这可怎么好哇！

更夫丙　不碍，咱们大王爷有主意。

更夫丁　得啦罢，大王爷有什么主意？天天除了饮酒以外，一点儿主意也没有。

更夫甲　你说得不错，咱们大王爷忠言逆耳，目不识人，误用李左车，引狼入室，中了人家诱兵之计。这会儿被困在垓下，天天盼望楚兵来救。可是刘邦又得了楚地，后援断绝，这可怎么好呢？（虞偷听）

更夫乙　要依我看，咱们大家一散，各奔他乡得啦！

「虞姬听之，急按剑欲上前制止。

更夫甲　别胡说！咱们大王爷的军令最严厉，万一有个差错，那可了不得，还是巡更要紧。

「虞姬收回剑。

众更夫　走着，走着。

【四更】

冬龙 | 冬 | 冬 冬 | 冬 冬 | 冬 冬 | 冬 冬 | 匡 匡 | 匡 匡 ‖

「四更夫由"下场门"下。虞姬由"大边"里首绕到"小边"，目送更夫下场后走到中台口。

虞　姬　哎呀且住！（台）适听众兵丁谈论，只因救兵不到，大家均有离散之心，哎呀，大王啊大王，只恐大势去矣！（双手一摊）

（向"下场门"走几步，背向外）

〔南梆子〕①

（虞姬接唱）适　　　听　　　得

①　这段〔南梆子〕尺寸较快。

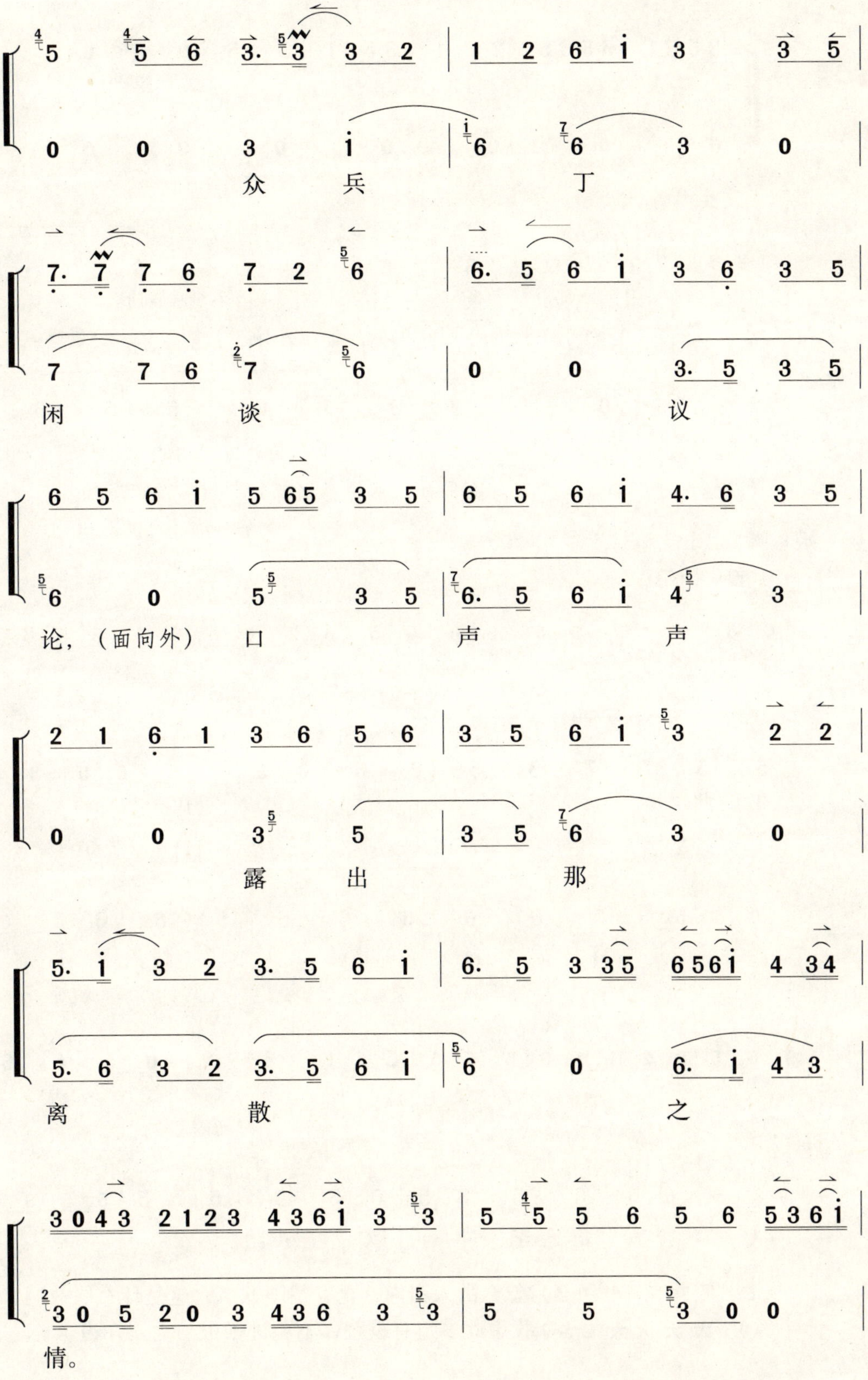
众 兵 丁
闲 谈 议
论，（面向外） 口 声 声
露 出 那
离 散 之
情。

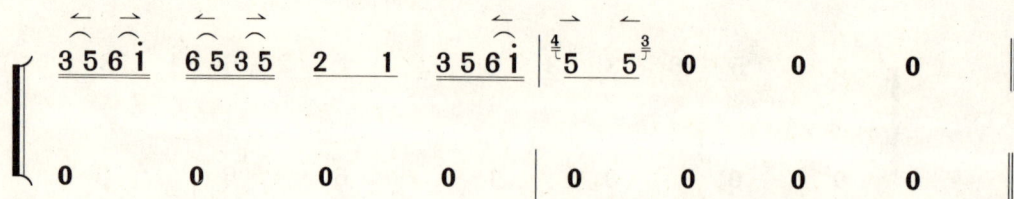

```
3 5 6 i   6 5 3 5   2   1   3 5 6 i | 5   5   0   0   0 ‖
0         0         0   0   0       | 0   0   0   0   0 ‖
```

「汉兵内唱。

〔楚歌〕

（多多）ㄓ 3 5 6 5 3 5 6 5 6 5 3

田 园 将 芜 胡 不 归，

（虞姬向"上场门"走几步，背向外倾听）

```
2   1   6   1   2   3   1   6   5   5   6   -  ‖
```

千 里 从 军 为 了 谁！

（虞姬退至中台口，左转身面向外，露惊恐之色）

虞 姬 呀！【小锣凤点头】

〔西皮摇板〕

（6 6 5 5 5 3 6 5 5 3 2 1 1 6 5 5 5）3 3 5

　　　　　　　　　　　　　　　　　我 一 人

　　　　　　　（1 7 6）

5 5 7 7 5 5 6 6 6 5 3 5 6 5 3 2 1 1

在 此 间

　　　　　　　　　　　　　　　（1 7 6）

6 5 5 5 5）5 6 6 3 3 5 5 6 6 6 5 3 5

自 思 自 忖，

　　　　　　　　　　　　　　（1 7 6）

6 5 3 2 1 1 6 5 5 5）5 i 5 i 6 5 6 6 6 5

猛 听 得 敌 营 内

3 5 6）5 3 5 3 5 6 5 6 5 5（5 5 3 6 5）‖

有 楚 国 歌 声。

（白）哎呀且住！（台）怎么敌人寨内，竟有楚国歌声，这是什么缘故啊？（思索）（**大 大 大 大 乙台**）我想此事定有蹊跷，不免进帐报与大王知道。

霸王别姬

【五更】

冬龙 冬 | 冬 冬 | 冬 冬 | 冬 冬 |

冬 冬冬 | 匡 匡 | 匡 匡匡 |

（进门，走圆场，面向"下场门"）

大王醒来，大王醒来！

项　羽　（急由"下场门"上，按剑，以为有敌情）啊！（嘟仓）

虞　姬　妾妃在此。

项　羽　（放剑）妃子，何事惊慌？

虞　姬　适才正在营外散步，忽听敌人寨内，竟有楚国歌声，不知是何缘故哇？

项　羽　啊？有这等事！

虞　姬　正是。

项　羽　待孤听来。

虞　姬　请。

「【大锣五击】项羽、虞姬同出门，项站"大边"台口，虞站"小边"台口，倾听。
「汉兵内唱。

〔楚歌〕

(多 多) ↑6　5　3　5　6　5　6 5 5 3

沙　场　壮　士　轻　生　死，

6 1　2 1　2 3　1 6　5 5 6（嘟崩0登0仓0）

十　年　征　战　几　人　回！

项　羽　哇呀呀……

「项、虞同回身向内双摊手。【冲头】台上灯光转亮，项、虞同进门，项站"大边"，虞站"小边"。

项　羽　【叫头】妃子！四面俱是楚国歌声，莫非刘邦已得楚地不成？（大仓）

虞　姬　不必惊慌，差人四面打探明白，再做计较。

项　羽　言得极是。近侍哪里？

「【冲头】二太监上，进门，面向项羽。

二太监　参见大王，有何吩咐？

项　羽　四面俱是楚国歌声，吩咐下去，速探回报。

虞　姬　快去！

二太监　领旨。【冲头】（出门，由"上场门"下）

项　羽　【叫头】妃子！敌军多是楚人，定是刘邦已得楚地，孤大势去矣！（嘟仓）

虞　姬　此时逐鹿中原，群雄并起，偶遭不利，也属常情。稍挨时日，等候江东救兵到来，
那时再与敌人交战，正不知鹿死谁手！（左手食指点右手掌心，再向身旁绕圈、翻

73

腕，平头高举，指右手）

项　羽　【叫头】妃子啊！你哪里知道。前者，各路英雄，各自为战，孤家可以扑灭一处，再
　　　　战一处。如今各路人马，并力来攻，这垓下兵少粮尽，万不能守；此番出兵与那
　　　　贼交战，胜败难定，哎呀妃子呀！【大锣五击】看此情形，就是你我，（大仓）分别之
　　　　日了！【纽丝】（虞姬转身，偷偷试泪）

〔西皮散板〕

十 数 载

恩 情 爱 相 亲 相 倚，

眼 见 得 孤 与 你

就 要 分 离。

〔虞姬听项羽之言，无法抑制感情，伏在项羽臂上悲泣。此时唢呐奏＜马唤＞，二人
　同吃一惊。

项　羽　啊！（嘟　仓）此乃孤家的乌骓声嘶。马童！将乌骓牵了上来。

〔【急急风】项羽、虞姬同出门，项立"大边"台口，虞立"小边"里首。【冲头】
马童牵马上，唢呐奏＜马唤＞，马童用力将马拉到项羽面前。

项　羽　（做抚摸马首状）【叫头】乌骓呀乌骓！想你跟随孤家，东征西战，百战百胜。今日
　　　　被困垓下，就是你——（大仓）唉！也无用武之地了！【纽丝】

〔西皮散板〕

乌 骓

马 它 竟 知 大 势 去 矣，

（仓） 因 此 上

霸王别姬

```
  6          ⌒                    ⌒
1  6  1  2 ( 2.1 6  6.1 2 )  6  1   6161  3  2  1 -
   在  帐  中              咆   哮    声   嘶。
```

（虞姬到项背后示意马童牵马下去）

「【长尖】马童会意，牵马下。唢呐奏＜马唤＞。项、虞一前一后平举右臂望马童牵马下，露留恋之意，然后回身同进门。

项 羽　唉！（嘟 仓）

虞 姬　（安慰）啊大王，好在垓下之地，高岗绝岩，不易攻入，候得机会，再图破围求救，也还不迟呀。

项 羽　（明知无望，只有长叹）唉！（嘟 仓）

虞 姬　（勉强打起精神请项羽饮酒）哦，备得有酒，再与大王多饮几杯！

项 羽　如此——（空－匡）酒来！

「项羽向虞姬前进三步，右手一指。虞后退三步，斗篷平举胸前，半蹲身凝视项羽，亮相。

虞 姬　大王请！（悲痛地，强作欢声，声调颤抖）

「奏唢呐曲牌＜小傍妆台＞

「项羽转身归里座。虞姬背脸拭泪，然后坐"小边"椅，斟酒，曲牌止。

虞 姬　（拱手）大王请。

「奏唢呐曲牌＜急三枪＞虞姬举杯未饮，项羽饮完，虞又起立斟上一杯。

项 羽　（长叹）唉！（将酒杯后掷，虞姬一惊）（大仓）想俺项羽呵！（离座到"大边"台口，虞随之起立）

＜霸王歌＞（月琴、三弦伴奏）

```
      ⌒      ᴎ    ⌒           ⌒
(扎) サ 2 | 2/4 3   2 | 1    1 0 | 1  6 1 |
      力   拔  山   兮   气      盖
```
（右转身到"大边"里首，举右　　　　　（到"大边"台口
拳亮相。虞到"小边"台口左转　　　　　将髯亮相，虞姬左
身蹲下看项亮相）　　　　　　　　　　转身到"小边"里首

```
 6         v                    ⌒        6 ⌒
 5  -  |  1   6  |  6  |  5   |  5  0  3  |
 世,      时   不    利  兮       雏
```
向外双臂平举亮相）　（虞姬正云手，左转身走小圆场到台中，双手往左平指，

```
⌒       ⌒                      ⌒             v
2 1 3 | 3 0 3 | 3 | 2 1 | 3 | 3  0 |
不   逝。   雏    不   逝 兮
```
项在"大边"做相对身段）　　　　（二人同做勒马身段）

75

```
5   6 1 | 1 5  5 0 ﹀ | 1 6 | 6  5 | 卅(大大)
可   奈 何!        虞 兮 虞 兮
(二人同向外摊手)        (项右手握虞左手对视)

6   6  6 1 6 6  5 - ‖
奈  若      何!
(项唱带哭声,虞伏在项右臂上悲泣)
```

「【原场】虞姬慢慢地抬起头来,后退几步,面对项羽。缓锣。

虞 姬 大王慷慨悲歌,使人泪下。待妾歌舞一回,聊以解忧如何?

项 羽 唉,有劳妃子!

虞 姬 如此妾妃出丑了!

「虞姬双手提斗篷左襟,在胸前平举,面向项羽缓慢地蹲下。"出丑了"尾声抖颤,把头低下去。

「【慢长锤】调阴沉,随表情身段要不时加【撕边】,项把虞扶起,虞勉强带笑,做手势示意:"请项入座饮酒,我去脱掉斗篷再来歌舞。"项无奈转身入里坐。虞面转愁容向外摊手,转身由"上场门"下。到后台脱去斗篷,卸下单剑,换双剑。在【长锤】加【撕边】中左手抱双剑仍由"上场门"出场。

```
0   0   0   0 62 | 2/4 1 62 7612 | 5 6 1  6 0 4 |
    【大锣夺头】多罗0

0   0   0   0   | 2/4 0    0    | 0      0     |
                  (身段,见"舞剑说明")


3 4 3.2    5 6 3 0 2 | 3 2 5 3 6 5 3 2 | 1 2 3 5 6 5 6 1 |

0          0          | 0               | 0               |


5 3 6 1 6 5 3 5    2 1 2 3 5 6 | 1 1 0 | 0 6 2 |
                              |       | (多罗0)
0                  0          | 0     | 0     |
```

〔西皮二六板〕

```
3  3   3 4 3 6 | 1 0 2 1  6.1 2 3 5 | 7 6 6  5 5 3 6 |
3      3 0 ﹀   | 1 0 2 1  6.1 2 2  | 7 6 6  5       |
```

虞 姬
劝   君   王

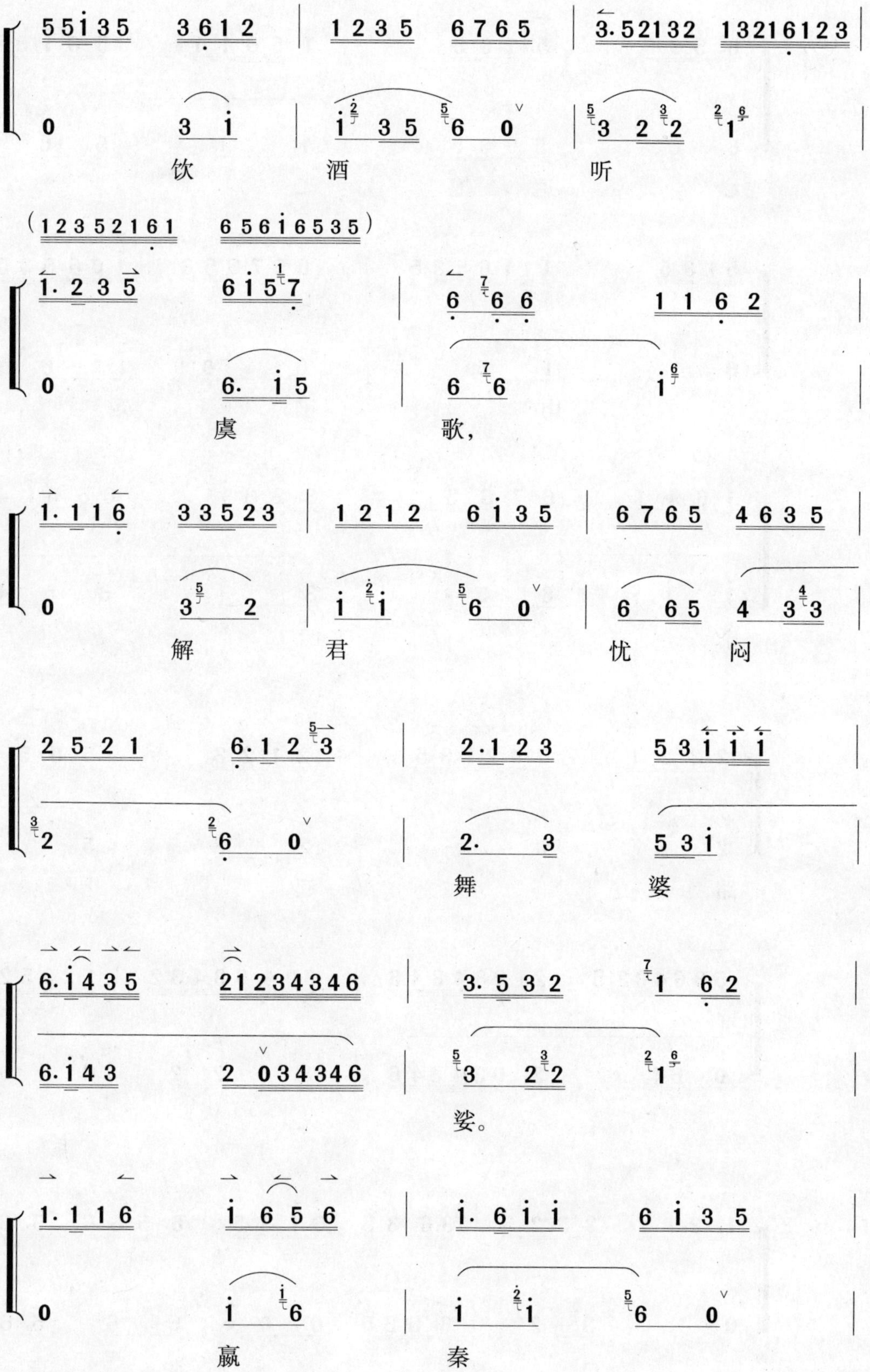
饮 酒 听
虞 歌,
解 君 忧 闷
舞 婆
娑。
赢 秦

6. 5 6 7̲6	5. 2 3 5	1̂ 5̲ 6̲ 1 1	5 3 1̂ 3
6 7̲6	5 3̲5	1 2̲1 1̲5 0	

无　　道把　江

5 1̲ 3̲ 5	1̲ 1̲ 1̲ 6̲ 5̲ 3̲ 5	6̲ 5̲ 7̲ 6̲ 5̲ 6̲	1̲ 0̲ 6̲ 5̲ 3̲ 5̲ 6̲ 5̲
0	1̲ 2̲1 5	5̲6 0	1̲ 1̲6

山　　　　破，　英

1̲ 6̲ 1̲ 1	6̲ 7̲ 6̲ 5	3. 2̲ 3̲ 1̲	6̲ 5̲ 6̲ 1̲ 4̲ 3
1̲ 2̲1 5̲6 0		5̲3. 1̲	6̲ 5̲ 4̲ 3

雄　　　　四

2̲ 3̲ 2̲ 1	6̲. 1̲ 2̲ 1̲ 3̲ 5	2. 1̲ 2̲ 3	5̲ 0̲ 5̲. 5
3̲2̲ 6̲.	0	2. 3	5

路　　　　　起　　干

5̲ 3̲ 6̲ 4̲ 0̲ 3̲ 5	2̲ 1̲ 2̲ 3̲ 4̲ 3̲ 4̲ 6	3̲ 0̲ 4̲. 6̲ 3̲ 4̲ 3̲ 2	1̲ 2̲ 3̲ 5̲ 2̲ 1̲ 6̲.
0̲ 6̲ 4̲ 3	2̲ 0̲ 3̲ 4̲ 3̲ 4̲ 6	5̲3. 3̲2̲ 2	1̲6̲ 0

戈。

1̲. 2̲ 1̲ 2	3̲ 5̲ 2̲ 5	3̲ 6̲ 3̲ 5	6̲ 1̲ 3̲ 5	6̲. 5̲ 6̲ 7̲6	5̲. 6̲ 3̲ 2
0	3̲5̲ 2	3̲. 5̲ 3̲ 5̲ 5̲6 0		6̲ 7̲6	5̲. 6̲ 3̲ 2

自　　古　　　　常　言

霸王别姬

79

① 曲牌＜夜深沉＞原名＜风吹荷叶煞＞。

| 霸王别姬 |

2. 1 2065 | 3561 6535 | 2 3 2 1 | 6 17 6 1 |

2 1 2 | 6 0 1 | 2 3 2 | 6 0 1 |

2 3 | 2 1 | 2 3 | 2 1 |

2 3 2 1 | 2 3 2 1 | 2 3 2161 | 2135 2161 |

（碎弓三至五板）

2 1 3 05 | 1235 2161 | 2 2 2022 | 7777 7777 |

7777 7777 | 7777 7777 | 6666 6666 | 6666 6666 |

6666 6666 | 5555 5555 | 5555 5555 | 5555 5555 |

5 0 6 | 5 1 6 5 | 3535 6 1 | 5 6 5 |

3 0 1. 1 | 1 1 3 | 5 6 5 | 3 0 2 |

2 1 3 2 | 5 6 5 | 3 0 6. 6 | 6 6 6 3 |

5 6 5 | 3 0 2 | 2 1 3 6 | 5 0 6. 5 |

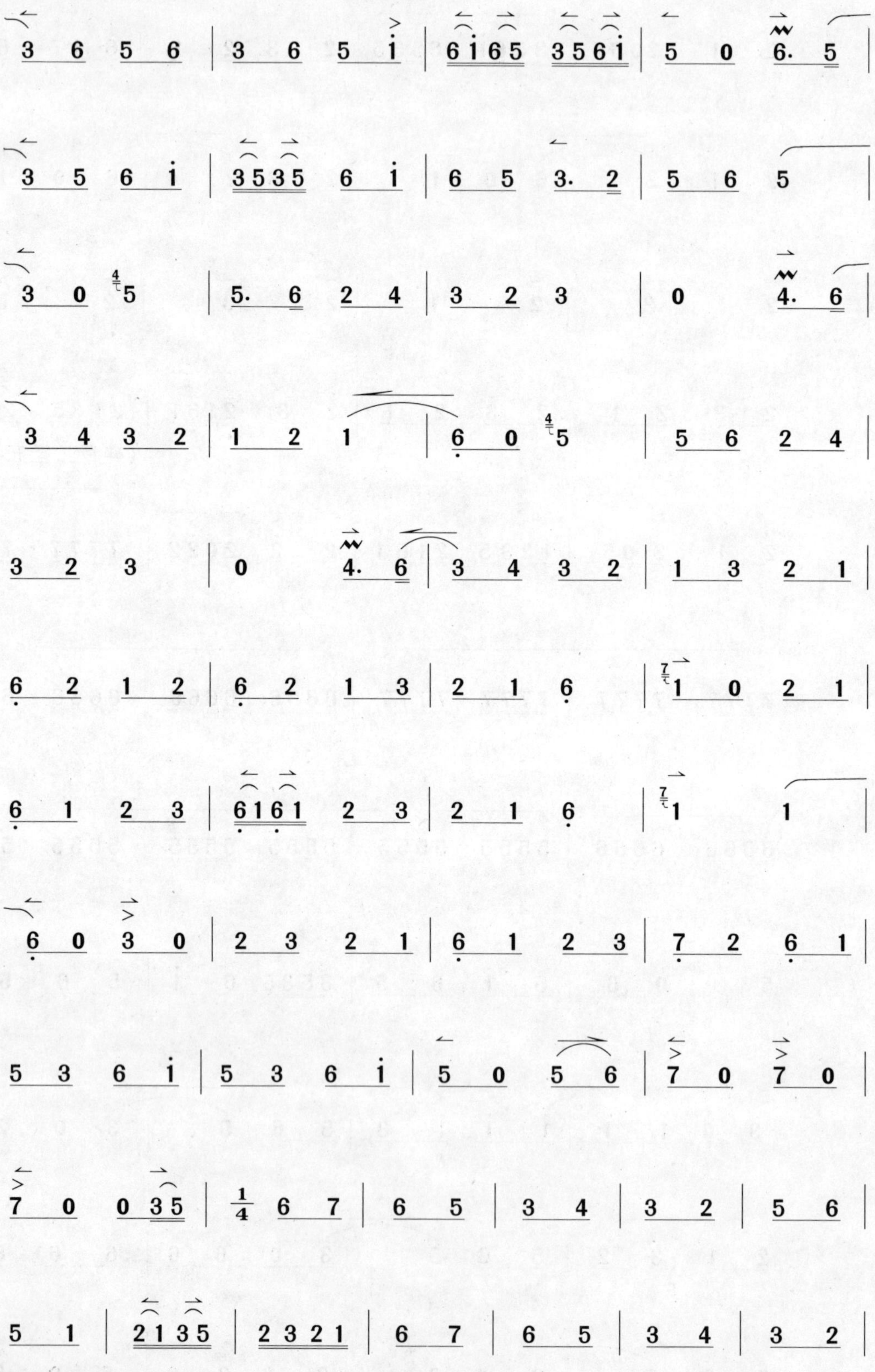

霸王别姬

5 6 | 5̲ ̲6̲ ̲3̲ ̲5 | 6̲ ̲5̲ ̲7 | 6̲ ̲1 | 2̲ ̲1̲ ̲3̲ ̲5 | 2̲ ̲3̲ ̲2̲ ̲1 | 6 7 |

6̲ ̲5 | 3̲ ̲4 | 3̲ ̲2 | 5̲ ̲6 | 5̲ ̲1 | 2̲ ̲1̲ ̲3̲ ̲5 | 2̲ ̲3̲ ̲2̲ ̲1 |

6̲ ̲7 | 6̲ ̲5 | 3̲ ̲4 | 3̲ ̲2 | 5̲ ̲6 | 5̲ ̲6̲ ̲3̲ ̲5 | 6̲ ̲5̲ ̲7 |

6̲ ̲1 | 2̲ ̲1̲ ̲3̲ ̲5 | 2̲ ̲3̲ ̲2̲ ̲1 | 6̲ ̲7 | 6̲ ̲5 | 3̲ ̲4̲ ̲5̲ ̲4 | 3̲ ̲4̲ ̲3̲ ̲5 |

6̲ ̲5̲ ̲7 | 6̲ ̲1 | 2̲ ̲1̲ ̲3̲ ̲5 | 2̲ ̲3̲ ̲2̲ ̲1 | 6̲ ̲5̲ ̲7 | 6̲ ̲7̲ ̲6̲ ̲5 | 3̲ ̲4̲ ̲5̲ ̲4 |

3̲ ̲4̲ ̲3̲ ̲5 | 6̲ ̲5̲ ̲7 | 6̲ ̲1 | 2̲ ̲1̲ ̲3̲ ̲5 | 2̲ ̲3̲ ̲2̲ ̲1 | 6̲ ̲7 | 6̲ ̲5 |

3̲ ̲4 | 3̲ ̲2 | 5̲ ̲6 | 5̲ ̲1 | 2̲ ̲3 | 2̲ ̲1 | 6̲ ̲7 |

6̲ ̲5 | 3̲ ̲5 | 3̲ ̲2 | 5̲ ̲6 | 5̲ ̲1 | 2̲ ̲3 | 2̲ ̲1 |

2̲ ̲3 | 2̲.̲ ̲1 | 2̲ ̲1̲ ̲3̲ ̲5 | 2̲ ̲1̲ ̲6̲ ̲1 | 2̲ ̲3 | 2̲ ̲1 | 2̲ ̲3 |

(京胡、京二胡拉碎弓)

2̲ ̲0̲ ̲5 | 6̲ ̲7 | 6̲ ̲5 | 6̲ ̲6̲ ̲6̲ ̲6 | 6̲ ̲6̲ ̲6̲ ̲6 | 6̲ ̲6̲ ̲6̲ ̲6 | 6̲ ̲6̲ ̲6̲ ̲6 |

6̲ ̲6̲ ̲6̲ ̲6 | 6̲ ̲6̲ ̲6̲ ̲6 | 1̲ ̲1̲ ̲1̲ ̲1 | 1̲ ̲1̲ ̲1̲ ̲1 | 4̲ ̲4̲ ̲4̲ ̲4 | 4̲ ̲4̲ ̲4̲ ̲4 | 5̲ ̲5̲ ̲5̲ ̲5 | 5̲ ̲5̲ ̲5̲ ̲5 |

(随锣渐慢收住)

```
 2/4  5 5  5 │ 5   5 │ 5 6 5   3 5 6 i │ 5  —  ‖
    （八 大  乙  仓  仓  仓      顷      仓）
```

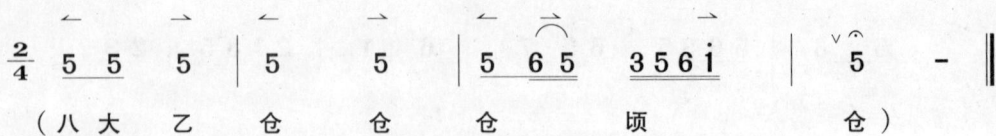

项 羽　（苦笑）啊哈哈哈……

「【长尖】虞姬双剑拄地，按剑，精神上已支持不住。【扫头】虞姬左转身走圆场到桌前，捧剑跪礼，起立，坐"小边"椅。

项 羽　有劳妃子。

太监甲　启奏大王，敌军人马分四路来攻。

项 羽　吩咐众将分头迎敌，不得有误。

太监甲　领旨。

「【冲头】太监甲出门，由"上场门"下。太监乙由"上场门"上，进门面向项羽。

太监乙　八千子弟兵俱已散尽。

项 羽　再探！

「【冲头】太监乙出门，下。项羽、虞姬同起立，出门两边一望，转身进门。项立"大边"台中，虞立"小边"台中。

项 羽　【叫头】妃子啊！你快快随孤杀出重围。

虞 姬　【叫头】大王啊！此番与敌人交战，若能闯出重围，且往江东，再图复兴楚国，拯救黎民。妾妃若是同行，岂不牵累大王？也罢！【大锣五击】愿以大王腰间宝剑，自刎君前，（大仓）免得挂念也……（哭泣）

项 羽　这个——妃子，你……不可寻此短见。

虞 姬　唉！大王啊！

```
            ＜哭相思＞
（多多）     3  5  3  5  6 5 3 │ 6 1  2 3 1 6 │
            汉  兵  已  略 地，    四 面 楚 歌
       （反云手右转身走至"小边"台口）  （走半圆场到"小边"里首，右手
```

```
    5  6 │ 5  3 │ 3  5 │ 6 5 3 │ 6  1 │
    声。   君 王   意 气   尽，    姜 妃
 高举亮相）  （拱手走向项羽，握项左臂）       （身略下蹲，
```

```
    2  3 │ 1. 2 │ 6 1 │ 2  3 1 6 │ 6  — — — — ‖
    何    聊     生！
```

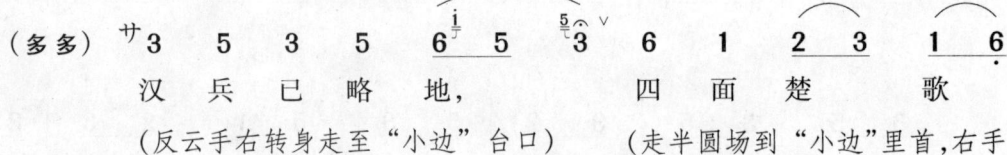

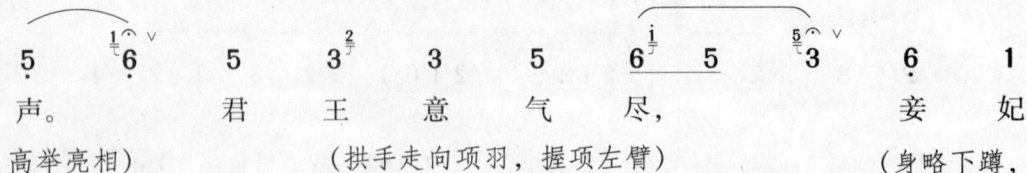

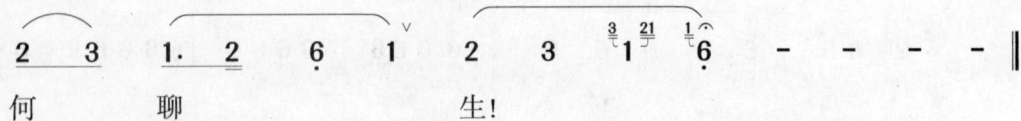

右手食指抖颤地指向前方）

项 羽　（悲痛地）啊呀！【大堂鼓架子】

「擂鼓声，表示汉兵逼近。

「【乱锤】项、虞同摊手，双出门，分左右向里探望，再回身双进门。项仍站"大边"，虞立"小边"，奔向项索剑，项摆手不予。

项 羽 使不得，使不得！不可行此短见！

「项左转身到"大边"里首，虞右转身奔向项再索剑，项仍不予，将腰间宝剑调转方向，剑穗朝右，右转身至"大边"台口。虞左转身至台中，双手拍膝，再左转身至中台口意欲撞死，项用手急拦，虞用手向外一指，【乱锤】切住。

虞 姬 （机智地）大王，汉兵他……杀进来了！

项 羽 （信以为真）待孤看来。

「背向虞姬，虞乘机拔出项的宝剑。

（<u>崩</u> 0 <u>登</u> 0 <u>仓</u> 0 ）

「宝剑在虞姬胸前平举一看，手心向上剑尖向外。

虞 姬 罢！（右手背一拍左手心，剑横颈间。）【软四击头】

「向"上场门"转二个身，走近"上场门"。眼睛一瞪，剑在颈间一抹死去。项羽急欲向前阴拦，已来不及。

项 羽 啊呀！

「二女兵急由"上场门"走出扶虞姬由"上场门"下。四御林军两边暗上。

项 羽 带马！「【急急风】出门上马，随四御林军同下。

第 九 场

「【急急风】八汉将过场。

「项羽内唱。

〔西皮导板〕

85

「【急急风】项羽上，至台中，一汉将追上被项回身一枪刺死。【纽丝】

〔西皮散板〕

廿（6̣ 6̣ 6 5 ⁴5̣ 5 1̇ 3 ¹2̣ 1 ⁷6̣ 6 2 1 1̣）3 ² 3 3̇ 2̇ 1
乌　雏　水

1 2 ² 2（2̇.1̇6̇ 6̣1̇2 ²）1̇ 1̇ ⁶ 2 ³2 2̇ ⁶1̇
草　　　　　　　未　沾　唇。

【叫头】且住！后有追兵，前是大江。（向"下场门"）啊船家！

「场面奏水声，渔夫由"下场门"摇船上。

渔　夫　参见大王。

项　羽　你是何人？

渔　夫　我乃江上亭长，特来迎接大王过江。

项　羽　【叫头】亭长啊！我被胯夫①杀得大败，有何脸面去见江东父老，你将孤的枪马送过江去！

渔　夫　遵命。

「项羽将枪掷渔夫，又做放马状。唢呐奏〈马唤〉、水声，表示马跳江中，渔夫暗下。

项　羽　哎呀！

〔西皮散板〕

【快纽丝】（⁷6̣ 6̣ 6 5 1̇ 3 ⁶2̣22 ⁷6̣ 6̣ 2 1 1 1̣）

1 2 3 3 3 ˇ3 2 1 2 3 3（6̣ 1̇ 2 3 3̇）1 3
马　知　恋　主　好　烈　性，　　　　愧　煞

³2̇ 1 2（1̇ 6̣1̇ 2 ²）3 2̇1 1̇ 2 ³2 ⁶1̣ 1 － － －
忘　恩　　　　负　义　　　人。

「【水底鱼】吕马童上，至台中。

吕马童　参见大王。

项　羽　吕将军来得正好，刘邦有赏格在先，得孤首级者，赏赐千金，孤将首级割下，将军请功受赏去吧！（嘟……仓）

吕马童　末将不敢。

项　羽　哎呀将军哪！【快纽丝】

---

①　胯夫：项羽对刘邦大将韩信的蔑称。韩信不得志时，曾被地痞凌辱，迫使韩信从胯下爬过，韩信忍辱屈从。故项羽蔑称其为"胯夫"。

霸王别姬

〔西皮散板〕

（7̣6̣ 6̣ 6̣ 5 i̇ 3 1̇2̣6̣ 2̣1̇1 1̇）4 3 3 3
　　　　　　　　　　　　　　　　　　　　八 千 子 弟

5̣3̇. 2̣ 1̇ 2̇ 3（6̣ 1̇2̣3̇ 3̂）3 3̇2̇ 2̣6̇1̇ 1 2
俱 散 尽，　　　　乌 江 有 渡

（2̣1̇6̣ 6̣1̇2̂ ）3 1̇ 3 3̇2̇ 2̇.（1̇ 6̣ 1̇2̇ 2̂）
　　孤 不 　 行。

1̇ 1̂ ）3 1̇2̂ 3 3̇. 2̇ 2̇.（1̇ 6̣ 1̇2̇ 2̂ ）
怎 见 江 东（呃）

5̣3̇. 2̣ 2̇ 1̇ 6̣ 0 1̇ 0 3̇2̇ - - -｜
父（哦）老　　　　等，

（白）罢！【纽丝】

サ（7̣6̣ 6̣ 6̣ 5 4̣5̇ 5 i̇ 3 1̇2̣2̣ 7̣6̣ 6̣ 1̇ 2̣1̇1 1̂ ）5̇. 3 2̇ 1̇
　　　　　　　　　　　　　　　　　　　　　　　不 如 一

2̂ （2̣1̇6̣ 6̣1̇2̇ 2̂ ）3 2̇ 1̇ 1̇ 6̣ 2̇1̇ - - - ‖
死 　　了 残 生。

（嘟 - - 崩 0 登 0 仓 0）

（项羽拔剑自刎）

「【急急风】众汉将上，"小边"站一字。刘邦上，立"小边"台中。

吕马童　项羽已死。
刘　邦　项王已死，待孤与他发丧，葬以诸侯之礼。众位将军！
众　将　啊！（大仓）
刘　邦　速速扫平楚地，各自立功去者。
　　　　「奏唢呐曲牌＜尾声＞后半截。刘邦、众汉将同下。

———剧 终

87

舞 剑 说 明

这段舞剑说明是 1955 年拍摄舞台艺术片时，梅先生在家里拿着双剑边说边舞边做文字记录。现附录于此，供参考。

这一段舞蹈的部位是：由上场门出来，右手掐着剑诀，左手抱剑，随着【长锤】的节奏慢慢走。右手由下往上一缓，亮一个相，然后走到台口，以剑拄地，先用双手按剑，然后右手揉胸、弹泪，抱起剑来"拉山膀"向帐外一望，回过身来面朝前台摊手，叹一口气。下面动作分两小节说明：

一、"走圆场"。叹气之后，开始面向里走圆场，到了"大边"台口，一缓手向右转身到台中心，放下剑来在【夺头】的锣鼓中反手持剑亮相。

二、〔二六〕过门亮相之后，侧过身来面朝"小边"左脚往后撤，左手反持剑，右手剑诀按在剑柄上（凡一手持剑时，另一手总是按剑诀）。左脚上步，右手齐眉，向前探身，右脚向后抬，回过头去眼睛看抬起的右脚。放下来向左转身面朝里，走小"圆场"到"大边"，右手一缓向右转身在台中心亮相。

虞姬唱〔二六〕板："劝君王……"一段，现在按句记录如下："劝君王饮酒听虞歌"，"劝君王"，到"小边"，面朝项羽一拜；"饮酒"，左手抱剑面朝前台以右手做持酒杯的姿势；"听"，右手略一指耳朵；"虞歌"，面向项羽蹲身行礼。

"解君忧闷舞婆娑"。"解君"，右手一缓往右转身到"小边"里首抱剑一亮；"忧闷"，把抱着的剑放下来变成反把，往左转身到"大边"台口蹲身一亮；"舞婆娑"，站起来往后退，向右转身，面朝前台，双手捧剑，剑尖朝上左右三下，"栽剑"，把双剑分开，双手各持一剑，向右转身到"小边"里首"涮剑撕开"一亮。（"栽剑"，是把手中的兵器一头朝下的形式叫做栽。"涮剑"，是拿起来抡一个圆形或半个圆形。"撕开"，两臂张开叫撕开。）

"嬴秦无道把江山破"。"嬴秦"，涮剑在右边"栽剑"；"无道"，涮剑走直线到台口，面朝"小边"双剑搭十字向前台一刺；"把江"，向右转身面朝"大边"做同前的一刺，在胡琴垫小过门的时候，再向右转半身面朝"小边"做同前的一刺；"山破"，再向右转身面朝"大边"做同前的一刺。这时候已经由"小边"台口走直线到了"大边"的台口。

"英雄四路起干戈"。"英雄"在"大边"的台口涮剑上步到里首在左边"栽剑"；"四路"，"涮剑"走向"小边"，"鹞子翻身"到"小边"台口，双剑向右平举蹲身一亮；"起干戈"，站起来右脚上步，放下剑走到台中心，在右边"栽剑"，左脚上步，耍双刀花到"大边"台口，双剑向右平举，蹲身一亮。

"自古常言不欺我"。"自古"，站起来向右转身"云手"到台中心，在右边双剑搭十字；"常言不"，"涮剑"，在左边搭十字，胡琴小过门双剑穿梭向前走三步；"欺我"，双剑"云手"在右边平举剑尖朝前，又在左边做同样的身段。

"成败兴亡一刹那"。"成败"，原地转身面朝里，双剑稍并在左右两边一涮两涮；"兴亡"，"涮剑"，在左边栽剑；"一刹"，"云手"往右转身到"小边"台口，双剑成斜一字，右剑反手一刺蹲身亮相，站起来，再往左"云手"转身到"大边"台口；"那"，在这一"那"字上双剑也同样摆成斜一字，左手反刺蹲身一亮。（1957 年以后，这两个亮相左右互调。）

"宽心饮酒宝帐坐"。"宽心"，站起来走到"小边"里首；"饮酒"，"云手"把双剑平搭十字，面朝项羽，唱完之后，双剑撕开"涮剑"，向右平举一亮；"宝帐"，往右转身，面朝项羽，唱完之后，有两记大锣，在前一声弱音的时候，双剑从两边同时往前一涮，朝下搭十字，在后一声强音的时候，双剑同时往后一涮，一个"趱步"正落在锣声上；"坐"，走"圆场"到了"小边"里首，"坐"字的腔正好唱完。

舞剑：在"宝帐坐"，"坐"字的腔唱完之后，衔接着这个腔奏起堂鼓，虞姬随着鼓声节奏在原地转身，双剑并起齐交右手，提剑抬左腿，左手顺剑一指作"恨福来迟"式。然后"斜步插花"向前走三步，右手持剑向后平举，左脚向后抬起，右手向前上方一指做"劈马"。放下剑来耍一个"回花"，转身到"大边"台口，剑交左手反持着，右手齐眉亮相。在一声大锣中住了堂鼓，下面开始奏＜夜深沉＞曲牌，重起堂鼓。（"恨福来迟"，吉祥画有个题材，是一个钟馗持剑，手指一蝙蝠，戏曲界习惯把这个身段叫做"恨福来迟"。"斜步插花"，是右手持剑，左手剑诀护腕，左脚迈到右边来，剑向左边剜下去，右脚上步再剜到右边来，连走三步。"回花"是耍一个双刀花之后，再往回耍一个花。）

第一段＜夜深沉＞，分作八小节来说明：

一、从"大边"台口"蹉步"向右走直线到"小边"，背手持剑举起右手一亮。右脚上步向右转身往后退一步。（这是舞剑前的一个开势。）

二、"云手"上一步到台口。左脚蜷起蹲身，起来面朝"大边"，右手剑诀绕在左手的剑柄，然后向前一指，左腿在前右腿在后。"垫步"又一次同样的身段。收回脚来，右手以手背拍腿向上亮掌，右手穿在左手一缓向外指。（以上一节是从"小边"台口走直线到"大边"台口。）

三、拧身面朝上场门；右手向台中一指，从"大边"的台口走斜线到台中，缓手亮住。

四、原地向左转身。剑交右手，左手剑诀护腕，反提剑之后变成正把在原地向右转身"串肚"，左手顺剑锋一指。左脚上步，右手持剑在左右一剜两剜向前走两步。剑尖朝下，手心向外做"怀中抱月"式，面向台口正中走三步。（以上一节由台中走到台口。"串肚"，是持剑朝下向右转身。）

五、扬剑、双剑分开左右"插花"。双剑各在左右两边"单涮"，一面向后退三步。到"小边"里首"涮剑"。（以上一节已经变成双手各持一剑，从台口正中走斜线退回"小边"里首。左右插花，是右剑向左，左剑向右一上一下，然后再掉过来一次。耍双剑的"涮剑"，是两条平行线一齐涮。单剑是各在左右。）

六、举起双剑先后向前刺走三步，"云手"向左转身到"大边"台口，"涮剑"搭十字蹲身亮相。（以上一节由"小边"里首走斜线到"大边"台口。）

七、双剑在两边同时往前涮挂地，面朝"小边"顺着台口走着耍三个"剑花"。双剑同时在两边往前涮，面朝"小边"抬右脚做"探海"式。（以上一节由"大边"台口走直线到"小边"台口。"剑花"，是左臂和右臂成十字形，双剑各在左右耍成8字式。）

八、"云手撕开"落右脚一亮。然后双剑耍三个"云手花"，三个转身到"大边"里首。（以上一节由"小边"台口走到"大边"里首，第一段＜夜深沉＞到此。"云手花"，是双剑做云手的姿势，但不拉开。）

第二段＜夜深沉＞，分四小节来说明：

一、"涮剑"在左边"栽剑"。向前走斜线，再"涮剑"仍在左边"栽剑"。再"涮剑"在右边"栽剑"。再"涮剑"向前走在左边"栽剑"。到了"小边"台口，双剑一盖撕开做"劈马式"一亮。往右"云手"，双剑在左右两边"单涮"，右剑向前一指作"仙人指路式"。"反云手"双剑搭成十字蹲身亮相。（以上一节由"大边"里首走斜线到"小边"台口。）

二、站起来撤左脚，"涮剑"往左转身，右剑上举，左剑平举面向前台一亮。然后转身上步，从"小边"耍"大刀花"走向台中心，再耍"大刀花"到"大边"，双剑在两边由下向上搭十字。（以上一节由"小边"台口往里上步，然后直线到"大边"。）

三、放下剑来，左剑上举，右剑平举，面向前台一亮。耍反"大刀花"转身，再耍"反双刀花"转身到"小边"，双剑在两边由下向上搭十字。（以上一节由"大边"走直线到"小边"。）

四、放下剑来，面向前台，"涮剑"，剑尖朝右一亮。耍"云手花"，一面耍着一面向左走圆场，走到台中。（以上一节由"小边"走弧线到台中，第二段＜夜深沉＞到此。）

衔接着第二段＜夜深沉＞的行弦，分四小节来说明：

一、在台中双剑穿梭走到"大边"台口。"鹞子翻身"面朝里，双剑穿梭走到"小边"里首。"鹞子翻身"面朝里"涮剑"，剑尖朝左往"大边"走。（以上一节由台中走斜线到"大边"台口，由"大边"台口走斜线到"小边"，再由"小边"走弧线到"大边"。）

二、在"大边""云手"双剑穿梭走到"小边"台口。"鹞子翻身"面朝里，双剑穿梭三步回到原地。"涮剑"面朝前台，剑尖朝左，走圆场到台中心。（以上一节由"大边"走斜线到"小边"台口，由"小边"台口走斜线回到"大边"，再由"大边"走弧线到台中心。）

三、在台中心，面朝前台，双剑稍并向左右两边做"加鞭"的身段。耍三个"双刀花"连三个转身到台口正中，面向前台再耍前面的"双刀花"。（以上一节由台中心走直线到台口正中。"加鞭"，是剑在左右仿佛骑马加鞭的手势。）

四、在台口往里转身耍三个"回花"。再起"双刀花"到台口正中挂剑，面朝前台耍"剑花"。在原地左脚上步，右剑向前一刺，双剑搭十字面朝里"下腰"，翻过身来，胡琴曲到此为止，在三记大锣声中"云手"转身分剑朝外亮住。（以上一节由台口正中走直线往里，再由里往外走直线回到台口正中。）到这里舞剑完毕，双剑挂地，按剑，表现虞姬精神上已经支持不住。

万凤姝 万如泉　　　　　整理 记录

贵妃醉酒

根据梅兰芳舞台艺术片整理

《贵妃醉酒》一名《百花亭》。剧写贵妃杨玉环备受唐王李隆基的宠幸，是日，贵妃依约在百花亭摆宴，候圣驾饮酒赏月。不料明皇爽约，驾转西宫。贵妃颇为失望，只得独饮，不觉大醉。太监高力士、裴力士小心伺候，贵妃失态，返回宫去。

杨贵妃醉酒的故事源于明代钮格的传奇《磨尘鉴》，全剧两卷二十六出，第十二出《醉妃》即演贵妃醉酒事。京剧《贵妃醉酒》与《醉妃》内容虽相同，但唱词、念白却完全不同。而《纳书楹曲谱补遗》第四卷"时剧"类《醉杨妃》与京剧本《醉酒》则不仅剧情相同，就是唱词结构也属一个源流。据《燕兰小谱》记北京昆曲班"保和部"演员双喜常唱《醉杨妃》。以弦乐伴奏唱《醉酒》最早的是汉剧。光绪年间，汉剧艺人吴红喜（艺名月月光）进京搭班打炮戏就是《醉酒》，此后才演变为京剧。

《贵妃醉酒》是一出花衫戏，舞蹈身段繁多，且穿宫装踩跷，京剧演员中擅长该剧的当属路三宝、余玉琴。路三宝又把此剧分别传给了梅兰芳、尚小云、荀慧生、于连泉（筱翠花）。梅演《醉酒》以雍容华贵取胜，荀演《醉酒》以目光惺忪、如"九重春色醉仙桃"夺目，尚、筱的《醉酒》以身段漂亮、圆场飘逸见长。该剧全部唱段都是〔四平调〕，唱腔委婉缠绵、华丽多彩。

该剧载歌载舞，重在做功表情。过去有的演员在表现杨贵妃醉态时太过火，淫荡之气充斥舞台，把一出原本暴露宫廷内被压迫的女性内心感情的好戏，演成了黄色戏。梅兰芳在演出中剔除糟粕、净化舞台，几经研磨，最终塑造了一个新的贵妃形象。他首先把描写杨玉环与安禄山宫闱秽史的台词"安禄山亲家在哪里，想当初你进宫之时，娘娘是怎生待你，是何等爱你，到如今一旦无情忘恩负义……"改成了杨玉环与唐明皇的纠葛，"杨玉环今宵如梦里，想当初你进宫之时，万岁是怎生的待你，是何等的爱你，到如今一旦无情明夸暗弃，难道说从今后就两分离"。改动后的台词正是该戏所要揭示的主题。

梅氏扮的杨贵妃美如天仙、雍容华贵，酒醉而心不乱，连醉态也是那样的美。他每做一个身段都目的明确，决不卖弄技巧。如贵妃醉后有几个"卧鱼"，梅氏不是为了显示腰腿功赚取观众的掌声，而是把俯身与嗅花合二而一，并充实了拢花、闻花、看花、掐花等身段。这些优美的舞姿真使人看到了一位"沉鱼落雁、闭月羞花"般的美丽女子就站在了你的面前。该剧是京剧中的经典之作，梅氏的传人几乎都唱，但出蓝者无。

该剧的音乐伴奏很有特色，全场乐声不断，使用了多支曲牌，依次有《二黄万年欢》、《二黄傍妆台》、《反二黄小开门》、《二黄小开门》、《二黄柳摇金》、《二黄鹧鸪天》、《反二黄八岔》和《二黄八岔》。整出戏可谓琴声悠扬、舞姿婆娑，唱、念、表演、舞蹈、音乐融为一体，这种典型的戏曲创作方法应该继承下去。

常立胜

人物行当

| 杨玉环 | 旦 | 高力士 | 丑 |
| 裴力士 | 小生 | 八宫女 | 旦 |

服装扮相

杨玉环　俊扮。梳大头、线尾子、凤冠、水钻头面，大红女蟒、云肩、玉带，白绣花裙子，粉彩裤，彩鞋。后换宫装（五彩缎凤带）。

裴力士　俊扮。大太监帽，粉蟒，系绦子，淡色彩裤，厚底。后换粉绣花褶子。

高力士　丑扮。大太监帽，绿蟒，系绦子，红彩裤，朝方。后换绿绣花褶子。

八宫女　俊扮。梳大头、线尾子、小钻头面、过桥，素边粉褶子，云肩，白素裙子，彩裤，彩鞋。

道具

桌子	一张	椅子	两把
云帚	两把	酒盘	三个
酒盅	三盏	掌扇	两把
符节	六个（或二符节、二宫灯、二香炉）	绣金红桌围椅披	一份
描金彩扇	一把		

〔【撤锣】

〔裴力士、高力士内："嗯哼！"

〔【单上场】裴力士、高力士持云帚从"上场门"上，归台中裴力士站"大边"；高力士站"小边"。

裴力士　久居龙凤阁，

高力士　庭前百样花。

裴力士　深宫当内监，

高力士　终老帝王家（右手将云帚自里向外缓一圈，向右台口方向指出）。【小锣住头】

裴力士　咱家裴力士。

高力士　咱家高力士。

裴力士　高公爷请啦！（双手拱请式）

高力士　裴公爷请啦！（双手拱请式）

裴力士　娘娘今日要在百花亭摆宴，你我小心伺候！

裴力士
高力士　看（二人同时"合扇"转身向"上场门"望去，）香烟缭绕，娘娘凤驾来也，你我分班伺候。请！（双手拱请式）

<二黄小开门>

サ 6 — | 2/4 扎 3   5 6 | 1321 6532 | 3 5 61 5 |

3 2   3 4 | 3276 5612 | 6156 3523 | 1235 2327 |

（二官女从"上场门"持符节上，走到台口一

6713 7656 | 1 56 1612 | 3532 1612 | 3525 3217 |

亮，然后分别站好）　　　　　（继而又二官女持符节从"上场门"上，

6713 7656 | 1235 231 | 0 5 6157 | 6 7 656 |

走到台中一亮，分别站好）

0 3 5 6 | 1321 6532 | 3 5 61 5 | 3 2 3 4 |

（第三对宫女随之出场，同上面动作）

3276 5612 | 6156 3523 | 1235 2327 | 6713 7656 |

| 贵 妃 醉 酒 |

```
1  5̇ 6̇  1̇6̇12 | 3532 1̇6̇12 | 3525 3217 | 6713 7656 |

1235  231 | 0 5̇  6157 | 6̇ 7̇  656 | 0 3̇  5̇ 6 |
```

渐慢
```
1321  6532 | 3̇  5̇  6154 | サ 3 - ‖
```

（曲牌在六宫女分站两边以后即收住）

〔杨玉环内："摆驾！"【小锣帽子头】

〔四平调〕
```
サ 多罗· 3 - - 3 56 | 4/4 2255 22352 323503 23563523 ‖
サ 0  0  0  0  0 | 4/4 0   0    0     0 |
```

```
177656 | 12325 | 25323 | 1623276 |
0      | 0     | 0     | 0       |
```

（杨玉环双手端带从"上场门"上场，二宫女随上，持掌扇立于身后。杨玉环

```
5̇ 6  535 0567623 6561 | 2316 2354 3065 352376 |
0   0   0    0    | 0    0    0    0      |
```
（台）

右手将扇横捏抬至右额头旁，左手抖袖；身稍下蹲。随即将扇换至左手横捏扇，

```
54·6 3643 23321 6563276 | 5761 2352 3̇65 352376 |
0    0    0     0       | 0    0    0   0      |
```
（台）

右手先翻折袖即抖下。顺势右手拿扇，双手整冠、捋穗子，双手端带向前走两

95

```
5356 12376 5643 | 2343235 | 16237656 12325 25323 1623276 |
0    0     0    | 0       | 0        0     0     0       |
```
（步，右手将扇抖开）

```
5 6 53 5 5 7 6 56 | 2/4 1612    7653 |
0 0 0  0 0         |     i. 2    765  |
```
海

（右手捏扇轴处，左手捏左扇大骨顶端，使扇从面前掠过齐右眉梢亮住；撇脚上右步）

```
57661 2365 | 3531 2 25 | 2356 3216 | 233217 6.123 |
0 61  2365 | 3. i  2   | 2    0    | 0      0     |
```
岛

（捏扇姿态不动，扇子自右向左从面前掠过齐左眉梢；撇脚上左步）　（捏扇姿态不动，扇子自左从面前掠过齐右眉梢亮住；撇脚上右步）

```
2 55 212343 | 2523 3565 | 1612 7653 | 5761 2365 |
0    2i2    | 2 3  65   | i. 2 765  | 0 61 2365 |
```
冰轮　　初　　转

（右手变"倒肩扇"，左手向左台口上方指去；上左步成右踏步）　（左手捏左扇大骨顶端；右手持扇向左肩方向下落，眼看左台口上方；撇脚上右步）　（捏扇姿态不动，扇子自左向右从面前掠过齐右眉梢亮相；撇脚上左步）

```
6761 2 25 | 22312 3235 | 253256 3217 | 6.765 6216 |
6. i 2    | 2 3233 235 3217 | 6. 5 62i |
```
腾，　　见　　　　玉　兔(哇)

（将扇交与左手，在胸窝前成"平端扇"，右手向上撑袖，眼看左台口上方；上左步成右踏步）

162376 56567656 | 12361 212343 | 2532 3565 |

6 0 0 | 0 212 | 2. 3 365 |

玉兔

(右转身；左手接扇。二掌扇宫女缓缓走到"外场椅"前，并排站好)　(左手成"倒肩扇"，右手向右台口

1612 7653 | 53 3516 | 22 256 | 2523 7657 |

1. 2 765 | 53 3 1 | 2. 5 | 22 765 |

又早 东升。 那 冰轮离海

上方指出；人已归台中，左踏步)　(右脚向"下场门"方向后退一步；右手接扇，手捏扇轴处)　(左脚向"下场门"方向斜退一步；扇在左胸平展)

623276 56567672 | 6 6 656 | 3236 5356 | 1612 765676 |

6.27 6 5672 | 6. 0 | 3 53 56 | 1. 2 765 |

岛， 乾 坤 分

向上撑袖，自左向左外方；托起亮相；上右步，踏左步)　(脚底下不动，双手原姿态的基础

5761 2321 | 651 1656 | 1612 3656 | 51 1 2 |

0 61 2321 | 6 1 6 | 1. 23 5 | 51 1 2 |

外 明， 皓 月 当

上，轻轻抖动着，徐徐下落)　(双手成八字指式，在额头上方比月状；将扇合起)

3.523 556 | 3.532 16123235 | 22 2 5 |

3 23 5 | 3.532 1. 23 5 | 2 0 |

空，

场到台中，原姿态亮相；眼看右台口上方、踏左步)

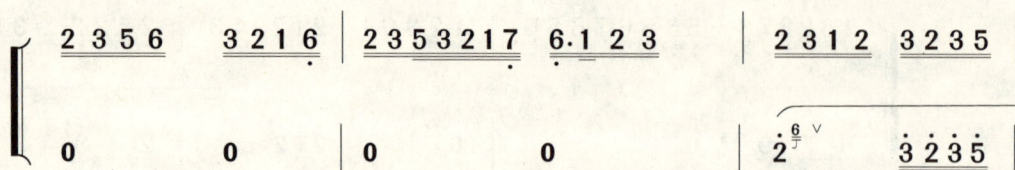

$\overset{6}{\underset{\mp}{\cdot}}$

恰

（右手开扇在右外方

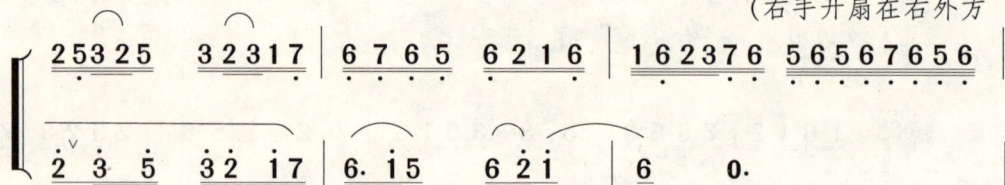

便　　似（呀）

成压扇；左手向上撑袖，左转身走一小圆场归台中）

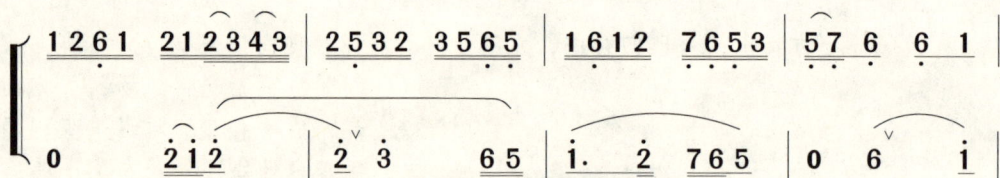

嫦　娥　　　　离　　　月

（右手捏扇掌心朝上使扇面顶端朝下垂，左手向左台口指出；右脚步踏）

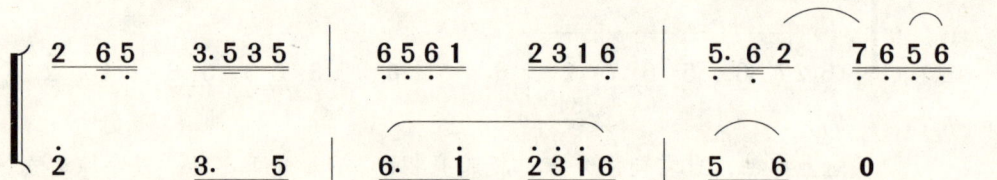

宫，　奴　似　嫦　　　　娥

（右扇下落在胸窝前成"抱扇"；轻摇两下，向前上三步）

奏京胡曲牌＜万年欢＞

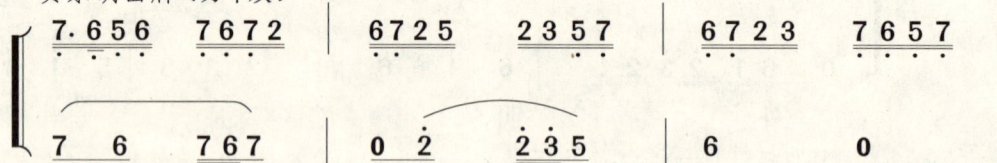

离　　　月　　　宫。

（右手变"倒肩扇"，左手向台口上方指出亮相；踏右步）

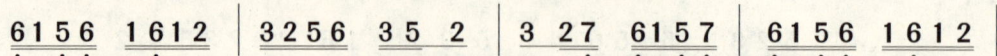

（右手"合扇"。抖左袖，双手整冠，捋穗子，双手端带，向左转身，面朝里，向

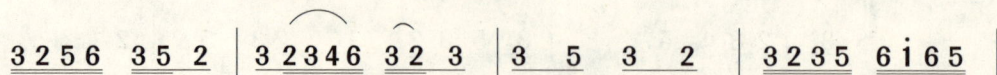

"外场椅"走去，在椅前右转身坐下；众宫女站成"八字形"）

贵 妃 醉 酒

```
3256  3216 | 2  2   2 3 | 5 3   321 | 6 5 6  6 56 |
```
高白："高力士。"裴白："裴力士。" 二人合白："见驾，娘娘千岁。"杨玉
（二人跪下）

```
1  6  6  1 | 2161  2343 | 2356 3523 | 1 21  7 71 |
```
环白："平身。"   高、裴合白："千千岁。"二人站起；

```
2321  6123 | 5232 5  3216 | 2  2  2 32 | 16 2  3217 |
```
裴站"大边"、高站"小边"）

渐慢
```
6765  3235 | 6723  7657 | 6756  1612 | 3256 3432346 | 3 - ‖
```

杨玉环　丽质天生难自捐（右手抖扇后成"平按扇"），
承欢侍宴酒为年（左手端带，右手胸前"抱扇"）。
六宫粉黛三千众（左手伸出三指，右手扇平托左手腕），
三千宠爱一身专（扎）。（将扇合起）
本宫，杨玉环。蒙主宠爱（拱请式），封为贵妃（左手端带，右手抚胸）。昨日圣
上传旨（双手拱请式），命我今日在百花亭摆宴(用扇向右外方指出)。高裴二卿！

裴力士
高力士　在（向前欠身）。

杨玉环　酒宴可曾齐备（双手摊掌）？

裴力士　俱已齐备。
高力士

杨玉环　摆驾百花亭（左手指出；右手平托左手腕）！

裴力士
高力士　嗻！摆驾百花亭啊（二人同时缓云帚向外指出）！

〔四平调〕
```
2/4  扎多 7656 | 1 2  3 6 | 565  5 61 | 23 5  3276 |
2/4  0   0  0 | 0   0   | 0    0   | 0     0    |
```

（高、裴力士率领宫女在前面引路，双出门一"翻两翻"分两边"八字站"好，杨玉环

```
5 3  2161 | 56 2  3276 | 5613 7656 | 1 2  3 6 |
0   0    | 0     0    | 0    0    | 0   0   |
```

咬尾跟着出门左转身面向后台走半个小圆场,右转身面向前台口,双手端带走两步）

99

杨玉环

| 5 6 5 · | 5 7 6 5 | 1 6 1 2 | 7 6 5 3 | 5 7 6 1 | 2 3 6 5 | 3·5 3 1 | 2 5 |

| 0 | 0 | i· 2 7 6 5 | 0 6 1 2 3 6 5 | 3· i 2 |

好　　一　　　似

（右手开扇平托；左手捏扇左侧大骨的顶端、右踏步）

| 2 3 5 6 | 3 2 1 6 | 2 3 3 2 1 7 6 1 2 3 | 2 5 5 | 2 1 2 3 4 3 | 2 5 3 2 | 3 5 6 5 |

| 0 | 0 | 0 | 0 | 0 2 1 2 | 2 3 6 5 |

嫦　娥

（压步向右走一反圆场归台中）　　　（右手捏扇、掌心朝上使扇面顶端朝下垂）

| 1 6 1 2 | 7 6 5 3 | 5 6 3 5 | 6 7 2 3 7 6 | 5 3 5 6 1 6 2 3 7 6 5 6 | 1 1·1 1 2 6 5 |

| i· 2 7 6 5 | 0 3 5 6 2 7 6 | 5 6 i | 0 i 1 2 6 5 |

下　　九　　重，清　　清

（右手扇姿态不动。左手自扇前缓一圆圈后向左台口指出）　（双手分别抱肩；踏右步，身徐）

| 3 2 3 5 | 6 1 5 6 | 1 6 2 3 | 6 7 2 3 7 6 | 5 6 2 7 6 5 6 | 1 6 1 2 3 6 5 3 |

| 3· 5 6 1 5 6 | 1 6 2 6· 2 7 6 | 5 6 0 5 6 | i· 2 3 5 |

冷　　　　　落　在　广

徐下蹲）　　　　　　　　（身渐起立，双手端带）

| 5 7 6 | 6 1 5 6 | 1·3 2 1 | 6 1 2 3 4 3 | 2 7 | 7 6 |

| 0 6 6 1 5 6 | i | 6 1 2 | 2 7 | 6 |

寒　　宫　（啊）

（抖左袖）

| 5 3 5 6 | 7 6 2 7 | 6 7 6 5 | 3 5 3 5 6 5 1 | 5 3 5 6 | 7 6 7 |

| 5· 6 7 6 2 7 | 6 7 6 5 3 5 6 1 | 5 | 0 |

广　　　寒　　　　宫。

（右手成"倒肩扇"，左手向左台口方向指出。随即"合扇"）

100

贵妃醉酒

奏京胡曲牌＜回回曲＞

0 2 6 7　　2 3 6 5 ｜ 3 2 3 6　　5 3 5 6 ｜ 7 2 7 6　　5 0 3 ｜

高、裴力士白：“娘娘，来此已是玉石桥。”杨玉环：“摆驾！”

2 3 1 2　　3 2 3 5 ｜ 2 3 1 2　　7 2 6 5 ｜ 3 2 3 6　　5 6 7 6 2 ｜

（高、裴力士率领宫女走一整圆场，至右台口众人上桥，过桥，分两边“站门”）

5　　5　　3 5 3 2 ｜ 1 6 2 3　　7 6 5 6 ｜ 7 6 7　　2 7 6 ｜

5 0 4 3 2 3　5 6 7 6 ｜ 5　　2　　3 5 2 3 ｜ 7 6 7 2　　7 6 5 7 ｜

（杨玉环从台中缓步走到右台口，向左转半个身，左手端带、右手持扇扶鬓观看

6 2 7 6　　5 6 3 6 ｜ 5 6 2 3　　7 6 5 7 ｜ 6 7 2 5　　3 2 7 6 ｜

玉石桥，随即抖下右袖，顺势又将右袖在右外方翻折起；左手微撩蟒下摆，一看

〔四平调〕

5　5.6　7 6 5 6 ｜ 1　2　3　6 ｜ 5 6 5　5 6 1 ｜

两看稍蹲身）

3 5 2 3　5 6 2 3	2 3 4 6　3 5 3 2	1 2 3　0 4 3
3　2 3　5 6 5 3	2 3 4　3 5 3 2	1 2 3　0 3
玉	石	桥

（曲膝抬右腿，向前上右步）

2 3 5 6　3 2 1 6	1 5 6 7　6 1 5 6	3 5 2 3　5 5 5
2　3 5　3 2 1	1 5 6　5	3 2 3　5
斜倚	把	栏

（上左步）（上右步，　（上右步，顺势向　（左转身，右手将扇交左手）
　　上左步）　后闪身）

101

```
┌ 3 5 2 3    5  5 6 | 3 5 3 2   1.2 3 2 5 | 2   2    2  5 |
│
│ 3 5 2 3    5      | 3 5 3 2   1 2 3     | 2        (台) |
  杆                                                  靠，
```

（左手捏扇向外翻腕以手腕叉腰；扇平展开；高、裴力士：白"鸳鸯戏水。"
右手撑袖亮相）

```
┌ 2 5 2 3    7 6 5 7 | 6 2 7 6   5 6 7 6 2 | 6   6    6  5 7 |
│
│ 2   2      7 6 5   | 6 2 7 6   5 6 7 2   | 6.       0     |
  鸳   鸯    来  戏  水，
```
                                              高、裴力士白："金

（右转身，左手扇交右手，右手成倒肩扇，左手端带）

```
┌ 6 7 1 3    7 6 5 7 | 6 7 2 6 5   3.5 6 7 | 6   5 6    1 2 3 5 6 |
│
│ 0          0       | 0           0       | 0         1   5 6   |
  色鲤鱼朝见娘娘！"                                  金   色
```

（左手撑袖，

```
┌ 1 6 1 2 3    7 6 5 3 | 5 6 3 5   6 2 7 6 | 5 7 6 2   7 6 5 6 |
│
│ 1.  2       7 6 5   | 0 3 5   6.2 7 6    | 5   6    0  5 6 |
  鲤                                      鱼        在
```

右手持扇掌心朝下；自左肩方向缓一圆圈，向右台口抖动扇子向前指出）

```
┌ 1 6 1 2 3    7 6 5 3 | 5 7 6 1   2 3 2 1 | 6 5 1   1 6 7 6 |
│
│ 1.  2       7 6 5   | 0 6 1   2 3 2 1   | 6   1    0     |
  水                   面         朝
```

```
┌ 5 6 7 6    5.6 7 6 | 1 6 2 3   6 1 2 3 4 3 | 2   7    7  6 |
│
│ 0          0       | 0         6 1 2       | 2 7      6    |
                                 啊
```

102

```
5 3 5 6    7 6 2 7 | 6 7 6 5    3 5 6 5 1 | 5 3  5  5  6 |

5.  6   7 6 2 7 | 6 7 6 5   3.56 1 | 5      0 |
水       面              朝。
```

（双手自左向右抖动一圆圈后，向右台口方向指出）

```
5 3 5  0  6 | 5 2 3   4 3 2 3 | 5 3 5 6   7 6 7 2 | 6 7 6 5   4 3 2 3 |
                                                              高、裴
```

（三步下桥。雁叫声，高、裴力士、抬头观望）

```
7 6 5  0  6 | 5 3 5  0  6 | 5 2.3   4 3 2 3 | 5 3 5 6   7 6 2 3 |
力士白："娘娘雁来啦。"
```

（二人双手指雁，杨玉环扶鬟抬头观看。随即向右转

```
6 7 6 5   4 3 2 3 | 7 6 5  0  6 | 5 3 5  0  6 | 5 2 3   4 3 3 2 |
身，走半个反圆场至右台口。左手撑袖，右手持扇掌心朝下，向右外方平伸，约
```

渐慢
```
5 3 5 6   7 6 7 2 | 6 7 6 5   4 3 2 3 | 5      0 |
                                        （台）
```

成"顺风旗"式亮相）

〔二黄散板〕
```
卅（多 多 1 7  6 6  6 6）6 - - - 1 - | 1  1  1 |
长         空     （啊）
```

（上左步，起"云步"；上身姿态不动，"云步"慢起、

```
6 5 - - - 1 6 5 3 - 3 - 2 2 - - - |
雁       （大 大 大 大 大  大 大大 乙 台）
```

渐加快走至左台口；右手做波浪式颤动；眼从右台口上空，随"云步"的移动环
视半圆圈）

```
2/4 多罗. 6 5 6 | 7 7 6   5 3 5 6 | 2 6 7 6   5 6 7 6 2 |

2/4  0   0 | 7. 6  5 6 | 2 7 6   5 6 7 2 |
雁 儿    飞，
```

（右手向背后背扇，左手向左台口上方指出）

103

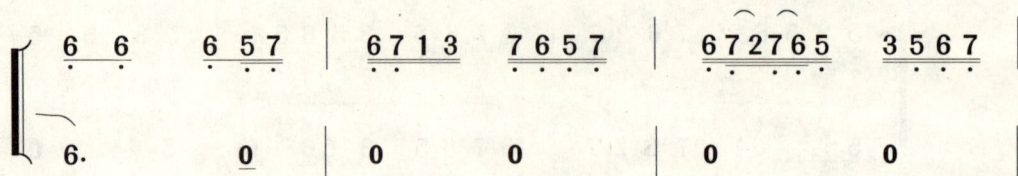

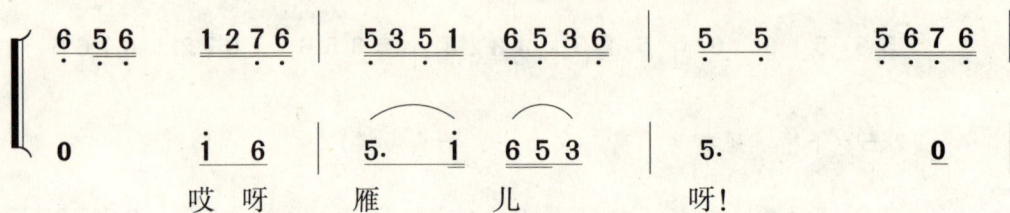

```
6  6    6 5 7  | 6 7 1 3  7 6 5 7 | 6 7 2 7 6 5   3 5 6 7 |
6.           0   |   0      0     |    0         0     |


6 5 6   1 2 7 6  | 5 3 5 1  6 5 3 6 | 5  5      5 6 7 6 |
0       i 6   | 5. i  6 5 3  | 5.        0   |
           哎呀  雁  儿      呀!
```
(右手扇平托左手手腕处；左手向左台口方向招手)

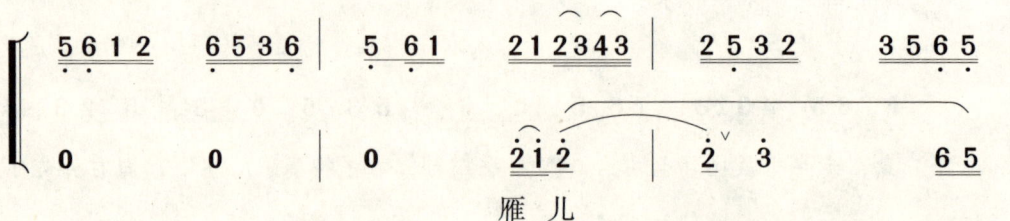

```
5 6 1 2   6 5 3 6 | 5  6 1  2 1 2 3 4 3 | 2 5 3 2   3 5 6 5 |
0        0    | 0   2 i 2  | 2 3        6 5 |
              雁  儿
```
(右转身走两步归台中，双手成兰花指式，

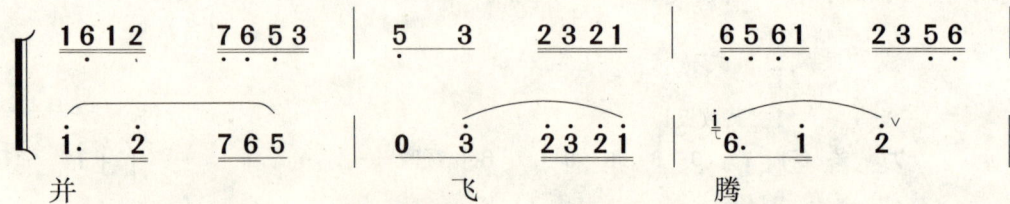

```
1 6 1 2   7 6 5 3 | 5.  3   2 3 2 1 | 6 5 6 1   2 3 5 6 |
i.  2  7 6 5  | 0 3  2 3 2 1 | i 6 . i   2 |
并              飞        腾
```
先双手食指相并，又向左右分开)

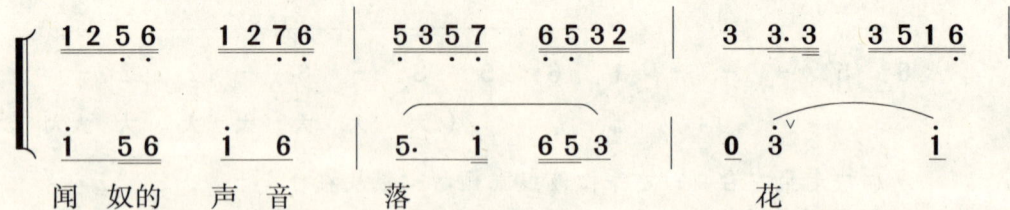

```
1 2 5 6   1 2 7 6 | 5 3 5 7  6 5 3 2 | 3  3.3    3 5 1 6 |
i 5 6  i 6  | 5. i  6 5 3  | 0 3       i |
闻奴的  声音  落            花
```
(向右台口走去；左手撑袖、右手抖扇向右下方指出、身半蹲)

```
2  2    2 3 1 7 | 6 5 6  6 i | 2 3 2 1   6 5 6 |
2   -    | 6 5 6   i  | 2 3 2 1  6 5 6 |
荫，         这 景 色  撩 人
```
(双手在背后背起，往台中看走至台中)

$$\underline{\dot{6}\ 1} \quad \underline{\dot{6}\ 3} \mid \underline{2\ 3\ 1\ 7} \quad \underline{\dot{6}\ 5} \mid \underline{6\ 7\ 6\ 1} \quad \underline{2\ 3\ 1\ \dot{6}} \mid$$

$$\underline{\dot{6}\ \dot{1}} \quad \underline{\dot{6}\ \dot{3}} \mid \dot{2} \quad \underline{6\ 5} \mid \underline{6.\ \dot{1}} \quad \underline{\dot{2}\ 3\ \dot{1}} \mid$$

欲　（呀）　醉，　不　觉　来

高、裴力士："来到百花亭。"

（捏扇交左手，左手变倒肩扇；右手向

$$\underline{1 \quad \dot{6}} \mid \underline{7\ 6\ 5\ 6} \mid \underline{7\ 6\ 5\ 6} \quad \underline{7\ 6\ 7\ 2} \mid \underline{6\ 7\ 2\ 5} \quad \underline{2\ 3\ 5\ 7} \mid$$

$$\underline{\dot{1} \quad \dot{6}} \mid 0 \mid \underline{7.\ 6} \quad \underline{7\ 6\ 7} \mid \underline{0\ \dot{2}} \quad \underline{\dot{2}\ 3\ 5} \mid$$

到　　　　　百　　　　花

台里指去）

奏京胡曲牌＜反二黄万年欢＞

$$\underline{6\ 7\ 2\ 3} \quad \underline{4\ 3\ 2\ 3} \parallel \underline{6\ 5\ 3\ 2} \quad \underline{1\ 6\ 1\ 2} \mid \underline{3\ 2\ 5\ 6} \quad \underline{3\ 5\ 2\ 1} \mid$$

$$6 \quad 0 \parallel 0 \quad 0 \mid 0 \quad 0 \mid$$

亭。

（众人进百花亭，众宫女

$$\underline{3\ 2\ 5\ 6} \quad \underline{7\ 6\ 5\ 7} \mid \underline{6\ 5\ 3\ 2} \quad \underline{1\ 6\ 1\ 2} \mid \underline{3\ 2\ 5\ 6} \quad \underline{3\ 5\ 2\ 1} \mid$$

分"八字"站好，裴力士站"大边"、高力士站"小边"，杨玉环整冠，抖袖，向左

$$\underline{3\ 2\ 1\ 2} \quad \underline{3\ 2\ 3} \mid \underline{0\ 5\ 6} \quad \underline{3\ 2\ 1\ 2} \mid \underline{3\ 2\ 3\ 5} \quad \underline{6\ \dot{1}\ 5\ 6} \mid$$

转身面向台里走两步，向右转身归座）

$$\underline{3\ 2\ 5\ 6} \quad \underline{3\ 2\ 1} \mid \underline{2 \quad 2} \quad \underline{2\ 3} \mid \underline{5\ 6\ 3\ 5} \quad \underline{2\ 3\ 2\ 1} \mid$$

$$\underline{6\ \dot{1}\ 5\ 7} \quad \underline{6\ 3\ 2} \mid \underline{1\ 6} \quad \underline{6\ 1} \mid \underline{2\ 2} \quad \underline{2\ 3} \mid \underline{2\ 3} \quad \underline{5\ 6\ 3\ 2} \mid$$

$$\underline{1\ 2\ 1} \quad \underline{7\ 7\ \dot{1}} \mid \underline{2\ 3\ 2\ 1} \quad \underline{6\ 0\ 5\ 6} \mid \underline{3\ 5\ 3\ 2} \quad \underline{1\ 2\ 3} \mid 2 \quad 0 \parallel$$

杨玉环　裴高二卿！

裴力士
高力士　在。

杨玉环　少时圣驾（双手拱请式）到此，速报我知。

裴力士
高力士　遵旨（二人走出亭子）。

裴力士　高公爷！

高力士　裴公爷！

裴力士　万岁爷驾转西宫啦（双手拱请式）！

高力士　是啊。

裴力士　咱们回禀一声。

高力士　回禀一声（二人走进亭子）。

裴力士
高力士　娘娘（二人跪），万岁驾转西宫啦！

「【小锣一击】，杨玉环右手扶鬓一怔。

杨玉环　起过！哎呀且住！（向前走三步，右手持扇背供）【小锣一击】昨日圣上传旨，命我今日在这百花亭摆宴，为何驾转西宫去了（右手合扇端带，左手向左台口指出）？【小锣一击】且自由他（左手甩袖）！【小锣一击】高裴二卿！

裴力士
高力士　在。

杨玉环　将酒宴摆下，待娘娘（右手抖扇）自饮几杯。（左手做酒杯状；右扇在下面平托）

裴力士
高力士　领旨。

奏京胡曲牌＜二黄傍妆台＞

$\frac{2}{4}$　0　0多罗　｜龙冬冬冬　6512　｜3256　｜3523　｜1623　｜1657｜

（高、裴二力士两边分下）

6276　563　｜5676　535　｜0 35　5761　｜2343　2125｜

（杨玉环右手拿合

2532　1265　｜1612　6153　｜5635　3216　｜2376　56762｜

扇、整冠、开扇，右转身，背扇，归"内场座"）

6165　352　｜3 24　323　｜3 5　5165　｜3556　5161｜

（裴力士捧酒盘上，跪至"大边"）

2 5 3 2　　1 6 2 3　|　1 2 6 1　　5 1 6 5　|　3 2 3 2 5　2 7 2 3　|　5 6 7 6　　5　2　|

3 5 2 3　　2.1 6 1　|　2 5 3 2　　1 6 1 2　|　3 2 5 6　　3 5 2 3　|

渐慢

1 6 2 3　　1 6 5　|　6 7 6　　5 6 3 6　|　5　　　0　‖

裴力士　娘娘，裴力士进酒。
杨玉环　进的什么酒？
裴力士　太平酒。
杨玉环　何谓太平酒？
裴力士　黎民百姓所造，名曰太平酒。
杨玉环　好！呈上来（招左手）。

奏京胡曲牌＜反二黄小开门＞

$\frac{2}{4}$ 多　多 | 6　2　7 6 5 6 | 1　6　1　2 | 3 5 3 2　1 6 1 2 |

（杨玉环开扇，示意裴力士把酒呈上。裴力

3 2 1 2　3 2 3 5 | 6 5 3 2　5 6 3 2 | 1 2 3 5　2 3 1 | 0 6 5　3 2 3 5 |

士呈酒。杨玉环欲饮，稍一思索，右手持扇，左手执杯，并以扇面托住酒杯）

6 5 7　6 5 6 | 6 3 2　5 6 | 1　1　6 5 3 2 | 3 5　6 1 5 6 |

（杨玉环以扇遮面饮酒）

3 2 1 2　3　3 | 3　6 1　5 6 1 2 | 6 1 5 6　3　2 | 1　1　1　7 |
（衣　大　衣　　台）

（杨玉环饮华）　　　　　　　（裴力士接酒杯后下）

6 7 2 3　7 6 5 6 | 1　6　1 6 1 2 | 3 5 3 2　1 6 1 2 | 3 2 1 2　3 2 3 5 |

（二宫女捧酒盘上，至台中跪下）

6 5 3 2　5 6 3 2 | 1 2 3 5　2 3 1 | 0 6 5　3 2 3 5 |

6　5 7　6 5 6 | 0　3 2 | 5 1 6 5 1 | 5　　　0　‖

宫　娥　宫娥们进酒。

杨玉环　进的什么酒（合扇）？

宫　娥　龙凤酒。

杨玉环　何谓龙凤酒？

宫　娥　三宫六院所造，名曰龙凤酒。

杨玉环　好，呈上来（左手拿合扇，右手指出）。

宫　娥　是。

奏京胡曲牌＜二黄小开门＞

$\frac{2}{4}$ 多　多 ｜ 6723　7656 ｜ 1　6　1612 ｜ 3532　1612 ｜

（二宫女向前进酒。杨玉环左手拿合扇；右

3　2　3217 ｜ 6713　7656 ｜ 1235　23 1 ｜ 0 5　675 ｜

手执杯垂目喝）　　　　　　　　（杨玉环饮毕，二宫女接酒杯后下）

6 57　65 6 ｜ 6 3　5656 ｜ 1321　6532 ｜ 3 56　7656 ｜

3　2　3　4 ｜ 3276　5672 ｜ 6165　4323 ｜ 1235　2321 ｜

（衣　大　衣　　台）

（杨玉环左手执扇，以扇抵凤冠，脸朝右看）

6723　7656 ｜ 1656　1612 ｜ 3532　1612 ｜ 3 2　3217 ｜

（高力士捧酒盘上，至"小边"跪下）

6723　7656 ｜ 1643　23 1 ｜ 0 5　675 ｜ 6 57　65 6 ｜

渐慢

6 3　5656 ｜ 1321　6532 ｜ 3 5　6154 ｜ 3　0 ‖

高力士　娘娘，高力士进酒。

杨玉环　高力士（左手扶鬓看高力士）。

高力士　有。

杨玉环　进的什么酒？

高力士　通宵酒。

杨玉环　呀呀啐！

「（扎扎台）杨玉环左手向里翻扇直立、手捏扇轴处，右手指高力士。

杨玉环 何人与你们通宵？

高力士 满朝文武不分昼夜所造，名曰通宵酒。（裴力士暗上）

杨玉环 如此——呈上来！

「（扎扎台）杨玉环开扇，将扇向左摆动，向右摆动以后。将扇面垂在桌子的前沿，推桌身稍前倾；左手撑袖。

〔四平调〕

杨玉环

$\frac{2}{4}$ 多罗. 6 5 6 | 7 76 5 3 5 6 | 7 2 7 6 5 6 7 6 2 | 6 6 6 5 7 |

$\frac{2}{4}$ 0 0 | 7. 6 5. 6 | 7 2 7 6 5 6 7 2 6. | 0 |
　　　　　　同　　进　　酒

6 7 1 3 7 6 5 7 | 6 7 2 7 6 5 3 5 6 7 | 6 5 6 2 1 2 3 4 3 | 2 5 3 2 3 5 6 5 |

0 0 | 0 0 | 0 2 1 2 2 3 6 5 |
　　　　　　　　　　　哎

1 6 1 2 7 6 5 3 | 5 6 3 3 5 1 6 | 2 2 2 6 5 6 | 1 2 7 6 5 6 1 6 5 6 |

1. 2 7 6 5 | 0 3 1 2. | 0 1 6 1 6 |
捧　　　　金　　　樽，　　宫娥　力士

1 6 1 2 7 6 5 3 | 卅 5 7 6 5 6 3 - - - 1 - 3 2 - - - |

1. 2 7 6 5 | 卅 5 0 6 5 6 3 - - - 1 - 0 2 - - - |
殷　勤　　　侍　奉　啊！

（右手上撩抖扇顺势双手双缓下）

裴力士 人生在世……（双手摊掌）

$\frac{2}{4}$ 多罗. 6 5 6 | 3 5 7 6 6 5 7 | 6 7 2 5 2 3 7 6 | 5 3 5 6 7 6 2 3 |

杨玉环

$\frac{2}{4}$ 0 0 | 3 5 6 5 | 6 7 2 2 3 7 6 | 5. 6 7 6 2 |
　　　　　人　生　在　世　如　春　　梦，

（左手平托）

109

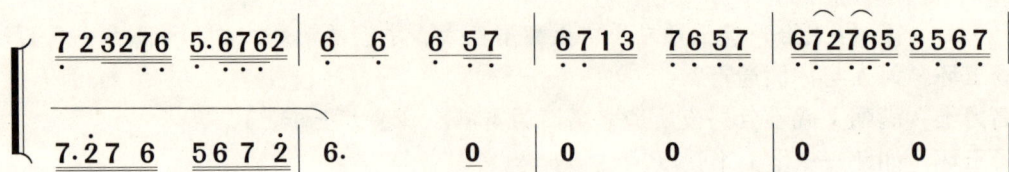

（左手抖袖）

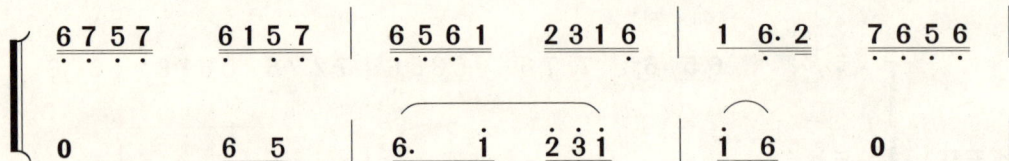

且 自 开 怀

（右手抚胸）

〔反二黄隔尾〕

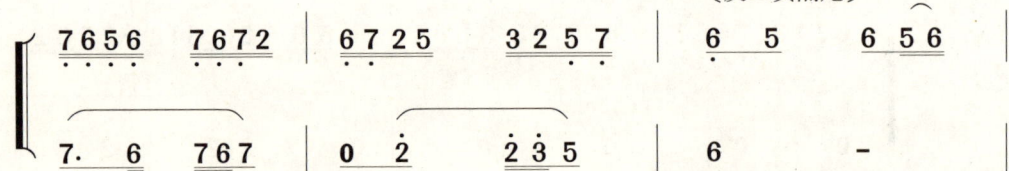

饮 几 盅。

（向高招手，高向前敬酒，

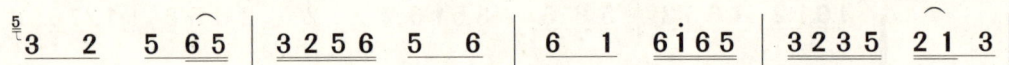

右手将扇平托左手去拿酒杯，将酒杯放在扇上。酒杯送到嘴前一嗅想不饮，一横

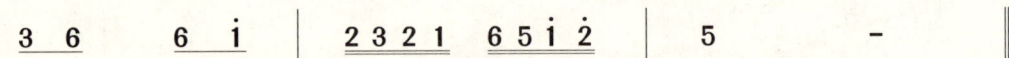

心一饮而尽，将杯扔在盘中，摇头示醉）

〔　【小锣长丝头】杨玉环头枕右手；右手持扇反垂；脸朝"下场门"方向。

裴力士　高公爷。（示意裴向前走两步）

高力士　裴公爷。（点头向前）

裴力士　娘娘可有点醉啦，多留点神哪！

高力士　小心点儿。

杨玉环　高裴二卿！（右手放下合扇、双手扶桌）

裴力士
高力士　在。（二人快步回身施礼）

杨玉环　娘娘酒兴不足，宽了凤衣，看大杯伺候。（右手合扇，在桌上直垂立，左手指出）

裴力士
高力士　领旨。

110

贵妃醉酒

奏京胡曲牌＜反二黄柳摇金＞

$\frac{2}{4}$　0　　0 多罗 ｜ 冬冬冬3　2.31 ｜ 2　2　2.532 ｜ 1217 6565i ｜

（先保持姿态不动。突感天旋地转，身体也微微左右摇晃，

5 6.i 563250 ｜ 023256 2313 ｜ 2.532161 ｜ 0 5 6i57 ｜

随后双手分开扶桌角站起，蓦地又无力坐下）

6 6 7.657 ｜ 65i2 6i56 ｜ 325i 6532 ｜ 1232 1.2325 ｜

（双手扶桌，身慢慢站起，但仍不能保持平衡，右脚向左脚左

1232 1276 ｜ 5632 5156 ｜ 1.2325 216.i ｜ 5i65 4245 ｜

方倒一步，突感酒上涌，双手反折袖，身前倾呕吐）

6i65 54656i ｜ 5 6 653 ｜ 2316 1 12 ｜ 325 653 ｜

（稍定下神将双手袖抖下，以左袖擦拭嘴角）

2312 32523 ｜ 1232 1235 ｜ 2316 1 12 ｜ 325i 653 ｜

（上左步身稍向右倾，将右肘支放桌上，左手向后平探，右手抚胸）

2312 32523 ｜ 1 2 1 5 ｜ 6 5 6 i ｜ 212 2532 ｜
（台）

1217 656i ｜ 5653 2351 ｜ 56i2 6i56 ｜ 325 5 6 ｜

（闭目揉胸，使自己渐渐平静下来眼睁开）

i$\frac{2}{3}$ 3 23 ｜ 5632 5156 ｜ 1.2325 216i ｜ 5653 2351 ｜
（台）

（眼无神做一环视，将身体慢慢站立起）

56i2 6i56 ｜ 3251 5 6 ｜ i$\frac{2}{3}$ 6 56 ｜ 3256 3532 ｜
（台）

（以左手将裙稍提起，右手扶桌沿下台阶，先下左步，右

126 1612 ｜ 3 3 3212 ｜ 3256 5325 ｜ 3212 3523 ｜

脚向前滑出，再上左步，向右快速转身，顺势身半蹲；右脚踏步、以左手反扶桌

$\underline{5}\,\underline{6}\,2$　　$2\ 3$　|　$\underline{5632}\ \underline{561\dot{2}}$　|　$\underline{61}\,\underline{56}\ \underline{463}$　|　$0\ 1$　$2\ 3$　|

外沿，右手在胸前开扇；众宫女见状大惊，众人向前一步双手向前伸出做搀扶之

$\underline{5632}\ \underline{5156}$　|　$\underline{1235}\ \underline{216\dot{1}}$　|　$\underline{5643}\ \underline{2351}$　|　$\underline{561\dot{2}}\ \underline{61}\,\underline{56}$　|

式，杨左右看下官女，轻摇头，并用扇向左右轻拂，表示不须搀扶。随即好强地

$\underline{325}\ \underline{56}$　|　$\dot{1}\overset{\tiny 2}{}$　　$\underline{6\ 56}$　|　$3.\ \underline{5}$　$\underline{32}\,\underline{1}$　|　$2\ \underline{23}$　$\underline{51}\,\underline{65}$　|

（台）

慢慢站起、双手端带，两脚不稳地走醉步，向右台口方向走去，这时官女扯成"斜

$4\ \underline{56}$　$3.\ \underline{2}$　|　$\underline{1232}\ \underline{1212}$　|　$\underline{1235}\ \underline{23\ 1}$　|　$2\ \underline{23}$　$\underline{51}\,\underline{65}$　|

胡同"。杨向左转身向台中走去，至台中，起"反云手"，右转身到右台口，右手压扇、

$4\ \underline{56}$　$3\ 2$　|　$\underline{1.2325}\ \underline{23\ 1}$　|　$\underline{21}\ 2$　$\underline{2532}$　|　$\underline{1217}\ \underline{656\dot{1}}$　|

（台）

左手撑袖，走云步至台中，右脚向前垫步，身向前倾，双手翻折袖，身向后仰，

$\underline{5653}\ \underline{2313}$　|　$\underline{2532}\ \underline{161}$　|　$0\ 5$　　$\underline{6\dot{1}\,5}$　|　$6\ 6$　　$\underline{7657}$　|

二官女急扶，杨双臂搭二官女肩上，醉步下。众随下。高、裴目送杨下至台中）

$\underline{65\dot{1}\dot{2}}\ \underline{61}\,\underline{56}$　|　$\underline{3251}\ \underline{6532}$　|　$\underline{1232}\ \underline{1235}$　|　$\underline{1.232}\ \underline{1276}$　|

$\underline{5632}\ \underline{5156}$　|　$\underline{1235}\ \underline{216\dot{1}}$　|　$\underline{5\dot{1}\,65}\ 4.\ \underline{5}$　|　$\underline{6\dot{1}\,56}\ \underline{4576}$　|

$5\ 6$　　$\underline{6543}$　|　$\underline{23\ 1}\ 0\ 2$　|　$\underline{3256}\ \overset{\tiny 5}{3}\ 0$　|　$\underline{2312}\ \underline{3523}$　|

$\underline{1232}\ \underline{1235}$　|　$\underline{2316}\ \underline{1212}$　|　$\underline{325\dot{1}}\ \underline{6535}$　|　$\underline{2312}\ \underline{3523}$　|

高力士："裴公爷。"裴力士："高公爷。"高力士："娘娘可更衣去啦。"裴力

$1\ 2$　　$1\ 5$　|　$\underline{6\dot{1}\,57}\ \underline{656\dot{1}}$　|　$\underline{21}\ 2$　$\underline{2532}$　|　$\underline{1217}\ \underline{656\dot{1}}$　|

士："是呀。"高力士："喝得这样,还要喝哪！"裴力士："还要吃酒哇！"高力士："没法

5653 23 5 ｜ 0 1̣5 61̣56 ｜ 325 5 6 ｜ i² 3 23 ｜

子！趁她更衣，咱们打扫打扫。"裴力士："还得当差呀！"

5632 5356 ｜ 1235 2161̇ ｜ 5653 23 5 ｜ 0 12̇ 61̇56 ｜

（二人用手中的云

325 5 6 ｜ i 0 61̣56 ｜ 3. 5 3 2 ｜ 1276 1612 ｜

帚，先掸掸桌子，随后高力士从"上场门"搬把椅子出来，放在"上场门"方向；裴力士

3 5 3212 ｜ 3256 5325 ｜ 3212 3523 ｜ 5 2 2 3 ｜

将桌内的椅子搬出，放在"下场门"的方向，双椅成"八字形"）

5632 561̇2 ｜ 61̣56 46 3 ｜ 0 1 2 3 ｜ 5632 5356 ｜

高力士："裴公爷，咱们把这几

1235 2161̇ ｜ 5653 2351 ｜ 561̇2 61̣56 ｜ 325 5 6 ｜

盆花搬出来摆一摆，好请娘娘赏花。"

（二人搬花盆）

i² 61̣56 ｜ 3 56 3213 ｜ 2123 51̣65 ｜ 4256 3532 ｜

高力士："这盆是什么花？"裴力士："这是富贵牡丹花，您慢着点。"高力士："喝！这

1232 1212 ｜ 1235 2313 ｜ 2123 51̣65 ｜ 4256 3532 ｜

花儿长得真茂盛呀！哈……"裴力士："这盆是海棠花。"

（二人搭花盆）

1235 23 1 ｜ 2 2 0 32 ｜ 1 5 651̇ ｜ 5653 2313 ｜

2532 121 ｜ 0 5 61̣ 5 ｜ 6 6 0 5 ｜ 651̇2 61̣56 ｜

高力士："金丝海棠！"裴力士：

3251̇ 6532 ｜ 1232 1235 ｜ 1. 2 1276 ｜ 5632 5356 ｜

"真鲜灵啊，哈……咱们再搬这盆兰花。"

113

$\underline{1235}$　$\underline{216\dot1}$｜$\underline{5\dot165}$　$\underline{4.\ 5}$｜$\underline{6\dot156}$　$\underline{4576}$｜$\underline{5\ 6\dot1}$　$\underline{5653}$｜

（高、裴力士分别将这几盆花放在左台口、右台口、前台口）

$\underline{23\dot1}$　$\underline{0\ 2}$｜$\underline{325}$　$\underline{3.\ 5}$｜$\underline{2312}$　$\underline{3523}$｜$\underline{1232}$　$\underline{1235}$｜

裴力士："您闻香不香？"高力士："嘿，真香啊！它是兰门王者香啊！高贵得很哪！"
（闻花）

$\underline{2316}$　$\underline{1212}$｜$\underline{325}$　$\overset{5}{\underline{3}}\ 0$｜$\underline{2312}$　$\underline{3523}$｜$\underline{1232}$　$1\ 5$｜

裴力士："咱们再搬这盆玉兰花。"

$\underline{6\dot167}$　$\underline{6561}$｜$\underline{2\overset{\frown}1}\ 2$　$\underline{2532}$｜$\underline{1217}$　$\underline{656\dot1}$｜$\underline{5653}$　$\underline{2351}$｜

（二人搬花盆）

$\underline{56\dot1\dot2}$　$\underline{6\dot156}$｜$\underline{3\overset{\frown}25}\ 5\ 6$｜$\dot1^{\overset{2}{\underline{}}}$　$\underline{3\ 23}$｜$\underline{5632}$　$\underline{5356}$｜

裴力士："这几盆这么一摆，可就好看多了！"高力士："这是赏花饮酒，是不是？"裴

$\underline{1235}$　$\underline{216\dot1}$｜$\underline{503}$　$\underline{235}$｜$\underline{56\dot1\dot2}$　$\underline{6\dot156}$｜$\underline{3\overset{\frown}25}\ 5\ 6$｜

力士："不错，不错。"高力士："裴公爷。"裴力士："高公爷。"高力士："娘娘今天的酒

$\dot1$　$\underline{6\ 56}$｜$\overset{5}{\underline{3}}\underline{05}$　$\overset{5}{\underline{3.\ 2}}$｜$\underline{1276}$　$\underline{1612}$｜$\underline{3256}$　$\underline{3212}$｜

兴够瞧的啦，咱们可得多加小心才好哇！"裴力士："对啦，再要喝会儿恐怕就要出

$\underline{3256}$　$\underline{5325}$｜$\underline{3212}$　$\underline{3523}$｜$\underline{56\ 2}$　$2\ 3$｜$\underline{5632}$　$\underline{56\dot1\dot2}$｜

点情形啦！"高力士："这也难怪，拿咱们娘娘说吧，宫里头数一数二的红人啦。"裴

$\underline{6\dot156}$　$\underline{463}$｜$\underline{0\ 1}$　$2\ 3$｜$\underline{5632}$　$\underline{5356}$｜$\underline{1235}$　$\underline{216\dot1}$｜

力士："那敢情是。"高力士："还生这样的气哪！瞧瞧，如今万岁爷驾转西宫，娘娘

$\underline{5653}$　$\underline{2351}$｜$\underline{56\dot1\dot2}$　$\underline{6\dot156}$｜$\underline{325}$　$5\ 6$｜$\dot1^{\overset{2}{\underline{}}}$　$6\ 5$｜

一肚子的气。"裴力士："一肚子的闷气。"高力士："没地儿发散去哪！"高力士："借酒

$\underline{3\ 56}$　$\underline{3213}$｜$\underline{2123}$　$\underline{5\dot165}$｜$\underline{4256}$　$\underline{3.\ 2}$｜$\underline{1232}$　$\underline{1212}$｜

消愁！"裴力士："唉。"高力士："瞅这样儿怪可怜的。"裴力士："可不是么！"高力士：

贵 妃 醉 酒

<u>1235</u> <u>2313</u> | <u>2123</u> <u>5i65</u> | <u>4256</u> <u>3532</u> | <u>1235</u> <u>23 1</u> |

"所以外面的人哪，不清楚这里的事情，以为到了宫里头，不知道是怎么样的享福

<u>2 2</u> <u>0 32</u> | <u>1217</u> <u>656i</u> | <u>5653</u> <u>2313</u> | <u>2532</u> <u>16 1</u> |

哪？其实哪，也不能够事事都如意，照样儿她也得有点烦恼。"裴力士："这话是不

<u>0 5</u> <u>6i 5</u> | <u>6 6</u> <u>0 5</u> | <u>65i2</u> <u>6i56</u> | <u>325i</u> <u>6532</u> |

错的。"高力士："我哪，进宫比您早几年，见的事情比您多一点儿。"裴力士："那敢情

<u>1232</u> <u>1235</u> | <u>1. 2</u> <u>1276</u> | <u>5632</u> <u>5356</u> | <u>1235</u> <u>216i</u> |

是。"高力士："就拿咱们宫里说吧。"裴力士："唉。"高力士："三宫六院。"裴力士："

<u>5i65</u> <u>4. 5</u> | <u>6i56</u> <u>4576</u> | <u>5 6i</u> <u>5653</u> | <u>2316</u> <u>1212</u> |

嗯。"高力士："七十二嫔妃，宫娥彩女倒有三千余众。"裴力士："三千余众！"高力士：

<u>325i</u> <u>6535</u> | <u>2312</u> <u>3523</u> | <u>1232</u> <u>1235</u> | <u>2316</u> <u>1212</u> |

"这可都为皇上一人来的！"裴力士："可不，都为皇上一人来的吗！"高力士："哎呀，

<u>325i</u> <u>6535</u> | <u>2312</u> <u>3523</u> | <u>1 2</u> <u>1 5</u> | <u>6i57</u> <u>6561</u> |

从小进宫，白了头发啦，连皇上的面儿没见有的是！"裴力士："您说的这话，一点

<u>21 2</u> <u>2532</u> | <u>1217</u> <u>656i</u> | <u>5653</u> <u>2351</u> | <u>0 i2</u> <u>6i56</u> |

也不错唷！"高力士："哎，闲话少说，办正经事要紧哪！"裴力士："办什么正事呀？"

<u>32 5</u> <u>5 6</u> | i²³ <u>3 23</u> | <u>5632</u> <u>5356</u> | <u>1235</u> <u>216i</u> |

高力士："给您预备酒哇！"裴力士："对，还要喝哪。"高力士："不喝成吗？"裴力士：

<u>5653</u> <u>2351</u> | <u>56i2</u> <u>6i56</u> | <u>32 5</u> <u>5 6</u> | <u>i 0</u> <u>6i56</u> |

"不喝也完不了。"高力士："哎，来了！"裴力士："快！"

<u>3256</u> <u>3 2</u> | <u>1276</u> <u>1612</u> | <u>3256</u> <u>3212</u> | <u>3256</u> <u>5325</u> |

115

```
3212  3523 | 56 2  2 3 | 5632  561͟2 | 6͟156  45 3 |

0 1  2 3 | 5632  5356 | 1235  216͟1 | 5653  2351 |

561͟2  6͟156 | 3͡25  5 6 | 1²ꞁ    6 56 | 3      321 |

2 23  5 65 | 4256  3.2 | 1232  121 | 0 3  231 |

2 23  5 65 | 4256  3.2 | 1235  231 | 2 2  0 32 |
```

（二人分下场）　　　　　（杨从"下场门"背向观众，退着走醉步出来，上右步

```
1217  656͟1 | 5653  2313 | 2532  121 | 0 5  6͟1 5 |
```
　　　　　　　　　　　　　　　　　　　　　　（台）

成左踏步；右手撑袖，左手翻折水袖在胸前）　　　　　（右手放下又将水

```
6 6  0 5 | 6͡5 1  6͟156 | 3͡25  5632 | 1232  1235 |
```
　　　　　　　　　　　　　　　　　　　　　　　　　　（台）

袖翻折起，双手在胸前端袖。向下左右一看双手，双袖抖下）

```
1.232  1276 | 5632  5356 | 1235  216͟1 | 5 65  4.5 |
```

　　　　　　（杨仿佛忘记了刚才不愉快的事，朝右台口走去，她觉得唐

```
6͟156  4576 | 5 6  6͡5 3 | 23 1 0 2 | 3͡25  30 |
```

明皇就在身边。于是左转身向"下场门"方向走去，朝"大边跨椅"双手拱请式，好

```
2312  3523 | 1 02  1235 | 23 1  0͡12 | 3͡25  ⁵ꞁ3 0 |
```

像要与唐明皇讲话，见空椅人不在，恼恨地将双袖用力抖下）

```
2312  3523 | 1232  1 5 | 6 5  6 1 | 212  232 |
```
　　　　　　　　　　　　　　　　　　　　　　（台）

1 5　　6 5 6 i̲ | 5 6 5 3　2 3 5 | 0 i̲　6 i 5 6 | 3 2　5　5 6 |

（唐明皇爽约，杨心中不悦，面带愠色，醉步向放在"上场门"的"小边跨椅"走去，

i̲² ̲　　3 2 3 | 5 0 3　5 3 5 6 | 1 2 3 5　2 1 6 i̲ | 5 6 5 3　2 3 5 |
　　　　　　　　　　　　　　　　　　　　　　　　　（台）

走至"小边跨椅"处，刚欲坐，突然看见花）

0 i̲ 2̲　6 i̲ 5̲ 6 | 3 2 5　5 6 | i̲　0　6 5 6 | 3 5　3 2 |

（双目观花，为花所吸引。左手向外缓一圈指自己，然后向左台口方向指出示意

1 6　1 6 1 2 | 3 5　3 2 1 2 | 3 2 5 6　5 3 2 5 | 3 2 1 2　3 5 2 3 |
　　　（台）

要折花，双水袖向上翻折又抖下，双手下垂，两袖在身右侧成拖垂状亮相）

5 6 2　2 3 | 5 6 3 2　5 6 1̲ 2̲ | 6 i̲ 5̲ 6　4 5 3 | 0 1　2 3 |
　　　　　　　　　　　　　　　　　　　　　　　　　（台）

5 6 3 2　5 3 5 6 | 1 2 3 5　2 1 6 i̲ | 5 6 5 3　2 3 5 | 0 i̲ 2̲　6 i̲ 5̲ 6 |

（杨醉步向左台口方向走去，随着步子的左右移动，双手水袖也相随向左右两侧

3 2 5　5 6 | i̲² ̲ 0　6 5 6 | 3 2 5 6　3 2 1 | 2 2 3　5 6 5 |

轻轻摆动。醉步走至左台口，行到花前，低头看花）

4 2 5 6　3.2̲ | 1 2 3 2　1 2 1 2 | 1 2 3 5　2 3 1 3 | 2 2 3　5 6 5 |
　　　　　　　　　　　　　　　　　　　　　　　　　（台）

　　　　　　　　　　　　　　　　　　　　　　　（双手起"云手"，身

4 2 5 6　3.2̲ | 1 2 3 5　2 3 1 | 2　2　2 5 3 2 | 1 2 1 7　6 5 6 i̲ |
　　　　　　　　　　　　　　　　　　　（台）

向左转，双袖斜托亮相）　　　　　　　　　　（左腿向后掖抬，然

5 6 5 3　2 3 1 3 | 2 5 3 2　1 6 1 | 0 5　6 i̲ 5 | 6 6　0 5 |

后身体徐徐下蹲，做"卧鱼"动作，"卧鱼"下去，以左手捏住花枝，向鼻前拉

6 5 1̲ 2̲　6 i̲ 5̲ 6 | 3 2 5　6 5 3 2 | 1 2 3 2　1 2 3 5 | 1.2̲ 3 2　1 2 7 6 |

过来做闻花状，手捏花在鼻前轻轻嗅上二嗅，左手向前送去）

5632　5356 ｜ 1235　216ⅰ ｜ 5ⅰ65　4245 ｜ 6ⅰ56　456ⅰ ｜
　　　　　　　　　　　　　　　　　　　　　　　（台）

5　6ⅰ　5653 ｜ 2316　101͡2 ｜ 325ⅰ　6535 ｜ 2312　3523 ｜
（双目看花）

1232　1235 ｜ 2316　1212 ｜ 325ⅰ　6535 ｜ 2312　3523 ｜
　　　（上身先立起）

1232　1　5 ｜ 6　5　6　1 ｜ 2͡1　2　2532 ｜ 1217　656ⅰ ｜
　　（双脚蹬劲，徐徐站起）

5653　2351 ｜ 56ⅰ2̇　6ⅰ56 ｜ 3256　5　6 ｜ ⅰ2̇0　3　23 ｜
（斜托袖式，身站起）　　　　　（台）

5632　5356 ｜ 1235　216ⅰ ｜ 5653　2351 ｜ 56ⅰ2̇　6ⅰ56 ｜
　　　　　　　　　　（台）　　　　　　　（顺势身向左转，朝

32　5　5　6 ｜ ⅰ　2̇　6ⅰ56 ｜ 3256　3　2 ｜ 1276　1612 ｜
"下场门"方向走去，走至"下场门"处，上右步、右手撑袖，左手向右台口方向一指，似

3256　3212 ｜ 3256　5325 ｜ 3212　3523 ｜ 56　2　2　3 ｜
　　　　　　　　　　　　　　　　　　　　（台）
观一盆新花）

5632　56ⅰ2̇ ｜ 6ⅰ56　46　3 ｜ 0　1　2　3 ｜ 5632　5356 ｜
（这时杨心中稍有快意，右手向下抖袖，再向上提袖，右手自里向外缓一圈指己，

1235　216ⅰ ｜ 5653　2351 ｜ 56ⅰ2̇　6ⅰ56 ｜ 32　5　5　6 ｜
然后又向右台口方指出，示意要去闻花）

ⅰ　0　6　56 ｜ 3　　3　21 ｜ 2　23　5　65 ｜ 4256　3．2 ｜
（台）
　　　　　（双手翻折水袖，又向下抖去，双手下垂，双袖在

| 贵 妃 醉 酒 |

$\underline{1232}$ $\underline{1212}$ | $\underline{1235}$ $\underline{231}$ | 2 $\underline{23}$ $\underline{565}$ | $\underline{4256}$ $3\cdot\underline{2}$ |

身左侧成拖垂状，醉步向右台口走去，至右台口右转身起"反云手"双袖翻折捧花）

$\underline{1235}$ $\underline{231}$ | 2 2 0 $\underline{32}$ | 1 5 $\underline{656\dot1}$ | $\underline{5653}$ $\underline{231}$ |

（台）

$\underline{2532}$ $\underline{121}$ | 0 5 $\underline{6\dot15}$ | 6 6 0 5 | $\underline{65\dot1}$ $\underline{6\dot156}$ |

（双手斜托袖，右脚向后掖抬，双腿徐徐下蹲，做"卧鱼"动作）

$\underline{325}$ $\underline{6532}$ | $\underline{1232}$ $\underline{1235}$ | $1\cdot\underline{232}$ $\underline{1276}$ | $\underline{5632}$ $\underline{5356}$ |

（将右手伸出水袖，右手自里向外翻腕做拢花动作，

$\underline{1235}$ $\underline{21\dot6\dot1}$ | $\underline{565}$ $4\cdot\underline{5}$ | $\underline{6\dot156}$ $\underline{4576}$ | 5 6 $\underline{563}$ |

然后将花拉过来闻花、看花，越看越爱用手将花掐下）

$\underline{231}$ 0 2 | $\underline{325}$ 3 0 | $\underline{2312}$ $\underline{3523}$ | 1 0 2 $\underline{1235}$ |

（随后上身立起，

$\underline{231}$ 0 $\underline{12}$ | $\underline{325}$ $\overset{5}{3}$ 0 | $\underline{2312}$ $\underline{3523}$ | $\underline{1232}$ 1 5 |

双腿缓缓站起。右手持花欲往头上戴；一边向"下场门"的"跨椅"走去，一见空椅；再

$\underline{65}$ $\underline{6\dot1}$ | $\underline{212}$ $\underline{232}$ | 1 5 $\underline{656\dot1}$ | $\underline{5653}$ $\underline{235}$ |

看看花,茫然若失地将花扔掉,满脸不悦地向"上场门"方向的"跨椅"走去,走至"小

0 $\dot1$ $\underline{6\dot156}$ | $\underline{325}$ 5 6 | $\overset{\frac{2}{7}}{\dot1}$ $\underline{323}$ | 5 0 3 $\underline{5356}$ |

边跨椅"前坐下。以右肘支在椅背上，头枕右拳，脸向外。这时裴力士持酒盘从

$\underline{1235}$ $\underline{21\dot6\dot1}$ | $\underline{5653}$ $\underline{235}$ | 0 $\underline{1\dot2}$ $\underline{6\dot156}$ | $\underline{325}$ 5 6 |

"下场门"上场，跪在左台口，双手将酒盘捧过头）

$\overset{\frac{2}{7}}{\dot1}$ 0 $\underline{656}$ | $\underline{35}$ $\underline{32}$ | $\underline{16}$ $\underline{1612}$ | $\underline{35}$ $\underline{3212}$ |

3256　5325 ｜ 3212　3523 ｜ 56 2　2 3 ｜ 5632　561̇2̇ ｜

裴力士：“娘娘，裴力士进酒！”

61̇56　453 ｜ 0 1　2 3 ｜ 5632　5356 ｜ 1235　2161̇ ｜

（台）

裴力士：“请娘娘赏饮！”

（杨搓手、揉目看裴）

5653　23 5 ｜ 01̇2̇　61̇56 ｜ 32 5　5 6 ｜ 1̇ 0　6 56 ｜

（台）

（杨起身，双手撑袖，双手下放向里反翻折袖背手叉腰）

3256　321 ｜ 2 23　5 65 ｜ 4256　3. 2 ｜ 1232　1212 ｜

裴力士：“娘娘赏饮！”

（杨碎步向裴力士跪处疾走，走近裴力

1235　231 ｜ 2 23　5 65 ｜ 4256　3. 2 ｜ 1235　23 1 ｜

士踏左步，低头欲饮，突觉酒烫嘴，怒视裴力士）

2 2　0 32 ｜ 1 5　6561̇ ｜ 5653　23 1 ｜ 2532　121 ｜

（台）

裴力士：“酒太热啦？”

（裴看酒，一摸，

0 5　61̇5 ｜ 6 6　0 5 ｜ 651̇2̇　61̇56 ｜ 3251̇　6532 ｜

急用手扇酒，再摸摸酒杯）

裴力士：“酒不热啦，娘娘赏饮！”

1232　1235 ｜ 1. 2　1276 ｜ 5632　5356 ｜ 1235　2161̇ ｜

（杨看看盘中的酒，又看看裴力士）

51̇65　4561̇ ｜ 61̇65　4561̇ ｜ 5 61̇　5653 ｜ 2316　1212 ｜

裴力士：

3251̇　6535 ｜ 2312　3523 ｜ 1232　1235 ｜ 2316　1212 ｜

“请娘娘赏饮！”

3251̇　6535 ｜ 2312　3523 ｜ 1232　1 5 ｜ 6 5　6 1 ｜

（杨以双手捋住凤冠的穗子，双手分开在腰两旁做成叉腰状，向前上左步，上右

21 2 2532 | 1217 656i | 5653 23 5 | 0 i 6i56 |

步，踏左步，低头，双腿徐徐下蹲，衔杯，先下右旁腰。随即双脚踉动，身向左转

32 5 5 6 | i 3 23 | 5632 5356 | 1235 216i |

仰头下后腰喝酒，酒喝尽，衔好杯子，从下后腰变为下左旁腰，双脚随下腰的踉动

5653 2351 | 56i2 6i56 | 32 5 5 6 | i 0 6i56 |

成右踏步。待身转过来后，将口中衔的杯子，放入盘中）

3256 3 2 | 1276 1612 | 3256 3212 | 3256 5325 |

3212 3523 | 56 2 2 3 | 5632 56i2 | 6i56 45 3 |

0 1 2 3 | 5632 5356 | 1235 216i | 5653 2351 |

（身慢慢站起，向

56i2 6i56 | 32 5 5 6 | i 0 6 56 | 3 5 32 1 |

裴力士微微一笑,表示对裴的敬酒满意。顺势左手抖袖,醉步向“下场门”方向的“大

2 23 5 65 | 4256 3. 2 | 1232 1212 | 0 3 23 1 |

边跨椅”走去,走近“跨椅”,慢慢坐下去;脸朝外;左肘支在椅背上,头枕左拳,醉眼矇

2 23 5 65 | 4256 3. 2 | 1235 23 1 | 2 2 0 32 |

胧坐在了“大边跨椅”上）

1 5 656i | 5653 2313 | 2532 16 1 | 0 5 6i 5 |

6 6 0 5 | 65i2 6i56 | 32 5 5632 | 1 02 1235 |

（台）

```
1.232  1  6  │ 5632  5356 │ 1235  2161 │ 5 65  4.5 │
```

（裴看看醉意睡坐的杨，又看看盘中的空杯子，一手端盘，一手拭汗）

```
6  5  4576 │ 5 6   653 │ 231  012 │ 325  3 0 │
```

裴力士："酒少候您的了，大概这个酒这

```
2312  3523 │ 1 02  1235 │ 231  012 │ 325  305 │
```

么喝下去，才叫痛快哪！"

```
2312  3523 │ 1 2   1 5 │ 6 5   6 1 │ 21 2 2532 │
```

```
1217  6561 │ 5653  23 5 │ 0 1  6156 │ 325  5 6 │
```

（裴轻声向杨讨好的说完话，持空酒盘从"下场门"下场）

```
1²⁄³    3 23 │ 5632  5356 │ 1235  2161 │ 5653  2351 │
```

（高力士持酒盘从"上场门"上场。双手捧盘，跪在右台口）

```
5615  6156 │ 325  5 6 │ 1 0  656 │ 3 5   3 2 │
```

```
1 6   1 2 │ 3 5  3212 │ 3256  5325 │ 3212  3523 │
```

高力士："娘娘，高力士进酒！"

（杨搓手、揉目看高）

```
562  2 3 │ 5632  5612 │ 6156  46 3 │ 0 1   2 3 │
```

高力士："高力士进酒！"

（杨左转身，以右手

```
5632  5356 │ 1235  2161 │ 5653  2351 │ 5612  6156 │
```

高力士："请娘娘赏饮。"

扶椅背，左手撑袖）　　　　　　　（杨看酒高兴地点了点头）

```
325  5 6 │ 1 0  656 │ 3   3 21 │ 2 23  5 65 │
```

（台）

```
4256  3. 2 | 1232  1212 | 0 3  23 1 | 2  23  5 65 |
```

（台）高力士："娘娘赏饮。"

（高必恭必敬把酒盘捧过头，杨急走几步

```
4256  3. 2 | 1235  23 1 | 2  2  0 32 | 1 5  6 5 6 i |
```
　　　　　　　　　　　　　　　　　　（台）

至高身边，低头欲饮，酒烫嘴，杨顿足右抖袖向后退几步。高不明白怎么回事有

```
5653  2313 | 2532  121 | 0 5  6 i 5 | 6 6  0 5 |
```

点纳闷，见杨摆手摇头表示不喝，才明白是酒热了，急用手扇又不停用嘴吹，再

```
6 5 i 2  6 i 5 6 | 32 5  6532 | 1232  1235 | 1. 2  1276 |
```

用手一摸，点点头）

```
5632  5356 | 1235  21 6 i | 5 i 65  4. 5 | 6 i 65  4576 |
```

```
5 6 i  5653 | 23 1  0 12 | 32 5  3 05 | 2312  3523 |
```

高力士："娘娘，酒性不暴了，请您赏饮吧！"

```
1 0 2  1235 | 23 1  0 12 | 32 5  65 3 | 2312  3523 |
```
　　　　　　　　　　　　　　　高力士："再不饮，就要寒啦！"

（杨看看酒、再看看高）

```
1 2  1 5 | 6 5  6 1 | 21 2  2 32 | 1217  6 5 6 i |
```

（杨拍手、点头、一笑表示同意喝了。并用双手轻轻下捋凤冠穗子，双手分开，

```
5653  23 5 | 0 1 2  6 i 5 6 | 32 5  5 6 | i²ʳ  3 23 |
```
　　　　　　　　　　　　　　　　　（台）

向腰两旁成叉腰状）

```
5632  5356 | 1235  21 6 i | 5653  2351 | 56 i 2  6 i 5 6 |
```

（碎步向高力士走去。走碎步时，不要直线向前走，要走成"之"字形。待走近高

```
32 5  5 6 | i 0  6 i 5 6 | 3256  3 2 | 1276  1612 |
```

力士后，踏右步，低头，双腿徐徐下蹲，将酒杯衔住，然后慢慢下左旁腰。身向右

3256 3212 | 3256 5325 | 3212 3523 | 56 2 2 3 |

转；双脚�动，向后仰身，下后腰，仰头喝酒。酒喝尽，由下后腰变为下右旁腰。

5632 561̇2̇ | 6̇156 46 3 | 0 1 2 3 | 5632 5356 |

双脚踹动待转过身来成左踏步，将酒杯放在酒盘内。杨对高一笑，右手先抖袖，

1235 2161̇ | 5653 2351 | 561̇2̇ 6̇156 | 32 5 5 6 |

左手再抖袖，向高点点头表示满意）

1̇² 0 6̇156 | 3 56 3213 | 2123 51̇65 | 4256 3532 |

1232 1212 | 1235 2313 | 2123 51̇65 | 4256 3532 |

1235 2313 | 21 2 2 32 | 1217 656̇1̇ | 5653 2313 |

2532 12 1 | 0 5 6̇1̇ 5 | 66 0 5 | 65 1̇ 6 5 |
　　　　　　　　（台）

（高看看杨，再看看盘中的酒杯，

32 5 6532 | 1 2 1232 | 1 2 1 6 | 5 3 5 6 |
一手端盘，一手拭汗）　　　　　　（台）

1235 2161̇ | 5 65 4. 5 | 6̇156 4576 | 5 6 65 3 |

（杨向"上场门"方向的"小边跨椅"走去，走至"小边跨椅"前，右手扶椅背坐下。

23 1 0 2 | 3 5 3 0 | 2312 3523 | 1 02 1235 |

高力士捧盘暗下）　　　　　　　　（官女持酒盘从两边分上。二人

23 1 0 2 | 32 5 3 | 2312 3523 | 1 2 1 5 |

捧酒盘跪至正台口，面朝杨）

贵妃醉酒

```
6 5    6 1  | 2 1 2  3 32 | 1  5    656i | 5653  23 5 |

0 i2  6i56 | 32 5 5 6 | i²-    3 23 | 5 03  5356 |

1235  216i | 5653  2351 | 56i2  6i56 | 32 5 5 6 |
          （台）
```
二官女："官娥们进酒！"
```
i²- 0  6i56 | 3256  3 2 | 1276  1612 | 3256  3212 |

3256  5325 | 3212  3523 | 56 2  2 3 | 5632  56i2 |
                                          （台）二官女："宫娥们
```
（杨看酒，二宫女把酒盘高高捧起）
```
6i56  45 3 | 0 1  2 3 | 5632  5356 | 1235  216i |
```
进酒！"
（杨站起，看看众宫女）
```
5653  2351 | 56i2  6i56 | 32 5 5 6 | i 0  5 56 |
（台）
```
二官女："请娘娘赏饮！"
```
3    3 21 | 2 23  5 65 | 4256  3. 2 | 1232  1212 |
```
（杨双手先抖袖，随即左手撑袖、右手翻折水袖又向下抖，两脚不稳地向右侧倒两
```
1235  23 1 | 2 23  5 65 | 4256  3. 2 | 1235  23 1 |
```
步，趁势又向左侧倒两步，看众宫女）
```
2 2  0 32 | 1 5  656i | 5653  23 1 | 2532  121 |
                                  （台）

0 5  6i5 | 6 6 0 5 | 65i2  6i56 | 32 5 6532 |
```
（杨双手向下捋凤冠穗子、双手分开在腰两旁做叉腰状）

125

<u>1232</u> <u>1235</u> | <u>1 2</u> <u>1 6</u> | <u>5 3</u> <u>5 6</u> | <u>1235</u> <u>216i</u> |
　　　　（台）

　　　　　　　　　　　　　　　　　二宫女："请娘娘赏饮！"

<u>5i65</u> <u>4.5</u> | <u>6 5</u> <u>4576</u> | <u>5 6</u> <u>653</u> | <u>2 3 1</u> <u>0 12</u> |

　　　　　　　　　　　　　　　　　　　　　　　渐慢

<u>32 5</u> <u>65 3</u> | <u>2312</u> <u>3523</u> | <u>1232</u> <u>1235</u> | <u>2 3 1</u> <u>0 12</u> |
二宫女："请娘娘赏饮！"　　　　　　　（台）
（杨向前走两步，踏左步低头，衔杯，双腿徐徐下蹲）

<u>32 5</u> <u>65 3</u> | <u>23212</u> <u>325232</u> | 1　　0 ‖
　　　　　　　　　　　　（台）

＜二黄柳摇金·合头＞

2/4 冬　冬 | <u>6 5</u> <u>5676</u> | <u>5. 6</u> <u>5612</u> | <u>6156</u> <u>35 2</u> |

（杨衔杯较前速度快些，自左向右转身下腰。待腰

3　<u>0 43</u> | <u>2356</u> <u>4 3</u> | <u>2 5</u> <u>2 4</u> | <u>3 23</u> <u>5. 6</u> |

下到一定的程度，衔杯折三下腰，表示把酒喝尽，身向左转，面朝外，将口中之

<u>7 76</u> <u>7 2</u> | <u>6723</u> <u>1 7</u> | <u>6. 7</u> <u>2 3</u> | <u>7 6</u> <u>5676</u> |

杯放在盘内。杨身体不支，将两臂搭在二宫女肩上，二宫女急扶杨坐在"下场门"

<u>5. 6</u> <u>5 6</u> | <u>2 3</u> <u>1 7</u> | <u>6 7</u> <u>2 3</u> | <u>7 6</u> <u>5676</u> |

"大边跨椅"）

<u>5 6</u> <u>5 23</u> | <u>5 6</u> <u>3 2</u> | <u>7 6</u> <u>2 3</u> | <u>5 6</u> <u>3 2</u> |

<u>3 3</u> <u>3 5</u> | <u>6 5</u> <u>3 2</u> | <u>76 2</u> <u>2 5</u> | <u>3523</u> <u>5. 6</u> |

<u>76 7</u> <u>7 6</u> | <u>76 2</u> <u>2 7</u> | <u>7 2</u> <u>3235</u> | 2　　0 5 |

126

3. 5　　3 2 ｜ 7 6　 7 2 ｜ 6 5　3 6 ｜ 5 5　5 0 ‖

「【小锣打下】二宫女分两边下，高、裴力士分两边上。

高力士　裴公爷。

裴力士　高公爷。

高力士　娘娘今儿个可真醉啦！

裴力士　是呀。

高力士　我看该回宫啦！

裴力士　那怎么好哪？

高力士　哎，我有主意。

裴力士　您有什么主意呀？

高力士　咱们诓驾。

裴力士　那要诓出祸来哪？

高力士　有我哪！

裴力士　都有您哪？

高力士　有我。

裴力士　走，咱们诓驾去呀！

高力士
裴力士　娘娘，万岁爷驾到哇！（面向杨玉环施礼）

「八宫女分上。

杨玉环　噢！

〔二黄导板〕

【小锣导板头】廿（5 <u>6</u>5 5 5 5 <u>3 2</u> 2 2 3 3　　2 1 6

6 6 <u>6</u>5 5 5 ） 6 <u>7 6</u> <u>i</u> <u>6 i</u> <u>3 i</u> 2 - <u>3̲</u>2
　　　　　　　　　 耳　　 边　　 厢

（3 3 <u>2 1</u> 6 - ） 5 <u>6 5</u> <u>3 5</u> 2 2 2 <u>1·2</u>
　　　　　　 又　　　　 听　 得

7 - <u>6 7</u> <u>6 5</u> <u>3 5</u> <u>6 6</u> <u>i̲</u>5 - - （3 3 <u>2·1</u>
　　　　　　　　　　　　　　　　　　　　　

6 6 <u>6</u>5 - ） <u>6·2</u> <u>i 6</u> 3 - <u>2 3</u> <u>i 6</u> - （6 <u>5 7</u>
驾　 到

127

$$\underset{\cdot}{6} \quad - \quad) \quad \underset{\cdot}{6} \quad \overset{\cdot}{3} \quad - \quad \overset{\cdot}{2} \quad \overset{3}{\underset{\smile}{2}} \overset{\cdot}{6} \quad \underset{\cdot}{1} \quad - \quad \underset{\cdot}{1}\overset{6}{} \quad \overset{\cdot}{1} \quad -\overset{3}{} \quad \underset{\cdot}{2} \quad -$$

百　花　　亭,

（杨玉环双手搓两下后，双手拭目，分落下）

高力士
裴力士　驾到哇！【小锣一击】【小锣帽子头】

〔回龙〕

杨玉环

$$\frac{2}{4} \quad 多罗. \quad 3\,56 \quad | \quad 2316 \quad 3\,32 \quad | \quad 3523 \quad 5653 \quad |$$

$$\frac{2}{4} \quad 0 \quad 0 \quad | \quad \underset{\cdot}{2}\,\underset{\cdot}{1}\,6 \quad \overset{\cdot}{3} \quad | \quad \overset{\cdot}{3}\,\underset{\cdot}{2}3 \quad 5653 \quad |$$
啊！

（想立即站起，身不稳又重新坐下。将重心放右脚

$$2312 \quad 3253 \quad | \quad 2316 \quad 23121 \quad | \quad \underset{\cdot}{6}\,\underset{\cdot}{6} \quad 6276 \quad |$$

$$2312 \quad 3253 \quad | \quad 2\,3\,1 \quad 2\,3\,1 \quad | \quad \underset{\cdot}{6} \quad 6\,0 \quad |$$

上，右侧身离座。右手翻折水袖，左手翻折水袖，分别搭在中间二宫女肩上，

$$5356 \quad 12376 \quad | \quad 5356 \quad 1\,16 \quad | \quad 1261 \quad 35232 \quad |$$

$$5.\,6 \quad \overset{\cdot}{1} \quad | \quad 5356 \quad \overset{\cdot}{1}\overset{6}{} \quad | \quad \overset{\cdot}{1}\,\underset{\cdot}{6}\overset{\cdot}{1} \quad 3\,22 \quad |$$

先上左脚，全体宫女全搭臂站成"横一字"，一齐向左倒五步。再上右步，一齐向

$$1\,1 \quad 13.5 \quad | \quad 2.723 \quad 5\,03 \quad | \quad 27223 \quad 432353 \quad |$$

$$\overset{\cdot}{1} \quad 6\,0 \quad | \quad 0 \quad 0 \quad | \quad 0 \quad 0 \quad |$$

右倒五步）

$$233217 \quad 6123 \quad | \quad 13321 \quad 6561 \quad | \quad 3.523 \quad 5653 \quad |$$

$$0 \quad 0 \quad | \quad 0 \quad 656 \quad | \quad \overset{\cdot}{3}\,\underset{\cdot}{2}3 \quad 5653 \quad |$$
　　　　　　　　　　　　　　吓得奴　　　战

（向正台口走三步）

（全体宫女随杨一齐渐渐下蹲至跪下，都低下了头）

【小锣一击】

杨玉环　妾妃接驾来迟，望主恕罪。

高力士
裴力士　娘娘，不是驾到！我们乃是诓驾。

杨玉环　啊？【小锣一击】（身向左坐）

高力士
裴力士　我们乃是诓驾。

杨玉环　呀呀啐！

〔（扎扎台）气恼地推宫女成一字倾倒状，向先右、再向左，最后向右坐地上。

高力士
裴力士　哎哟，留点神哪！

（杨由坐地逐渐变为身立起的下跪姿态，随即又向左坐下去，全体宫女随之）

【小锣一击】

高力士　小心点！哎哟。

$\frac{2}{4}$ 多罗0	0 3	5 6	4 3.5	2 35321 6.123	2 56 3216	

杨玉环　$\frac{2}{4}$ 0　0　0　0　0　0　0　3 2 1

平白
（不满地看高、裴

2312　3235｜25325 3216｜1 6　7656｜1612 7653｜

2　　　323｜2 35 321｜1 6　0｜1. 2 765｜

诓　　　　　　　驾　　　　　为

二人再看看两边扶着自己的宫女，渐渐站立起来，先推右边扶的宫女，再推左

5761　2321｜6 1　12325｜23321 6123｜1321 612343｜

0 61　2321｜6 1　0　0　0　0　612｜

何　　　情，　　　　　　　　　　啊，

边扶的宫女。向后退左步，连退三步，双手抖袖）

2 27　7276｜5356 7 7｜7 7 7 72｜7 0 7276｜

2 7　6｜5. 6 7｜7 7｜7 0 7265｜

为　　　　　　　　　　　　　　　何

56 3 5636｜6756 7.6｜4.3 2723｜5165 35651｜

5 3 5635｜6756 7.6｜4.3 2723｜5165 3.56 1｜

情？

（向左转身，归"上场门"的"小边跨椅"入座左肘支在椅背上，头枕左拳，
右手放在右腿上）

〔哑笛〕

5 5　5 5.6｜1276 56 1｜0 7 7 6｜5356 76 5｜

5.　0　0　0　0　0　0　0｜

高力士："裴公爷"。裴力士："什

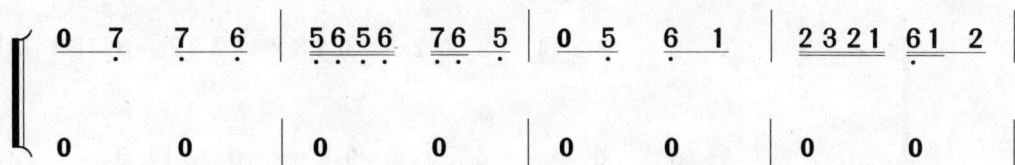

么事?"高力士:"我肚子不好。"裴力士:"闹肚子。"高力士:"我走动,走动。"裴力

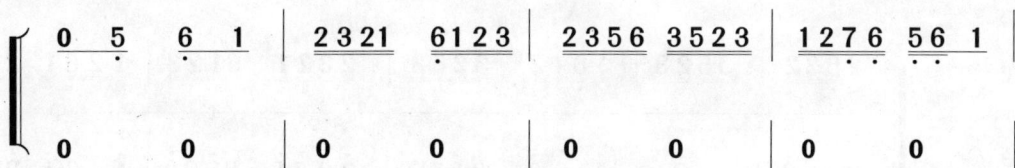

士:"走动,走动。"高力士:"待会我换您来。"裴力士:"您快点回来!"高力士:"我

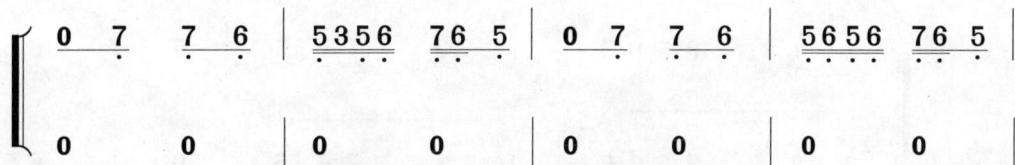

快点!"裴力士:"他走啦,我还是溜了就得了。"杨玉环:"裴力士。"裴力士:"唉,
(从"上场门下")

〔四平调〕

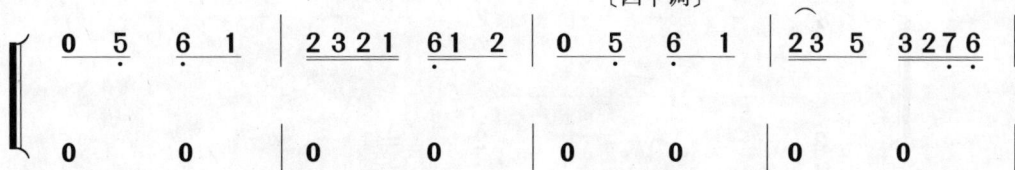

叫我哪!"

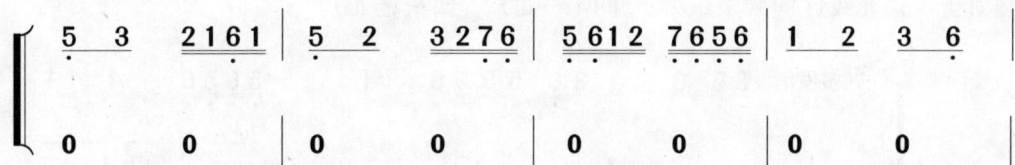

(不情愿地跪在了左台口)

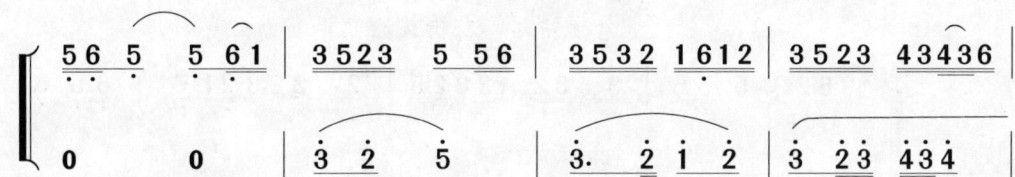

裴　　　力　　　士!

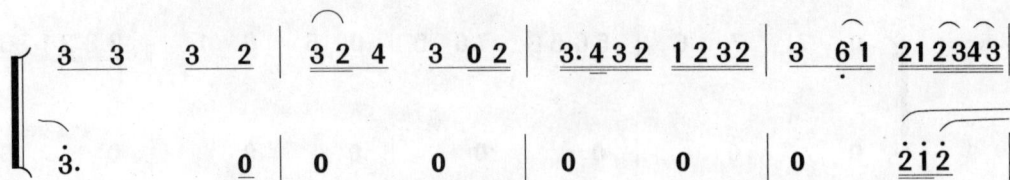

啊，

裴力士："在。"

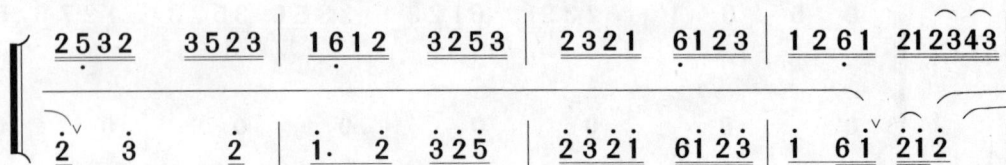

卿家

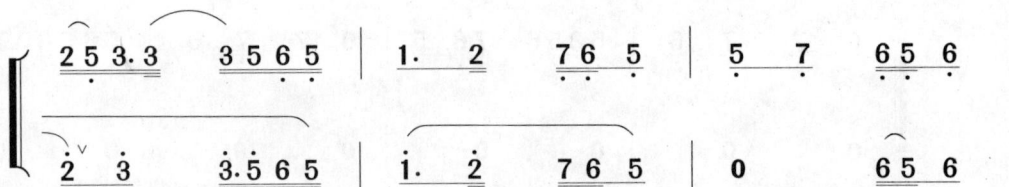

在　　　　哪里

（双手搓两下拭目，从右台口平视寻找环视到左台口，

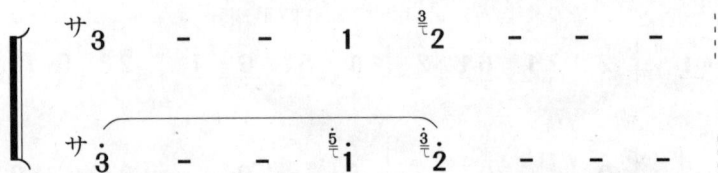

（呀）？

裴，杨双手落下）

裴力士　孩儿我这伺候娘娘哪！【小锣一击】（低头施礼）

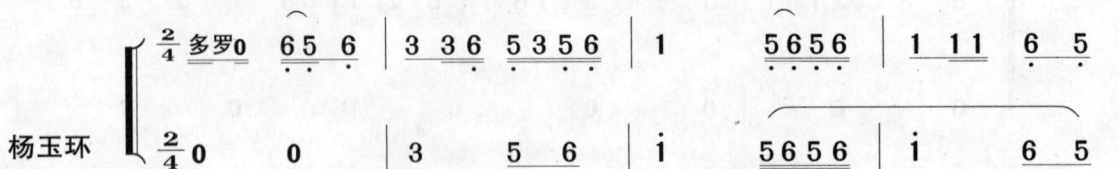

娘　娘　有　话　儿

（杨站起，左手抚胸）

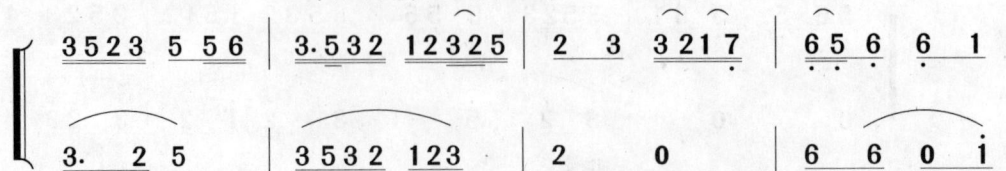

来　　　问　　　你：　　　你若

（右手翻折袖）（左手翻折袖，右手变撑袖，左手指裴）（向裴稍探身醉步向

2 3 3217 | 6. 5 6 1 | 2535 3217 | 6157 6561 |

$\dot{2}$ 0 | 6 5 6 $\dot{1}$ | 2. 3 $\dot{2}$ $\dot{1}$ | 6 5 6 $\dot{1}$ |

前走） （右翻折袖抚胸） （左手翻折袖抚胸）

是   随 了 娘 娘 心,   顺 了 娘 娘

2 3 6 1 | 1 6 6 1 | 1 6 6 1 | 2343 2 5 |

$\dot{2}$ 3 6 $\dot{1}$ | $\dot{1}$ 6 0 $\dot{1}$ | $\dot{1}$ 6 0 $\dot{1}$ | 2 0 |

意,   我 便 来、   来   朝

（右手撑袖,左手相随撑袖）

3 2 3532 | 1612 321 | 2317 6157 | 6156 1257 |

3 2 3 2 | 1. 2 3 $\dot{1}$ | 2   6 5 | 6 5 6 $\dot{1}$ 5 |

把 本 奏 当 今, 哎 呀 卿 家

（双手落下拱请式）   （左手抖水袖）

623276 556762 | 6 6 6 5.7 | 6713 7657 | 672765 3567 |

627 6 56 7 $\dot{2}$ | 6.   0 | 0   0 | 0   0 |

呀!

裴力士：“娘娘。”

6 56 16 2 | 0 3 3565 | 1612 7653 | 56 3 2356 |

0 $\dot{1}$ 2 | 0 3   6 | $\dot{1}$. 2 765 | 0 3   6 |

管   教 你 官 上   加

（右手自内向外划一圆圈后,在右额头上方指出）

1 1 1676 | 5676 5676 | 1623 61 2 | 2 2 7 6 |

$\dot{1}$.   0 | 0   0 | 0 6 $\dot{1}$ 2 | 0 2 7 6 |

官,   啊,

（右手落下）

奏京胡曲牌＜反西皮鹧鸪天＞

前1＝后5

| 5356 | 7627 | 672765 | 35651 | 2323 | 4323 |

| 5. 6 | 762 | 67 65 | 356 | 5. | 0 |

职　　　上　　　加　　　　　　职

（左手撑袖，右手赞美指）

| 5 6 | 2723 | 2 32 | 7267 | 2 7 | 2723 | 5 3 3 2 | 762 | 6567 |

裴力士："那敢情好，我得先谢谢娘娘，娘娘您还有什么差使？"
（低头磕头，双手摊开）

| 2723 | 5 4 | 3532 | 1767 | 2 2 7 6 | 5.672 | 67 5 |

（杨玉环向裴招手，示意要他取酒来，她比拟还要拿酒壶斟酒、饮酒）

| 0 4 | 4 35 | 2723 | 5 4 | 3523 | 1767 | 2343 | 2 76 |

转＜二黄鹧鸪天＞前1＝后4

| 5672 | 6535 | 2 23 43 2 | 5 23 | 5235 | 2 32 | 1767 |

（裴见杨的示意，明白了意思、点点头）

| 2376 | 2523 | 52 3 3 23 | 7627 | 6567 | 2723 | 5 4 |

裴力士："噢噢，我明白啦，娘娘您还要喝酒，叫我给您拿去对不对呀？哎，娘

| 3523 | 1767 | 2 3 2 23 | 5672 | 6756 | 43 2 3 |

（台）

娘，您这酒可喝的差不多了，再喝那就过了量啦！万一喝大发了出那么一点错，

| 3 6 | 5676 | 5 5 5 43 | 2356 | 3523 | 7 23 | 7656 |

我们可担待不起呀。娘娘，您可别喝啦！"

| 7 4 | 4 3 | 2723 | 5 4 | 3523 | 1767 |

（杨玉环不高兴地双手反翻折水袖，双手叉腰，走过去）

```
2  3 5    2 3 7 6 | 5 6 7 2   6.5 3 6 | 5    0  ‖
```

杨玉环　呀呀啐！

〔（扎扎台）用水袖打裴双颊，先打右脸，再打左脸之后，又打右脸。

裴力士　哎哟。

〔四平调〕

```
多罗0  6 5  7 | 6   6   1 | 2  3   3 2 1 7 | 6   5    6 1 |
```

杨玉环

```
0      0    | 6  6   i | 2   0    | 6 5   6 i |
             你 若   是   不 随 娘 娘
            （左手撑袖，右手指裴）      （右手抚胸）
```

```
2  3   3 2 1 7 | 6   5   6 1 | 2  3  6  1 | 1  6   6 1 |
```

```
2    0  | 6 5   6 1 | 2  3  6  i | i  6  0  i |
意         不 合 娘 娘  心，  我 便 来、
          （双手摆手）  （抖右袖、抖左袖、双袖翻折起做拱请式）
```

```
1  6   6 1 | 2 3 1 6  2  5 | 3 5 3 2  3 5 3 2 | 1 6 1 2  3 2 1 6 |
```

```
i  6   i | 2    0 | 3 2   3.2 | 1. 2  3 1 |
来         朝      把   本   奏   当
            内
```

```
2    0 | 7 2 7 6  5 3 5 6 | 7 2 7 6  5 5 6 7 6 2 | 6   6   6 5.7 |
```

```
2    0 | 7.  6 5 6 | 7 2 7 6  5 6 7 2 | 6.   0 |
今，（哇）！ 奴   才    啊！
（台）
```

（左手抖袖，裴吓的坐在地上，杨用左手指裴）

```
                    内
6 7 1 3  7 6 5 7 | 6 7 2 7 6 5  3 5 6 7 | 6 7 5 6  1 6  2 | 2  3   3 5 6 5 |
```

```
0     0   | 0     0 | 0   1 6   2 | 0  3   6 5 |
                        管   叫   你
```

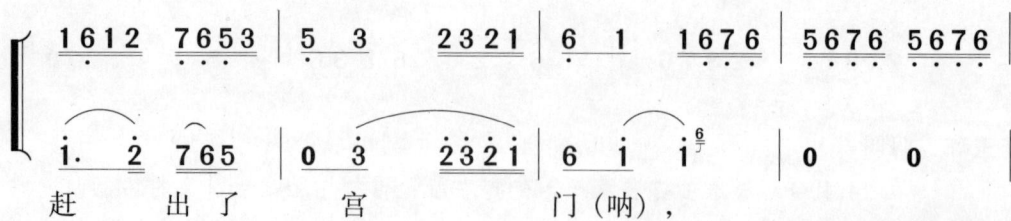

```
1612  7653 | 5  3   2321 | 6  1  1676 | 5676  5676 |
```

```
1. 2  765 | 0 3   2321 | 6  1  1  |⁶⁷ 0     0    |
```
赶 出 了 宫 门（呐），
（双手向左台口方向双指出）

裴力士："您可别这么办哪！"
（磕头、央求着，杨看裴）

```
1623 61 2 | 2  2 7  6 | 5356  7627 | 6765  3561 | 56 5 0 6 |
```

```
0    61 2 0 2 7 6 | 5. 6 762 | 6765  3561 | 5.    0 |
```
啊，   受 尽 了 苦   情。

裴力士："
（右手向右台口下方指去，左手抖袖，右转身向

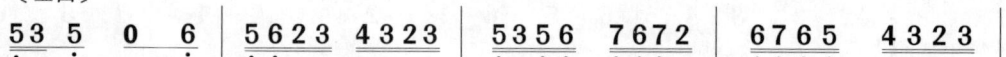

〔哑笛〕
```
53 5  0 6 | 5623  4323 | 5356  7672 | 6765  4323 |
```
（台）

哎，得了，您饶了我吧。"
"下场门"的"跨椅"入座，右肘支在椅背上，头枕右拳，左手放在左腿上）

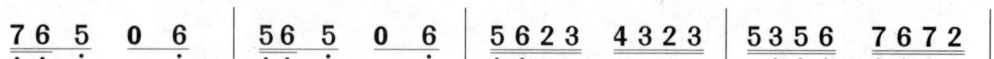

```
76 5 0 6 | 56 5 0 6 | 5623 4323 | 5356  7672 |
```
裴力士："哎呀，今儿这差事太难当啦！这会儿他也不是上哪去啦？（高力士上）

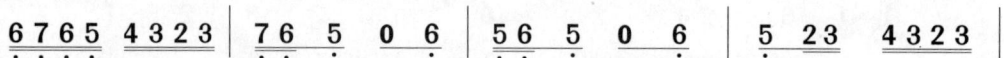

```
6765 4323 | 76 5 0 6 | 56 5 0 6 | 5 23 4323 |
```
哎呀，您来啦。"高力士："怎么样？"裴力士："我这儿先偏您啦！"高力士："先偏我什

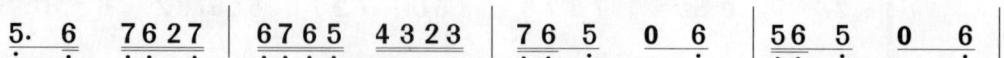

```
5. 6 7627 | 6765 4323 | 76 5 0 6 | 56 5 0 6 |
```
么呀？"裴力士："娘娘先赏了我仨锅贴儿。"高力士："多加点小心哪！"裴力士："您

```
5623 4323 | 5. 6 76 2 | 6765 4323 | 76 5 0 6 |
```
在这儿盯着点儿，我有点儿要紧的事情，我一会儿就回来。"高力士："待会儿！这

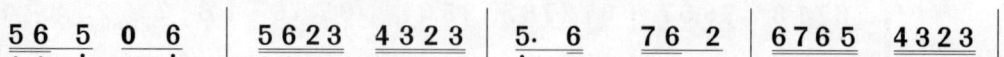

```
56 5 0 6 | 5623 4323 | 5. 6 76 2 | 6765 4323 |
```
么着，叫谁、谁伺候。"裴力士："叫谁谁伺候。"杨玉环："高力士！"裴力士：

136

$\underline{7\,\underline{6}\,\underline{5}}$ $\underline{0\,6}$ | $\underline{5\,\underline{6}\,\underline{5}}$ $\underline{0\,6}$ | $\underline{5\,6}$ $\underline{2\,3}$ $\underline{4\,3}$ $\underline{2\,3}$ | $\underline{5\,3}$ $\underline{5\,6}$ $\underline{7\,6}$ $\underline{7\,2}$ |

"哎，听见没有，叫你那，可没我的事。"高力士："嘛！"

$\underline{6\,7}$ $\underline{6\,5}$ $\underline{4\,3}$ $\underline{2\,3}$ | $\underline{7\,\underline{6}\,\underline{5}}$ $\underline{0}$ $\underline{6}$ | $\underline{5\,\underline{6}\,\underline{5}}$ $\underline{0}$ $\underline{6}$ |

$\underline{5\,6}$ $\underline{2\,3}$ $\underline{7\,6}$ $\underline{5\,6}$ | 1 2 $\underline{3}$ $\underline{6}$ · $\underline{5\,6\,5}$ $\underline{5\,6\,5}$ |

（裴力士"下场门"下，高力士跪至右台口）

$\underline{1}$ $\underline{6}$ $\underline{1\,6}$ $\underline{5\,6}$ | 1 1 $\underline{1\,2}$ $\underline{6\,5}$ | $\underline{3\,5}$ $\underline{2\,4}$ $\underline{3\,2}$ $\underline{3}$ | 3 $\underline{5}$ $\underline{5}$ $\underline{6}$ | $\underline{1\,2}$ $\underline{7\,6}$ $\underline{5\,6}$ $\underline{5\,3}$ |

$\dot{1}$ $\dot{6}$ $\dot{1}$ | $\dot{1}$ $\dot{1}$ $\underline{1\,2}$ $\underline{6\,5}$ | 3· $\underline{2}$ $\underline{3\,2}$ $\underline{3}$ $\underline{0}$ $\underline{5\,5}$ $\underline{6}$ | $\dot{1}$· $\underline{6}$ $\underline{5\,6}$ $\underline{5}$ |

高 力 士！

$\underline{4\,6}$ $\underline{4\,3}$ $\underline{2\,3}$ $\underline{4\,3}$ $\underline{2\,3}$ | 5 $\underline{6\,1}$ $\underline{2\,1}$ $\underline{2\,3}$ $\underline{4\,3}$ | $\underline{2\,5}$ $\underline{3\,2}$ $\underline{3\,5}$ $\underline{6\,5}$ | $\underline{1\,6}$ $\underline{1\,2}$ $\underline{7\,6}$ $\underline{5\,3}$ |

0 0 | 0 $\underline{2\,1\,2}$ | 0 3 $\underline{3\,5}$ $\underline{6\,5}$ | $\dot{1}$· $\underline{2}$ $\underline{7\,6}$ $\underline{5}$ |

卿 家 在

（双手搓两下揉目

5 $\underline{5\,7}$ $\underline{6\,5}$ $\underline{6}$ | 卅 3 1 $\overset{\frac{3}{\text{т}}}{2}$ 2 2 ┊

0 $\underline{6\,5}$ $\underline{6}$ | 卅 3 $\underline{1}$ $\overset{\frac{3}{\text{т}}}{2}$ — $-\overset{\frac{6}{\text{т}}}{}$ ┊

哪 里 呀？

看高力士跪的方向）

高力士 伺候娘娘。【小锣一击】（低头施礼）

$\frac{2}{4}$ 多罗0 $\underline{6\,5}$ $\underline{6}$ | $\underline{3}$ $\underline{3\,6}$ $\underline{5\,6}$ | 1 $\underline{3}$ $\underline{5}$ | $\underline{7}$ $\underline{6}$ $\underline{5}$ $\underline{6\,1}$ |

杨玉环 $\frac{2}{4}$ 0 0 | 3 $\underline{5\,6}$ | $\dot{1}$ $\underline{3}$ $\underline{5}$ | $\underline{7}$ $\underline{6}$ $\underline{5\,6}$ |

娘 娘 有 话 儿 来

（右手抚胸） （右手指高、上左步）

137

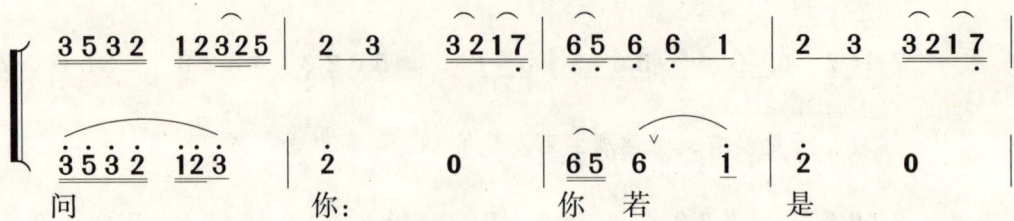

3 5 3 2　1 2 3 2 5 | 2　3　3 2 1 7 | 6 5 6　6 1 | 2　3　3 2 1 7 |

3 5 3 2　1 2 3 | 2　0 | 6 5 6　1 | 2　0 |

问　　　你：　　　你若　　　是

（左手指高、上右步）　（左手撑袖、右手指高、上左步、

右踏步）

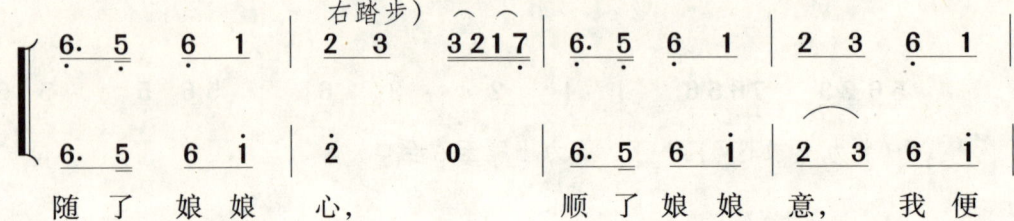

6·5　6　1 | 2　3　3 2 1 7 | 6·5　6　1 | 2 3 6　1 |

6·5　6 1 | 2　0 | 6·5　6 1 | 2 3 6 1 |

随了　娘娘　心，　　　顺了　娘娘　意，　我便

（右手抚胸）　　　　　　　　　　　　　　（左手翻折

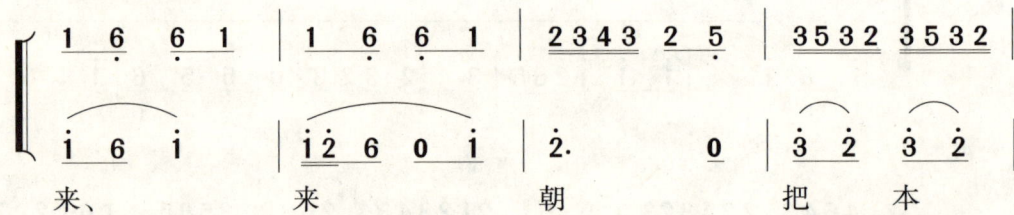

1 6　6 1 | 1 6　6 1 | 2 3 4 3 2　5 | 3 5 3 2　3 5 3 2 |

1 6　1 | 1 2　6 0 1 | 2·　0 | 3 2　3 2 |

来、　　来　　　朝　　把　　　本

水袖、右手翻折水袖）　　　　　　　　（双袖翻折拱请式）

1 6 1 2　3 2 1 6 | 2 3 1 7　6 7 5 7 | 6 1 5 6　1 2 5 7 | 6 2 7 6　5 6 7 2 |

1 2　3 1 | 2　6 5 | 6　1 5 | 6 2　5 6 7 |

奏　当　　　今，　哎　呀！　卿　家　　呀！

（右手抖袖）

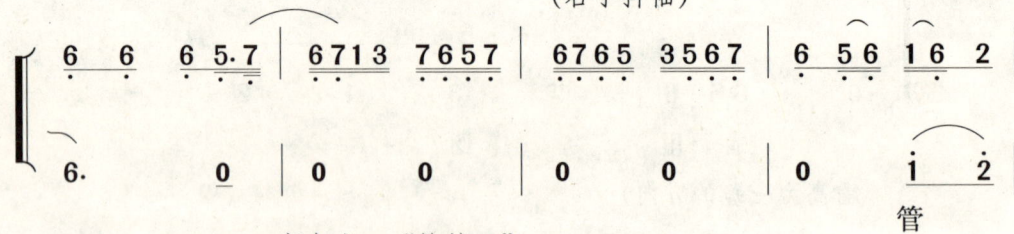

6　6　6 5·7 | 6 7 1 3　7 6 5 7 | 6 7 6 5　3 5 6 7 | 6　5 6　1 6　2 |

6· | 0 | 0　0 | 0　0 | 0　1 2 |

管

高力士："娘娘。"

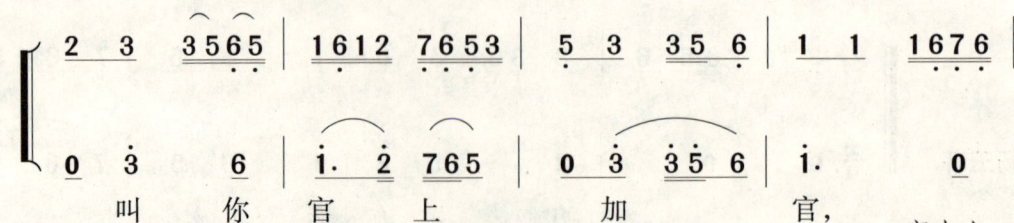

2　3　3 5 6 5 | 1 6 1 2　7 6 5 3 | 5 3　3 5 6 | 1 1　1 6 7 6 |

0 3　6 | 1· 2　7 6 5 | 0 3　3 5 6 | 1·　0 |

叫　你　官　上　加　官，

（左手撑袖，右手指高戴的冠）　　　　　　高力士：

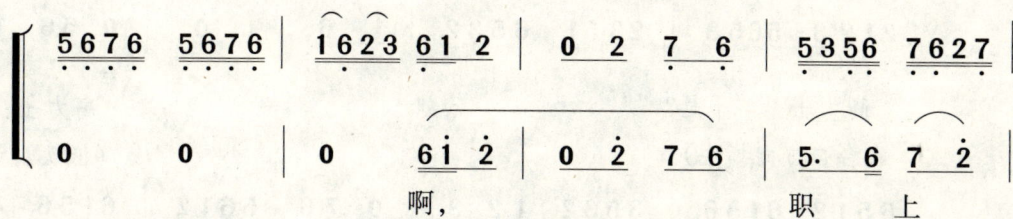

```
5676  5676 | 1̂623̂ 61̂2 | 0 2 7 6 | 5356 7627 |
  ···    ···     · ·                ··    · ·
0      0   |  0   61̇2̇ | 0 2̇76 | 5̇· 6̇ 7̇2̇ |
```
　　　　　　　　　　　啊，　　　　　　　　　职　　上

"娘娘您提拔我，给您磕头啦！"
　　　　（高急低首磕头）　　　　　　　　　　　　　（杨右手撑袖，左

　　　　　　转＜反二黄八岔＞
　　　　　　前3＝后6

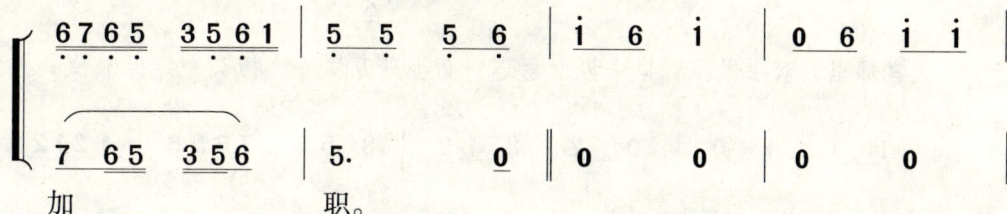

```
6765  3561 | 5̇· 5̇  5̇6̇ | 1̇ 6̇ 1̇ | 0 6̇ 1̇ 1̇ |
 ···
7̂ 65  356 | 5̇·    0 ‖ 0   0  | 0   0 |
```
加　　　　　　职。

　　　　　　　　高力士："我这儿谢谢您啦！您有
手赞美指）

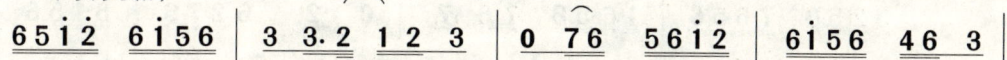

```
651̇2̇  61̇56 | 3 3·2 12̂3 | 0 7̂6 561̇2̇ | 61̇56 46 3 |
```
什么吩咐？"

　　　　　　　　　　（杨玉环向高力士示意指指桌子）

```
32̂1 22 | 0 2 3 56̂ | 2 3 2̂ 1̂ | 6723 7656 |
```
（台）

　　　（高点点头表示在听，杨又做手势向外指）

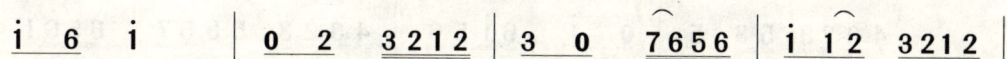

```
1̇ 6̇ 1̇ | 0 2 3212̂ | 3 0 7̂656 | 1̇ 12̂ 3212̂ |
```
（台）

　　　（高仍不住点点头、杨示意高快去）

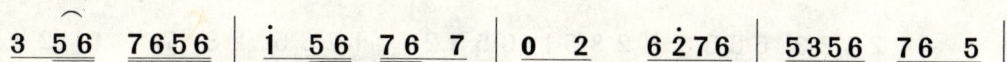

```
3 5̂6 7656 | 1̇ 56 76 7 | 0 2 6̂276 | 5356 76 5 |
```
　　　　　　　　　　　　　　　（台）

　　　　　　　　　　　　　　　高力士："您让

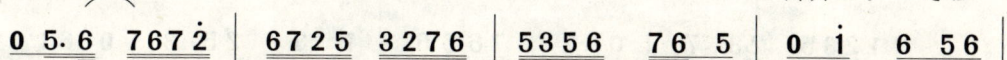

```
0 5·6̂ 767̇2̇ | 6725 3276 | 5356 76 5 | 0 1̇ 6 56 |
```
我叫几个人来把这张桌抬到那个高坡上，在那儿饮酒，您眼亮是不是？"

```
4323  5 0 | 0 1̇ 6 56 | 4323  5 5̂7 | 656̂1̇ 5653 |
```
　　　　　　　　　（杨一听不满意地摇了摇头，杨又用手向

2123 5653 | 23 5i 6532 | i 6 i 0 | 0 56 i i |

<table>
<tr><td>高力士："不是？"</td><td>（台）</td></tr>
</table>

高力士："不是？"　　　　　　　　　　　　　高力士："您吩
（右台口方向指去）　　　　　　　　　　　　（低头讨好地说）

65i2 6i56 | 3532 12 3 | 0 76 56i2 | 6i56 46 3 |

咐！您吩咐！"　　　　　　　　（杨双手向"下场门"指去，示意高赶快去西

32 12 2 | 0 12 3 56 | 2 3 2 1 | 6723 7656 |

（台）

官那里，双手做捋髯口手势，意思叫高去见万岁爷。杨双手翻折水袖做拖拽状，意

i 6 i 0 | 0 2 3 12 | 3 56 7656 | 1212 3212 |

思让高把万岁爷拉来，用右手指指自己的座位，双手做捧杯喝酒的姿态，看看高

3256 7656 | i656 76 7 | 0 2 6276 | 5i56 76 5 |

（台）

不满地跺下右脚，抖左袖，埋怨高不理解自己的意思）

0 5.6 767i | 67i5 3276 | 563256 76 5 | 0 i 6i56 |

4323 53 5 | 0 i 6i56 | 4323 5357 | 656i 5653 |

（台）　　（匠）　　　　（匠）　（匠）　　（匠）　（匠）

转＜斗蛐蛐＞

2123 5653 | 23 5i 6532 | 1235 23 7 | 0 2 7656 |

（匠）　（匠匠）（匠匠)(匠匠）　　　　　　（台）

高力士：

1235 23 7 | 0 2 7656 | 1 3 25 3 | 0 6i 5643 |

"娘娘，您吩咐！您吩咐！"

2.3 23 5 | 0 5 2532 | 1235 23 7 | 0 2 7656 |

（杨用双手做酒杯，表示和万岁爷在一起对饮酒）

140

贵妃醉酒

1235 23 7 | 0 2 7656 | 1 3 25 3 | 0 76 56 i |

（台）

高力士："我

0 3 23 5 | 0 53 2532 | 1235 23 7 | 0 2 7656 |

明白啦，您让我到西宫把万岁爷请来，跟您一处饮酒，是不是呀？"

1235 23 7 | 0 2 7656 | 1 3 25 3 | 6i56 4 3 |

杨高兴地拍掌、点头、一笑，挥手让

2.3 23 5 | 0 5 2532 | 1235 23 7 | 0 2 7656 |

高快去）　　　　　高力士："我不敢去。"

（杨怒视高、用右手指）

1235 23 7 | 0 2 7656 | 1 3 25 3 | 6i56 4.3 |

（台）

高力士："梅娘娘生气要责备我的，我要挨打，我不敢

2.3 23 5 | 0 53 2532 | 1235 23 7 | 0 2 7656 |

去，娘娘您派别人去吧。"　　　　高力士："我不

（杨再次指高，意思是说你敢不听我的

渐慢

1235 23 7 | 0 2 7656 | 1 0 ‖

敢去。"

话，生气地向前走两步）

杨玉环　呀呀啐。

〔【扎扎台】双手伸出打高三耳光，先打右颊、左颊、再打右颊。

高力士　哎哟！

〔四平调〕
前1=后5

多罗. 65 7 | 6 6 01 | 2 3 3217 | 6 5 6 1 |

杨玉环　0　0 | 66 i 2 0 | 65 6 i |

你若　　是　　　不随娘娘

（摆动右手）

141

2 3　3̂2̇17 | 6.5̲　6̇1̇ | 23　6̇1̇ | 1̇6̇　6̇1̇ |

2̇ 0 | 6.5̲　6̇1̇ | 2̂3　6̇1̇ | 1̇ 6̇ 0 1̇ |

心，　　　　不合 娘娘 意，　我便 来、

（抖右袖）　　　　　　　　　　（左手翻水袖）

1̇6̇　6̇1̇ | 2316̇　2 | 3̂532 3532 | 1612 321 |

1̇ 6̇ 0 1̇ | 2̇.　0 | 3̂ 2̇ 3.̇ 2̇ | 1.̇ 2̇3̇ 1̇ |

来　朝　　把 本 奏

（右手翻折水袖）　　　　　　　　（双手拱请式）

2　0 | 7 7̂6 5356 | 7276 5672 | 6 6 6 5.7 |

2̇　0 | 7̂6 5 | 7276 5672 | 6.　0 |

今，（哇！）奴 才 啊！

（抖右袖）（台）

6713 7657 | 6765 3567 | 6156 1̂6 2 | 2 3 3565 |

0　0 | 0　0 | 0　1̇ 2̇ | 0 3̂.̇ 6̇5̇ |

管　叫 你

（双手翻折水袖向左台口指出）

1612 7653 | 5 6̇1 2321 | 6̇1 1 6̇ | 5676 5676 |

1.̇ 2̇ 7̂65 | 0 6̇1 2321 | 6̇ 1 1̂ | 0　0 |

受　尽了 苦　刑，

高力士："娘娘您开恩饶了我吧，

（高低首磕头求饶）

转〔二黄八岔〕

1623 61 2 | 0 276 | 5356 7623 | 6765 3561 | 5 5 5 6 |

0 | 6̂12 0 276 | 5.̂ 6̇7 2 | 6765 356 | 5.　0 |

啊，　　碎 骨 粉　身。

我这儿给您磕头啦！"　　　　　（双手绕袖后，向下抖袖）

贵妃醉酒

〔哑笛〕

1 6 1 0 | 0 6 1 1 | 6 7 6 5 |

高力士："我这儿给您磕头啦！"

3 2 3 3 | 3 6 5 6 1 | 6 5 6 4 3 | 2 3 1 6 2 2 |

（台）（磕头）　　　　　（杨右转身向"下场门"走去，右手甩袖）

2 5 3 2 3 5 | 2 3 3 2 1 7 | 6 7 2 3 7 6 5 6 | 1 6 1 |

（高见杨转身走去，

0 2 3 2 | 3 5 7 6 5 6 | 1 2 3 2 4 | 3 2 3 7 6 5 6 |

欲站起，此时杨侧身偷眼看高，见高欲站，用右手一挡，高急忙又跪下，杨一笑）

1 2 3 7 6 7 | 6 7 2 3 2 7 6 | 5 6 5 6 7 6 5 | 0 5 6 7 6 7 2 |

6 7 2 5 3 2 7 6 | 5 6 5 6 7 6 5 | 0 1 6 5 | 4 3 2 3 5 0 |

（杨醉步走近高，向高做手势，示意

0 1 6 5 | 4 3 2 3 5 0 | 6 1 5 4 3 | 2 3 5 3 |

让高去找万岁爷，高摇摇头，杨摆了下手示意高别怕，然后右手自里向外缓一圈，

2 3 5 6 3 5 2 3 | 1 6 5 6 1 | 0 6 1 1 | 6 7 6 5 |

抚胸亮相，意思是说，一切有我哪）

3 2 3 3 | 3 2 7 6 5 6 1 | 6 5 6 4 3 | 2 3 1 6 2 2 |

（台）

2 5 3 2 3 5 | 2 3 3 2 1 7 | 6 7 2 3 7 6 5 6 | 1 6 1 |

（看高没反应，又以右手指高命令他去）　　　　（台）高力士："这

0 2 3 2 | 3 0 7 6 5 6 | 1 2 3 5 2 4 | 3 2 3 7 6 5 6 |

伺候着哪！"

（杨挥手令高快去）

143

| 1 23 | 76 7 | 67 2 | 3276 | 5656 | 76 5 | 0 5.6 | 7672 |

高力士："娘娘，您派别人去吧，我实在是不敢去，我这给您磕头啦！"高力

| 6725 | 3276 | 5356 | 76 5 | 0 1 | 6 5 | 4323 | 5 0 |
| （台） | | | | | | （台） | |

士："我到那儿怕挨打。"高力士："叫别人去吧，我给
（杨再次挥手令高快去）　　　　　　　　（高低首抖袖

| 0 1 | 6 5 | 4323 | 5 0 | 6561 | 53 | 2. 3 | 53 3 |
| | | （台） | | | | | |

磕头，杨用双袖自左向右双漫高头，再漫第二次时，双手摘高的帽子，随即右手

| 2356 | 3523 | 1. 6 | 56 1 | 0 6 | 11 | 6 7 | 6 5 |

您磕头啦！"　　　　　　　　　　　　高力士："那是我的帽子。"
左转身向"下场门"走去）

| 3 2 | 33 | 3 76 | 56 1 | 6 5 | 4 3 | 2316 | 2 2 |
| | （台） | | | 高力士："您赏给我吧！" | | | |

（杨一看帽子一笑）　　　　　　　　（高伸手索要，杨见高要时，做出欲给

| 2 5 | 3235 | 2 32 | 3217 | 6723 | 7656 | 1 6 | 1 0 |

状，待高欲伸手时，杨左手拿帽，右手水袖盖遮帽子，随之右转身，先摆了摆手，

| 0 2 | 3 2 | 3 0 | 7656 | 1 2 | 32346 | 3 23 | 7656 |
| （台）高力士："您赏给我吧！" | | | | | | | |

表示不给。又用右手指指自己的头，示意自己要戴。双手捧起太监帽，戴在凤冠

| 1 23 | 76 7 | 67 2 | 3276 | 5656 | 76 5 | 0 56 | 7672 |

之上）

| 67 2 | 3276 | 5656 | 76 5 | 0 1 | 6 5 | 4323 | 5 0 |
| | | | | （台）高力士："哎呀，好哇！冠儿上加 | | | |

| 0 1 | 6 5 | 4323 | 5 57 | 6561 | 5643 | 2. 3 | 56 3 |

冠这是！"

（杨双手抖袖，继而右手抓袖，左手抓袖蹀方步学万岁爷行

| 2.356 | 3523 | 1. 6 | 56 1 | 0 56 | 11 | 6 7 | 6 5 |

走，先迈左步，再迈右步，高伸手索帽，杨双手摘帽，示意自己要给高戴上，走

| 贵妃醉酒 |

```
3 2 3  3  | 3 7̲6̲  5̲6̲ 1 | 6̲ 5̲    4 3 | 2̲3̲1̲6̲  2  2 |
```

高力士："娘娘，您赏给我吧，我在这伺候着哪！"

醉步，先向里横倒三步，再向外横倒三步，然后双手捧帽向右台口走与高互换位

```
2̲ 5̲  3̲2̲3̲5̲ | 2̲ 3̲2̲  3̲2̲1̲7̲ | 6̲7̲2̲3̲  7̲6̲5̲6̲ | 1̲ 6̲  1  1 |
```

（台）

置，身体扑空，向前倾去，帽子欲扣在地上。杨回头看高，右转身双手捧帽醉步

```
1̲ 2̲  3̲2̲ | 3̲ 2̲  7̲6̲5̲6̲ | 1̲6̲1̲2̲ 3̲2̲3̲4̲6̲ | 3̲ 2̲3̲  7̲6̲5̲6̲ |
```

（台）高力士："您赏给我吧！"

朝高走去，二人互换位置欲给高戴，又扑空）

```
1̲ 2̲3̲  7̲6̲7̲2̲ | 6̲7̲ 2̲  3̲2̲7̲6̲ | 5̲6̲5̲6̲  7̲6̲ 5̲ | 0̲ 5̲6̲  7̲6̲7̲2̲ |
```

（台） 高力士："我在这儿哪！娘娘，您赏给我吧！"

（杨向左转身，用帽先自左向右"反漫高头"）

```
6̲7̲2̲5̲  3̲2̲7̲6̲ | 5̲6̲5̲6̲  7̲6̲ 5̲ | 0̲ 1̲  6̲ 5̲ | 4̲3̲2̲3̲  7̲6̲ 5̲ |
```

高力士："我在这儿哪！您赏给我吧！"   （台）

```
0̲ 1̲  6̲ 5̲ | 4̲3̲2̲3̲  5̲ 0̲ | 6̲·1̲  5̲ 3̲ | 2̲·3̲  5̲ 3̲ |
```

（台）高力士："您赏给我吧！"   （台）

（再自右向左"正漫高头"，右手拿帽，身稍后仰）

渐慢
```
2̲3̲ 5̲  3̲ 2̲ | 1̲ 6̲  1 ‖
```

（台） （台） （台） （台）

（帽子自里向外缓一圆圈扔向高，高接帽戴上）
〔四平调〕

杨玉环
```
【小锣平板夺头】 0̲ 7̲6̲ | 2/4 1̲ 2̲  3̲·6̲ | 5̲6̲5̲ 5̲ 5̲6̲5̲ | 1̲ 6̲  1̲6̲5̲6̲ |
              ) 0 (     | 2/4 0   0  | 0   0 | 1̲6̲1̲ |
```

杨 玉 环
（右手翻折袖抚胸）

```
1̲ 1̲  1̲2̲6̲5̲ | 3̲5̲2̲4̲ 3̲2̲3̲ | 3̲ 1̲  6̲ 3̲ | 2̲ 2̲  2̲3̲5̲6̲ |
0̲ 1̲  1̲2̲6̲5̲ | 3̲·2̲3̲2̲3̲ | 0̲ 1̲  6̲ 3̲ | 2̲· 0 |
    今 宵 如       梦       里，
                       （双手摊掌）
```

145

```
1  6   1656 | 1612 7653 | 5̣ 1  6̣ 3 | 2  2  2 65 |
1̇ 6̇ 1 56 | 1̇. 2̇ 765 | 0 1̇ 6̣ 3 | 2̇. 0 |
```
想 当 初 你 进 宫 之 时，
（右手掌心朝上抬至右额头处，左手向前指出）

```
3236 5356 | 1612 7653 | 5̣ 1  6̣ 3 | 2  2  2343 |
3̇ 5̇. 6̇ | 1̇. 2̇ 765 | 0 1̇ 6̣ 3 | 2̇. 0 |
```
万 岁 是 何 等 待 你，
（拱请式）   （右袖搭左肩，左袖搭右肩，成双抱肩

```
235321 65 6 | 6̇ 1̇ 6̣ 3 | 2  2  2376 | 1  6  1656 |
2̇3 2̇1 65 6 | 0 1̇ 6̣ 3 | 2̇ 0 | 1̇ 6̇ 1̇ |
```
何 等 的 爱 你。   到 如 今
袖式)   （抖右袖，再抖左袖）

                                                          稍慢
```
1̇. 6̇ | 1656 | 1623 7653 | 5̣ 6̣ 6̣ 1 | 2  2  2 5 |
1̇ 6̇ 1̇ 6̇ | 1̇. 2̇ 765 | 0 6̣ 0 1̇ | 2̇. 0 |
```
一 旦 无 情 明 夸 暗 弃，
                  稍慢

```
3216̣ 2312 | 3561̇ 5643 | 25325 231676 |
3̇21 2̇ | 3̇ 6̣ 5̣ 3̇ | 2̇ 3 231 |
```
难 道 说 从 今 后 两 分
                              （台衣台   衣令台 ）
（将双水袖提起，双手兰花指式，一并上立即向左右分开）

```
艹5̣  6̣  1  -  ‖【小锣住头】
艹5̣  6̣  1̇  -⁶⁄₇ ‖
```
离。
（裴力士"下场门"暗上） （边叹息、摇头、后归"上场门跨椅"入座）

| 贵 妃 醉 酒 |

高力士　嘿嘿，有您的。哎呀天不早啦，我们该请娘娘回宫啦！
高力士
裴力士　请娘娘回宫啊！
杨玉环　摆驾！
高力士
裴力士　嘸！

```
2/4 多  多 | 5   6 | 1 65 1612 | 3 561 | 5643 |
杨玉环
2/4 0  0 | 0   0 | i 6 i | 3 6 | 5 3 |
           去 也    去    也
（翻折右袖搭在宫女肩上，翻折左袖搭在宫女肩上，挣扎
```

```
25325 2316 | 57656 1265 | 3236 56762 | 76567 62 7656 |
2 3  231 | 5 6 i | 3 5 567 | 6.    0 |
回宫 去 也，   恼恨李三 郎，
站起，又坐下。身慢慢站起，上前走两步）
```

渐慢
```
32376 55676 2 | 7656 6561 | 2123 65143 | 2 3  1 |
渐慢
3 5 567 | 6 0 | 2123 6 i | 2 3 i |
竟自 把 奴 撇，  撇得奴 挨长 夜。
（微垂首，并轻轻摇晃两下）
```

杨玉环　回宫！
高力士
裴力士　领旨。

```
多罗. 6 5 6 | 1 65 1612 | 3561 | 5643 |
杨玉环
0  0 | i 65 i | 3 6 | 5 33 |
       只落 得  冷清 清独自
       （衣大乙    台令台
```

（宫女由正场"八字"，向右台口斜扯成"斜八字"，杨由二宫女扶着向后退三步，再向前

147

$$\overset{\frown}{2\,5}\ 3\ 2\ 5 \quad 2\,3\,1\,\overset{\cdot\cdot}{6}\,\overset{\cdot\cdot}{7}\,6 \mid \text{艹}\ \underline{5} \quad \underline{6} \quad 1 \quad - \parallel$$

$$\dot{2}\quad 3 \qquad \overset{\frown}{2\,3}\,\overset{\vee}{1} \mid \text{艹}\ \underline{5} \quad \overset{\sim}{6} \quad 1 \quad -\,^{\underline{6}} \parallel$$

回宫　去　　　也。

（乙令台）
　上一步）

〈尾声〉

$$\frac{2}{4}\ \dot{6}\quad \underline{5} \mid \underline{3}\ \underline{3}\quad \underline{3}\ \underline{3} \mid \underline{5}\ \underline{6\,5}\quad \underline{2}\ \underline{3} \mid \underline{1\,6}\ \underline{1\,2}\quad \underline{3}\ \underline{3} \mid$$

（看一下扶右边的宫女，及左边的宫女,将她二人推开,右转身面向"下场门"上左

$$\underline{3}\ \underline{2}\quad \underline{1}\ \underline{2} \mid \underline{3}\ \underline{5}\quad \underline{2}\ \underline{3} \mid \underline{1}\quad \underline{5} \mid \underline{2}\quad \underline{3}\ \underline{2} \mid$$

步，垫右步成左步，双手水袖向前盖去，顺势身向前倾。随即双手向后翻折、身

$$\underline{3}\ \underline{5}\quad \dot{\underline{6}}\ \dot{\underline{6}} \mid \dot{\underline{6}}\ \underline{5}\quad \dot{\underline{6}}\ 1 \mid \underline{2}\ \underline{3}\quad \underline{1}\ \underline{2} \mid 1 \qquad \dot{\underline{6}}\ \underline{5}\ 1 \mid$$

（龙冬　衣大

向后仰，双臂先右后左搭在二宫女肩上，醉步下场，众宫女随下)

$$\dot{\underline{6}}\ \underline{5}\quad \underline{3}\ \underline{5} \mid \underline{2}\ \underline{3}\quad \underline{5}\ \underline{6\,5} \mid 1 \quad - \parallel$$

衣台仓　|令才　乙台　|仓　-　)

—— 剧 终

陆静岩 袁韵宜 **改编** 常宝全 **整理** 张跃鸾 **记谱**

穆桂英挂帅

根据梅兰芳演出实况录音整理

京剧《穆桂英挂帅》是梅兰芳一生最后的作品。它排演于1959年春，是先生1961年8月逝世前常演的剧目之一。此戏移植于豫剧，由陆静岩和彭韵宜改编，导演是郑亦秋。该戏共七场，穆桂英出场是二场"乡居"、五场"接印"（现称"捧印"）和七场"发兵"。梅先生在这三场戏中成功创造出一个巾帼老英雄穆桂英的形象。

"接印"是全剧重点，先生在此场中的表演精美绝伦，有如一块晶莹宝石华光四射。

出场的四句〔西皮慢板〕，原只两句，先生让再加两句，原因是前面比武、夺印很热闹，这里需稍静一下，有助于突出后面的重点。接印时的矛盾心理，先生采用强有力的舞蹈身段，来体现人物的思想转化的过程。这里只有四句摇板："二十年抛甲胄未临战阵，穆桂英为保国再度出征。一家人闻边报雄心振奋，难道我竟无有为国为民一片忠心！"先生首先把唱词一、三句互调，强调人物的爱国心和责任感，而"二十年……"一句移后，这样既符合戏曲特点，又可以把大段动作表演置于此句后，感情和戏都顺了。

这就是有名的〔九锤半〕接〔望家乡〕锣鼓衬托下的无声表演，大开大合、深刻精美。先生创造性地运用武戏中配合各种繁复身段的锣鼓（《铁笼山》姜维观星可为典型），表演也随之夸大：她挥动水袖迈大步，从上场门台口直冲向下场门，做执戈杀敌势；继而双手抚眉做揽镜自照状，表示年纪今非昔比；再朝里转身双袖一翻从下场门冲至上场门台口，左右撩袖两望再抛袖，暗示三关上将俱已凋零，缺少臂膀。节奏越来越紧的锣鼓，衬托出她在国家安危关头的责任感和激昂心情。走至台中间，猛地一顿，着重念出"哎！"表示：我怎么让这两件小事绕住了？她的自豪感、爱国心驱赶走犹豫顾虑，斜身一拧，在【凤点头】中，迈向台口甩袖长身亮了个威武挺拔的相，唱出末句"难道我竟没有为国为民一片忠心"，气昂神足，尤其"忠心"二字，铆足了劲使大高腔，穆桂英保国卫民的忠诚豪迈的感情喷薄而出。到这里一亮一唱，好像一个突然的爆炸，戏剧气氛立刻被催起，观众的心也动了起来。

三声战鼓，起【急急风】，气氛更昂场。面朝里站的先生，并不马上回身亮相，而是随锣鼓长身，继续往下场门走，而后回身双抖袖亮住，眼睛微张。锣鼓在"长调门"，她在锣鼓的催动下，大圆场从里往外走向上场门台口，边走边睁大眼睛，锣鼓越来越紧，她身躯离观众越来越近，双眼随之越睁越大，似乎一股光芒从先生双眼中放射出来，越来越明亮，满台都被先生那极度兴奋、神采奕奕的眼神照亮了！1959年5月此戏在吉祥戏院彩排，在【急急风】转【望家乡】的锣鼓中，先生圆场还未走完，台下已掌声四起。之后，先生每演至此，必获满堂彩。

之后的举印亮相，"我不挂帅谁挂帅，我不领兵谁领兵"的散板，无甚奇特回旋，但腔中充满了乐观自信和壮气豪情，再配以略一晃肩的身段和得意洋洋的神气，此时之美感实难形容。末两句"叫侍儿快与我把戎装端整（京腔），抱帅印到校场指挥三军！"后，先生在靠近下场门处有个非常漂亮的左手托印右手甩袖的亮相。接着一个小反圆场归原位，在【四击头】

中，向台口转身跨步，帅印交右手，举印过眉，右腕往外一拧，左臂平伸，昂然亮住，脆、准、稳！从容镇定，气象万千，表现出挂帅出征前的豪迈的气概和必胜的信念，告诉观众：穆桂英退隐二十年后，英姿不减当年。之后，抱帅印下场。在进下场门前，又有个小回旋，双手一顺一冲而下，把振奋心情一直带下场，给观众留下无尽的遐思。

"发兵"在豫剧中是重点场子，马金凤有很多极风趣的唱段。京剧风格不同，戏剧高潮已过，再加唱做，一无必要，二来先生已逾65岁，精力也难胜任。于是以简驭繁，点染一下领兵挂帅的穆桂英的英武气魄和军纪严明，对人物做最后一笔的勾勒，全剧已十分圆满了。

胡金兆

人物行当

穆桂英	旦	门　官	丑
寇　准	老生	四举子（代四靠将）	杂
佘太君	老旦	中　军	生
王　强	净	二旗牌	杂
杨宗保	老生	四小太监	杂
杨金花	旦	二大太监	杂
杨文广	小生	四校尉	杂
宋　王	老生	四大铠	杂
王　伦	净	八军士	杂
杨　洪	丑	八女兵	杂

服装扮相

穆桂英　俊扮。梳大头、额子、帅盔、翎子，紫花帔、衬褶子，绣花裙子、彩裤，彩鞋。后换女红靠、女红蟒、女玉带。

寇　准　俊扮。龙翅相貂、白三、绸条儿，香色蟒、衬褶子、玉带，彩裤，厚底。

佘太君　俊扮。白发网子，香色老旦蟒、绦子，绿裙子，彩裤，福字履。

王　强　勾白脸沫。相貂、黪满，黑蟒、玉带，彩裤，厚底。

杨宗保　俊扮。学士巾、荷叶盔、黑三、蓝花帔、衬褶子，白靠、白蟒、玉带，彩裤，厚底。

杨金花　俊扮。梳大头、额子、翎子，红打衣打裤、红腰巾子，粉花斗篷、皎月色女靠，彩裤，彩鞋。

杨文广　俊扮。珠子头、银紫金冠、翎子，白色或粉色箭衣、大带、白色或蓝色斗篷，粉靠，彩裤，厚底。

宋　王　俊扮。王帽、黑三，黄蟒、衬褶子，彩裤，厚底。

王　伦　勾白三块瓦光嘴巴脸。珠子头、面牌、紫金冠，蓝色软靠，彩裤，厚底。

杨　洪　勾丑角白老脸。黑砂锅浅儿、白五嘴，绸条儿，黑素官衣，彩裤，朝方。

门　官　勾丑角脸。圆纱、丑三，黑素褶子，彩裤，朝方。

四举子　俊扮。将巾、虎头壳、牵巾，花箭衣、大带，彩裤，薄底。

中　军　俊扮。中军盔、黑三，箭衣、马褂、大带，彩裤，厚底。

二旗牌　俊扮。大板巾、黑三，箭衣、马褂、大带，彩裤，厚底。

四靠将　分别俊扮或勾脸。扎巾盔，分别扎黑、蓝、紫、绿色靠，彩裤，厚底。

四小太监　俊扮。太监盔，太监衣、绦子，彩裤，薄底。

二大太监　俊扮。太监盔，太监衣、绦子，彩裤，厚底。

四校尉　俊扮。大板巾、额子，素箭衣、黄马褂、大带，彩裤，薄底。

四大铠　俊扮。大铠盔，红大铠衣，彩裤，薄底。

八军士　俊扮。马童巾，抱衣、抱裤，腰箍儿，薄底。

八女兵　俊扮。头布、额子，天蓝色打衣、打裤，彩鞋。

道具

桌子	三张	瓜棍	一对
椅子	四把	瓜锤	一对
黄桌围椅披	一份	弓、箭	二副
红桌围椅披	一份	大刀	二把
香炉	一个	双刀	二对
手本	一个	双锤	一对
云帚	二个	枪	一杆
腰刀	四把	月虎旗	八面
龙头拐	一根	大纛旗	一面（吊挂）
扇子	一把	红缨枪	八杆
帅印	一方	酒壶、酒斗、酒盘	各一
黄罗伞	一顶	文房四宝	一份
堂木	一块	令旗	一面
马鞭	数根	令箭架	一份
绳索	一条	红色绣花宝剑	一口
荷包枪	四杆		

第 一 场

「正场桌，"小座"，黄桌围椅披，桌上放香炉。

开 幕 曲

唢呐曲牌＜马队儿＞接＜三换头＞

サ 3　6　i　3　3　5　6　2̇　－　7　6　5　6̂　－【撕边】

＜马队儿＞

$\frac{2}{4}$ 0 i　6 5 ｜ 3 3　　5 ｜ 6 i　6 5 ｜ 3 3　　5 ｜
仓儿 来台 ｜ 仓.才 乙才 ｜ 仓　来仓 ｜ 七台 乙台 ｜

6 5　6 ｜ 0 2　1 2 ｜ 1 2　1 2 ｜ 1 2　6̣ ｜
仓　才 ｜ 仓　来台 ｜ 七台 乙台 ｜ 仓才 另仓 ｜

0 1　2 ｜ 3. 2　1 2 ｜ 0 i　6 5 ｜ 3 6　5 6 ｜
0　0 ｜ 0　0 ｜ 0 才 台台 ｜ 仓才 另仓 ｜

0 2　1 2 ｜ 1 2　1 2 6̣ ｜ 0 2　1 2 ｜ 3. 2　1 2 ｜
0　0 ｜ 0　0 ｜ 0 才 乙台 ｜ 仓　才 ｜

＜三换头＞

0 i　6 5 ｜ 3 3　　5 ｜ 6 5　6 ｜ 0 i　3 3 ｜
仓　来台 ｜ 七台 乙台 ｜ 仓　才 ｜ 仓.才 另仓 ｜

5 3　6 5 ｜ 3. 2　1 2 ｜ 0 1　3 ｜ 2　－ ｜
另才 乙台 ｜ 仓　来台 ｜ 七台 乙台 ｜ 仓大 乙 ｜

$$\underline{\dot{1}} \quad \dot{1} \mid \dot{1} \quad 3 \quad 5 \mid \underline{0\,\dot{1}} \quad \underline{6\,5} \mid 3 \quad 5 \mid$$

仓　　仓　｜仓　　来台｜七台　乙台｜仓　　来台｜

$$\underline{0\,3} \quad 2 \mid 1 \quad 2 \mid \underline{0\,1} \quad 3 \mid 2 \quad \underline{6\,6} \mid$$

七台　乙台｜仓　　来台｜七台　乙台｜仓嘟　七台｜

$$\underline{5\,6} \quad 5 \mid \underline{0\,3} \quad 6 \mid 5 \quad \underline{6\,5} \mid 3 \quad 5 \mid$$

仓　　来台｜七台　乙台｜仓嘟　七台｜仓　　来台｜

$$\underline{2\,1} \quad \underline{2\,3} \mid 1 \quad \underline{6\,6} \mid \underline{5\,6} \quad 5 \mid \underline{0\,3} \quad 6 \mid$$

七台　乙台｜仓　　七台｜仓　　来台｜七台　乙台｜

$$5 \quad \underline{6\,5} \mid \underline{3\,2} \quad \underline{5\,3} \mid \underline{2\,1} \quad \underline{2\,3} \mid \widehat{1} \quad 1 \quad - \parallel$$

仓　大　｜仓儿　另才｜乙台　仓　｜　）0（　｜紧接【长尖】

「【冲头】二旗牌"上场门"上，"站门"，寇准骑马上至台前勒马。

寇 准　打道进宫。（挥左手）

「【水底鱼】二旗牌"插门"向左走圆场，至"上场门""一条鞭"，寇准骑马随至"上场门"的台前勒马观望。

旗 牌　来到宫门。

「【冲头】寇准转身下马，二家儿旗牌接马。

寇 准　击动景阳钟。

旗 牌　是。

「【大锣五击】一旗牌走至"大边"双手做击钟姿势，乐队响三声钟声，然后是回原位，二旗牌下。

「【纽丝】四小太监、二大太监"上场门"上，"站门"，宋王随上至台中，【纽丝】切住。

〔亮弦〕サ（4　3.　$\underline{2}$　5　$\widehat{\dot{1}}$　-）【大锣凤点头】

　　〔西皮散板〕

宋 王　サ（7　$\underline{\dot{6}}$　$\underline{6}$　$\underline{6}$　$\underline{5}$　$\underline{5}$　$\underline{3}$　$\underline{2}$　$\underline{\dot{6}.\,2}$　$\underline{\dot{1}}$　1）3　2　2　$\overset{\frown}{\underline{\dot{6}\,2}}$　1　3　1

　　　　　　　　　飞　觞　醉　　月　方　遣

$$\overset{3}{\underline{2}}\,(\underline{2.\,1}\,\underline{\dot{6}.\,1}\,2)\,\overset{\frown}{\underline{\dot{6}\,2}}\,1\,\overset{\frown}{\underline{3\,2}}\,3\,\overset{3}{\underline{2}}\,\overset{\frown}{\underline{7\,2}}\,\overset{\frown}{\underline{5\,6}}\,\widehat{\dot{1}}\,-\parallel$$

兴，　　　景　阳　钟（呃）断　管　弦　声。

「【大锣原场】宋王右转身归里入座，大太监、小太监归里站两边，"大边"的大太监出门目视寇准。

大太监 何人击动景阳钟？

寇　准 寇准求见。

大太监 候着！（回身归"大边"面向宋王）启禀万岁，寇准求见。

宋　王 宣他进宫。

大太监 遵旨。（转身不动地位）寇准进宫啊！

寇　准 领旨。【冲头】（进宫走至"大边"再归台中，面向里）寇准见驾，吾皇万岁！（躬身）

宋　王 卿家平身。

寇　准 万万岁！【大锣住头】（站在"大边"）

宋　王 黄夜进宫何事？

寇　准 哎呀万岁呀！【大锣五击】今有西夏番王造反，兵犯中原，边关守将连失三城，变起仓促，军情紧急，臣修得本章，（右手从左衣袖中取出手本）万岁御览。

宋　王 呈上来。（"大边"的大太监接过手本交予宋王）

「奏唢呐曲牌＜急三枪＞，宋王接过手本观看。

唔呼呼呀！【大锣一击】番王人马如此猖狂，一旦屏嶂有失，汴梁危矣！

寇　准 是呀，汴梁危矣！

宋　王 （想）啊？【大锣一击】兵部王强职责攸关，为何只字不奏？（怒）来！

大太监 有。

宋　王 速召王强进宫。

大太监 遵旨。（走至台中）万岁有旨，王强进宫啊！

「王强内白："领旨！"【一锤锣】王强"上场门"上，至台前、抖袖。

王　强 明知番王犯边境，

王强且作蒙懂人。（得意地）【大锣住头】（进殿，至台中，面向里）王强见驾，愿吾皇万岁，（躬身）

宋　王 平身。

王　强 万万岁！【大锣住头】（归"小边"站立）宣臣进宫有何国事议论？

宋　王 番王兴兵犯界，连夺三关，军情紧急，你为何不奏予寡人知道？

王　强 臣启万岁，小丑跳梁，何劳圣虑；想是番王府库空虚，今发大兵，不过是为诈取金帛而矣，只要予以财物，自然不战自退了。

宋　王 （思考）

寇　准 （反驳）王大人此言差矣！

王　强 何差？

「【大锣住头】二人各上前一步，相对。

寇　准 那番王连年修文备武，心怀叵测，此番进兵，意在中原。依我看来，必须即刻发兵征讨才是呀！

宋　王 着哇！（王、寇各后退一步）狼子野心，意图不轨，若不发兵征讨，怎保边疆，而安社稷。

王　强 这发兵征讨……（沉思）

寇　准　王大人赤心报国，此其时也。（带讥讽之意）

王　强　嗯！那个自然。（不示弱）

宋　王　但不知命何人挂帅？

王　强　这挂帅之人么……

寇　准　（抢先举荐）这挂帅之人，【撕边大锣一击】非杨家将不可！

宋　王　杨家将……【撕边大锣一击】

王　强　（见宋王犹豫，赶快进言）
　　　　臣启万岁，那杨家自佘太君辞朝之后，冷漠朝廷，怎能起用？

寇　准　不然，不然。太君辞朝，并非杨家冷漠朝廷——

王　强　啊，难道是朝廷冷漠杨家不成？

宋　王　是呀，寡人何曾冷漠杨家，寇卿何出此言？

寇　准　这——（略思）万岁容禀：

〔西皮原板〕

（谱例：休忘 杨（呃）家 干城将，精忠报国血战沙场。汗马功劳）

157

他

人

享，

佘太君　这才辞朝返故乡。　只要是

万岁真诚颁　诏往，金

鼓声定能唤起　他杨家报国

渐慢
心　肠。　‖（大大大大 …… 大大 乙仓）

宋　王　这……
王　强　寇大人！（站原地）
〔西皮摇板〕
【闪锤】
圣天子

比日月　倍显（那）光亮，

论恩德并

```
1    2（2 1  6 1  2 2  -）3   1.   2   3   2 6   1
不   曾                      亏  待（呀）忠    良。
```

```
（0 3  2 1  6 2  1 1）3   2   2. 1   1   -  1 2  3   2
                     今  日  不   用   杨（呃）家  将，
```

```
（0 3  2 1  6 1  2 1  6 5  5 5）2   1   3   1   2   2
                            难  道  说  就   无  人
```

```
（3 5  2 1  6 1  2）2 1   6   1.  2   2  -  1  -‖
                  定     国   安（呐）邦。
```

宋 王　是呀！

〔西皮摇板〕
【大锣凤点头】（过门略）4   3   4   3   3 2   1   2   3   3.
                   百 灵 相 助 孤 的 洪 福 广

```
2   3   （过门）5 3   2 6 2   1   2   2   6 2
（呃），        自 有   贤    臣       做
```

```
1   2   2   2   5   6 1   6   1   -‖【大锣住头】（对王强）
栋            梁。
```

依卿所奏。不知命哪部大臣挂帅征讨？

寇　准　依王大人之见，不用杨家，难道有天神下界不成？

王　强　寇大人你也忒意的老实了。岂不闻山外有山，人外有人。

寇　准　听你之言，王大人是胸有成竹的了。

王　强　嗯，想老夫位居兵部，焉能不网罗贤才？这挂帅这人么……自然有哇！

宋　王　哦！

王　强　臣启万岁，臣府现有一人，文武兼备，若能挂他为帅，定能旗开得胜，马到成功。（略停顿）只是此人与老臣有些瓜葛，不敢启奏。

宋　王　为国求才，不必多虑，速速奏来。

王　强　就是臣子王伦。

宋　王　这——【撕边大锣一击】
寇　准

寇　准　好！王大人，将门虎子，未可小量。只是三军统帅，非比寻常。臣启万岁，眼见是实，何不张贴皇榜，广聚贤才，校场比武，胜者为帅。

159

王　强	哽……（不满地转过身去）
宋　王	好！正合孤意。就命二卿执掌此事，孤王要亲选良才，出宫去吧！
王　强	（同时至台中，面向里躬身）领旨。
寇　准	

〔【住头】宋王"下场门"下，众太监，两边分下。王强、寇准"合扇"转身一同出门，并列台前，闭二幕：撒黄桌椅，换红或紫桌椅，"小座"，"上场门跨椅"。

寇　准	为国求贤当谨慎。
王　强	自有安邦定国人。
寇　准	（斜视王强）但愿如此呀。

〔【冲头】寇准转身"下场门"下。同时四校尉"上场门"上"一条鞭"。

王　强	打道回府。

〔【水底鱼】二幕启，紫桌披，正桌"小座"。

〔王强上轿，一校尉放轿帘。校尉领起来走圆场，走至"上场门""一条鞭"。王强下轿，一校尉掀轿帘。【原场】王强进门，四校尉"挖门"站两边。王强入座。

王　强	来！
校　尉	有。
王　强	唤你家公子出堂。
校　尉	有请公子。

〔王伦内白："来也。"【一锤锣】王伦"上场门"上至台前。

王　伦	美酒肥鱼多供养， 花拳锦棒逞刚强。【住头】（进门，站台中向里） 孩儿参见爹爹。
王　强	罢了，一旁坐下。
王　伦	谢坐——【原场】（转身至"小边"坐"跨椅"）
王　伦	唤孩儿前来，有何训教？
王　强	我儿有所不知，只因西夏番王犯界，朝中无人挂帅，为父保举我儿——
王　伦	（未听完王强的话，站起）好，待孩儿前去上任。【撕边一击】
王　强	（急忙起身双手拦阻）呃，慢来，慢来。（二人重新坐下）只是万岁明日要亲到校场观看比武，我儿若能夺得魁元，这帅印方能归我儿执掌。
王　伦	（起身）【叫头】爹爹！非是孩儿夸口，孩儿的刀，（双手比示托刀的姿势。随【冲头】走至台中）撒花盖顶，举世无双（双手伸拇指自我夸赞）【住头】儿的箭！【冲头】（走回"小边"坐位处）箭不虚发，天下无二！【住头】爹爹但放宽心，纵有三头六臂的儿郎，也不是孩儿的对手哇！
王　强	怎么讲？
王　伦	不是孩儿的对手！
王　强	（大笑）哈哈哈哈……【撕边一击】我儿有此志量，此番夺取帅印一定是我儿的了！
王　伦	着哇！
王　强	到了那时，你我父子同掌兵权，再与番王……（语止，窥望两边【撕边一击】然后吩咐）两厢退下。【五击】（校尉两边分下，王强父子同时往前上步，站立台中，相对）儿呀，那时父子同掌兵权之后，再与番王暗通消息，里应外合，这宋室江

山，我父子少不得要坐上一坐。（双手端带，摇头晃脑，十分得意）

王 伦　是呀，少不得要坐上一坐哇！（二人靠近）

　　　　啊——

王 强　啊——

王 伦

王 强　（同声大笑）哈哈哈……　　　（二人同时向前）

　　　　〔西皮摇板〕

王 强　【闪锤】（过门同前）3　3　2 5　3　3　3　1 2　3（过门）

　　　　　　　　　　　校 场 比 武 多 谨 慎，

5 3. 1　2　2　3 2　1（过门）6·5　3　2 1

施 展 武 艺 显 奇 能。　我 儿 若

1　-　2 1　6 1　2（过门）2　3　3　3　3　6 1

能 夺 帅 印，　那 时 节 我 父

2（3 5 2 1 6 1 2）卅 3　2 1　1 6　6 1　-　6 1　2

子　　　　　要 坐 坐 龙

2　2　1　-（1. 1　1 1　1 1　2 1 2 3　1 0 3　2 1 6　1　-）‖

廷。　　　　　　　　　　　哈哈……

〔【大锣抽头】笑介，王强在前，王伦随后，倒背双手，慢步得意地向"下场门"走下。

第 二 场

〔正场桌，"小座"，跨椅，红桌围椅披。

〔【快长锤】佘太君"上场门"上，至"九龙口"处，换【闪锤】上前两步。

　　　　〔西皮摇板〕

佘太君　（7　6　3 5　5 5　3 6　5 5　3 2　1 1　6 5　5 5）1 1　1

　　　　　　　　　　　　　　　　　　　　　　　　　我 杨

2　3 2　1　-　1　2（3 2 1　6 1　2）2　5 3 5

家 保 宋 朝　　　　　　曾 经

1　2　-　2　2.　3　4　3　-　3　3　2　-

百 战，

〔西皮流水〕

【闪锤】 （7 ｜ 6 ｜ 5.5 ｜ 5 5 ｜ 36 ｜ 5 i ｜ 32 ｜ 11 ｜ 6 5 ｜ 5 5 ）

（往前走至台前）

6 2 ｜ 1 ｜ 0 3 ｜ 2 1 ｜ 1 5 ｜ 5 6 ｜ 1 (6 2 ｜ 1) 6 1 ｜
奋　勇　疆　场　把　敌　歼。　　老

5 6 ｜ 1 ｜ 0 6 ｜ 6 1 ｜ 6 3 ｜ 5 ｜ 0 3 ｜ 2 3 ｜
令　公　两　狼　山　前　身　遭

2 ｜ 3 36 ｜ 5 ｜ 3 1 ｜ 6 5 ｜ 6 5 ｜ 3 5 ｜ 3 5 ｜
难，　最可　叹　众孩　儿　一个　一个　血战

6 5 ｜ 0 5 ｜ 5 6 ｜ 1 ｜ 0 3 ｜ 2 1 ｜ 1 6 ｜ 0 1 ｜
沙场　把　身　捐，　才　保得　大　宋

2 5 ｜ 3 2 ｜ 1 ｜ 6.2 ｜ 1 2 ｜ 3 ｜ 0 2 ｜ 2 1 ｜
锦江　山。　到　如　今　门　庭

6.2 ｜ 1 ｜ 2 3 ｜ 2 1 ｜ 7 ｜ 6 ｜ 5 ｜ (3 5) ｜
冷　落

5 ｜ 5 6 ｜ 2 3 ｜ 7 5 ｜ 6 7 ｜ 5 6 ｜ 7 ｜ 7 ｜
鼓　声　断，

7 ｜ 7 ｜ 7 ｜ 7 ｜ 7 ｜ 6 7 ｜ 6 3 ｜ 5. ｜

3 ｜ 5. ｜ 6 ｜ 7 ｜ 1 ｜ 7 ｜ 7 ｜ 7 6 ｜

〔【闪锤】 （佘太君转身归里，坐）

〔西皮摇板〕
（过门同前）1 2̂1 6̂ 1 3 3 2 — 2（2̂1 6̂1 2）
白　虎　堂　静　悄　悄，

7 ⌣6 6̂ 7ˇ 1. 2 7̂ 6 5̂ 6 ½6̂ ½6̂ 1 —
剑　锈　刀　　残。

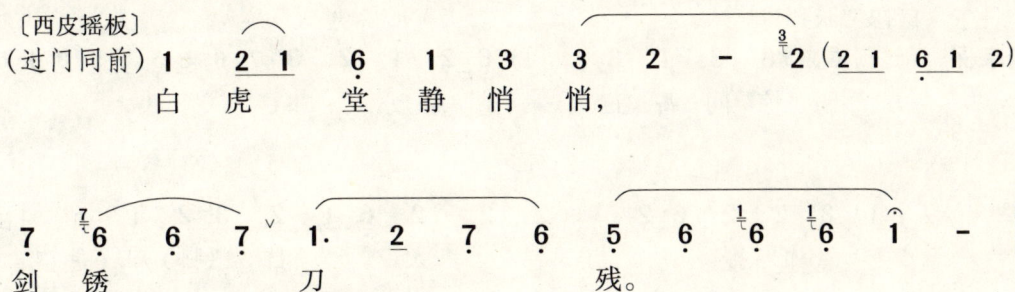

〔【快长锤】杨金花在前，杨文广随后，二人手拿斗篷由"上场门"兴致勃勃地上，二人边招呼着，边往前走，至台口处。

〔西皮摇板〕
杨金花（过门同前）1 5 7 7̂ 5 6 7 6̂ 3 5 ⁵6（6̂5 3̂5 6̂5 3̂2 1̂2 6̂5 5̂5）
游　猎　归　来　收　羽　箭。

杨文广 3 3̂6 5 5̂3 1̂ 6̃ 6̂5 5 3 5̂【大锣住头】
姐　弟　同　（啊）去　问　早　安。

〔二人同进门，金花在"大边"，文广在"小边"，并排向里。

杨金花　（同念）参见太祖母。
杨文广

佘太君　罢了。（金花、文广分站两边，并把手中的斗篷放在桌上）
　　　　清晨起来，你姐弟二人到哪里去了？

杨金花　启禀太祖母，我姐弟二人，正在山前习武，见柳溪中水清见底，鱼儿穿梭，好不有趣。（这段词要念得轻松、流畅、欢快）

杨文广　（紧接着念）又看见一双野兔，是我开弓搭箭（右腿弓箭式，双手搭弓式）道声"着"！（大台）（站起）一箭连中双兔。

佘太君　（惊喜地）哦！好箭法呀！

杨金花　（见佘太君夸赞文广，忙抢着说）太祖母，您听我说呀。

佘太君　好，好，你说。

杨金花　我正在看文广追逐野兔，忽然听得山雀哀鸣，原来有只大雄鹰从林中追扑而来，我见雄鹰以强压弱，气它不过，（双手插腰、下蹲，右手做拣石子动作）拾起一块石子，就这么一扔……（大大大大大大乙台）（右手做投石头的动作）

佘太君　怎么样？

杨金花　那鹰就应声落地啦！

佘太君　唔呼呼呀！（大大大大乙台）（自言自语，心中高兴）他二人有如此本领，真不愧我杨家之后。（大大大大大大乙台）（无奈地）可惜空有这身本领，却无用武之地。（转对金花、文广）当年你父像你们这样年纪，早已为国立功报效了。

〔杨宗保内白："走哇！"

〔【快长锤】杨宗保"上场门"上，至台口。

〔西皮摇板〕

杨宗保　(过门同前) 3 3̲ 4 3 (过门) 6̲2 1 2 3 (7̲6̲ 5̲5̲ 5̲5̲ 5̲5̲ 3̲6̲ 5̲5̲ 3̲2̲
　　　　　　惊 闻 番 王 　造 反 事，

1̲1̲) 3 2̲ 2 6̲2̲ 1 2 2 6̲1̲ 2 3̲2̲ 1 - 【住头】‖
急 忙 报 与 太 君 (哪) 知。(进门，站"大
边")参见太君。

佘太君　罢了，一旁坐下。
杨宗保　谢太君。【住头】(杨金花给杨宗保搬座，杨宗保坐下)
　　　　启禀太君，闻得西夏番王兴兵犯我中原，边关告急，特来禀与太君知道。
佘太君　哦——番王竟敢兴兵作乱，欺我宋室无人，真真的可恶！(右手持拐杖杵地，表
　　　　示气愤)
杨宗保　是呀，着实的可恶。
佘太君　不知朝廷如何御敌？
杨宗保　万岁已然派点征讨。
佘太君　哪家掌权，何人领兵？
杨宗保　这倒不知。
佘太君　咳！想我杨家世代忠良，自从辞朝还乡之后，这二十年来，早被朝廷抛于脑后。如
　　　　今国家有难，真真叫人忧虑。(大 大 大 大 大 大 乙 台)
杨宗保　国家有难，令人担忧。太君既然放心不下，何不命人进京打探？
佘太君　杨洪年迈，命何人前往呢？
杨文广　太祖母，就叫我去吧！
杨金花　我也去。
佘太君　啊，你二人愿去？
杨金花　汴梁城我们还没有去过哪，叫我们去，叫我们去吧！(拉佘太君衣袖撒娇)
佘太君　也好，也好，既要前去，禀知你母，再去不迟呀！
杨金花
杨文广　遵命。(杨金花在前，杨文广后跟，同出门，面向"上场门"方向)孩儿有请亲！
　　　　(转身进门，杨文广归"大边"，杨金花归"小边")

　　　　「【小锣打上】穆桂英慢步出场，走两步，整鬓，上前走至台前抖袖。
穆桂英　只为朝廷信奸佞，
　　　　解甲归田二十春。
　　　　「【小锣三击】进门，站台中，面向太君。
　　　　孙媳参见太君。
佘太君　罢了，一旁坐下。
穆桂英　告坐。(转身对杨宗保，杨宗保站起)啊老爷。
杨宗保　夫人请坐。
穆桂英　有坐。(台 台 大 台)(杨金花给穆桂英搬座，穆桂英坐"小边跨椅")唤孙媳前
　　　　来，有何吩咐？

佘太君　适才宗保言道，番王造反，进窥中原。（声音挑起）

穆桂英　啊——（大 大 大 大 大大 乙 台）（右手抓水袖，面向外怒视）竟有这等事么？

杨宗保　正是。

穆桂英　（大 大 大 大 大大 乙 台）唉！

佘太君　老身也放心不下，意欲命人进京打探。

穆桂英　不知命何人前往？

杨宗保　金花、文广定要前去。

佘太君　是呀！他二人从未到过汴梁，趁此机会，叫他们见识见识。

杨金花
杨文广　（同）妈呀，您就叫我们去吧！

穆桂英　哽——【小锣一击】休得多口！启禀太君，汴梁乃是非之地，依孙媳看来，她姐弟还是不去的好。

佘太君　啊？——【小锣一击】（不高兴地）这汴梁，我杨家去不得，哪个去得？

杨宗保　啊夫人，太君说去得，（背供）你就叫他们去吧！（大 大 大 大 大大 乙 台）

穆桂英　唉，太君哪！

〔西皮原板〕

（唱词：自那年 一家人 辞朝）

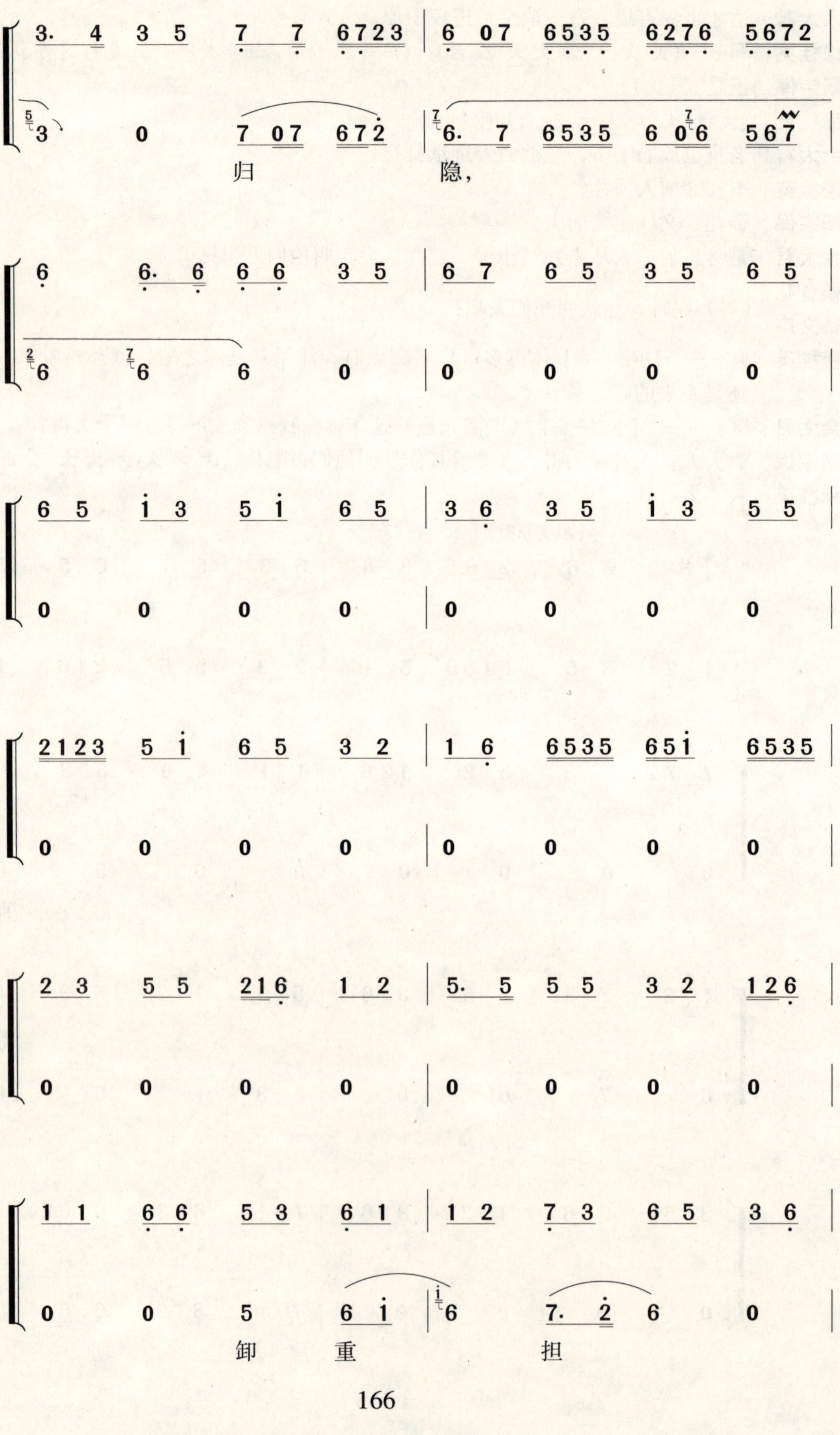
归
隐，
卸
重
担

3 6· 3 1̇ 5 3 6 5 | 5· 1̇ 3 2 3· 5 6 1̇ |

3 2 3 1̇ 5 3 6 5 | 5· 1̇ 3 2 3· 5 6 1̇ |

在 林 下 野 鹤

6̇ 3 35 6 1̇ 5 1̇ 7 6 2 3 | 6 5 6 1̇ 2 1 2 3 4 3 6 1̇ 3 3 |

6 3· 5 6 56 76 2 | 6 2 3 2 3 4 3 6 1̇ 3 3 |

闲 云。

5 5 5 6 5 6 5 6 | 3 6 5 3 2 1 6̇ 1 |

5 5 5 0 | 0 0 0 0 |

5 1̇ 3 35 6 7 6 5 3 5 6 1̇ | 5 3 5 1̇ 6 5 3 2 |

0 0 0 0 | 0 0 0 0 |

1 2 3 5 1 2 4 35 | 2· 3 4 7̇ 3 2 1 21 |

0 0 0 0 | 0 0 0 0 |

6· 1 2 4 3· 2 12 6̇ | 1 1 6̇ 6̇ 5 3 6̇ 1 |

0 0 0 0 | 0 0 5 3 1̇ |

汴 京

167

```
1 2  7̣ 3  6 5  3 6̣ | 5 3  1 2  5 3  6 5 |
i̲ 6    7̣ 2̇ 6  0    | 5 3  i   5    6 5    |
        中          有 奸 佞
```

```
3 5  3 6̣  1 2  3 6 | 5̣ 6  5 6  7̣ 2̇  6   |
0    0    0    0    | 5    3 5  7    6     |
                      是          非
```

```
6 5  6 i  3 6̣  3 5 | 6 5  6 i  5 3  6̣ 1 |
0    0    3̣ 5  3 5 | 6 0  0    5    6̣ i  |
混        沌,          儿          女
```

```
1 2  7̣ 3  6 5  3 6̣ | 3 2  3 i  5 3  6 5 |
6    7̣ 2̇ 6 0  0    | 3 2  3 i  5 3  6 5 |
们          年 幼 小
```

```
5̣ 6  3 2  3 5  6   | 3 0  6    6 6  4 3 |
5̣ i  3 2  3 5  6   | 3    6    0 6  4 3 |
易        受          欺
```

```
3 2  2 4 3  2 1 2 3  5 6 | 3 6  5 3  2 1  6̣ 1 |
3 2  0 3   2̣ 3    5    | 0    0    0    0     |
凌。
```

（佘太君心情激动）

稍快，转接〔西皮原板〕

$\frac{2}{4}$ 5 1̇ 3 5　6 5 3 5 ｜ 5 6　3 6̣ ｜ 6 7 6 5　5 6 3 5 ｜ 6 1̇　3 5 3 2 ｜

佘太君

0　　6 5 3 5 ｜ 5 6 7　6 0 ｜ 1̇ 6 1 6 5　5 3 5 ｜ 6 1̇　3 5 3 2 ｜

（接唱）想 起　了　当　年（哪）

2 2　1 2 ｜ 7̣ 4 6　3 2 1 ｜ 6 5 3 5　6 5 6 1̇ ｜ 5 5　5 3 6 1̇ ｜

2 2　1 0 ｜ 0　0 ｜ 6 3 5　6 6 ｜ 5　－ ｜

感 慨　生（哪），

5 1　2 3 5 6 ｜ 5 1　1 2 ｜ 3 5̇1̇　6 5 3 5 ｜ 2 1 6 5　3 2 1 2 ｜

0　0 ｜ 0　0 ｜ 0　0 ｜ 0　0 ｜

6 1 2 5　3 6̣ 1 2 ｜ 1 6̣　3 5 3 6 ｜ 5 4　3 6 ｜ 5 6 3 1̇　6 3 5 ｜

0　0 ｜ 0　3 5 3 5 ｜ 5 4　3 0 ｜ 5 3 1̇　6 3 5 ｜

景 阳　钟 不 闻

5 3 5　6 1̇ 5 6 ｜ 5 1　5 6 3 2 ｜ 1　5 6 3 ｜ 1 2 3　3 6̣ ｜

5 3 5　6 1̇ 5 ｜ 0　5 6 3 2 ｜ 1　5 3 ｜ 1 2 1　3 0 ｜

二　十　春。 他 二　人

6 1̣ 3　2 2 ｜ 2 2　2 2 ｜ 2 1　3 5 3 2 ｜ 1̣ 2　7̣ 6̣ ｜

6̣ 3　2 ｜ 2　－ ｜ 2 1 6̣　3 5 3 2 ｜ 1 2　7̣ 6̣ ｜

同　把

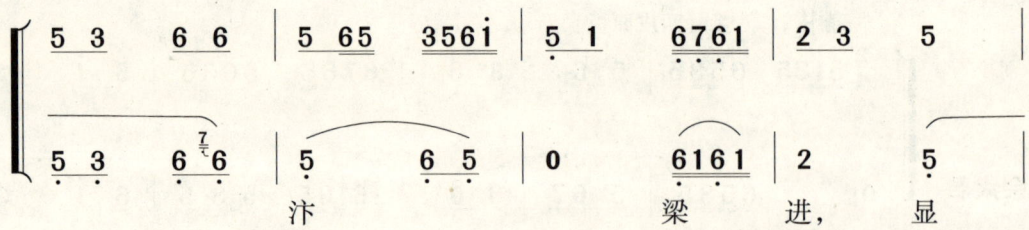

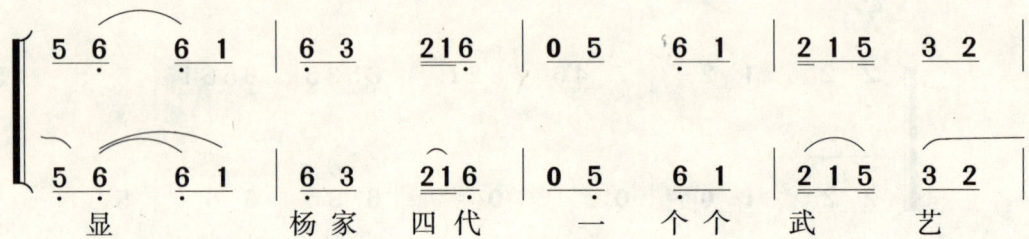

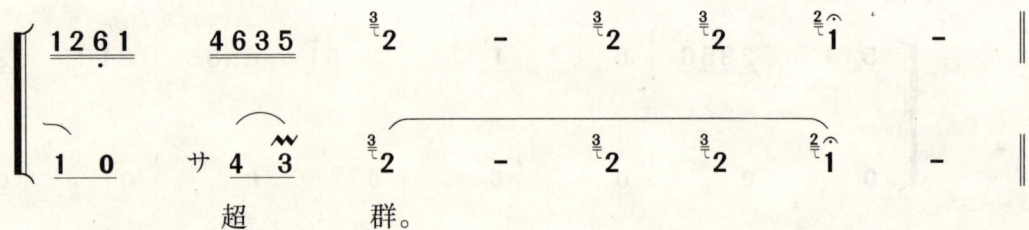

```
5 3   6 6 | 5 65  3561 | 5 1   6761 | 2 3    5 |
5 3   6 6 | 5    6 5   0   6161 | 2      5 |
          汴           梁  进，    显

5 6   6 1 | 6 3  216 | 05   6 1 | 215  3 2 |
5 6   6 1 | 6 3  216 | 05   6 1 | 215  3 2 |
显         杨 家  四 代  一  个 个  武 艺

1261  4635  2 - 2  2  1 - ‖
1 0   サ43  2 - 2  2  1 - ‖
超 群。
```

〔杨宗保、穆桂英同站起，金花、文广撤座。

杨宗保 夫人哪！

〔西皮摇板〕

【凤点头】（7 6 35 55 36 55 32 11 65 5 5）

```
653  26  1 62  1  2  2（过门）3 2
两儿 武 艺 可 防 身，       夫 人

1 63 2 2 5 1 2 2 1 -（6 21 -）‖
何   必 苦 担 心。
```

〔（大 大 大 大 大 大 乙 仓）金花，文广走至穆桂英身边，一边一个。

杨金花
杨文广 妈呀！您就叫我们去吧！（二人扯穆的衣襟，然后望着穆桂英慢慢地退到穆的身后）

穆桂英 呀——（向前上一步，"背供"）

〔西皮摇板〕

【凤点头】（过门同前）3 5 7 7 2 5 6（65 356）7
太 君 老 爷   主

6   3 5 i̋6 (6 5 3 5 6 5 3 2 1 1 6 5 5 5) 3⸝6 5
意   定,   儿 女

3   i̋ i̋6 (6 5 3 5 6) 4   6̇.4   3   2   3   5 (5
扯   衣   恳   娘   亲。

6 5 3 6 5 5 3 2 1 1 6̇ 5 5 5) i̋ 5 2̋7.6 5 6̋3 (6 5
低 头 无 语

3 5 6) 5   6̋i̋3ˇ 5 6̋5 6̋5 4 5̋3 3 2̋2 (仓大.)
暗 思 忖,

〔行弦〕
0 3 ‖: 2161 | 2343 | 2161 | 2 03 :‖ 2161 | 2132 | 1235 | 6̋i̋2 |

杨金花
杨文广 （同时上前，拉着穆桂英的衣袖，摇晃着）妈呀，您就让我们去吧!

穆桂英 （思索）罢——!（抖袖）

【大锣凤点头】（过门同前）3⸝6 5 35ˇ 6̋ 6 (6 5 3 5 6) 5 i̋6 i̋6 5ˇ 353 5 -‖
探 罢 消息   早 回 程。

杨金花
杨文广 （一同上前向里拱手辞别）（大大大大）孩儿遵命。杨洪，（大大乙仓）（正好转身站在台中向外亮相）快快备马!

「【闪锤】金花、文广转身向里拱手，到桌上各自拿自己的抖篷后，转身向外。

〔西皮摇板〕

杨金花 （7̇ 6̇ 3 5 5 5 3 6 5 5 3 2 1 1 6̇ 5 5 5) i̋ 5 7
金 花 闻

7 5 6ˇ 5 6̋ 3 5 6̋ (6 5 3 5 6 5 3 2 1 2 6 5 5 5)
言 笑 盈 盈,

杨文广 3 3⸝6 5ˇ 3⸝6 5 5 3 i̋ i̋6 (过门) 3⸝6 5
此 一 去 尽 情 玩 （呀）要 好 不

5 i̋ 5 6 5 (6 5 3 6 5 3 2 1 2 6 5 5 5)
欢 （哪）欣。

杨金花　3 ⁶ 5 7 7 5 6（6 5 3 5 6 6）7 7 6 3 ∨ サ5 3 5 7 6 －
　　　　　拜 别 高 堂　　　　　　　 出 府　门，

〔【长锤】金花、文广出门，杨洪"上场门"拉马上至台中，金花、文广上马，杨洪"下场门"下。金花、文广打马走至"下场门"处，回身，佘太君、穆桂英、杨宗保同出门，相送。

杨文广　（过门同前）3 3 ⁶ 5 ∨ 5 3 1 1 6（过门）1 6 5 5 3 5 －‖（仓）
　　　　　　　　　　 恨 不 能 展 双 翅 飞 往 汴 京。

杨金花
杨文广　（同念）太祖母、爹爹、母亲，我们去了！

〔【长锤】金花、文广打马急下，佘太君上步，向"下场门"张望。【长锤】切住。

〔亮弦〕（4 3 6 5 －）

〔【大锣凤点头】佘太君回身至台中，杨宗保站"大边"，穆桂英站"小边"。

〔西皮摇板〕
佘太君　（过门同前）2 1 ² 3 3 2 2 1 2 3 5 3 ⁵ 3 2 －｜
　　　　　　　　　 目 送 孙 孙 欢 跃 往，

〔【快长锤】杨宗保扶佘太君"下场门"下。穆桂英留台上，走至"大边"，忧心远望。锣鼓切住。

〔亮弦〕（4 4 3 3 1 6 1 2 －）

穆桂英　【凤点头】（过门同前）1 1 ² 1 ² 1 65 5. 6 5 3 5 6（6 5 3 5
　　　（转身走至台中）飞 尘 起 处

　　　　6）5 06 7 2 ∨ 6. 7 4 3 ∨ 3 ⁵ 3 ⁵ 3 5 －‖
　　　　母 牵 肠。

〔【回头】接【原场】穆桂英再次走向"下场门"方向，双翻水袖张望金花、文广走去的方向。慢慢回身进门，"下场门"走下。

第 三 场

空场。

〔【撤锣】止。吹＜马唤＞，起【软四击头】接【长撕边】，杨文广在前，杨金花在后，二人骑马从"上场门"上，至九龙口（八大顷仓）二人并排亮住。起【急急风】二人打马上前"双翻""双趟马"。"趟马"结束，二人在台中靠前并排亮住，杨文广在"大边"杨金花在"小边"。【纽丝】二人转身，缓马鞭，向外。

〔西皮散板〕

杨文广　卅（6̣ 6̣ 6 5 1̇ 3 2 6̣ 2 1）3 3̇6 5 5
　　　　　　　　　　　　　　　　　　姐 弟 们 奉

5 7 6ˇ 5 2̇6 6 3 5 6̃（6̣.5 3 3̣.5 6）
母（哇）命 进 京 打 探，　　　（仓）

杨金花　3 3̇6 5 5̣3 1̇ 1̇6ˇ 1̇ 5 6̣5 6 1̃5̇ – |【住头】
　　　　跨 骏 马 展 双 翅 一 路 加 鞭。

杨文广　姐姐！你看这汴梁城果然热闹。哎，我倒想起一件事来啦。
杨金花　你想起什么事来啦？
杨文广　太祖母常与我讲起天波府，你我一同前去看看好不好？
杨金花　好极了，咱们看看去！（欲走，文广拦住）【撕边一击】
杨文广　我不认识路哇！
杨金花　兄弟，你可真没有记性，太祖母不是说，进城不远，在官道上就能看见那座高大门
　　　　楼，你我何不找上一找。
杨文广　好哇！

「【水底鱼】二人打马走圆场，至"上场门"，勒马向"下场门"方向观望。【五
击】二人转身下马，回身，手指"下场门"斜上方。

杨文广　（八 大 仓 仓 仓 0）
　　　　　天 波 府！
杨金花　（八 大 仓 仓 仓 0）
　　　　　无 佞 楼！

「（八仓）二人同转身，站在台中，伸拇指，兴奋地夸赞。

杨文广
杨金花　（同念）哎呀！果然威武得很啊！

〔西皮摇板〕

杨金花　【闪锤】（7̣ 6̣ 5 5 5 5 3 6 5 5 5 3 2 1 1 6̣ 5 5 5）3 3̇6
　　　　　　　　　　　　　　　　　　　　　　　　　　　姐 弟

5 5 7 7 2̃5 6ˇ 5 6 7̃6 3 5 6̃（过门）
们 在 门 前　　 仔 细 瞻 望，

1̇ 1̇ 3 6 5 5̣3 1̇ 6ˇ 1̇ 5 1̇ 6̣5 3 5（过门）
天 波　 府 果 然 是 威 武 堂 皇。

杨文广　**i 6 5　5 5　5 7 6 5　6 6 3 5　i6**（过门）
飞　虎　旗　插　至　　在　百　尺　楼　　上，

3 3 6　5 5　6 6　3 6　5 i　5 6 5（过门）
画　阁　上　一　排　排　上　阵　刀　　枪。

杨金花　**i i i3 7 76 5 6 7 6 6 3 5 76**（过门）
杨　金　花　虽　女　儿　豪　情　倜　　傥，

5 i i 6 5 5 3 3 5 56 5 i 5 i 6 5 3 5‖
执　霜　矛　舞　雪　剑　要　驰　骋　沙　场。

杨文广　**5 i 5 5 7 7 76 5 76 6 3 5 6**（过门）**3 3 6**
俺　杨　家　上　三（哪）代　保　国　上　将，　小　文

5 5 5 3 i i6 3 i 3 5 66 6 i66 i5 —【大锣住头】‖
广　定　作　个　四　代　栋　　梁。

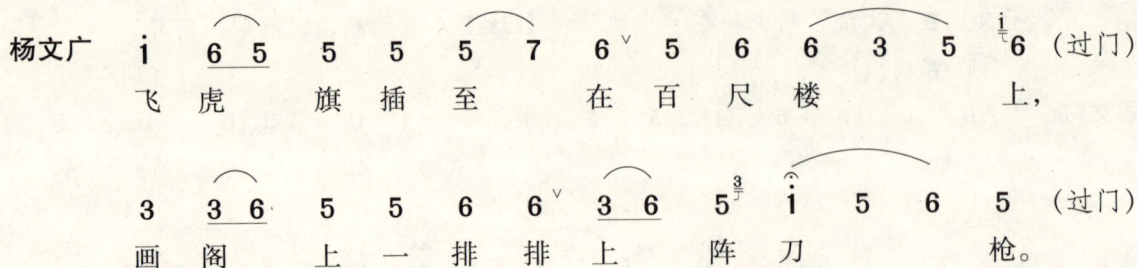

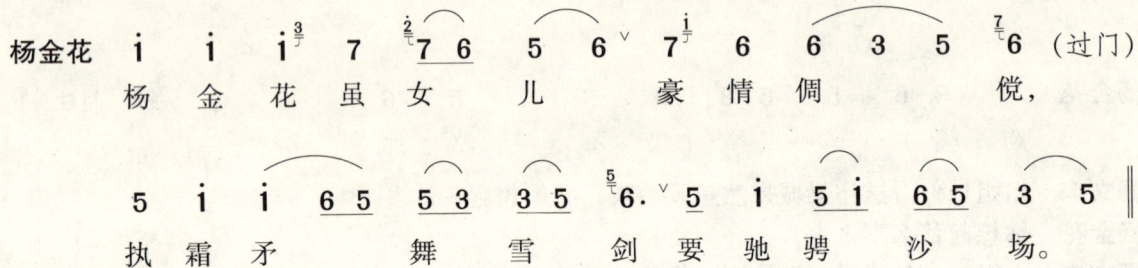

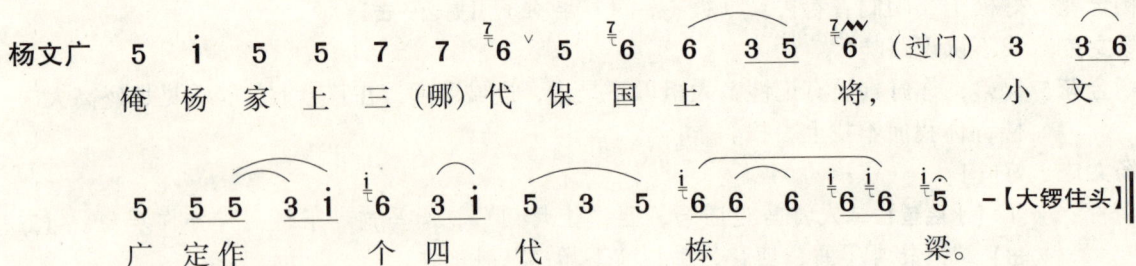

姐姐，有朝一日，要是出兵打仗，我要作了元帅，就点你为先行。

杨金花　什么？你当元帅，我的先行？

杨文广　是呀！（得意地）

杨金花　美得你！我挂帅，你的先行，那还差不离。（双手插腰，面向外）

杨文广　不成！我挂帅，你的先行。

杨金花　为什么呀？

杨文广　因为……嗯，我是男的，你是女的。

杨金花　（笑）你等等，我问问你，想当年咱妈挂帅的时候，是谁的先行？

杨文广　是爹爹的先行。

杨金花　这不结啦！

杨文广　不管你怎么说，一定是我的元帅。

杨金花　元帅一定是我的。

杨文广　是我的！

杨金花　是我的！

「正当二人急执不休时，王强府中的门官从"下场门"上场，出门，看见金花、文广。

门　官　嗨嗨嗨！【撕边一击】（站在"小边"指着金花、文广）哪儿来的两个野孩子，在这胡行乱闯的！也不打听打听这儿是什么地方？

杨文广　这是我们家的地方，为什么不许我们看？

门　官　你们家的？（打量二人）呸！【小锣一击】别不害臊啦！这是兵部王强王大人的府第，又是你们家的啦？哼！老实告诉你们说，要不是瞧你们俩是孩子，嘿嘿，这会儿早把你们送了官啦！【撕边一击】

杨金花　（不解的）这是为什么？

门　官　你们犯了禁啦！

杨文广　啊！难道阳关大道也禁止行人不成吗？

门　官　哎，（得意地）告诉你们，这个地方与别处不同，文官下轿，武将离鞍，谁要是犯了禁，拿到兵部大堂问罪，知道吗？赶紧走吧，走吧！

杨金花　（气愤地）王强老贼竟敢如此霸道！

杨文广　偏偏就有这样仗势的小人！（左手狠狠地指着门官）

门　官　嘿！好小子，开口骂人，我要不给你点儿厉害，你也不知道我怎么回事儿。（用右手上前欲打文广，金花、文广同时将门官推开）【撕边一击】嗨！俩打一个儿！（上前又欲打，被文广右手一抓，左手压住）【撕边一击】

杨金花　你还敢仗势欺人不？

杨文广　还敢欺侮人吗？

门　官　哎哟，哎哟！你们俩挤兑我干吗呀，告诉你，我家公子性如烈火，这要是叫他知道了，你们可就跑不了啦！

杨文广　（推开门官）【撕边一击】把你家公子叫出来！

门　官　我们公子到校场比武去啦。那儿是比武夺帅，你们有本事上那儿会会他去，干吗跟我没完没了的。【撕边一击】（揉着自己的右膀子）

杨金花　（拉过文广）我说兄弟，有在这儿和他（指门官）生闲气儿的工夫儿，何不到校场跟他比试比试！

杨文广　好，走！

杨金花　走！

　　　〔【扫头】二人拉马，上马，亮相，随【冲头】"下场门"急下。

门　官　（望着二人的背影）这俩孩子到武科场送死去！哎哟——！

　　　〔【原场】门官边走边抚摸被扭疼的右臂，"下场门"下。

第 四 场

　　　〔舞台后排列三座高台，高台上放椅子，中间高台后绑黄罗伞。全用黄围桌椅披。
　　　〔奏唢呐牌子＜出队子＞接＜小傍妆台＞四校尉、二旗牌、四大铠随牌子"上场门"上，"挖门"；寇准、王强随上，寇准归"大边"王强归"小边"站立。随后，四小太监、二大太监上，"挖门"，宋王上至台中；寇准、王强参拜。宋王转身上中间高台，坐；寇准上"大边"高台，坐；王强上"小边"高台。牌子止。

宋　王　传旨下去。命王伦以为领考，开场比武。

大太监　万岁有旨，王伦以为领考，开场比武啊。

　　　〔王伦内白："领旨。"

「【急急风】王伦身披软靠，手持大刀"上场门"上，走至台前，隐刀转身向宋王躬身。【冲头】走至台中，面向"上场门"方向。

王　伦　【叫头】哒！有胆量的，你们来呀！

「众将内白："来也！"

「【急急风】四将分别拿枪、双刀、双锤等兵器，"上场门"上，在"小边"站一排。

王　伦　【冲头】哒，哪个有本领，你们来呀！

「起唢呐曲牌＜柳青娘＞，王伦与众将开打，分别把众将打败，【急急风】四将一起与王伦开打。【四击头】亮相。【冲头】王伦对"小边"的二将。

王　伦　哪个敢来！

二　将　（仓）（欲打又退）嘿！【冲头】（退下）

王　伦　（随【冲头】走至"大边"对着二将）哪个敢来！

「【冲头】二将退下，王伦走至台中【大锣叫头】三笑【冲头】走至"小边"将大刀交给校尉，回身向宋王。

王　伦　臣启万岁，比武已毕，俱不是为臣对手。【撕边大锣一击】

王　强　臣启万岁，比武获胜，就该挂臣子王伦为帅。

寇　准　且慢。【撕边大锣一击】王伦刀法虽好，不知箭法如何？校杨之内设有金钱一枚，百步之外，若能射得金钱，方可为帅。

王　伦　好！待俺箭射金钱。

「【九锤半】走至台中，接过校尉递过的弓箭，走圆场，至"小边"，斜身拉弓搭箭向"下场门"方向射去。【冲头】走至王强身边。

王　强　儿呀，快快拜过帅印。

王　伦　待俺拜印。（迫不急待地急步走至台中）

「杨文广内白："哒！（仓）王伦休得逞强，俺杨文广来也！"

「【急急风】杨文广、杨金花急上场【冲头】至台中面向里。王伦回原位。

杨文广
杨金花　（同）参见万岁！

王　强　嘟！（仓）何处顽童，搅乱校场。来，轰了出去！

杨金花　慢着！（仓）万岁，我们还有话说哪！

寇　准　是呀，（对宋王）就该容他们奏来呀！

宋　王　好，容他们奏来。

杨金花　万岁容奏！【住头】启奏万岁：想这"国家兴亡，匹夫有责"，如今番王兴兵犯界，眼看国家安危难保，为臣子者，岂能高枕无忧，坐视不顾哪！（仓）我姐弟虽然年幼，自问武艺并不输人，来到校场也是我们报国的一片忠心哪！【住头】

杨文广　（上步）何况万岁广贴榜文，钦选帅才，校场比武不分年老少，是人人有份。（仓）怎么，兵部王大人不问青红皂白，就下令轰赶，难道说这比武场只许（对王强）你们姓王的称强称霸，就不许别人用武显能吗？

杨金花　是呀！

王　强　啊……嘟！（仓）小小顽童竟敢胡言乱语，来，轰出去！轰出去！

寇　准　且慢！【撕边一击】啊万岁，看他们出言不凡，必有才能，何不叫他们比试一番。

宋　王　好。你二人既要比武，有何本领？

杨金花　（同）刀枪剑戟，件件皆能。
杨文广

王　伦　你住了！【五击】你们出此狂言，可能箭射金钱？

杨文广　哈哈哈……（大笑）（仓）箭射金钱，不足为奇。

杨金花　我要一箭穿金钱，二箭断红线，等金钱落地，那才算本事哪！（仓）

寇　准　好好好，快快试来。

杨金花　（面向里）遵命。

「【紧锤】"上场门"校尉拿弓箭，杨金花接过来。

〔西皮流水〕

杨金花　$\frac{1}{4}$（7 ｜ 6 ｜ 5 ｜ 5 5 ｜ 3 6 ｜ 5 ⅰ ｜ 3 2 ｜ 1 1 ｜

6 5 ｜ 5 5）｜ 2 ｜ ⅰ ｜ 0 1 ｜ 6 5 ｜ 3 3 ｜ 3 5 ｜
　　　　　　　　　弓　　如　　满　月　　人　似

6 5 ｜ ⅰ 5 ｜ 6 5 ｜ 3 ⅰ ｜ 5 6 ｜ 5 ｜ 3 2 ｜ 3 6 ｜
燕，　　　低 飞　斜 舞　射 金　　钱。　　　　这　一

5 ｜ 5 2 ｜ 7 6 ｜ 5 ｜ 6 ｜（6 5 ｜ 3 5 ｜ 6）｜
箭　　要　　　　射

サ7　　6　　3ˇ　5　　5　　6　　〔亮弦〕（4 3 5 6）
金　钱　　　眼　　　　　　　　（搭弓向"下场门"射箭）

「内喊："好箭！"

〔西皮摇板〕

【闪锤】（过门同前）ⅰ 5 6 6 5 6 5 6 ⅰ 5（过门）3 6 5 7
　　　　　　　　　金 花 一 见 喜 心 间，　　　二　箭 离

7 5 6（6 5 3 3.5 6）サ2 ⅰ 6 ⅰˇ 2 ⅰ ⅰ － ｜
弦　　　（顷仓）　红 线　　断，
　　　（向外亮相，接着随唱随走圆场，至原地，向"下场门"斜射箭，内喊："好箭！"）

【闪锤】（过门同前）3 6 5 6 6ˇ 6 5 5 3 5 － ‖（仓）
　　　　　　　　　射 断 金 钱 把 驾 参。
　　　　　　　　　（将弓交给校尉，向宋王拱手）

杨文广　哈哈……

177

〔西皮流水〕

【闪锤】 1/4 (7̣ | 6̣ | 5 | 5 5 | 3 6 | 5 i̊ | 3 2 | 1 1 |

6̣ 5̣ | 5 5) | 2̇ i̇ | 0 i̇ | 6 5 | 5 3 i̊ | i̊ 6 0 |

要　擒　猛　虎　入　深　山，

0 i̇ | 6 5 | 3 6 | 5 | 3 i̊ | 5 6 | 5 | i̇ |

欲　揽　明　月　上　青　　天。　比

3 6 | 5 | 0 | i̇ | i̊ 5 | 6 | 0 i̇ | i̊ 5 |

武　场　　身　手　显，　文　广

6 | 5 | 3 i̊ | 5 6 | 5 | i̊ | 5 | 5 3 | 7 |

今　日　夺　魁　　元。　开　弓　要

i̊ 6 | サ(3̣ 5̣ 6) 6 7̣ 6̣ 6 | 5 6 | 7 — 2̣ 6 7̣ 6 — ‖

射　（大　大）南　来　雁，　　　　白："弓来"!

「**【九锤半】** "下场门"校尉递弓箭，杨文广接过来。

〔西皮散板〕

【大锣凤点头】 サ(5 5 3 2 6̣ 2̣ 1) 3 6 | 5 | 5 3 | i̊ 7̣ 6̌ |

成　竹　在　胸

6̣ 5̣ | 5 | 3 i̊ | 7̣ 6 | 3 5 3 | 5⌢ — ‖

不　怕　难。　　　（拉弓，弓折）（八仓）

弓不称手！

宋　王　此子力大无穷，日后必是将才，看大弓伺候。

王　强　啊万岁，天波府现有五百石铁胎弓。

宋　王　快快取来！

王　强　快快取来！

「**【冲头】** "上场门"的二校尉"上场门"下。

杨金花　兄弟，天波府的弓，莫非是你我祖宗当年所用吗？

杨文广　少时一看便知。

「**【冲头】** 二校尉肩扛弓上，至台中，杨文广拿过弓，与杨金花同看，校尉回到原位。

杨文广　"金刀杨"，果然是呀！

杨金花　你我一同拜过！

　　　　「奏唢呐曲牌＜急三枪＞二人托弓，跪在台中，拜，起。【大锣住头】

宋　王　快快射来。

杨文广　领旨呀！

　　　　　〔西皮散板〕

【纽丝】(过门同前)廿 3 6 5 5 7 ⁷6ˇ 6 5 6 7 ²6 ⁷6 6 -) 0 (
　　　　　铁　胎　宝弓　传四　代，

　　　　　　　　　　　　　　　　　　　（拉弓射箭，内
　　　　　　　　　　　　　　　　　　　喊："好箭！"）

　　　　　〔西皮散板〕

【双楗凤点头】(过门同前)廿 3 6 5 5 3 1 6ˇ 6 5 5 3 1 6 353 5 -‖
　　　　　　一　箭射　下双　雁　来。

　　　　〔亮弦〕

　　　　（ 2. 3 4 6 5 - ）

　　　　（寇准用吃惊的眼光盯着金花、文广）

寇　准　呀！

　　　　　〔西皮散板〕

【闪锤】(过门略) 3 2 1 1 2 1 3 2ˇ 1 2 1 3 2
　　　　　见顽　童开宝弓　暗吃一惊，

　　　　(过门) 3 2 1 1 3 6 1 6 1 (过门) 1 2 3
　　　　　好似　令公又　重　生。　莫非他

　　　　1 2. 1 6 5ˇ 6 1 3 1 1 2 -(仓)(7 6 1 2 -)
　　　　是　　　杨　门　后？

　　　　「【纽丝】寇准从高台上下来，走到台中靠右停住。

　　　　(过门略) 5 3 2 1 3 2ˇ 1 6 1 6 1 -‖【住头】
　　　　　急忙　向　前问一　声。

　　　　（面向金花、文广）你二人姓什么？

杨金花
杨文广　(同) 姓杨。

寇　准　(惊) 哪里人氏？

杨金花
杨文广　(同) 山后磁州人氏？

寇　准　宗保、桂英是你们什么人？

179

杨金花　是我二老双亲。（大　大　大大　乙大　大　仓大．）〔行弦〕
杨文广

寇　准　哦！你是文广？

杨文广　是呀！

寇　准　你叫……

杨金花　我叫金花。

寇　准　不错，金花、金花、哈哈哈哈（笑）哎呀，都长大成人了哇！太君可好哇？

杨文广　康健得很哪！

寇　准　敢是太君叫你们前来比武争印的么？

杨金花　不是的，只因西夏番王造反，

杨文广　太祖母命我们打听消息来啦！

寇　准　（大　大　大大　乙仓）（〔行弦〕收住）呵呵！挂帅之人有了哇！

　〔亮弦〕
　（2.3　5　2　1　-）

　〔西皮流水板〕
【闪锤】 $\frac{1}{4}$（7　6　｜5. 5　｜5 5　｜3 6　｜5 1　｜3 2　｜1 1　｜6 5　｜

（向前上步）

5 5）｜1 2　｜3　｜0 6　｜6 1　｜1 1　｜1 3　｜2　｜
　　　长　江　大　　河　波　浪　（呃）滚，

0 2　｜1 2　｜3 3　｜2 1　｜7 6　｜5 6　｜1　｜5 6 1｜
淘　　不　尽　忠　良　一　片　心。　二十

6 1 5.　｜0 3　｜0 1　｜2　｜0 1　｜1 6　｜1　｜1　｜
年来　　身　退　隐，　犹　把　安　危

1 1　｜1 2　｜6 2　｜1 3　｜1 3　｜2 1 6　｜0 3　｜2 3　｜
念朝　　　廷。更　可喜　神武　有人　多　英

2　｜0 1　｜1 2　｜1 2　｜3 5　｜2 3　｜2 6　｜1　｜
俊，　四　代　又　现　龙虎　身。

2 3 2 3　｜2 1 6　｜6 1 6 1　｜2 2　｜1 2　｜3 3　｜2 1　｜2｜
王伦的　本领　何足　论，这　才是　安（哪）　邦

$$\widetilde{(大大) 世 \overset{\frown}{3.} \ \underline{2 \ 1} \ \overset{\frown}{1. \ 2} \ \overset{\frown}{3 \ \overset{5}{2}} \ \overset{3}{2} \ \overset{3}{2. \ \underline{1}} \ \overset{\frown}{\overset{\cdot}{6} \cdot \ \widehat{\overset{\cdot}{1}} -}$$ 【大锣住头】

        保   国   人。

老夫寇准，与你祖上同朝为臣。

杨金花
杨文广　（同）拜见叔祖父。（跪）

寇　准　起来，起来。（与文广、金花靠近，小声嘱咐）你二人到此，比武事小，争印事大。要放大胆，有什么祸事，（拍腹部）喏喏喏，俱有你叔祖父担待。

杨金花
杨文广　（同）多谢叔祖父！

寇　准　好好好，（再叮咛）要放大了胆哪！（转身在"大边"面向宋王）臣启万岁，他二人武艺超越王伦，帅印理应他们执掌。（走上高台归原座）

王　伦　且慢！【快冲头】（往前上步，靠近台中）帅印已到我手，他们哪个敢抢！（仓）

王　强　就请万岁与为臣作主。

寇　准　万岁，若不从公，怎能服众啊。

宋　王　好，就命他等比武较量，胜者为帅，败者为将。

寇　准　你二人比武上来。

王　强　（无奈懊丧地）好，比武上来。

　　「【大锣软四击】王伦和杨文广向宋王拱手，同时转身上步对峙，【回头】杨文广"切手腕"，王伦护手惊讶，【原场】二人同时后退，【四击头】二人分别向外踢腿，转身，"合扇"亮相。【冲头】二人快步分下。

　　「【撕边一击】寇准和王强分别翻水袖向外一望，【撕边一击】二人同时回头对望，（八仓）同时甩水袖怒视对方。

　　「【急急风】王伦和杨文广各拿大刀从两边上场，至台中，同时向前走"比粗"，"双翻一磕"，"一过合、两过合"，打"对刀"【四击头】亮相。【冲头】杨文广佯败，急下。王伦得意地与王强对望，王强单手背供，示意"杀"！王伦狂傲地急步追下。

　　「【撕边一击】王强、宋王、寇准、杨金花同时向"下场门"方向张望。

宋　王　看他二人相争，若有伤亡，那还了得！

王　强　（满以为王伦必胜，别有用心地）启奏万岁，校场比武，杀伤无罪呀！（寇准怒视王强）

　　「【急急风】杨文广"单起""上场门"上，走至台中看寇准，寇准也示意"杀"！杨文广转身，王伦追上，"斜合"对打，杨文广将王伦的大刀解掉，抽王伦抢背，并等王伦起来时将其一刀劈死。【四击头】杨文广托刀亮相。

王　强　嘟！【撕边一击】胆大的狗子，竟敢劈死我儿，来！还不与我快快地拿下！【撕边一击】
　　「金花上前拉文广靠边，文广将大刀交给校尉。

寇　准　慢来，慢来。王大人，方才是你言过，校场比武，杀伤无罪呀！

王　强　（哑口）啊，这……咳，儿呀——　（哭）

寇　准　抬了下去。（指将王伦的尸体抬走）

　　「【冲头】"上场门"的校尉，搭王伦"上场门"下。

寇　准　（对文广、金花）文广，还不快将你二人的名姓奏与圣上。

杨金花　哎。【闪锤】（与文广走至台中）

〔西皮摇板〕

（过门同前）3 6　5　7　7　5　6ˇ 5　6 3　5　6（过门）

　　　　　　我　名　金　花　　弟　文　　　广，

杨文广　3　3 6　5　5　3 5　6ˇ i　5 i　6 3　5　－ ‖

　　　　穆　桂　英　就　　是　儿　的　娘。　（二人朝里跪下）

宋　王　哦！

〔西皮摇板〕

【闪锤】（过门同前）1　5 3　3　3　3 3　1 2　35 3（过门）3　2　1

　　　　　　　正　苦　无　人　去　挂　　帅，　天　遣　小

　　　　　2　2　3. 2　1（过门）1　2　3　1 2　1　2 －

　　　　　将　到　此　　来。　　你　刀　劈　王　伦——

王　强　啊万岁，就该要他与臣子偿命啊！

宋　王　2　1　2　3　5　2　3. 1　2（大 大 大 大 乙 大 大 仓）

　　　　孤　不　　怪，

王　强　哎！

宋　王　【凤点头】6 1　1　1　3　2　2 1　1　2ˇ 6　2 1　2　3 2　1　－【住头】‖

　　　　　　　怎　奈　他　年　纪　小　难　把　兵　排。

寇　准　他母穆桂英健在，若能挂帅，何愁番王不灭。

宋　王　如此，就命穆桂英挂帅，宗保以为副帅，金花、文广以为先行，各路兵马，任凭调
　　　　遣。

寇　准　还不谢恩。

杨金花
　　　　（同）谢万岁！
杨文广

宋　王　平身！（金花、文广起来）

寇　准　（从大太监手中拿过帅印）旗牌过来，命你捧了帅印，护送二位小将回府。

　　　　「旗牌接过帅印。

宋　王　摆驾回宫。

　　　　「奏唢呐曲牌＜小傍妆台＞校尉、大铠、小太监、大太监"插门"下，宋王随下。
　　　　金花、文广、旗牌归"小边"，王强、寇准归"小边"台前，送宋王下。曲牌停。

寇　准　（对金花、文广）回去问候太君哪！（金花、文广、旗牌"上场门"下）

王　强　老儿不死实为贼！哎！

「【原场】王强"下场门"下，寇准"上场门"下。

第 五 场

「正场桌，"小座"，红桌围椅披。

「【撤锣】（另　台　另　台　大　台　台）

【小锣夺头】

（龙　　冬　　大大　大大｜台儿　另台　乙另　台

〔西皮慢板〕

大　　台　台）6　5 5｜4/4 1 2　5 5　2 1 6　1 1

6 5　1 3　5 1　6 5 1 1｜3 6　3 6 3 5　6 1 3 6　5 1

（穆桂英随音乐过门由"上场门"上，慢步至"九龙口"）

2 3　5 1　6 5　3 2｜1 4　3 2 3 5　6 1 3 6　5 1

2 3.6　5 5　2 1 6　1 2｜7 7 2　6 4　3 2 2　1 2 6

穆桂英

1 1　6 6 6　5.6 5 1 7　6 1 1｜7 6 2 5　7 7　6 7 6 5　3 6 6

0　0　5 5　6 1｜1 6 0　7 7　6　0
　　　　　小　儿　　女

5.6 3 5　2 3 7 6　6 5 3.5　6 6 6 5｜（3.3 3 5　6 5 3 2　1 6 2　1 2 3）

5.6 5 6　2 7　6 5 3.5　6 1 6.5　0　0　0　0
探　　军　情

183

```
5656  7623  6 66  3 3 │ 3 3  6 6  7·7761  56567672
5· 6  7623·7∨  6 6  3 │ 3  0   7· 6  5· 67
尚     无           音

6 66  3435  6·72·6  7623555 │ 6 6  6 6  6·662  7672
6 6   3  05  6·7206 76255·  │ 6  0   0    0
信，

6723  7654  3635  6153 │ 6156  1113·6  5617  6511
0     0     0     0    │ 0     0       0     0
```

（慢步，随着过门的音乐走至台中央，接唱第二句）

```
3 6   3635  6136  5761 │ 216·1  5655  216  1125
0     0     0     0    │ 0      0     0    0

7 72  6165  3 22  126· │ 1 1  6 66  5·6517  611
0     0     0    0     │ 0    0     5·5     6 1
                                    画      堂

7625  7·672  6765  3 66 │ 3·432  3612  5 53  66565
1 6   7 7   6    0      │ 3·532  3 1   5 5   6 6565
前                      │ 独     自    个
```

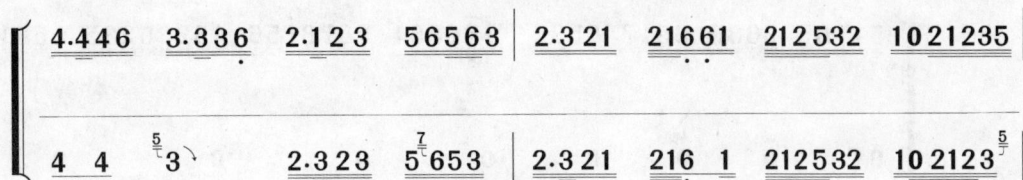

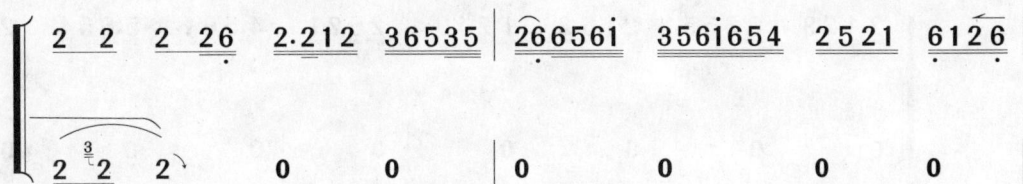

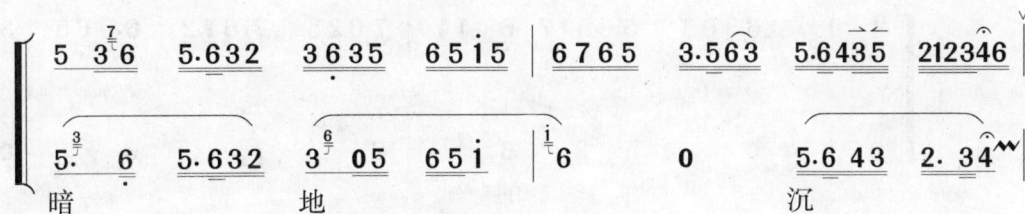

暗　　　地　　　　　沉

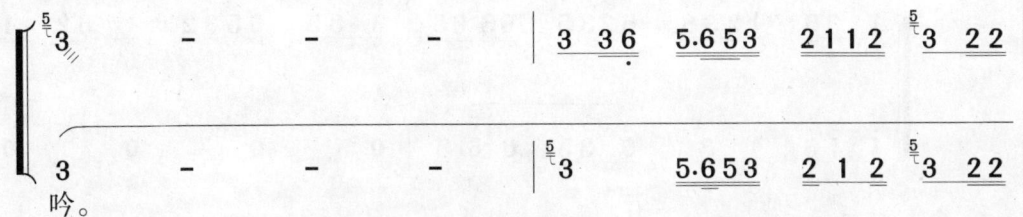

吟。

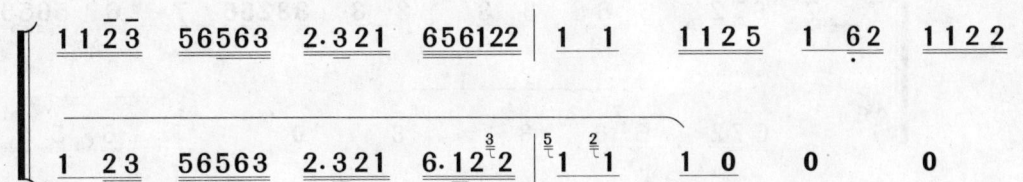

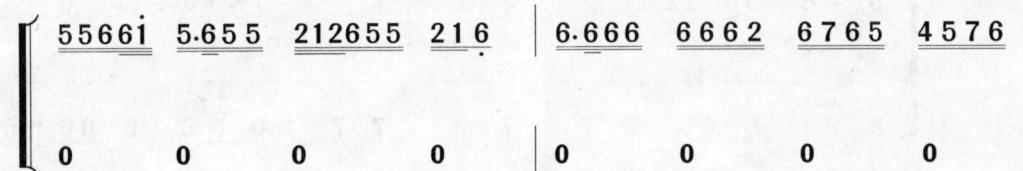

185

$$5\underline{1}\dot{1}65\ 3635\ 65\dot{1}7\ 6532\ |\ \dot{1}66\underline{5}6\dot{1}\ 5676\dot{1}56\ 43235235\ 656\dot{1}6535\ |$$

$$0\quad 0\quad 0\quad 0\ |\ 0\quad 0\quad 0\quad 0\ |$$

（慢步，随过门音乐向台右方走，忽然回身，双手斜指左方远处，做出对儿女进

$$2.123\ 5655\ 2\dot{1}62\ 1243\ |\ 2521\ 4.56\dot{1}\ 5.654\ 2112\ |$$

$$0\quad 0\quad 0\quad 0\ |\ 0\quad 0\quad 0\quad 0\ |$$

京担心的表情，仍站在台中接唱）

$$1\ 1\ \dot{6}\ 66\ 5.65\dot{1}7\ 6\ 11\ |\ 7625\ 7.672\ 6.765\ 3\ 66\ |$$

怕　　的　　　　　是

$$1\ 36\ 1236\ 5235\ 66\overset{7}{6}5\ |\ 3\ 35\ 6532\ 1\ 62\ 123\ |$$

奸　佞　臣

$$7.\ 7\ 6723\ 6\ 66\ 3\ 3\ |\ 3\ 3\ 33256\ 7.\ 6\ 56567672\ |$$

又　　来　　　　　　　　　寻

$$6\ 66\ 56222\ 7\overset{2}{7}\ 7\ |\ \dot{7}\ 7676\ 5.\ 6\ 5.675\ |$$

嵘，

6.765 3.235 6.56i̇i̇ 5.65672 | 6 6 666535 6562 7672

6.765 3.ⱽ5 6.56i̇ 5.6567 | i̇7 6 6 6 0

656762 76565 3635 6i̇53 | 6.156 i̇i̇i̇36 56i̇7 65i̇i̇

0 0 0 0 | 0 0 0 0

3 6 3635 6i̇36 5643 | 216.1 5655 216 1121

0 0 0 0 | 0 0 0 0

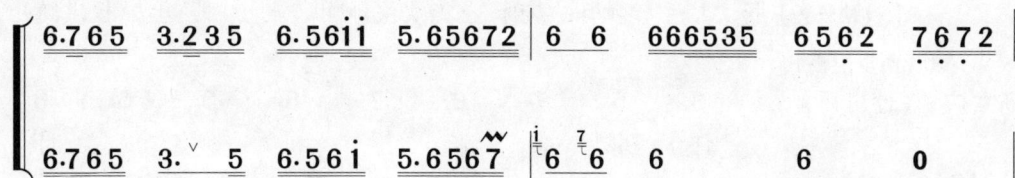

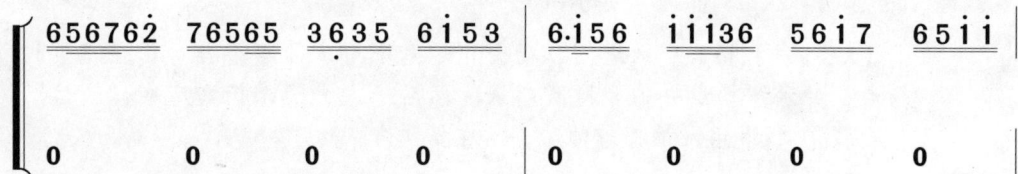

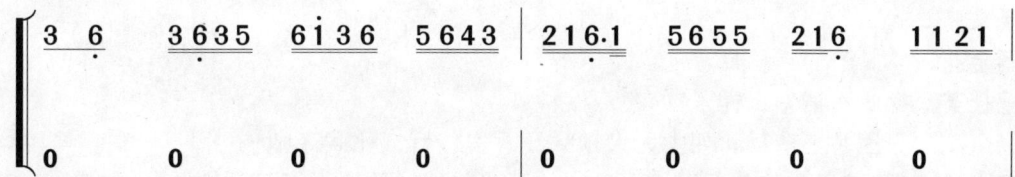

（随着过门音乐，右转身，慢步走向座位，左转身，接唱）

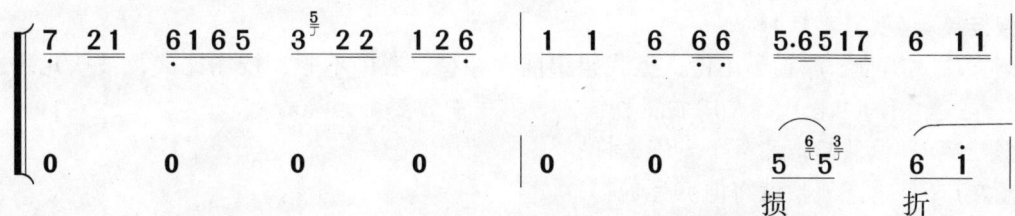

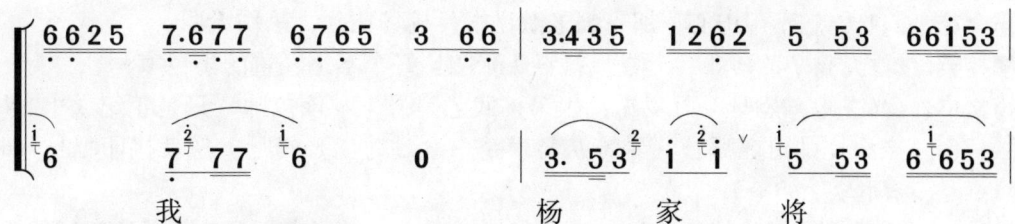

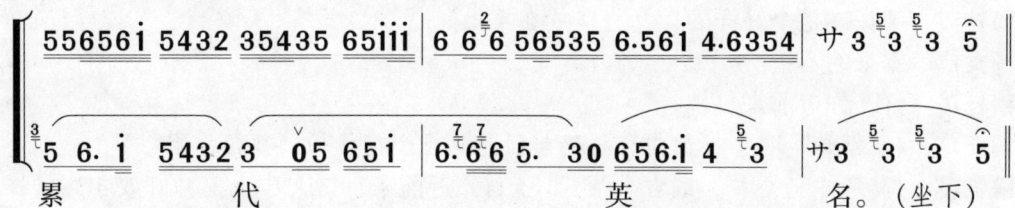

7 21 6165 3²22 126 | 1 1 6 66 5.6517 6 11

0 0 0 0 | 0 0 5 5 6 i̇

损　　折

6625 7.677 6765 3 66 | 3.435 1262 5 53 66i̇53

i̇6 7 77 i̇6 0 | 3.53 i̇i̇ i̇ 5 53 6653

我　　　　杨　家　将

555 56i̇ 5432 35435 65i̇i̇i̇ | 6 6 6 56535 6.56i̇ 4.6354 卅3 3 3 5

5 6.i̇ 54323 05 65i̇ | 6.66 5.30 656i̇4 3 卅3 3 3 5

累　　代　　英　　名。（坐下）

〔【快长锤】杨文广手捧帅印，与杨金花欢快地由"上场门"上，杨洪随上。

〔西皮摇板〕

杨文广　（过门同前）　3 5 7 6 7 ⁷6 3 5 ⁷6 （过门）
汴　京　夺　来　招　讨　印，

杨金花　i 5 6 ⁷6 5 6̂5 6 i̊5 —‖
回　家　催　母　早　发　兵。

〔【大锣五击】杨文广欲进门，杨金花示意手中拿帅印不妥，杨金花接过帅印交给杨洪，并示意杨洪将帅印掩藏起来。然后三人进门，杨文广在"大边"，金花在"小边"，杨洪用水袖挡着帅印，站在杨文广一边。

杨文广
杨金花　（一同面向穆桂英）参见母亲。

穆桂英　儿呀，回来了。

杨文广
杨金花　（同）回来了。（二人边回答边将各自的斗篷放在桌上，然后回原位）

穆桂英　探听军情怎么样了？

杨金花　只因番王造反，朝中无人领兵，万岁传旨，比武夺帅……

杨文广　（抢着说）孩儿下得场去，还拉开我曾祖父的那张五百石铁胎弓哪！

穆桂英　哦。（微微地点头）

杨金花　妈呀，女儿我还射了个金钱落地哪！

穆桂英　（面露喜色）

杨文广　妈呀，那狗子王伦，见我姐弟前来夺魁，心中不服，校场比武，被孩儿我这一刀！
〔（八仓）杨文广右腿弓箭式，双手护刀姿势，亮相。

穆桂英　（惊站起，又坐下）怎么样？

杨文广　（得意地）就将他劈死啦！

穆桂英　（站起）奴才！【大锣五击】（向前走，指文广）命儿前去探听消息，哪个叫你前去惹祸？你刀劈王伦，那王强老贼，岂肯与你甘休！（甩左水袖）（八仓）

杨金花　妈呀，您不用担心，那王强老贼说啦，校场比武，杀伤无罪。

穆桂英　（看到孩子的幼稚，无奈地摇摇头）咳！好个不知轻重的小冤家！

杨文广　（兴奋地）妈呀，万岁见我姐弟，武艺高强，本该挂帅，只是年纪太小，所以叫母亲您挂帅出征哪？（转身从杨洪手中拿过帅印）妈呀，您就接印吧！（将印扔向穆桂英）（仓）
〔穆桂英双手接住帅印，表现震惊，双目紧紧盯着帅印后退【长撕边】，然后上前几步双手托起帅印，气极（仓）

穆桂英　嗯！你是个好样的！（将印放在桌上）

杨文广　本来的不错。

穆桂英　好，你近前来！

杨文广　（不解地）啊！（欲向穆桂英前面走，杨金花和杨洪都摆手阻拦）

穆桂英　（转脸看杨金花，甩右水袖）（大台）近前来，（文广上前）好奴才！（打文广）

〔【快纽丝】杨洪示意金花去请佘太君，金花明白，急忙出门，"上场门"下。

〔西皮散板〕

穆桂英 廿 (6̣ 6̣ 6̣ 5̣ 5̣ 1 3 7̣ 6̣ 2 1) 3 3. 6 5˅ 5 7 7̣ 2̣ 5 6

比 武 场 劈 王 伦

(6. 5 3. 5 6) 7̣ 7 6 6. 1 3 5 6 (6. 5 3. 5 6 —) (仓)

行 为 不 慎，

1 1 3 6 5˅ 5 3 3 5 6 (6. 5 3) 3 7̣ 5 6 5

谁 叫 你 将 帅 印 抱 转 家

3 5 3 (6. 5 3 6 5) 5 1 1 3˅ 5 7̣ 6 5 6 (6. 5 3

门。 (仓) 问 奴 才 哪 一 个

3. 5 6 0) 5 7 6 5 3˅ 5 6 5 6 7 2 6 6 (仓)

去 出 征 挂 印？

（白）杨洪，与我绑了！

〔【阴锣】杨洪表示无奈，左转身到桌上去拿绑绳；穆桂英转身向里走，看印、沉思，示意杨洪快绑。杨洪将绑绳搭在杨文广肩上，被文广挣开，穆桂英急上前双手翻袖怒指文广。

〔西皮散板〕

穆桂英 【凤点头】（过门同前） 3 6 5 3 5 6 6 (6. 5 3 3. 5 6)

大 胆 胡 为

1 5 3 5 3 5 6 5 6 6 5 5 5 —

你 累 娘 亲。

（白）罢！【大锣凤点头】（从杨洪手中拿过绳索）

（过门同前）3 5 7̣ 5 6 (6. 5 3 3.5 6 6) 2 1 2 1 1 — 6

手 执 绳 索 将 儿 捆 ——

〔【扫头】穆桂英将绳索套在杨文广的脖上，然后到桌上拿起帅印，拉着文广向外走。此时杨金花搀着佘太君急步"上场门"上场，在临近门时，拿过太君的拐杖，高举于门前；穆桂英望见拐杖，知道此事惊动了太君，后退。【回头】并将印隐在身后；杨文广知道太祖母来了，趁机挣开母亲。【原场】杨洪拿起桌上的二斗篷，下。穆桂英走到桌边，将帅印放在桌上，站在"小边"，金花搀太君进门，太君入座，金花、文广站在"大边"。

佘太君 你绑了我的小孙孙，意欲何往？

穆桂英　太君有所不知，这奴才进得京去，在校杨比武，刀劈王伦！

佘太君　哦——【撕边一击】狗子王伦，平日作恶多端，欺压良民，这等人，劈了，就劈了！（仓）（对金花）还不与他松绑。

杨金花　哎！【五击】（拿下套在文广身上的绳索放到桌上）

穆桂英　孙媳还有话禀告太君。

佘太君　讲。

穆桂英　这奴才劈死王伦，夺来帅印，宋王天子，还叫孙媳挂帅征西。故而绑子上殿，交还帅印。

佘太君　啊，有这等事？帅印今在何处？快快拿来我看。

　　〔杨金花、杨文广做催促母亲快去拿印的动作；穆桂英甩袖，到桌上拿起帅印，双手托着，脸朝外。

穆桂英　太君请看。

佘太君　（原地站起）【大锣叫头】印哪，帅印！（接过印双手托看）一别多年早成陌路，出其不意，今又相逢；你叫我一则以喜，一则以悲，说是你……【撕边大锣一击】你——【撕边大锣一击】你——【冲头】（佘太君抱印后退，坐下，晕）

〔西皮导板〕

【大锣导板头】（0 2 4 5 6 i 5 3 ⁶¹2. 1 7 2 1 - ）5 3 6

见 帅

5 5 5 ⁶⁵ ⁶⁵ 6.5 45 i65 4（3）5 5 ⁶⁵ ⁶⁵

印 一 阵 阵　　　辛 酸 难

⁶⁵ 65 5 3 5ᵛ 6.5 6 ⁱ6 6.5 5 6 6.

忍，　　（呐 啊）

i 5 ⁶⁵ ⁶⁵. 3 5（八大 台 仓 七 仓 七.七

（站起，抱印上步，站在台中）

另 仓儿 另七 乙台 仓儿 另七 乙台 仓）

〔西皮流水〕

1/4（7 6 5.5 55 36 5i 32 11

65 55）32 5 03 31 25 32

是(呃) 悲 是 喜 两 难

1 03 21 6 3 21 01 61

分。 只 道 是 杨 家 与 你 缘 已

```
2    | 3̇ 3̂6̂  5 | 1 6̂5  | 3 5 | 0 5̇ | 5̇ 1 | 6̇ 5 |
尽，  却 不  想   君 在  朝 堂  我  归   林，二
```

```
3 2 | 1. 2 | 3 5 | 5 3 | 2 6 | 1 | 6̇ | 3 |
十 年   一 旦   又 逢  春。  杨   家
```

```
0 6̂ | 6̂ 1 | 1 | 6̂ 1 | 2 | 6̇ 2 | 1 2 | 5 |
代  代  掌  帅   印，  到   如   今
```

```
0 3 | 3 5 | 3 2 | 1 2 | 1 | 3 | 2 5 | 3 |
见  印  不 见  人。  睹  物 伤
```

```
2 | 3̲₃̲2 | (3 5 | 2 1 | 6̇ 1 | 2 0) | サ 0 2 | 5 3 1̌ | 2 - |
(呃) 情  (大     大)    我 心  生 恨，
```

```
3̲₃̲2  3̲₃̲2. 3  4  3̂ - 3  3  2 - (仓) (7 3 3 2 6̂1̂ 2)
(哪)                                    〔亮弦〕
                                        (将帅印欲扔又止)
```

〔西皮散板〕

```
【凤点头】サ(6̇ 6̇ 6 5 5 3 6̂1̂ 2 7̇ 6̇ 2 1) 5  6̇ 2 1  1̌ 6̇ 3  2 1
                                        怎 能 够   袖(哇)手
```

```
1 2 2 2 3̲₃̲2 (7̇ 6̇ 1 2) 2  2 1  1̇ 6̇  6̲₆̲ 6̲₆̲ 1̂ 1 - |
旁 观(哪)              不  顾 乾          坤。
```

「【凤点头】将印交给穆桂英放回桌上。

```
6̇ 2 | 1 3̲₆̲ | 3 2 | 2 6̂ | 1 3̲₆̲ | 3 1 | 1 | 3̲₃̲2 7̲₆̲ (7̇ 6̇ 1 2) 1
为   国家  说 什  么 夫  亡 子  殒， (仓)尽
```

```
3 2 1̲₆̲ | 6̂ 2̂ | 1 | 2 3̲₃̲2 | 6̂2̂1̂ | 2 | 2 3̲₃̲2 3̲₃̲2 2̂1̂ - |
得 忠  从 来   不  问  功(呃)      勋。
```

「【大锣原场】金花递拐杖于佘太君，佘太君接拐杖转身入座，穆桂英站在"小边"，金花、文广站"大边"。

佘太君　孙媳，圣上命你挂帅，就该出征，交还帅印万万不可！

穆桂英　这个……

佘太君　文广、金花。

杨金花
杨文广　在。

佘太君　速去打起聚将鼓，候你母亲出征，快去！

杨金花
杨文广　得令！

〔【冲头】金花、文广急步出门，欲下，穆桂英追出。

穆桂英　儿呀，回来，回来！

〔【撕边大锣一击】金花、文广转回身。

杨金花
杨文广　妈呀，这回可就不听您的喽！

〔【冲头】金花、文广拉着手，欢快地跑下。穆桂英望着儿女的后影，站在"下场门"的位置。

佘太君　媳妇转来！

穆桂英　哦，来了。

〔【大锣五击】转身，进门，归"大边"。

佘太君　为何拦阻？

〔（大 大 大 大 乙 仓）穆桂英心中抑郁的双手翻水袖，拱手。

穆桂英　咳，太君哪！

〔西皮二六〕

【大锣夺头】 2/4 多 罗　6 2·2²₃ | 1 1 1122 | 5·5565 3 1̂1 | 6633 5536 |

2/4 0　　0 | 1̂ 2̂₃i | 5 5 3 1·6 | 6 3 5 |
　　　　　非　　是　　我

5 56 33525 | 3635 6765 | 3636 56536 | 5135 61517· |
0 3 ₅̂₃32 | 3·535 6 ₅̂₃ | 3 ₅̂₃3 ₆̂ 5 | 0 6·15 |
　临　　国　　难　袖　手　　不

6 66 1162 | 1 16 33521 | 3635 6ᵛ5 | 6765 4·633 |
6̂ ₇̂₆6 1̂ | 0 3 ₅̂₃32 | 3·535 6ᵛ5 | 6 65 4·63 ₅̂₃ |
问，　　见　帅　印又　勾　起

192

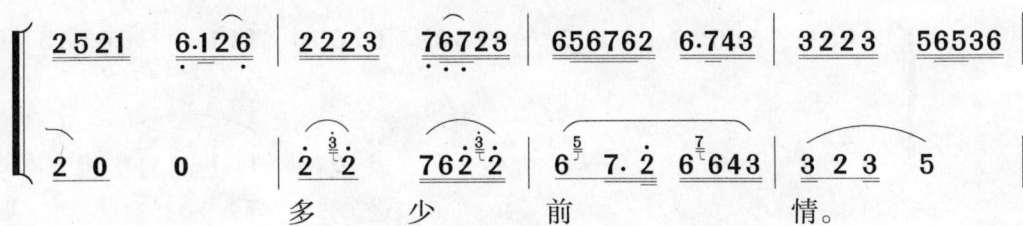

多少前情。

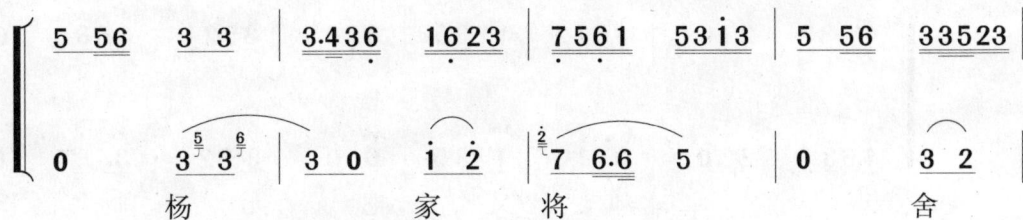

杨家将　　　舍

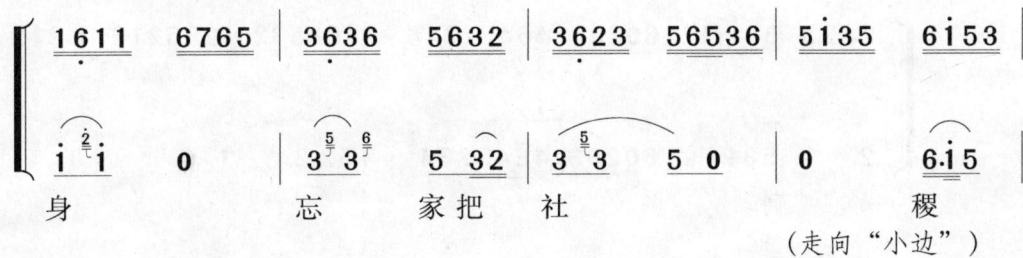

身　忘　家把社　　稷
（走向"小边"）

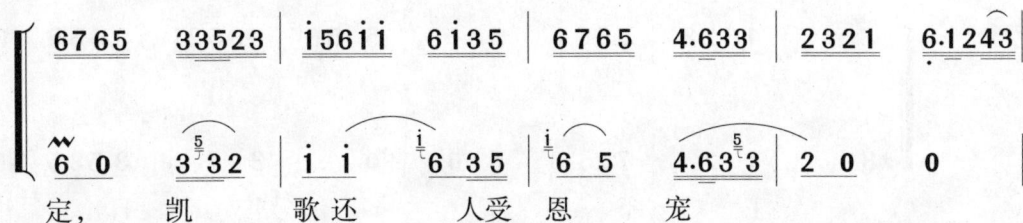

定，凯　歌还　人受恩宠

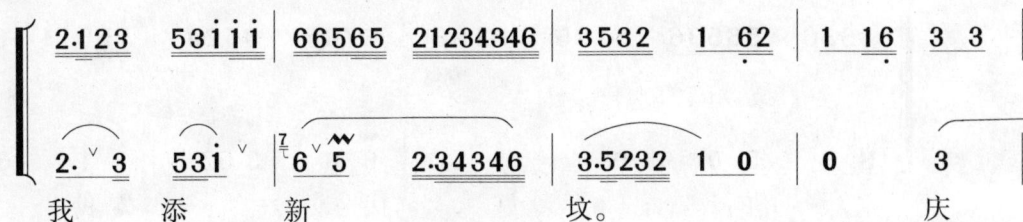

我添新　　坟。　　　庆

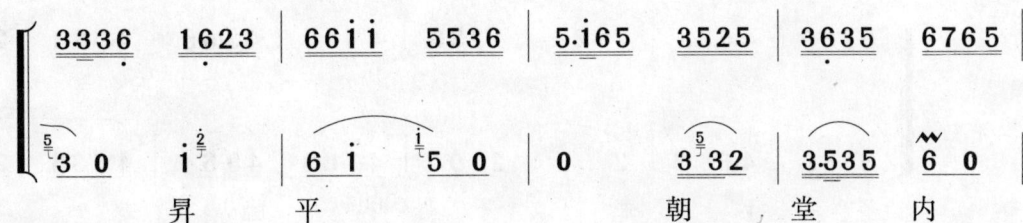

昇平　　　朝堂内

3636　56536｜5i35　6i53｜67656　iii｜66i35　6765｜

3⌢3　5⌢0｜0　6.i5｜6⌢0　ii｜i⌢0　6⌢65｜

群　小　　　并　进，烽　　烟

（双缓手，双手指，走回"大边"）

4.633　2i6i｜36i2　i235｜6765　352i｜3635　6⌢643｜

4.633　2⌢0｜3i　i35｜6⌢0　3⌢32｜3.⌣5　6.643｜

起　　　却　又　把　元　帅　印

2.i23　53iii｜60203　46432346｜3463532　1235216｜1.2i2　3　3｜

2.⌢3　53i｜60203　4643234｜3.52⌢2　i⌢0｜0　3｜

送　到　杨　　　　门。　　　　宋

3　36　i623｜756i　53i3｜5　56　3352i｜3.635　6765｜

3⌣　i2｜7.26⌢6　5⌢0｜0　3⌢2｜3.535　6⌢0｜

王　爷　　　平　日　里

3636　56536｜5i35　6i53｜6765　3523｜i56ii　6i35｜

3⌢3　5⌢0｜0　i5｜6⌢0　3⌢32｜ii　6⌢0｜

宠　信　　　奸　佞，桂　英　我

6765　4.633｜2　26　2233｜4.443　4366｜4.633　2.i23｜

6⌢65　4.63⌢3｜2　2⌢0｜4⌢03　436｜4.633　2.⌣3｜

多　年　来　　早　已　寒

```
4346⁶4  36432123 | 5165  3251653 | 5.656  3 3 | 3.436  56531
4346⁶4  36432.3  | 5 0 0 |     0    3  | 30  531
              心；                              誓    不
```
（佘太君理解地点点头）

```
6136  56536 | 5 56  33523 | 1561 1  6765 | 3636  5
63  0 |   0  3 32 | 1 1  1 6 0 | 33  5
为            宋   天子        领    兵
```

```
6. 2  76  5. 6  72  6⁷6  3  5  5  6
上        阵，
      （向外指）
```
〔亮弦〕

【大锣一击】（4 32 57 6）

（白）太君哪！

【凤点头】（过门同前）1 13²5 53 35 65 6（65356）
今 日 里挂 帅 出 征

〔亮弦〕

```
65  3.(2)  51  65  3(561)  5 - 仓（4 3.2 365）
叫 他 另 选 能 人。
```

佘太君 哦——！【闪锤】（站起，向前上两步，站在台中）
〔西皮摇板〕

```
(6  6  35 55  36  55  32  11  65  55)1  32
                                                       桂 英
```

```
3  3 23  5 65  5  5 21  1  （过门） 3 4
她 对 朝          廷          她 心
```

```
3.5  12  3 （过门） 5  62  1  6  33  2 （过门）1⁶
怀 怨 恨，   只 怪 那 宋 天（哪）子 他
```

```
3 2  2 2  216  61 （过门） 6  3  2  1  621
忠 奸      不 分。    那 番 王 造 反
```

195

5 6̇ 1 2ˇ 5 ³7 7̇ 6̇ 3̇ 6 5̇ 7 7 7²7̇6 5̇.6

来 犯 境, 救 兵 救 火 古 来 云。

1 (过门) 6̇3 2̇1 6̇16ˇ 2̇1 3̇3 2ˇ 2̇. 5 3 2̇1

退 敌 不 求 加 恩(哪) 宠, 但 愿 百

1̇2 ³2̇. 1̇. 1̇ — 1̇ 6̇ 1̇ 2̇3ˇ 5̇ 6̇5 6̇5 1̇ —‖

姓 就 得 安 宁。

〔行弦〕

(大大 大大 大大 乙大大 仓) 0 2 ‖ 1 6̇ 2̇ | 1 3 | 2̇1 6̇2 | 1 0 2 ‖

穆桂英 啊太君，桂英如今年将半百，非比当年，况且三关上将俱已凋零，还是回奏朝廷，另选旁人为是。

佘太君 呃！（〔行弦〕止）【大锣凤点头】

〔西皮摇板〕

(过门同前) 6̇3 2̇1 6̇¹6̇ 3̇3 1 ³2 (过门) 6̇ 3̇2 1¹1

年 过 半 百 怎 言 老, 老 身 我 九

6̇.5 ⁵3̇ 2̇1 ¹6ˇ 6̇1 1̇ 3̇ 2̇.6̇ 1 (过门) 6̇ 1 1̇.6̇

(哇) 旬 已 过 志 不 减 青 春。 这 三 关 的

6̇ 36̇ 5ˇ 5̇ 6̇1 2ˇ 6̇ 1̇6 3̇ 2̇1 1̇6 6̇3 2̇6

上 将 虽 丧 尽, 文 广 金 花 长 成 人。

1 (过门) 2 1 2 1 3 ³2ˇ サ2̇. 3 ³5̇1 ³2 — (仓)

来 来 来 与(呀) 我 传 将 令,

穆桂英 （走近太君，阻拦）太君，你，你，你还要三思。

〔亮弦〕

(0 3 5̇5 2̇1 6̇.1 2 —)

佘太君 （有些生气）嗯！

【凤点头】(过门同前) 5 6̇2 1 3 3̇3 2̇1 1ˇ ⁵3 2⁶² 1 —|

为 什 么 三 番 两 次 不 出 征?

（白）罢！

【凤点头】（过门同前） 5　3　$\overset{\frown}{3\ 2}$　2　2　2　2　－　$\overset{\frown}{2\ 3}$

　　　　　　你　不　挂　帅　我　来　挂

5　－　$\overset{\text{6}}{\text{5}}$　$\overset{\frown}{\overset{6}{5}\ 5}$　$\underline{5\ 3\ 5}$　6　－　$\overset{\text{i}}{6}$　－　$\overset{\text{i}}{6}$　$\overset{\text{i}}{6.}\ 5$　5

帅，

（转身走到桌前，放下拐杖，拿起帅印，双手托起，颤巍巍地边唱边往前走，最后

〔亮弦〕

6　$\overset{\text{5}}{6}$　5.　3　$\overset{\frown}{5}$　－　‖　**【撕边大锣一击】**（2　3　6　5　－）

终因高举帅印而体力不支）

穆桂英　看仔细。（急忙上前扶住太君，接过帅印，抱在怀中。佘太君偷笑，走向座位，穆
　　　　　转过身来）

　　　　　　〔西皮散板〕

【凤点头】（过门同前）3　$\overset{\frown}{3\ 6}$　5　$\overset{\frown}{5\ 3}$　$\overset{\frown}{3\ 5}$　$\overset{\frown}{6\ 5}$　$\overset{\text{5}}{6}$（6.　5　3

　　　　　　老太君　一　片　忠　诚

3.　5　6）5　$\overset{\frown}{3\ 5}$ˇ　$\overset{\frown}{6\ 5}$（7）$\overset{\text{i}}{6}$　－　$\overset{\text{5}}{6}$　$\overset{\text{i}}{5}\overset{\frown}{}$　－　‖　**【大锣住头】**

感　　人　　心。

「走到桌前，将帅印放在桌上。

穆桂英　太君不必如此，孙媳遵命就是。

「**【长撕边】**佘太君闻听，由怒转喜，转过脸来，面对穆桂英**【一击】**。

佘太君　哦，你……挂帅？

穆桂英　挂帅。

佘太君　出征？

穆桂英　出征。

佘太君　哈哈哈哈哈……**【撕边一击】**（伸大拇指夸赞）这才是我的好媳妇。**【住头】**（站起
　　　　　来，转身在桌边拿拐杖回身向前走，穆桂英搀扶）如此快去更换戎装，老身我啊——
　　　　　还要亲自与你聚将催鼓。

「（八大大仓）佘太君抄水袖走一步（八大大仓）再上一步**【原场】**出门，向"下场门"走去，
　　　　穆桂英出门，佘太君临下场前，回首望，二人笑面相视，佘太君下。

「**【纽丝】**穆桂英翻右手水袖，向"下场门"观望，回身，走回来，进门，双抖
　　　　袖，右转身，在台中间站定。

　　　　　〔西皮散板〕

穆桂英（过门同前）5　$\overset{\frown}{i}$　$\overset{\frown}{i}$　$\overset{\text{2}}{3}$ˇ　5　$\overset{\text{7}}{6}$　$\overset{\text{i}}{5}$　6（6.　53　3.　5　6）

　　　　　　一　家　人　闻　边　报

$\overset{\text{2}}{7}$　6　$\overset{\text{7}}{6}\overset{\frown}{6}$　3.　5　$\overset{\sim}{6}$（$\overset{\text{i}}{6.}$　5　3　3.　5　6）3　$\overset{\frown}{3\ 6}$　5ˇ

雄　心　振　　奋，　　（仓）　　穆　桂　英

197

为 报 国　　再 度 出 征。

（仓）二 十 年 抛 甲 胄

（翻折水袖，右手水袖在身前划过）

未 临　　战 阵，

（左手在上，右手偏低，斜视右方，"阵"字开始向左走半圈至台中后区，正面向前，
双手大翻水袖（八 大 仓）亮相）

「乐队起【九锤半】双手前指，收手，向右慢转身，向下甩水袖，面部显现忧虑的
表情。乐队转【阴锣】面向里，陷入沉思，慢步向"上场门"方向走，并双手"揉
肚子"，走至"九龙口"，翻右手水袖，向左转身，斜向舞台左前方走，【搓锤】
双手"三缓手"双指，至左台口，向左转身，亮相。【阴锣】右转身走至台中后
区，面向里，慢慢向"下场门"角部走，转脸，面向舞台右斜前方走【搓锤】双手
"三缓手"双指，至右台口，向右转身，亮相。【阴锣】向左走多半个圆场，至台
中后区，双手翻水袖。（仓七另仓）面向里。[①]

穆桂英　（念）嗳！【双楗凤点头】（双抖袖，向左转身，左手抚腰，右手"单山膀"，正场向外亮相）

〔西皮散板〕

难 道 说

我 无 有　　为 国 为 民

（顷 仓）一 片

（双手翻水袖亮相）

忠 心。

---

① 这段动作的安排，揭示了穆桂英由不愿挂帅出征到决定出征，继续为国为民奉献忠心的思想转变过
程，锣鼓的安排和身段的运用，表达了穆桂英的沉思、回忆和下定决心的复杂心情。

「（八大仓）左斜撤两步，大甩水袖，抓袖，右转半身，背袖，面向"上场门"方向，亮住。

【大堂鼓三击】和"挑子"齐鸣。【急急风】背着手斜退至左侧台口，急往里走，至"九龙口"双翻水袖，走大圆场多半个，至"下场门"处，水袖下来，再双翻上去，右手高，左手低，面向"下场门"里，亮住。【急急风】停。＜马唤＞

【紧锤】走至台口中间，进门，左转身随着（仓·七 仓 仓）左手插腰，右手亮出水袖横指亮相。

〔西皮流水板〕

（仓·七｜仓　　｜仓）5　｜6 2̇　｜76. i　｜56i　｜0343　｜235i｜
　　　　　　　　　（双手指"上场门"方向）

6532　｜1 6.　｜2 32　｜1 2　｜i656　｜i i　｜3 6　｜5 6｜
0　　｜0　　｜2̇　｜i　｜i　｜0 i　｜3 6　｜5̇｜
　　　　　　　　猛　听　得　　金　鼓　响
（右手翻手在耳部，左手齐胸）

5 6　｜i 5　｜6535　｜6 3　｜3 6　｜5 36　｜5 3　｜3 i｜
5. 6　｜i　｜i6　｜0 3　｜3 6　｜5̇　｜0 3　｜0 i｜
画　角　声　　震，　唤　起　我　破　天
（双手翻指左耳边）　　　　　　　（双手抚胸）

6 5　｜3535　｜656i　｜5ˇ　｜3　｜i　｜6535　｜6 0｜
6 5　｜3535　｜6. i　｜5　｜3　｜i　｜6̃　｜0｜
门　壮　志　凌　云。　想　当　年
（双手头顶"托月儿"）

6. 5　｜3235　｜656i　｜0 5　｜6 5　｜i. 5　｜6 3　｜0 i｜
6. 5　｜3 5　｜i i　｜0 5　｜6 5　｜i. 5　｜6 3　｜0 i｜
桃　花　马　上　威　风　凛　凛，　敌　血　飞　溅　石
（勒马姿势接左手插腰，右手"山膀"）　　（双手转袖，半卧半向右斜半身）

```
 5 6 │ 5 3 6 │ 5 3 6 │ 5 6 │ i 5 │ 6 i ˇ │ 5. 6 │ 7 2 │
 5 6 │ 5   │ 0 5 │ 0 6 │ i   │ 6   │ 5. 6 │ 7   │
```
榴　裙。　有　生　之　日　责　当
（左手翻袖，右手抚在胸前）

```
 6ˇ 4 │ 4 3 │ 6 3 │ 4643 │ 2123 │ 536i │ 5. 6 │ i i │
 6 4 │ 4 3 │ 6   │ 4 3 │ 2. 3 │ 5. 6 │ 5   │ i i │
```
尽，寸　土　怎　能　够　属　于　他　人。　番王
（手指地，再抬身指向远处）　　　　　（双手压

```
 6 5 │ 3 5 │ 6 5 │ 3 6 │ 5 65 │ 3 i │ 6 │ 0̂ │
 6 5 │ 3 5 │ 6ˇ 5 │ 3 5 │ 5 3 │ 0 i │ i̲6̲ │（大大）
```
小丑　何足　论，我　一剑　能　挡
掌向左方走半个小圆场至台中间）　　　　（双手翻水袖，托掌前指）

```
サ i̲ 2̲ i̲ 2̲ │ 6 5 │ 5 3435ˇ │ 7. 6 │ 5 6 │ 6̲ 5̲ │ 5 - ‖
```
百　　　万　的　兵。
（左手在上，右手向外长指）

「【纽丝】右转向里至桌前，拿起帅印，右手在上，左手下托，慢步后退，转身托
起帅印。亮住。

〔西皮散板〕

```
サ（7̲ 6̲6̲ 5̲5̲ 5̲1̲3̲ 6̲1̲ 2̲2̲ 7̲ 6̲2̲1̲ ……）i i i̲ 2̲ i̲ 2̲ │ 6 5 │ 3 6 │ 5 3̲ │
```
　　　　　　　　　　　　　　　　　我 不　　挂 帅
（这句唱，身上丝毫不动，面部坚定自然，表现出穆桂英此时毅然出征御敌和必胜

```
（3̲ 6̲ 5̲）7 6 3̲ 5̲ 6̲ (i̲ 6̲.5̲ 3̲ 3̲.5̲ 6 -) 3̲. 6̲ 5ˇ 5̲ 3̲ │ i │
```
　　谁　挂　　帅？　　　（仓）　我　不　领　兵
的英雄气概）　　　　　　　　　　　　　（帅印交左手托着，右手抚

```
i̲ 7̲ (6̲.5̲ 3̲ 3̲.5̲ 6 -) 4 - 3̲. 4̲ 6̲ 7̲ 4̲ 3̲ 2̲ 3̲ 3̲ 5̲ 6̲ 5 - │
```
　　谁　　　　　领　　兵？
胸，表示舍我其谁）　　　　　（右手摊掌）
```
200
```

（0 7 6 2̇ 7 6 5 — 1̇ — 3 2 7̣ 6̣ 2̇ 1 —）3
（八大 台 仓. 七 台 七 台 仓 儿 另 才 乙 台 仓）　　叫
（出门，左手在上，右手托印，高举平头位置，亮住）

3 6 5 5 7̇. 6 5 6̣̇（6̣. 5 3 3. 5 6 —）
侍　儿　快　与　我
　　　　　　　　　（帅印交左手，右手上翻指头部，走

6 2̇ 1̇ 6 1 1̇ 2̇ 1̇ 2̇ — 2̇ 1̇ 1̇ —
把 戎 装　　　端　　正，
至"九龙口"）

〔【急急风】右手在上，左手托印，急步圆场，至"下场门"【凤点头】转过身换左手在上，右手托印，亮住。

〔西皮散板〕

（0 6 5. 5 5 5 5 1̇. 1̇ 1̇ 1̇ 1̇ 3 2̇. 3 5 5 2 1 1 2

1 — 1 —）2̇ 1̇ 6 1 2̇ 2̇ 2̇ 3 2̇. 3 2̇. 1̇ 6 1̇. 1̇ 6 1̇
抱　帅　印
（不动）

2̇ 2̇ 1̇ 1̇（0 6 5 5 2 1 7 2 1 —）5 3 3 1̇ 5 6 6̇ 6
（仓）　　到　校　场
　　　　　　（右手抱印，左手指）

5. 1 3 3. 5 2 2̇（2. 3 4 3 2 1 6 6̇1 2）3 6 5. 6̣̇ 6̇ 4. 6 3 5
　　　　　　　指　挥

八大

（5 — —）6 5（7）1̇ 6̇ 6 6 5 4. 5 6 6 5̇ 5 —
三　　军。

〔走至"上场门"处，换左手托印，变手亮相，走一个半圆场，至台中间，唱腔完。【软夺头】〈马唤〉后撤步，向右大转身，右手单手托印，左手抚腰，在舞台中间，亮相。〈马唤〉【急急风】后撤，双手托印，双目看印，抬目微笑，自信。上步，半转身右手托起印，（仓切仓）亮一下。接【急急风】走至"下场门"，往里兜一点，将印托在脸左侧的位置，左手翻水袖护印亮相，然后急下。

第 六 场

〔空场。

〔吹乐器"挑子"声【四击头】杨文广在"上场门",杨金花在"下场门",二人一同出场"双起霸"完毕后。【大锣归位】杨文广站"小边",杨金花站"大边"。

杨金花　朝为射燕女,

杨文广　暮作阵上兵。【小锣二击】

杨金花　洮河去饮马,

杨文广　庆功——【冲头】(二人对扇掏翎子转身,回原位置)十里亭。【归位】

杨金花
杨文广　俺。

杨金花　杨金花。

杨文广　杨文广。【住头】

杨金花　请了。

杨文广　请了。

杨金花　元帅升帐。

杨文广　辕门伺候。【撕边一击】

杨金花　(看杨文广后,暗笑)

　　　　兄弟,你装的倒挺像的。

杨文广　你也不错呀。

杨金花　哎,我说兄弟,咱们此番上阵,一定要把那番王生擒活捉回来。

杨文广　那是当然的啦。

杨金花　太祖母说了,叫我帮助你,你帮助我,不许你匹马单枪横冲乱闯的。

杨文广　不成,你那匹马腿脚迟慢,要是放走了番王,那还了得。我看哪,还是让我一人前去擒拿吧!

杨金花　哼!还没上阵哪,就想抢头功,难怪说我的马慢哪!

杨文广　姐姐,你就让我这一回吧!

杨金花　好好好,什么都得让着你。

　　　　〔幕内喊"哦——"

　　　　〔【撕边一击】二人一同往后看。

杨文广　父帅来了。

杨金花　你我迎上前去。(杨文广走向"大边")

　　　　〔【水底鱼】四军士"上场门"上,站"一条鞭",杨宗保打马上,勒马见文广、金花,下马,【原场】四军士下,杨宗保站中间,文广在"小边",金花在"大边"。

杨金花
杨文广　参见父帅。

　　　　〔【撕边一击】杨宗保看杨金花,【撕边一击】再看杨文广。

杨宗保　哈哈哈哈!

穆桂英挂帅

〔西皮散板〕

【纽丝】（过门同前）

他二人换戎装 令人振奋，

喜的是 我杨家 四代 已成 人。

你们披挂起来了。

杨金花 披挂好啦，爹呀，您看我穿着盔甲，可威武吗？

杨宗保 今日再次出征，想起当年大破天门阵的光景来了。

杨金花 爹呀，您给我们讲讲，母亲当年大破天门阵的时候，她是怎么样的威风呀？

杨宗保 你母大破天门阵的时候，好不威风人也！

〔西皮摇板〕

【闪锤】（过门同前）

九龙峪摆下了天门大阵，

（过门）你的母投宋营奋勇

请（哪）缨。她在那点将台

转〔原板〕

挂了帅印

（哪）（嗬）

为父我

203

$$
\widehat{6 \cdot 61} \quad 3\widehat{21} \mid 6\ 4 \quad {}^{5}_{3}\widehat{2} \mid 1^{6} \quad \widehat{5235} \mid \widehat{326} \quad 1(6 \mid
$$

前阵　杀敌　做(哇)　了　　先(哪)行。

$$
5235 \quad 21\dot6 \mid 6\ 66 \quad 6536 \mid 5\ \dot1 \quad \dot1\dot1 32 \mid 1235 \quad 6535 \mid
$$

$$
2165 \quad 3212 \mid 6125 \quad 3612 \mid 1\ \dot6) \quad 153 \mid 1232 \quad 3 \mid
$$

纵　然

$$
\widehat{3\cdot61} \quad 2 \mid 2\ - \mid 2\ - \mid 2\ 1 \quad 3532 \mid
$$

敌　阵

$$
1.\ 2 \quad 7\ 6 \mid \dot1 216 \quad 561 \mid 0\ 3 \quad 6161 \mid 2312 \quad 3532 \mid
$$

摆　　　得　　狠，

$$
1.\ 2 \quad 7\ 6 \mid 5\ 1 \quad 6\ 5 \mid 4643 \quad 2123 \mid 5 \quad 6\ {}^{7}_{6} \mid
$$

$$
5(5 \quad 536\dot1 \mid 5643 \quad 2356 \mid 5\ 1 \quad 1\ 2 \mid 3\ 5 \quad 6535 \mid
$$

$$
2\ 5 \quad 5532 \mid 1235 \quad 6535 \mid 2165 \quad 3212 \mid 6125 \quad 3612 \mid
$$

$$
1\ \dot6) \quad 3\ 3 \mid 261 \quad 0 \mid 621 \quad 3\ 21 \mid 6\ 1 \quad 6123 \mid
$$

你的　母　　统雄　兵　显

$$
2\ 5 \quad 6272 \mid 256 \quad 1 \mid 1(35 \quad 2162 \mid 1\ 65 \quad 356\dot1 \mid
$$

才　　能，

$$
5\ 5 \quad 5532 \mid 1235 \quad 6535 \mid 2165 \quad 3212 \mid 6125 \quad 3612 \mid
$$

1 6) 6̂5̲3 | 1̲2̲3̲2̲ 3 | 2̲ 1̲5̲ 3̲ 2 | (2̲3̲5̲1̲ 6̲1̲2̲) |

打 一　　　　阵 来

转〔西皮二六〕

1̂6̲ 5 | 0̲ 3̲ 2̲6̲ | 1(4̲3̲ 2̲1̲6̲1̲ | 2) 4 |

破 一 （呀）　阵，　　　　　　七

3.̲5̲ 3̲2̲ | 1.̲2̲ 1̲2̲ | 3(5̲ 2̲1̲) | 6̲2̲ 1 |

十 二　　　阵　　　阵　阵

0̲ 5̲ 3̲2̲ | 1(2̲ 7̲2̲ | 1) 5 | 1 6̲5̲ |

平。　　　　　　　　只 杀 得

1 6̲5̲ | 3̲ 6̲ 5 | (3̲5̲ 2̲1̲) | 6̲2̲ 1 |

飞 鸟 亡 群　　　　　人 不

1 1̲3̲ | 2 5 | 2 7̲6̲ | 2̲3̲ 5̲6̲ |

见 影，只 杀 得 马 蹄

1(3̲ 2̲1̲) | 6̲2̲ 1 | 6̲2̲ 1 | 0̲ 3̲ 2̲6̲ |

血 染 剑 袍 （哇）

1(2̲ 7̲2̲ | 1) 3 | 5̲3̲ 2̲1̲ | 6̲2̲ 1⁶̸³ |

腥。　　　　弓 折 箭 断

稍快　　　　　　〔流水〕

(6̲2̲ 1̲6̲) | 3 2̲1̲ | (6̲1̲) 3 | ¼2̲ 5̲ | 6̲ 1 |

风　　　沙　滚，只 杀 得

2̲3̲ | 1̲2̲ 0̲3̲ | 1̲2̲ 1 | 6̲3̲ 2̲1̲ 6̲ | 0̲3̲ |

敌 兵 溃 散 不 成 军。 二 十 年 举

6̲2̲ 1 | 2̲1̲ 6̲1̲ | 2 | 3 | 6̲2̲ 1 | 3̲5̲ |

家 人 国 事 不 问, 今 日 里 我

$$\widehat{2\ 1}\ |\ \widehat{6\ 1}\ \ \widehat{6}\ 1\ |\ \widehat{2\ 1}\ \ 6\ |\ 1\ \widehat{3}\ |\ ⅄2\ \overset{3}{\underset{⌣}{2}}\ \widehat{\overset{3}{2}2}\ \widehat{1}\ -\ \|$$

的　　儿　也　做　了　先　行。(哪)。

杨文广　爹爹。

〔西皮摇板〕

【闪锤】(过门同前)　5　i　5　i　5　7　$\overset{7}{\underset{⌣}{6}}$　7　6

若　非　我　劈　王　伦　夺　来

$\overset{7}{\underset{⌣}{6}}$　$\widehat{3\ 5}$　$\overset{i}{6}$　(过门)　$\widehat{3\ 6}$　5　$\widehat{3\ 6}$　$5^{\frac{3}{}}$　$\widehat{i}$　6

帅　印，　　　慢　说　姐　弟　先　行

(过门)　3　$\widehat{5\ 5}$　$\widehat{5\ 3}$　i　$\widehat{6\ 5}$　3　5　$\widehat{6\ 6}$　$\widehat{5}$　‖

就　是　那　兵　符　也　早　属　他　人。

〔亮弦〕

(仓)　(3.　$\underset{⌣}{2}$　$\widehat{3\ 6}$　5　-)　(杨宗保察觉出杨文广的傲慢幼稚)

〔西皮摇板〕

杨宗保　【闪锤】(过门同前)　4　3　3　4　$\widehat{3\ 2}$　$3^{\lor}$　$\overset{\cdot}{6}$　$\overset{5}{\widehat{3\ 2}}$

些　许　事　休　得　要　挂　在

$\widehat{1\ 2}$　3　(过门)　3　$\widehat{2\ 1}$　1　$\overset{\cdot}{6}$　3　1　2

口　吻，　　　初　临　阵　莫　张　狂

$\overset{3}{\underset{⌣}{2}}$　$\overset{\cdot}{6}$　$\overset{5}{\underset{⌣}{3}}$　$\widehat{2\ 1}$　1$\overset{6}{\widehat{\ }}$　$\overset{5}{\underset{⌣}{3}}$　$\widehat{2.\ \overset{\cdot}{6}}$　$\widehat{1}$　-　‖

自　炫　才　能。

杨文广　孩儿知道了!

杨宗保　儿呀! (拉着文广)

〔西皮散板〕

【凤点头】(过门同前)　3　1　$\widehat{2\ 1}$　$\overset{5}{\underset{⌣}{3}}$　$\widehat{1\ 2}$　2　5　$\overset{5}{\underset{⌣}{3}}$　$2\ 1^{\lor}$　(7.　1

父　子　们　快　应　卯　莫　误　　(顷－仓)

2　-)(三人一同朝外亮住)$\overset{5}{\widehat{3}}$　$1^{\lor}$　$\widehat{2}$　-　$\widehat{2\ 3}$　4.　6　$\widehat{3}$　-　$\overset{5}{\underset{⌣}{3}}$$\overset{23}{\underset{⌣}{2}}\widehat{\ }$　-　|

将　令　(哪)，

「【纽丝】三人同上步，同转身，同走向"下场门"，同转过身。

〔西皮散板〕
(过门同前) 1 3 2 1 3 2̲1̲ 1 2 ³2̲ (6̣.1̲ 2) 2 5
到　营　中　莫　多　言　　待

3 2̲1̲ ∨ 3 2̲1̲ ∨ ²̲3̲ 2 - ²̲3̲ 2. 3̲ 1̲2̲1̲ 1 -
命　　出　　征。

「【大锣打下】三人同转身"下场门"下。

第 七 场

「正场大堂桌，小平台"大座"，后幕吊挂"帅"字大纛旗，桌上文房四宝、惊堂木、令箭架。

「【缓锣】停，击三声大堂鼓。

「穆桂英内唱。

〔西皮导板〕

【大锣导板头】(0 6 5̲ 6̲ 7̲6̲2̲ 7̲.6̲ 5̲2̲3̲6̲ 5 5 1̲. 1̲ i̲ i̲ ¹̲3̲ 3

3 ⁶̲1̲2̲2̲ 7̣ 6̲ 2̲1̲ 1 1̲1̲1̲ 2̇ i̇ ∨ ⁶̲i̇ 2̇ ³̲2̇2̇ 7 6
　　　　　　　　　大　炮

(3̲ 3̲ 6̲ 5 -)i̇ i̇ ⁶̲i̇ 6̲i̇6̲7̲ 5 ³̲3̲ 3̲2̲ 2 -(0̲ 6̲
　　　三　声

5̲ 5̲ 2̲1̲6̲ ⁶̲1̲2̲ 2 -)³̲2̇ i̇.̲ i̇ 6̲ i̇ ∨ ³̲2̇ ²̲2̇2̇ i̇ ²̲i̇ -|
　　如　雷　　震，

「【急急风】八军士手执"月虎旗""上场门"上，"斜一字"站一排；八女兵左手抱红缨枪，右手"单山膀""上场门"上，"斜一字"站在八军士前面；四靠将手执马鞭"上场门"骑马上，"斜一字"站在女兵前面；中军左手执马鞭，右手抱帅印"上场门"上，站在兵将的尾部。【四击头】全体兵将亮相。【慢长锤】穆桂英身穿红靠，头戴帅盔，左手抱宝剑和令旗，右手执马鞭由"上场门"缓缓上场，"穆"字大纛旗随后站。穆桂英走至"九龙口"的位置，勒马。

〔西皮慢板〕

龙	冬	大 大	大台	1	6̣.5̲	3 2	1⁶̲
				仓儿	另才	乙台	仓
0	0	0	0	0	0	0	0

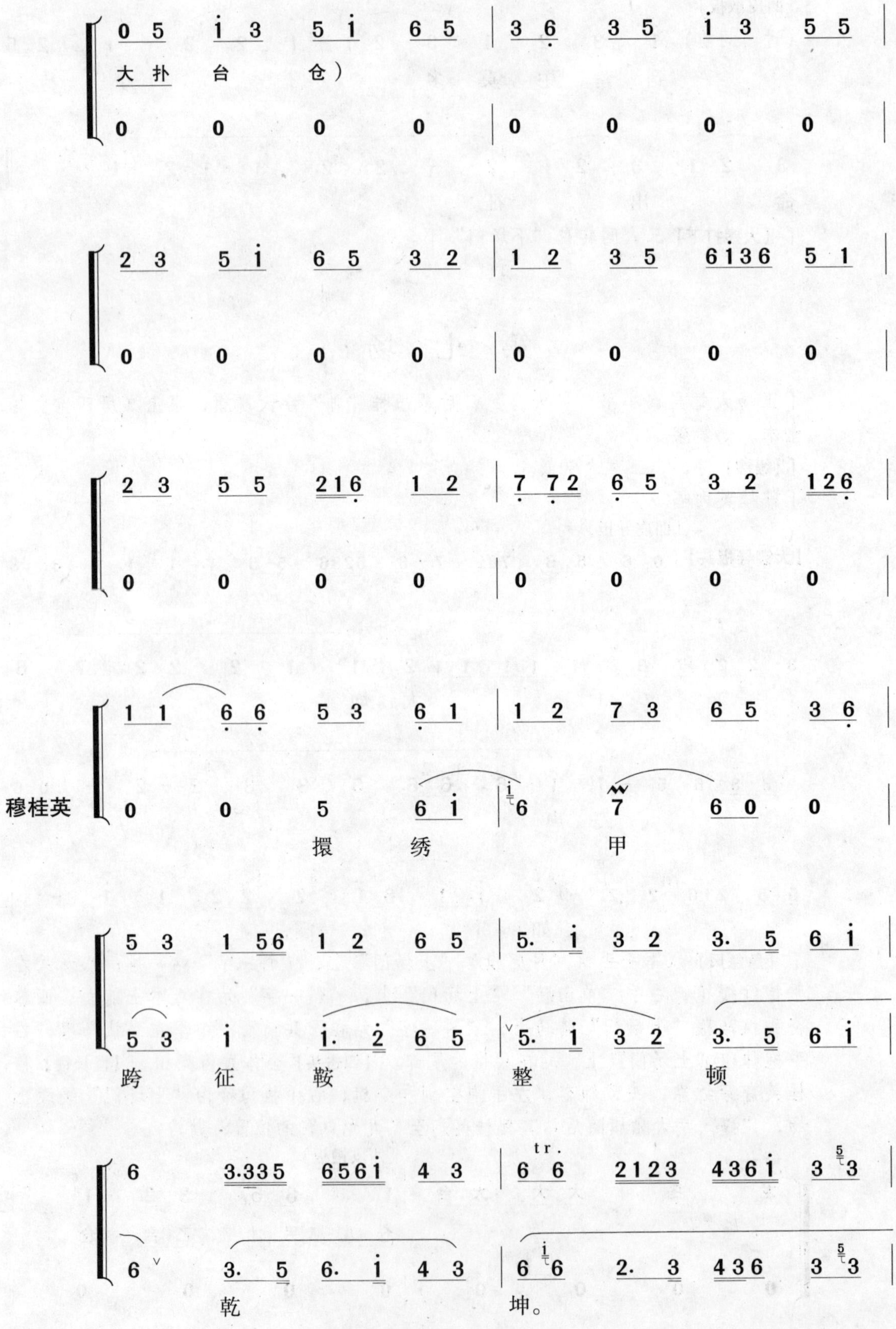
大扑 台 仓）
穆桂英
擐 绣 甲
跨 征 鞍 整 顿
乾 坤。

5 5	5 6	5 6	5 6	3 6	5 3	2 1	6̇ 1
5	5 0	0	0	0	0	0	0

（龙　冬　大大　大台　仓儿　另才　乙台　仓
（上步，缓马鞭，目扫眼前站定的兵将侍

5 1̇	3 5	6 5	6 1̇	5 3	5 1̇	6 5	3 2
0	0	0	0	0	0	0	0

大朴　台　　仓）
卫精神振奋，威风凛凛，满意地点点头）

1 2	3 5	6̇1̇3 6	5 1	2 3	5 5	21 6̇	1 2
0	0	0	0	0	0	0	0

7̇ 7̇2	6̇ 5	3 2	12 6̇	1 1	6 6	5 3	6̇ 1
0	0	0	0	0	0	5	6̇ 1

辕　　门

1 2	7̇ 3	6 5	3 6̇	1 2	6 5	3 6̇	5 6
1̇6	7.̇ 2̇ 60	0	1̇	6 5	3⁶	5³	

外　　　　　　层　层　甲　士

5 6	5 6	7 2	6535	6 3	6 6	3 32	3 5
56 35	7	5̱6	0	6̇	3. 5	3 5	

列　　　　　　　　成

209

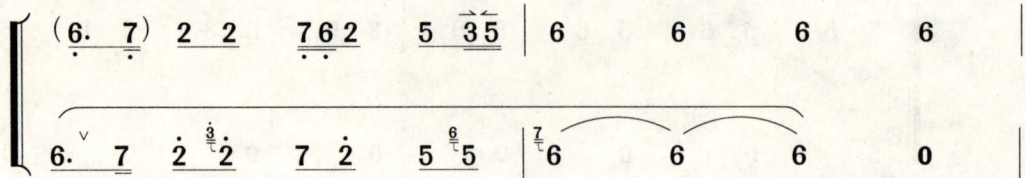

阵，

渐快

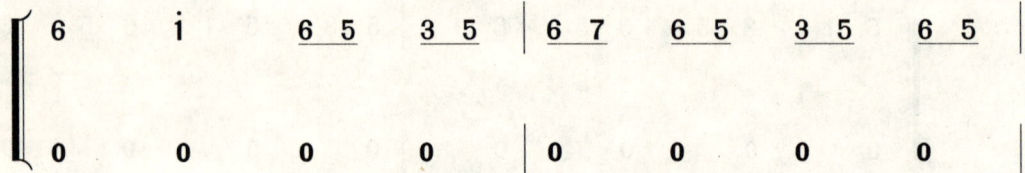

（所有将士向穆桂英低头躬身施礼，穆桂英手扬马鞭，表示"免礼"，回身，接唱）

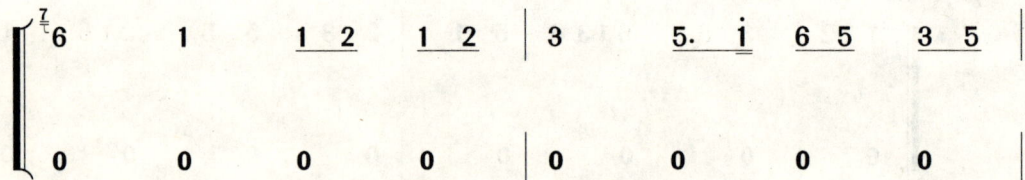

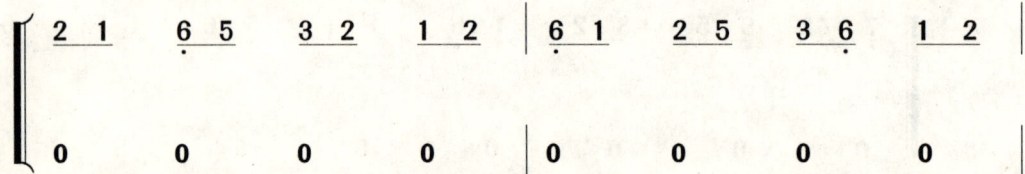

虎　帐　　前

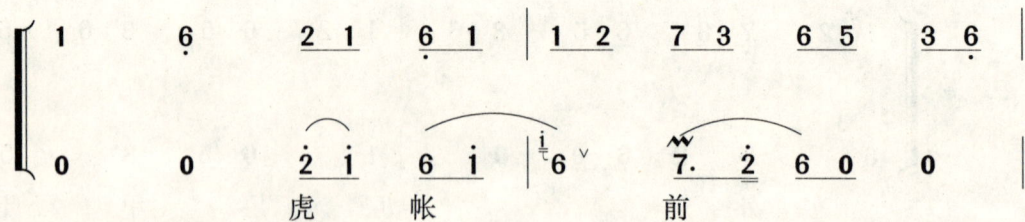

片　片　鱼　鳞　耀

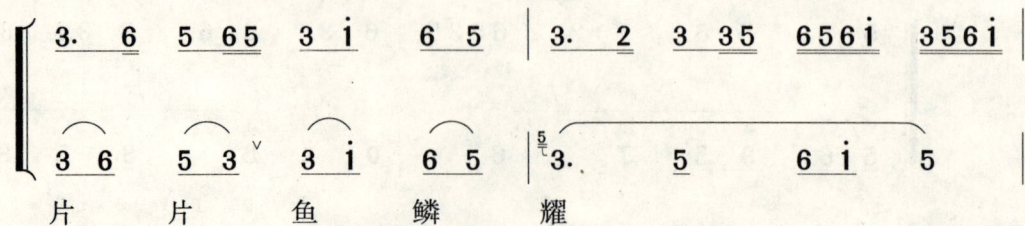

```
| 5  3    3435  656i  4 3 | 432   2 3   436i   2123 |
| 0       3. 5  6 i  4 3 | ⁵32  0 3   436   ⁵2. 3 |
         眼              明。
```

```
| 5 5   5 2   3 5   216 | 5    5³    0    0 ‖
| 5     -     -    0   | 0    0    0    0 ‖
```

〔【慢长锤】穆桂英转动马鞭,反握住亮相,然后右转身往里走。斜站着的三排将士从最里一排的兵士领起来,向左走大圆场"挖门",分站两边,中军站在"大边"。穆桂英走小圆场至台前。杨宗保与杨金花、杨文广从"下场门"上,至台口见穆桂英,三人拱手,穆桂英勒马。【长锤】切住。

〔西皮原板〕

```
【大锣夺头】大 扑 台  仓 54 3 5 | 6 7  6 5  3 5  6 i |
| 5 3  5 i  6 5  3 2 | 1 2  3 5  6i36  5 1 |
| 2 3  5 5  216  1 2 | 7 72  6 5  3 2  126 |
```

```
穆桂英| 1 1  6 6  5 3  1 6 | 1 2  7 3  6 5  3 6 |
     | 0   0   5 3  ĩ  i6  7   i6  0 |
            见   夫   君
```
(夸赞杨宗保,杨宗

```
| 5 3  i i  5 3  6 5 | 3 5  36  1 2  3 6 |
| 5 3  i   5   i6. 5  0   0   0   0 |
  气   轩   昂
保挺身而立)
```

211

转〔南梆子〕

| 7 7 6 7 6 | 6 5 6 i 3 6 3 5 |

7. ⌣ 6 2⌣ 7 6 | 0 0 3. 5 3 5 |
军　　　前　　　　　　　站

| 6 2 1 6. 1 6 1 | 2 1 2 5 3 2 1 6 1 |

6⌣ 0 6. i 6 1 | 2. 5 3 2 i 6 i |
定，　　全　　不　　女将　减

| 1 1 3 2 1 6 5 6 i | 3 6 3 5 6 7 6 5 6 5 |

i 0 6 5 6 i | 3 0 6 7 6 5 |
　　　　　　　　少　年

| 3 5 6 7 6 3. 2 3 5 | 6 1 6 1 2 1 2 3 1 |

3 5 6 i 7 6 3 0 | 6. i 6 1 2. 3 i |
时　　　　　　勇　　冠

| 1 2 7. 7 6 7 | 2. 3 7 6 5 3 6 i 5 6 5 |

0⌣ 7 0 7 6 0⌣ | 2. 3 7 6 5 6 i 5 |
三　　　　　　军。

| 3 5 6 i 6 5 3 5 2 1 6 1 | 5 i 3 5 6 5 3. 5 |
　　　　　　　　　　　（仓）

| 0 0 0 0 | 0 0 0 0 |

（杨金花急步上前，站在穆桂英面前，表现出女将风采）

213

```
4      4 6   4 6   3 5  | 2 1   6̣ 1̇   6̣ 1̇   5 6̣5 |
4.      6   4 6   3̲ 3   | 0     0     6̣ 1̣    5 5  |
一       似                   当    年
```

```
3 5   6 6   3   2 2  | 3.    5 4   3. 5   6 1̇ |
3 5   6     3   0    | 3.    5     3. 5   6 1̇ |
的         穆
```

转〔西皮原板〕

```
6 6   5 6̇1̇   4643   2123  | 5 5   5 6   5 6   5 6 |
6̣ 6   5      4. 3   2. 3  | 5     5     5     0   |
桂          英。
```

（杨文广抢

```
3 6   5 3   2 1   6̣ 1̇  | 5 1̇   3 5   6 5   656 1̇ |
(仓)
0      0     0     0    | 0      0     0     0     |
```

出，站在穆桂英面前，表现出既幼稚又傲慢的神态）

```
5 3   5 1̇   6 5   3 2  | 1 2   3 5   1̇ 3   5 6 |
(台)
0      0     0     0    | 0     0     0     0   |
```

```
2 3   53 1̇   3 2   1235  | 2 1   6̣ 5   3. 2   126̣ |
0      0      0     0     | 0      0     0      0    |
```

小 文 广

雄 纠 纠

执 戈 待

命， 此 儿

任 性 忒

娇 生。 擂 鼓

（马鞭直指杨文广）

```
┌ i 6  7 3  6 5  3 6 |  1 2  3 6  5 3  6 5 |
│
└ 0  7  6 0  0 | 1 2  3 6  5  6 5 |
                        三      通
```

```
( 3 5  3 6  1 2  3 0 ) | サ 7  6 7 6  3 5 3  3  5 — 5  7 6 — |
                          辕    门           进,
```

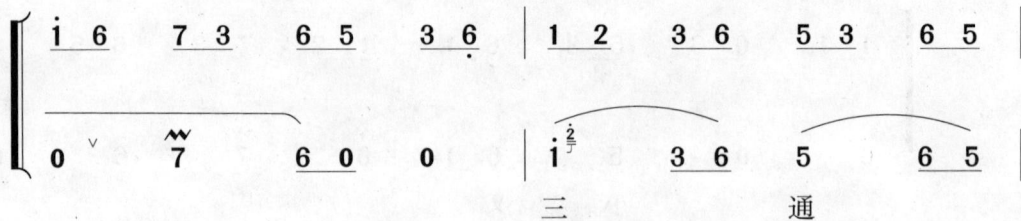

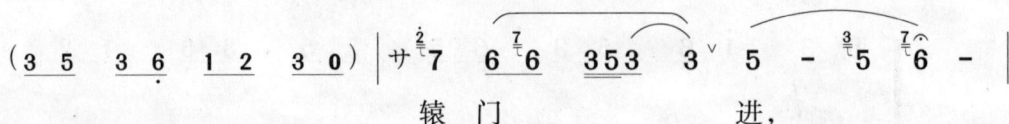

「【三声鼓响】【纽丝】穆桂英及众靠将、中军下马,兵士分别接马鞭,下马后穆桂英走至台中央,右手拉"山膀",亮住。

〔西皮散板〕

穆桂英 サ(7 6 6 5 5 5 13 61 2 7 6 2 1 1) 3 3 6 5 6 5/6
                                                    众 将   士 听 我

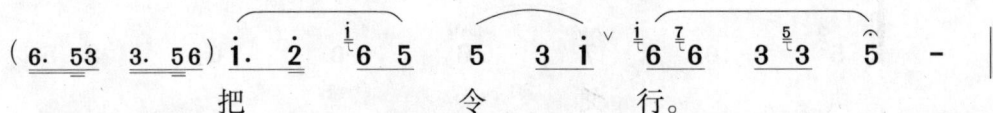

```
( 6.53  3.56 ) 1.  2  1 6 5  5  3 1  6 7 6  3 3 5  5 — ‖
  把        令        行。
```

「奏唢呐曲牌<水龙吟·合头>,穆桂英向右转身往里上一步,中军右手在上左手在下拿帅印站在堂桌的边上。穆桂英跪拜帅印,拜罢,起身,中军将帅印放到堂桌上的印盒盘中。穆桂英左手仍抱着令旗和宝剑,右手掏翎子"一望","两望"然后右转身进堂桌,将宝剑、令旗放在桌上。杨宗保在中,杨金花在左,杨文广在右,四名靠将一边两个,站成一排,面向里。曲牌停。

众   参见元帅。

穆桂英 站立两厢。

众   啊!【大锣归位】(杨宗保与杨金花归"大边"杨文广在"小边",四将分站两边。杨宗保坐"跨椅")

穆桂英 (念诗)千里出师靖妖氛,
             健儿十万扫烟尘;【小锣二击】
             擒贼擒王灭群寇,
             三军齐唱凯歌声。【大锣归位】

        本帅【撕边一击】,穆桂英。【住头】今奉圣命,领兵出征。众位将军。(站起来)

众   元帅。

穆桂英 此番出兵,需要奋勇杀敌,为国立功,一路之上,爱护百姓,秋毫勿犯,违令者斩!

众   啊!【住头】

        「内白:"寇天官到!"

中 军   寇天官到。【撕边一击】

穆桂英 有请。

中 军   有请。

「奏唢呐曲牌＜小傍妆台＞，穆桂英出桌，杨宗保站起，二人出门迎接。二旗牌引寇准"上场门"上。在台口三人见面，招呼，然后进门。二旗牌"挖门"分站两边。寇准进门后站中间，穆桂英在"小边"，杨宗保在"大边"，曲牌停。

穆桂英　寇叔父一路风霜，多受辛苦。

寇　准　为国勤劳，何言辛苦哇！（寻找）金花，文广呢？

穆桂英　金花、文广，叩见寇叔祖父。

杨金花
（同时上前）叩见叔祖父。
杨文广

寇　准　好好好。啊，宗保贤侄，人道杨家惯出英豪，果然话不虚传。你看文广，虽然年幼，他的英气夺人，你杨家又出了一员虎将啊！哈哈哈。

穆桂英　夸奖了。

寇　准　你夫妻有所不知，那日在校场比武，眼睁睁这颗帅印就要落在奸臣之手，多亏文广劈了王伦，夺下帅印，这才把国家安危又托付于忠良；慢说满朝文武，个个惊服，就是宋王么，也是喜之不尽呢！哈……【撕边一击】（文广得意非常）宗保贤侄，依我看来，文广的武艺，比你这作老子的，强得多哇！

杨文广　（神气十足地抢着说）慢说是一个王伦，就是十个八个，也不是我的对手。【撕边一击】

穆桂英　（手指文广）休得放肆！（文广后退一步）

寇　准　哎呀，不要看他年纪小，他的志气不小哇！此番到了两军阵前，要抢他个头功啊！
　　　　「穆桂英对此摇头不语，谁知杨文广又抢上说话。

杨文广　不是我夸口，此番到了两军阵前，取那番王首级，如同探囊取物的一般。

寇　准　（点头）好，好，好。

穆桂英　（严励地目视文广）嗯——　不要多口！

杨文广　（不在乎地）妈呀，您还是爱信不信哪！

穆桂英　嘟！【大锣五击】儿小小年纪，口出狂言。常言道：骄兵必败，明日两军阵前，岂不误我大事。军中用儿不着，回家侍奉太君去吧！【大锣一击】（甩手示意杨文广离开，并转过身去）

杨文广　妈呀，这可由不得您啦！我乃万岁钦点的先行，难道说您的军令还大得过圣命吗？
　　　　「（八大仓）穆桂英猛转回身，怒指文广。

穆桂英　儿大胆！

〔西皮散板〕

【快纽丝】　サ（6 5̲5̲ 3 2 6̲2̲1̲）i̅ i̅ 5̲ 3̲6̲ 5 7
　　　　　　　　　　　　　　　　营　中　　只　有　将

6　3̲5̲　6̅（6̲.̲5̲3̲ 3̲.̲5̲6̲）3̅　5　3̲5̲　6̅5̲　6̅ i̅ 5 5
军　　　　令，　（仓）　本　帅　言　语　谁　敢　不

6̅ 6̲.̲1̲　5　（0 4̲ 3̲6̲ 5）3̲6̲　5　5　7̲　7
遵！　　　（仓）　　　怒　气　不　息

217

```
  5   6  (6 5 3   3 5 6) 6   i   3   5   5   -   6   -
                              3              5       6
          宝    帐    进，
```

〔【急急风】穆桂英右转身，进堂桌入座，杨文广还不在乎地在那里得意，杨宗保急忙赶过来，拉文广进帐跪下请罪。寇准回身坐在"大边"杨宗保坐过的椅子上，对眼前发生的事情不予理睬。

穆桂英　【凤点头】（过门同前）

```
3   6   5   6   6   5   6   5   3 5 3   5
                    7
        定   斩   奴   才   不   绚    情。
```

杨宗保　元帅！

　　　　　〔西皮散板〕

【大锣凤点头】（过门同前）

```
4   3   1   2   1   2   3   2   1   1.   2   3   5   2
    5
      元   帅   不   必   发   雷      霆，
```

〔【乱锤】宗保拱手求情，又招呼众将一同讲情，穆桂英双手掏翎子（八大仓）看寇准，寇准转过脸，并翘腿稳坐没有反映。【撕边一击】穆桂英愣住，【乱锤】陷入艰难的思考中。【乱锤】拍堂木！

穆桂英　斩！（将宝剑交给杨宗保）

　　　　　〔西皮散板〕

杨宗保　【凤点头】（过门同前）

```
3   2 1   1   3   2 1   1   2   2   3   2 1   1   3   2   2   1
                                3         6 5     3 2   1
（接过宝剑）你莫  忘他是我杨家    接    代   之   人。
```

穆桂英　（拍堂木）定斩不饶！

〔（八仓）杨文广坐在地上，杨宗保目瞪口呆，众将哑然无声。

寇　准　元帅的将令，是要遵循的呀！

杨宗保　哎呀寇叔父哇！【大锣五击】（走过去，将寇准拉起来）只怨你夸了又夸，讲了又讲，与我儿夸出一场祸事，你坐在一旁，连个人情都不讲，反在那里说风凉话，你呀，真真岂有此理呀！【一击】

寇　准　（指宗保）你呀，忒意地认真了哇！

　　　　　〔西皮摇板〕

【闪锤】（过门同前）

```
5 3   3   3   4   3   (3)   1   -   3.   2   1 2   3
                  5                    5
  穆桂  英借机（呀）   要   把   儿   训，
```

```
(0 4 6   3 2   1 2   3   7   6 5   5 5) 3   1 3   2   3   1 3   2 1
                                                6
        她那  里六  分假  来
```

```
5   3   1 6   1  (3 2 1   6 2 1   1 6 5   5 5   -) 6   2 1   1   2
                                                      3         2
四   分   真。                           要   救   文   广
```

3
2. 1 6 5. (6 5 3 5 6 1 5 -) 5 7. 6 7 7. 2 6 -
　　　　容 易 得 很（哪），

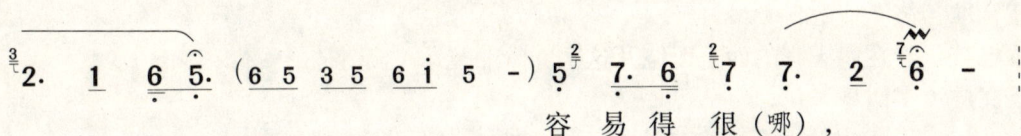

杨宗保　哎呀，怎样的容易呀!

（仓）（4 3 5 7 7. 6 3 5 6）

寇　准　你呀，（拿宗保手里的宝剑）你拿过来吧!

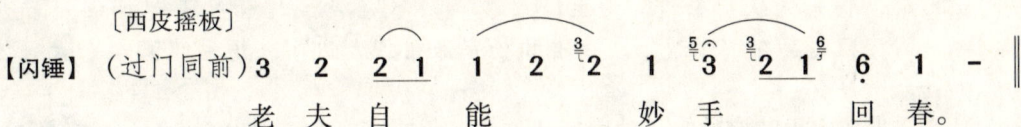

〔西皮摇板〕

【闪锤】（过门同前）3 2 2 1 1 2 2 1 3 2 1 6 1 -
　　　　　老夫 自 能　妙 手 回 春。

〔【住头】走至堂桌前，将宝剑交于穆桂英。

啊元帅，文广年幼，看在老朽的面上，就饶了他吧! 文广! 快快与你母亲赔罪!

杨文广　（上一步再跪）多谢母亲!

穆桂英　奴才!

〔西皮散板〕

【大锣凤点头】サ（7 6 6 6 5 5 5 1 3 6 1 2 2 1 -）5 1 1 6 5
　　　　　　　　　　　　　　　　　　　　　寇 天 官

3 6 5 （3. 6 5）7 6 6 3 5 6 （6. 5 3 3. 6）1
讲 情 饶 儿 的 命，　　　　　　行

1 2 1 1 6 5 5 7 6 （6 -）5 6 5 5 3 5 （4 3 6 5）3
军 不 比 在 家 门。　　　　　阵

5 7 7 5 6 （6. 5 3）7 6 3 5 5 6 （仓）
前 迎 敌　　须 谨 慎，

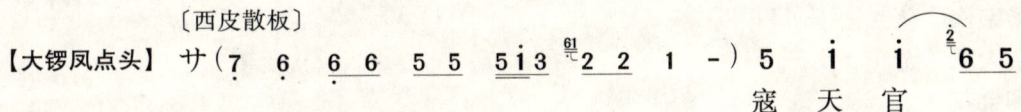

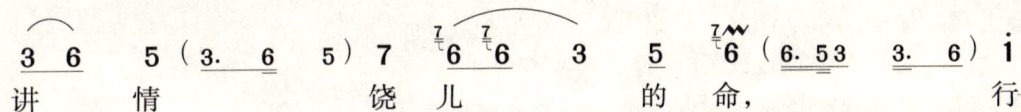

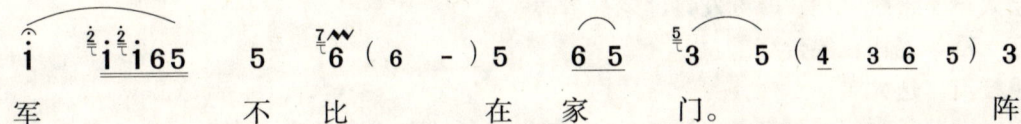

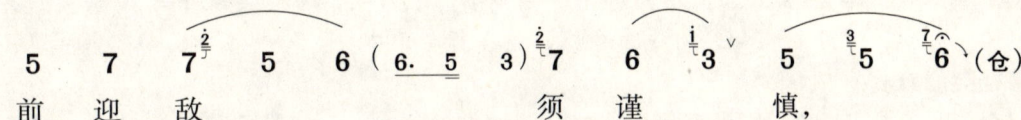

杨文广　孩儿记下了!
穆桂英　奴才!

【凤点头】（7 6 6 5 5 5 1 3 6 1 2 2 7 6 2 1 1 1 1）1 5 6 6
　　　　　　　　　　　　　　　　　　　　　军 法 无 情

（6. 5 3. 5 6）3. 6 5 6 5 6 6 5 5 ‖【住头】
莫 怪 娘 亲。

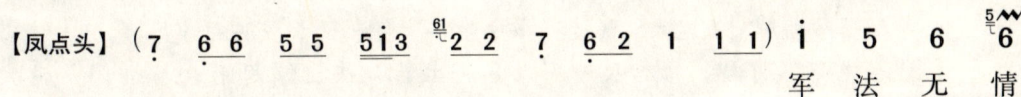

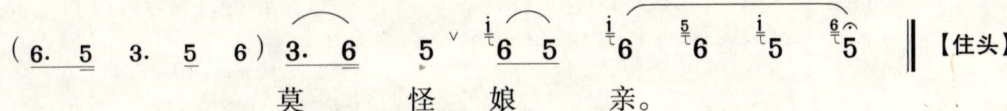

（拿起宝剑，并抽出一半）

219

i | i (6 2 7) i | 6 5 | 3 5 | 0 3 | 3 5 | 6 5 |
什　么　　　　花　好　月　圆　人　亦　寿，

6. 5 | 3 5 | 5 0 i | 5 6 | 5 (3 6 5) i | 6 5 | 3 5 |
山　河　万　里　　几　多　愁。　金　酋　铁

5 | 3 3 0 5 | 6 7 | 6 5 | 3. 5 | 6 3 | 3 0 i |
骑　豺　狼　　寇，他　那　里　饮　马　黄　河　血

5 6 | 5 (3 6 5) i | 6 5 | 3 5 | 5 | 3 3 | 0 5 |
染　流。　　尝　胆　卧　薪　权　忍

6 0 4 | 4 3 | 2. 3 | 4 6 4 3 | 2. 3 | 5. 6 | 5 (6 5 | 3 5) |
受，从　来　强　项　不　低　头。

i | 6 5 | 6 (5 3 5 6) 5 | 5 0 3 | 3 5 | 6 2 | 7 6 |
思　悠　悠　来　恨　悠　悠，故　国

稍慢
5. 6 | 7 2 | i 6 | 5 6 | 4 3 | 2 3 | 5 | 5 ‖
月　明　在　那　一　　州？！

程鹏举 呀！（起立）

〔西皮摇板〕
【小锣凤点头】(7 6 6 5 5 5 3 6 5 5 3 2 1 1 6 5 5 5) i 5
　　　　　　　　　　　　　　　　　　　　　　　听罢

5 i 7 6 (6 5 3 5 6 5 3 2) 3 5 i 0 i 5 5 i 6
言　来　　　　　满　面　羞，勾　起　国　恨

(6 5 3 5 6) 5 i i 6 5 5 3 3 5 (5 3 6 5 5)‖
与　家　　　　仇。

「二老爷暗上，偷听。

232

生 死 恨

程鹏举 啊，小姐，卑人身在敌营，心存宋室，无奈关口拦阻，插翅难飞呀！

韩玉娘 闻听人言，两河忠义之士，纷纷揭竿而起，相公，难道你就不打个主意了么？

〔西皮散板〕

【纽丝】卅（7̇6̇ 6̇ 6̇ 5 ⁴5̇ 5 1̇ 3 ⁶1̇2 2 6̇ 6̇ 2 1̇ 1 1̇）

3 3⁵ 5 5 7 7² 5 6（6 5 3 3 5 6）
保 社 稷 抗 金 兵

2̇ 2̇ 1̇ 6 1̇ 3̇2 1̇2 3̇1̇ 2̇1̇ 1 - - - 6
龙 争 虎 斗！

程鹏举 禁声！

〔哑笛〕

²/₄（大大大大 乙 大大｜仓大 0）1 6 2｜1 3 2 1 6 2｜1 1 6 2｜

（二老爷由"上场门"溜下）

1 3 5 2 1 6 2｜1 2 1 6 2｜1 3 2 1 6 2｜1 2 1 2 6 2｜

（程、韩同出双望门，同入，程关门，〔哑笛〕收住）

1 3 4 3 2 1 6 2｜1 1 6 2｜1 3 2 1 7 2｜1 -（渐慢）

程鹏举 小姐此处讲话，须要谨慎哪！

韩玉娘 相公啊！

〔西皮散板〕

【纽丝】卅（6̇ 6̇ 6̇ 5 ⁴5̇ 5 1̇ 3 ⁶1̇2 2 6̇ 6̇ 2 1̇ 1 1̇）

1̇ 1̇3 5 5 6 ⁵6（6 5 3 3 5 6）3⁵ 5 6 5 6̇1̇
男 儿 汉 为 国 家 壮 志 千 秋。

5（⁵4 3 2 3 6 5）3 3⁵ 5 5 2̇7 6 5 6（6 5 3
（仓）劝 相 公 逃 出 那

3 5 6）5 6 1̇6 3 5 ⁵6（6 5 3 3 5 6）3 3⁵ 5 1̇
贼 人 虎 （哇）口， 回 故 土 拼

233

(6 56 3561)

i 6 6 5 3 51 6 5 3 3 5 — 【大锣住头】
生 死 扫 荡 胡 酋。

程鹏举 今日乃是你我夫妻洞房花烛之夜,怎么教我逃走哇?

韩玉娘 你我此番成婚,乃是老爷的乱命,相公乃读书明礼之人,自古道:"匈奴未灭,何以家为?"

程鹏举 这个……(嘟—仓)小姐之言,甚是有理!请到后面歇息去罢。

韩玉娘 相公,你的前程远大,须要再思啊再想。【小锣五击头】("上场门"下)

程鹏举 适才小姐之言固然甚合我意,但是既然拜过天地,却为何劝我逃走,其中甚是蹊跷。(大 台)莫非张万户这贼命她前来试探于我不成?嗯,一定是的!哎呀,我若中了他人之计,死在他邦,这国恨家仇,何日得报。这……这便怎么处?(大大大大乙大大 台)也罢,我不免今晚就在这外厢,暂住一宵,且待明日,去看老贼的神色,再做计较便了!

〔西皮摇板〕

【小锣凤点头】(7 6 6 5 5 5 3 6 5 5 3 2 1 1 6 5 5 5)

3 5 5 7 i 6 7 6 3 5 i 6 (6 5
大 事 从 来 须 缜 密,

3 5 6 5 3 2 1 1 6 5 5 5) 3 5 5 3 1
防 人 暗

i 6 (6 5 3 5 6) 5 6 2 3 3 5
地 用 谋 机。

「【小锣五击头】下场。

第 七 场

「【快长锤】四人役、二老爷、张万户上,立中台口。

〔西皮摇板〕

张万户 (6 6 5 5 5 3 6 5 5 3 2 1 1) 1 3 3 3
可 恨 玉 娘

1 2 3 ³2̱3 (4̇. 6 3 2 1 2 3 1 2 1 6 5 5 5) 1 3
良　心　丧！　　　　　　　　　　　　　　　　　　　　劝 夫

1 2 2 5̱3. 2 1 (3 5 2 1 6 2 1 1 6 5 5 5)
逃　走　为　那　　桩？

1 5̱3 3 1̱2 2 (3 5 2 1 6 1 2 0) 3 3 2 ³2̂·
怒　气　不　息　　　　　　　　　回　营　帐，

〔【快长锤】众走圆场。程鹏举由"下场门"迎上。立"大边"台口。

程鹏举　迎接老爷。

〔【闪锤】张万户、程鹏举、二老爷进门，张万户坐"外场椅"，二老爷侍立，程立"大边"，四人役暗下。

张万户　(7̱6̇ 6̇ 4̱5 5 5 3 6 5 5 3 2 1 1 6̇ 4̱5

5 5) 2 3 ³2̱ 2̱1 6 1̱1 1̂ — ‖【住头】
　　　　　再 与 鹏 举 说 端 详。

程鹏举　小人叩头。

张万户　罢了，你夫妻可还恩爱？

程鹏举　倒还恩爱。

张万户　我且问你，韩玉娘对你讲些什么？

程鹏举　这个……

张万户　啊！（嘟-仓）欲言不语，为了何事？讲！

程鹏举　启禀老爷，小人昨晚与丫环玉娘，拜罢天地，不知是何缘故，那玉娘哭哭啼啼，不肯成亲，反而劝小人逃走。是小人不敢隐瞒，故此前来禀告，望老爷留意。

张万户　嗯！你且退下。

程鹏举　是。（出门，立"大边"台口）嗯，我岂能中你的诡计。

〔【大锣五击】程鹏举下。

张万户　来，唤韩玉娘前来。

二老爷　是。（立中台口）老爷唤玉娘。

〔韩玉娘内白："来了。"【小锣抽头】玉娘上，立中"小边"台口。

〔西皮摇板〕

韩玉娘　(7̱6̇ 6̇ 4̱5 5 5 3 6 5 5 3 2 1 1 6̇ 4̱5 5 5) 1̇ 5
　　　　　　　　　　　　　　　　　　　　　　　　　　　　忽 听

235

（1 7 6）

7 6 5 6 3 3 5 5 5̲6 6 （6̲5 3̲5 6̲5
老　爷　唤　一　　　　　　声，

3̲ 2 1̲1 6̲ 4̲5 5̲5） 3̲5 5 5 3̲5 5̲6 6̌ 6̲5
　　　　　　　　　　吓　得　玉　　　娘　战　兢

6̲1̲ 5̲ 3̲5 （5̲ 6̲5 3̲6 5̂）‖ 【小锣二击】（进门）
兢。

韩玉娘　参见老爷。
张万户　罢了！
韩玉娘　（立"小边"）老爷有何吩咐？
张万户　我且问你，自到我营，我平日待你如何？
韩玉娘　（暗自惊讶，故作镇静）恩重如山。
张万户　啊！（发怒）（仓）既知恩重如山，竟敢劝你丈夫私自逃走，是何道理？【撕边一击】
韩玉娘　老爷，并无此事啊！
张万户　哼！你丈夫亲口对我言讲，还敢抵赖不成？
韩玉娘　我好心劝他服侍老爷，焉敢劝他逃走，并无此事啊！
张万户　一派胡言！来，与我打！
二老爷　喳！
韩玉娘　（跪哭）喂呀老爷呀……

〔西皮散板〕

【纽丝】サ（6̲6 6̲5 4̲5 5 1̲3 1̲22 7̲6 6 2 1̲1 1̂） 3̲5
　　　　　　　　　　　　　　　　　　　　　　　　老

5 7 7̲6 5 6 3 5 5̲6 （6.5̲3 3.5̲6） 3̲5 5
爷　不　必　怒　气　　生，　（仓）玉　娘

6 5̲6 5 6̲5 3 5 （0̲4 3̲6 5̲） 1 5 7
言　来　听　分　明。　　　（仓）鹏　举　胡

7̲ 5 6 （6.5̲3 3.5̲6） 1 5 6 2̲1 - 6̲
言　　　　　　　　真　　可

生死恨

【哭头】
（仓　0　仓　0　仓　　仓　　仓　才仓）恨，

老　爷　呀　（啊）！

张万户　打！
二老爷　喳！（嘟－仓）（嘟－仓）（嘟－仓）
　　　　（打韩玉娘）

〔亮弦〕
韩玉娘　（哭）喂呀！サ（4　3.2　3 6　5　－）

〔西皮散板〕
【纽丝】
怎

敢　私　自　　　　劝　他　行。

（白）老爷开恩，玉娘实实冤枉啊！（哭）（大大　大大　大大乙 台）
二老爷　老爷，您瞧她哭得这样，把她饶了得啦！
张万户　起来。（韩玉娘立起）今日将你饶恕，再有此心，定将你活活打死，还不下去！
韩玉娘　多谢老爷。
　　　　「韩玉娘出门。二老爷跟出。
二老爷　（对韩）你怎么这么糊涂哇，平白无故劝你丈夫逃走，挨一顿打，冤不冤？
韩玉娘　狗仗人势，下贱的奴才！
二老爷　怎么着，我好心劝你，怎么骂起人来啦？
韩玉娘　哼！我宁为鞭下鬼，不做外人奴！
　　　　「【小锣五击】由"上场门"下。
二老爷　好，搁着你的，放着我的，你等着罢！（进门）老爷，照这样子，可不能再叫程鹏
　　　　举跟韩玉娘在一块儿啦，这日子长啦，程鹏举早晚叫她给教坏啦。
张万户　依你之见？
二老爷　依我看，趁早找个媒婆子来，把她卖出去算啦。
张万户　倒也说得有理，快去唤媒婆前来。
二老爷　是。（下）
张万户　正是。【住头】任你千般巧，老夫岂能饶。
　　　　「【大锣五击】四人役、张万户下。

237

第 八 场

「【小锣抽头】韩玉娘上，立"小边"台口。

〔亮弦〕

（0 7̣ 6̣ 2̇ ᵛ 1 1 1 －）

（韩玉娘摇头叹息）

〔西皮摇板〕

韩玉娘【小锣凤点头】（6̣ 6̣ 5 5 5 3 6 5 5 3 2 1 1 6̣ 5 5 5）

3 3 5 7 7 6 5 6 6（6 5 3 5 6）5
我 只 说 他 为 人　　　　　　挚

6 6 3 3 5 5 6 6（6 5 3 5 6 5 3 2
诚 可　　　　敬，

1 1 6̣ 5 5 5）5 1̇ 1̇ 6 5 5 6 6 1̇ 5
又 谁 知 是 一 个 多 疑

6 5 3 5（5 6 5 3 6 5 5 3 2 1 1 6̣ 5 5 5）
之 人。

3 3 5 5 7 6 5 5 6（6 5 3 5 6 5）
此 一 番 上 前 去

7 7 6 1̇ 6 3 ᵛ 5 5 5 7 6 － 3̲ 　　（台）
将 他 盘　　　　问，
（进门立"小边"）

〔亮弦〕

（哭）喂呀！廾（0 4 3 2 5 7 6 －）

生死恨

「【小锣凤点头】程鹏举由"下场门"上，立"大边"。

程鹏举 （7̱6 6̱ ⁴̱5 5 5 3 6 5 5 3 2 1 1 6̣ 5 5 5）

3 3̃⁵ 5 1̇ 5 1̇ 6̇ （6̇ 5 3 5 6 0） 卅 3̃⁵

看　娘　子　珠　泪　淋　　　　　　　　　定

5 6 1̇ 1̇（2̇ 0）∨ 4.6 4 3 3̃⁵ 3 5 —‖

然　　　　　受　　　刑。

「【小锣归位】程鹏举坐"大边"椅，韩玉娘坐"小边"椅。

程鹏举　啊！小姐，为何这等狼狈呀？

韩玉娘　我好心劝你逃走，谁知你反将我的言语，告知老贼。如今我被他打得这般光景，亏你还有心肠来问我么？

程鹏举　唉！卑人一时糊涂，将小姐金玉之言，当做老贼命你前来试探于我。连累小姐受此苦楚，如今我是后悔不及的了！

韩玉娘　唉！冤家呀！

〔南梆子〕

（大）卅 ⁴3 3 3 3 ∨ 2.3 5 6 ｜⁴₄ 1 2 7 6 6 1 6 5 3.2 ｜

（程鹏举自语："我这才明白了。"）

1 6̣ 1 2 3 5 2 3 1 2 3 5 6 1̇ ｜ 5 6 5 3 2 3 5 6 5 6 7 6 5 3 5 ｜

2 0 1 2 1 2 4 3 2 1 6̣ ｜ 5 6 5 5 ⁴₄ 2 1 7̣ 2 ｜

1 6 0 3 2 3 7̣ ｜ 6 2 7̣ 6 2 1 2 3 5 6 ｜

6̱1 1 6̣ 4̱3 3 2 ｜ 3 5 1̇ 7 6 5 6 6 ｜

0 0 3̃⁵ 3 2 ｜ 3 1̇ 6 5 6 ｜

劝　　　相　　　公

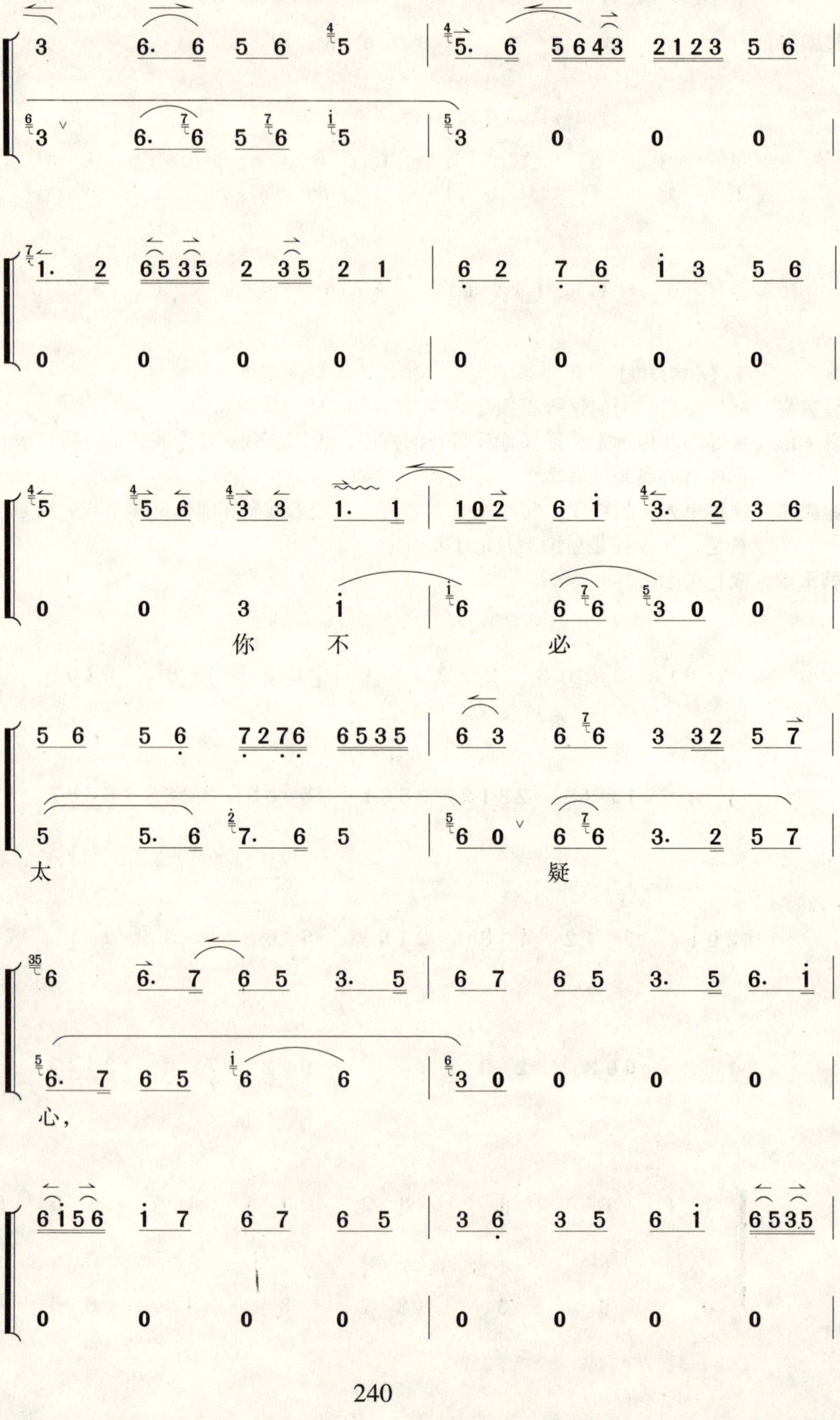
你 不 必
太 疑
心，

241

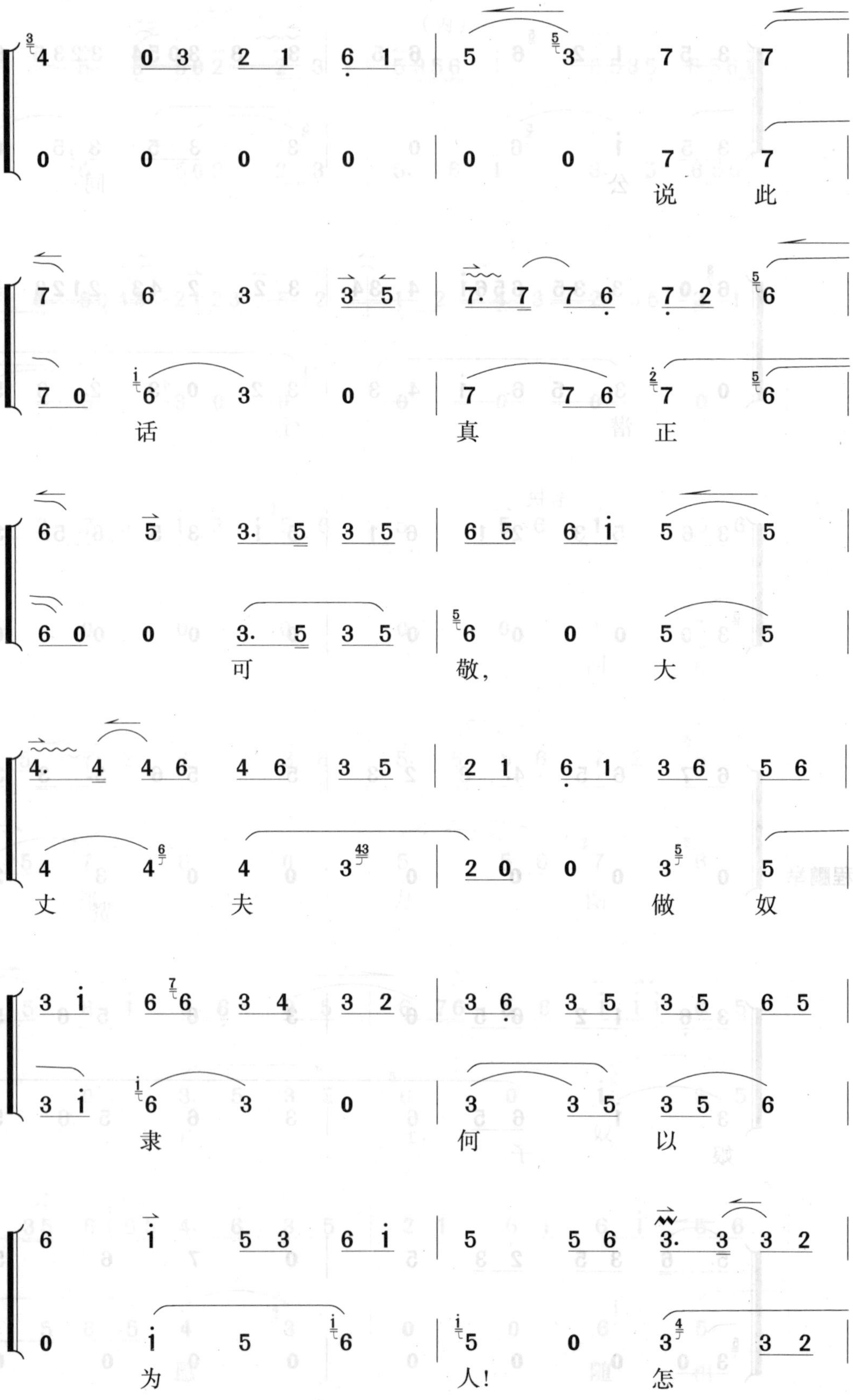
说 此
话 真 正
可 敬， 大
丈 夫 做 奴
隶 何 以
为 人！ 怎

生死恨

245

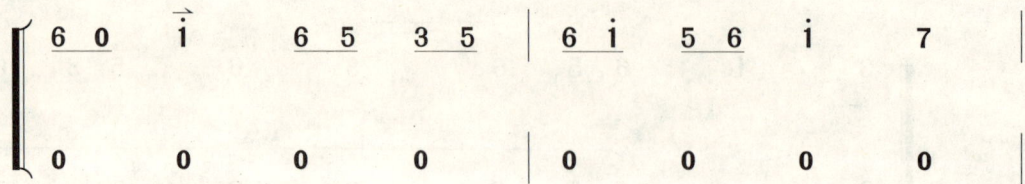

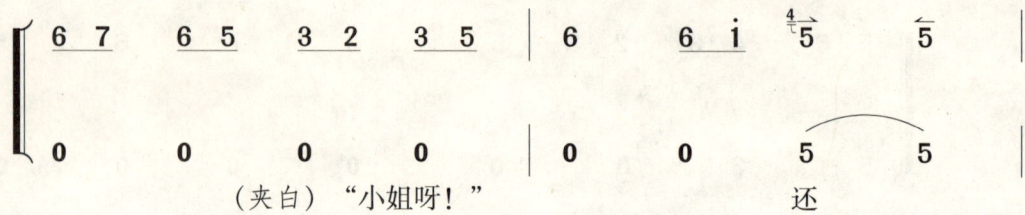

（夹白）"小姐呀！" 还

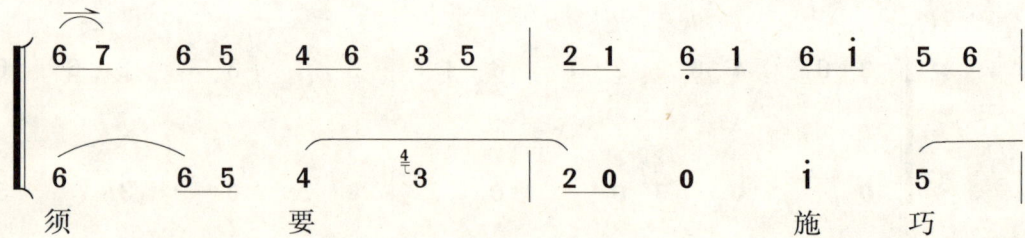

须 要 施 巧

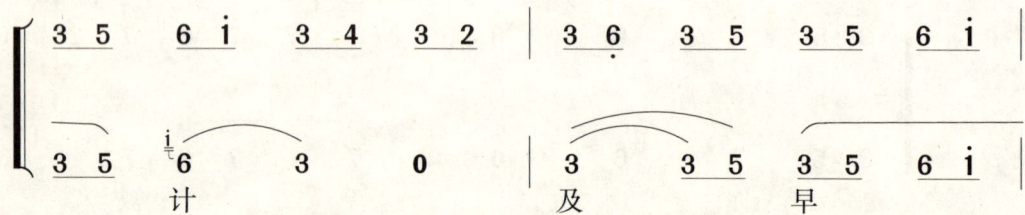

计 及 早

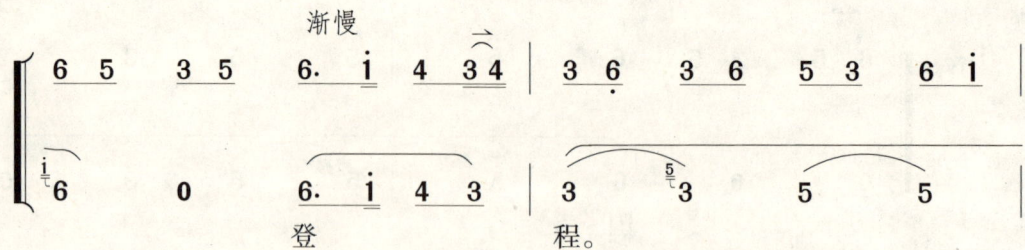

登 程。

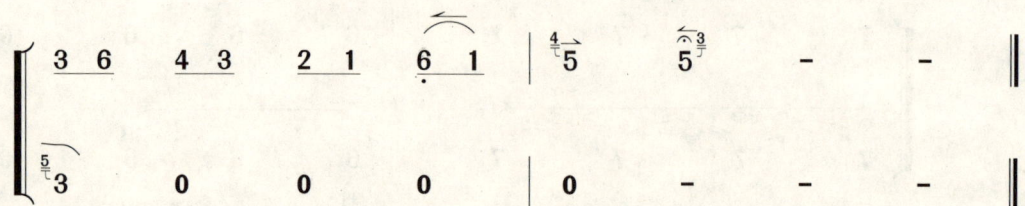

｜生 死 恨｜

「二老爷、媒婆由"上场门"暗上，站"小边"台口偷听。

程鹏举　小姐说得句句有理，我们今晚收拾收拾，即可逃走便了。

「程携韩手，欲出门，二老爷、媒婆冲进，立台中，程立"大边"，韩立"小边"。

二老爷　哒！（仓）你们在这里说什么来着？

程鹏举
韩玉娘　（同白）不曾讲些什么。

二老爷　（向韩玉娘)得了罢！我全都知道啦。三番两次，劝你丈夫逃走，老爷不能容留你，把你卖给兴元铺掌柜的瞿老丈啦。

媒　婆　收拾收拾，跟我走吧。

程鹏举　【叫头】哎呀二老爷呀！世界之上哪有拆散人家夫妻之理，待我拼着性命不要，面见万户老爷辩理！

二老爷　你得了罢！（将程踢倒在地）【撕边一击】当奴隶的，还辩什么理呀！

韩玉娘　（走至"大边")啊二老你暂请息怒，请到外边稍待片刻，容我夫妻分别一番再走。

二老爷　这倒使得，快着点儿！（向媒婆）外头等着去。

「【大锣五击头】二老爷、媒婆出门由"上场门"下。

程鹏举　（哭）哎呀小姐呀！（跪）

韩玉娘　（顷仓）（唱腔）啊，　　程　郎　啊！

（扶起程鹏举，立"小边"台口）

〔西皮散板〕

【纽丝】（唱腔）屋漏雨雪上霜　鸳鸯　惊（呐）散，（仓）从今后　两分飞　地北天南。

247

程鹏举　【叫头】哎呀小姐呀！千不是，万不是，都是卑人的不是，如今悔之不及，难道你我就这样生生地分别了么？【撕边一击】

韩玉娘　事到如今，悔之晚矣！

程鹏举　唉！这都是卑人之过，事已至此，还望小姐不要灰心。是我平日将老贼防守之地，绘下图形，藏在身旁。今日你我分别之后，我定要逃回故国，献图立功，一朝扫灭贼寇，也就是你我夫妻团聚之日。如今只求小姐赐我一件表记，卑人永远收藏，以志不忘。

韩玉娘　你还要什么表记么？【撕边一击】也罢！【五击头】我这里有耳环一只，未被番奴搜去，赠与相公，留为纪念，此去海角天涯，【撕边一击】你我只是魂梦相依的了哇！

（大 大 大 大 大大乙 台）

「二老爷内白："分别完啦没有？快着点儿！"」

韩玉娘　【叫头】相公呀！你我言尽于此，只得告别了哇！

「【乱锤】韩玉娘、程鹏举"推磨"，韩到"大边"，程到"小边"，同跪。

〔西皮散板〕

韩玉娘　【纽丝】サ（7̣6 6 6 5 4̱5 5 1̣3 6̄1 2 2 7̱6 6 2 1 1 1）1̇ 1̇ 3̇
　　　　　　　　　　　　　　　　　　　　　　蝼 蚁

5 7 7̱.6 5 6（6̣.5 3 3̣.5 6）5 6 7̱6 3 5 6̄
命 生 和 死　　　　　　　如 同 草 芥，

程鹏举　（6̣.5 3 3̣.5 6）3 3̄5 1̇ 1̇ 3̄1̇ 7̱6 3̱5 1̇ 5 6 5
　　　　　（仓）　　（接唱）舍 不 得 恩 和 爱 两 地 分 开。

程鹏举
韩玉娘　（0 4 3 6 5̄）2̇ 1̇ 1̇6̄ 1̇ 2̇2̇ 7 6（3 3 6 5̄）1̇
　　　　　　　　（同唱）无 奈 何　　　　　　（仓）生

5 3̄1̇ 6̄7̱6 5.6 6 3̄.5 2̄3̄2 2̇.1̄ 6̄ 6̣.1̄ 2）
别 离　　　　　　　　　　（顷 - 仓）

〔哭头〕

3̄5̄ 5 5.6 2̄1̇ - 6̄（1 - 1 - 1 1 2 4 3 2 1 6̇ 2̄ 1̄）
逃 亡 在　　　　（仓 0 仓 0 仓 仓 仓 七 仓）

1̄ 2̇2̇ 7.6 5.6 7 6̣.1̄ 5 5̄5 5̄3̄
外！

〔【扫头】二老爷、媒婆急上，至中台口向里冲进。程鹏举起立时右足鞋遗落台口；又由里向外冲；再由外向里冲时，韩玉娘将鞋捡起欲交与程。

程鹏举 你留下了吧！

〔【冲头】二老爷赶程鹏举由"上场门"下。韩玉娘伸颈探望。

媒　婆 别看啦，快走吧！

〔【大锣原场】媒婆赶韩玉娘"下场门"下。

第 九 场

〔【大锣水底鱼】程鹏举右足未穿鞋上。立中台口。

程鹏举 我好后悔也！

〔西皮散板〕

【快纽丝】サ（7̣ 6̣ 6̣ 6 5 4̣5 5 5 i 3 1̇22 7̣ 6̣ 6̣ 2 1 1 1̂）5
一

i 5 5 5 7 7̣6（6 5 3 3 5 6̂）3 5 3 5 7 7
霎 时 只 觉 得　　　　神 魂　　　飘 荡！

7 2 i̇ 7̣6 - 3 ｜ 1/4（大大大大 ｜ 乙大大 ｜ 仓大0）‖: 6̣035 ｜
（面向"下场门"）　　　　　　　　〔哑笛〕（夹白）"小姐，

607 ｜ 6535 ｜ 6 0 ｜ 6035 ｜ 607 ｜ 6535 ｜ 6717 ｜
玉娘， 你 不 要 去 呀， 你 回 来 呀！ 唉！走

6535 ｜ 6 0 :‖（大大大大 ｜ 乙大大 ｜ 仓 ）｜サ（0 4 3.5 6̂）
远 了 哇！"　　　　　　　　　　　　　　〔亮弦〕

〔西皮散板〕

【纽丝】（7̣ 6̣ 6̣ 6 5 4̣5 5 5 i 3 1̇22 7̣ 6̣ 6̣ 2 1 1 1̂）3
骂

3 5 i 5 i 7̣6（6 5 3 3 5 6̂）i 5 5
一 声 张 万 户　　　　心 似

i 6 5 5 3 5 ｜ 1/4（大大大大 ｜ 乙大大 ｜ 仓 大）
虎 狼。

`5 36 | 5 i | 6536 | 5 06 | 5 36 | 5 i | 6536 |`

（面向"上场门"）　　　　　　　　（夹白）"张万户啊！老贼！你

`5 06 | 5 36 | 5 i | 6536 | 5 06 ‖: 5 36 | 5 i |`

害得夫妻这步田地，我日后得志，定不与你甘休哦！"

渐慢收住

`6536 | 5 06 :‖ 5236 | 5 i | 6546 | 5 ‖`

〔西皮散板〕

【纽丝】卅 (6 6 6 5 5 5 i 3 i 22 6 6 21 11) i i 3

　　　　　　　　　　　　　　　　　　　　　　有 一

`5 3 3 5 (0 6.5 3 6 5) 5 7 6 6 3 5`

日 权 在 手　　（仓）烟 尘 扫

`6 (6 5 3 3 5 6) 3 3 5 5 7 6 (6 5 3 3 5 6)`

荡，　（仓）杀 却 了 狗 奸 贼

`i 5 3 5 i 6 5 2 3 3 5 3`

方 称　　　心　　肠。

【叫头】哎呀且住！我夫妻只落得这般光景，如今我是一刻也不能停留的了。
【叫头】哦呵有了！趁此暮色沉沉，待我速速地逃回故国，将地理图献与大营，定要扫灭金酋，（仓）边关永固。（仓）那时壮志得酬，也好与玉娘破镜重圆。（仓）我就是这个主意。（仓）嗯，（仓）我就是这个主意也！（嘟－八大·仓仓仓）
「【扫头】走圆场，至台中跪地，单腿向"下场门"走跪步。在三个【撕边一击】中甩发。（八 0 大 0 仓 0）立起抬腿，翻右袖。【冲头】下场。

第 十 场

「【撤锣】【小锣抽头】瞿士锡上，立中台口。

〔西皮摇板〕

瞿士锡　(6 6 5 5 5 3 6 5 5 5 3 2 1 1) 2 3 1 1 2 (3 5

　　　　　　　　　　　　　　　　　　　　伯 道 无 子

生 死 恨

2 1 6 1 2) 2 6̂ 1 3 3 3̂ 2 - |【小锣抽头】(转身归坐"外场椅"。家院暗上)
鸾　交　续，

(7̂6 6 4̂5 5 5 3 6 5 5 3 2 1 1) 2 6̂ 1 1 1 3 3̂ 2 (3 5
白　发　红　颜

2 1 6 1 2) 1 2 1 6 2̂ 1 1 1 (1 1 6̂ 2 7̂ 1 1̂) ‖
自　笑　痴。

卑人瞿士锡，乃大宋人氏。一向经商在外，不幸被困此地。只因老妻下世，膝下并无儿女，我有意再娶上一房，也好接续香烟。前者也曾托媒婆代为物色，这几日还不见到来。(向家院) 家院。

家　院　有。

瞿士锡　伺候了。

「媒婆内白："随我来。"【小锣抽头】媒婆、韩玉娘持包袱上。走小圆场。
〔西皮摇板〕

韩玉娘　(7̂6 6 4̂5 5 5 3 6 5 5 3 2 1 1 6 5 5 5) 3 5̂ 5 7
可　恨　老

7̂6 7 6 3 3 3 5 5 5̂6 6 (6 5 3 5 6 5 3 2
贼　心　太　　　狠，

1 1 6 5 5 5 5) 3 5̂ 5 1 6 i̇̂6 7̂6 5 3 3 6̂5̂3 ‖
棒　打　鸳　鸯　两　离　　　分。

媒　婆　到啦，随我进来。【小锣一击】(同进门，韩立"小边"，媒婆向瞿见礼)

媒　婆　参见瞿老丈。

瞿士锡　(起立) 罢了。这一女子，她是何人？

媒　婆　这就是我给您物色的女子，名叫韩玉娘，您看怎么样？

瞿士锡　倒有几分姿色，来来来，这里有纹银五十两，妈妈请来收下。

媒　婆　谢谢您啦！(向韩) 我说玉娘啊，好好儿的跟人家过日子，我可走啦。(出门立"大边"台口) 银子到手啦，找二老爷分账去。(下)　(大大 大大 大大乙 台)

瞿士锡　娘子，卑人这厢有礼。

韩玉娘　(跪哭) 喂呀，老丈啊……(大大大大 · 大大乙 台)

瞿士锡　啊！你为何行此大礼呀？

韩玉娘　老丈有所不知，我乃有夫之妇。

瞿士锡　怎么，你还有丈夫么？

韩玉娘　正是。

瞿士锡　哎呀呀，快快请起。

韩玉娘　(起立) 多谢老丈！

251

稍快

| 0 65 | 3 5 6 i | 6 5 3 2 | 1 6· | 2 ³2 | 1 62 | 10 i |
| 0 | 0 | 0 | 0 | ³2· | i | 0 i |

淫　尼　为
（边唱

| 6 5 | 3 6· | 3 5 | 60 7 | 6· 5 | 3 5 | 50 i |
| 6 5 | 3 3 | 0 5 | 6 7 | 6· 5 | 3 5 | 50 i |

人　太可　　恨，她　将我卖与　胡
边跑圆场）

| 5 6 | 50 3 6 | 50 i | i 5 | 7 6 | 6 5 | 3 6 |
| 5 6 | 5 | 0 i | i 5 | 7 | 6 5 | 3 3 |

舍　人。　　逃　出庵来魂不

| 3 5 | 60 4 | 4 3 | 60 0 3 | 4 6 4 3 | 2 1 2 3 | 5 6 |
| 0 5 | 60 4 | 4 3 | 6 0 | 4· 3 | 2· 3 | 5 6 |

定，不　知道　今　夜在哪处安

| 50 0 6 | i i | 6 5 | 3 4 3 5 | 6 5 3 5 | 60 3 | 3 6 |
| 5 0 | i i | 6 5 | 3 5 | 6 | 0 3 | 3 5 |

身？披星　戴月往前　奔，两　足
（背向"下场门"退步）

| 5 65 | 3 5 | 6 5 | 60 i | 5 i | 60 5.5 | 3 5 6 i | ⁴5 ³5 |
| 5· 6 | 3 5 | 60 | 0 i | 5 i | 6 5 | 3 3 | 5 |

疼　痛　就路难　行。

「（台）（嘟－仓）（嘟－仓）转身向内跌坐，欲起立又向外跌坐，包袱落地，双手左摸，右摸，再摸，左手拾起包袱，右转身奔至中台口，右袖折起，高举亮住。（**大大 大大 大大乙 台**）【小锣抽头】左转身，急下。

第 十 三 场

「【小锣抽头】李氏持水桶上，立中台口。

〔西皮摇板〕

李氏 （…） 河边取 水回家转，孤苦一身 有谁怜！

老身李氏。不幸先夫早丧，家道贫寒。所生两个儿子，俱已为国尽忠，战死沙场。只剩我孤身一个，每日沿家做些针黹，苦度光阴。清晨起来取得冷水，在此歇息歇息再走。（立"大边"台口）

「韩玉娘内白："走哇！"【小锣抽头】"上场门"上，立"小边"台口。

〔西皮摇板〕

韩玉娘 （…） 鱼儿漏网匆匆走，茫茫的天涯我一身愁。

「【冲头】中军急上，进门。

中　军　启禀元帅，营外拿获敌营奸细一名，特来报知。

宗　泽　押进帐来！

中　军　（出门立中台口）将奸细押进帐来！

　　　　「内："啊！"【快长锤】二宋兵押程鹏举上，立"小边"台口。

〔西皮流水〕

程鹏举　$\frac{1}{4}$（$\overset{7}{\underset{\sim}{6}}$·｜6·｜$\overset{4}{\sim}$5｜5 5｜3 6｜5 5｜3 2｜1 1｜6 5｜

5 5）｜$\overset{3}{\underset{\sim}{2}}$｜1（62｜1）1｜6 5｜5 5｜3 1｜6（535｜6）1｜

死　里　　逃　生　回　故　　郡，　低

6 5｜$\overset{5}{\underset{\sim}{3}}$｜5（36｜5）1｜5 6｜5（36｜5）3｜3 5｜5 6｜

头　又　作　　阶　下　人。　迈　步　且

7 $\underline{2}$｜$\overset{5}{6}$（5｜3 5｜6 0）｜廿$\overset{5}{6}$ 5｜5 6̌｜7·2｜$\overset{7}{\underset{\sim}{6}}$ $\overset{7}{\underset{\sim}{6}}$ $\overset{3}{\underset{\sim}{~}}$｜6 —｜

把　　　宝　帐　进，

【闪锤】（$\overset{7}{\underset{\sim}{6}}$·｜6·｜$\overset{4}{\sim}$5｜5 5｜3 6｜5 5｜3 2｜1 1｜6 5｜5 5）｜

$\overset{3}{\underset{\sim}{5}}$｜5　5　3 1｜$\overset{7}{\underset{\sim}{6}}$｜6（65｜35　60）｜5

见　了　元　　帅　　　　说

1·　$\underline{2}$　6 5 0｜5　5　3　$\overset{5}{\underset{\sim}{3}}$　$\overset{3}{\underset{\sim}{5}}$‖【大锣住头】

分　　　明。

宗　泽　嘟！（大仓）胆大奸细，窥探我营，还不从实招来。

程鹏举　启禀元帅，小人程鹏举，乃大宋人氏，先父也曾在朝为官。只因金兵入寇，小人被掳，发交张万户家为奴。是我心怀故国，因此连夜逃回，投军报效，并非奸细，望元帅详察。

宗　泽　你父何名？

程鹏举　先父程金龙，曾任吏部之职。

宗　泽　哦！

| 生 死 恨 |

【大锣凤点头】($\overset{7}{\underset{6}{6}}$ 6 $\overset{4}{\underset{5}{5}}$ 5 5 36 5 5 32 11) 4 $\overset{4}{\underset{7}{3}}$ 3

听 一

3 2 4 3 3 ∨ 1 2 3 $\overset{2}{3}$ 3 (4 6 32 12 31

言 来 才 知 情，

2 1 65 5 5) $\overset{1}{6}$ 1 2 2 3 21 1 63 $\overset{3}{2}$.6 1

我 与 他 父 一 殿 臣。

(3 5 21 62 12 65 5 5) 1 $\overset{5}{3}$ 3 1 2 2 (3 5 21

下 得 位 来

6 1 2) 6 1 $\overset{3}{2}$ 2 2 —

忙 松 捆，

〔【闪锤】宗泽下位与程松绑，六宋兵暗下。

($\overset{7}{6}$ 6 $\overset{4}{5}$ 5 5 36 5 5 32 11 65 5 5) 6 $\overset{1}{7}$ 1 1 3

再 与 贤

$\overset{3}{2}$ (3 5 21 61 2) 1 3 2 1 6 1 — ‖【大锣住头】

侄 叙 衷 肠。

宗　泽　老夫宗泽，当年曾与你父一殿为臣，交好甚厚。
程鹏举　原来是宗老伯父，待侄儿大礼参拜。
宗　泽　贤侄少礼，请坐。（归原座）
程鹏举　侄男告坐。（坐"大边"外椅）
宗　泽　贤侄身在金营，可知他邦军情如何？
程鹏举　伯父容禀。

【闪锤】($\overset{7}{6}$ 6 $\overset{4}{5}$ 5 5 36 5 5 32 11 65 5 5)

1 1 $\overset{5}{3}$ 5 5 7 $\overset{7}{6}$ (65 35 6) 7 6 $\overset{7}{6}$

平 日 里 用 心 机 窥 敌 动

3 5 5 $\overset{7}{6}$ 6 (65 35 65 32 11 6 $\overset{4}{5}$ 5 5)

静，

265

3 3⁵ 5 5³ i i i 6 6·5 3⁵ 5 i 5
绘 就 了 敌 军 中 的 地 理 图

6 ⁶5 5 (6 5 3 6 5 5 3 2 1 1 6·5 5 5) 3 3⁵
形。 顾 不

5 i 5 7 i6 6 (6 5 3 5 6) 6 6 5
得 生 和 死 闯 过

5 6 ⌄ 7 2 2³ 6 7⌢6³ ┊ (大 大 大 大 衣 大 大 仓)
敌 境,

宗 泽 怎么样啊?

程鹏举【大锣凤点头】(7⁻6· 6· 4⁻5 5 5 3 6 5 5 3 2 1 1 6·5 5 5)

3 3⁵ 5 5³ 3 i 6 5 6⁻ 3⁵ 2 3⌢2
投 帐 下 献 图 本

(4 3 2 1 6·1 2) 廿 3⁵ 5 5⁻ i 6 5 0 5 5⁻
共 灭 金 人。
(献图)

宗 泽 (看图)啊,哈哈哈……

【大锣凤点头】(7⁻6· 6· 4⁻5 5 5 3 6 5 5 3 2 1 1) 1 4
见 此

4⁻3 3 3 2 4 4⁻3 3 ⌄ 3 3 1 2 3
图 不 由 我 心 中 欢

3 3 (4 6 3 2 1 2 3 1 2 1 6·5 5 5) 6·3 2¹⁻ 1
欣, 程 贤 侄

1⁶⁻ 6· 1 1 1⁻2 2 (3 5 2 1 6·1 2) 廿 6·¹⁻
可 算 得 爱

266

```
 1      3    ³⁻2    6·    ⁷⁻6·   1    -    ‖【大锣住头】
 国      之     人。
```

此番破贼，全仗贤侄，暂在营中，共商破敌之策。

程鹏举　遵命。

「探子内："报！"」【冲头】探子上，进门跪下。

探　子　张万户已到黄河渡口。

宗　泽　再探。

探　子　得令！

「【冲头】探子出门，由"上场门"下。

宗　泽　中军听令！

中　军　在！【撕边一击】

宗　泽　传令下去，大小三军，全身披挂，校场听点。

中　军　得令！【冲头】（出门，下）

宗　泽　贤侄请到后面。正是：【大锣住头】准备弩弓擒猛虎。

程鹏举　同心协力破金兵。

「【大锣原场】宗泽、程鹏举"下场门"下。

第 十 五 场

「【冲头】【四击头】四宋将先后上场"起霸"。【归位】四人在台口一字立。

甲　将　众位将军请了。

众　将　请了。

甲　将　元帅升帐，你我两厢伺候。

众　将　请。

「奏唢呐曲牌＜水龙吟＞在曲牌中，四宋将分立两边里首，八宋兵"站门"，中军上站"大边"，曲牌止。

「【四击头】宗泽上，【原场】立中台口。【归位】

　　　　＜点绛唇＞

```
宗 泽  卅 3   3   5⁶⁷   2【小锣二击】2    21   2   61   5·
        杀  气  冲  霄，          儿  郎  虎  豹，

      【小锣三击】5   54   35   2【小锣二击】3   123   56
        军  威  浩，              地  动  山

      ⁶5【小锣三击】0   0（大 仓）2   21   61   ⁶5
        摇。     要  把   狼  烟  扫。
```

「奏唢呐曲牌＜水龙吟·合头＞宗泽坐"内场椅"。四宋将转身面向里，在台中一字立，曲牌止。

四宋将 参见元帅。

宗 泽 众位将军少礼。

四宋将 啊！（分立两边）【大锣归位】

宗 泽 （念）漫天旌旗照日红，
全凭英勇建奇功；（台 台）
今朝大展擎天手，
杀退金人称我胸。（**龙冬 大大 大台 仓 令才 乙台 仓 0**）

本帅，（嘟－仓）宗泽。【住头】适才探马报道，张万户已到黄河渡口，幸喜程鹏举前来献图，正好趁此机会，杀他个片甲不归。——众将官。

众 有！（仓）

宗 泽 起兵前往。

众 啊！

「奏唢呐曲牌＜出队子＞。宗泽、众将上马。接【急急风】众下。

第 十 六 场

「奏唢呐曲牌＜风入松＞头、二段，八金兵、哈须龙、黑须虎引张万户上，立中台口。

张万户 探马报道，宗泽老儿兴兵前来，岂能容他猖狂。——儿郎的！

众 有！（仓）

张万户 杀！

「奏唢呐曲牌＜风入松·合头＞ "鹞子头"会阵，众左转至"小边"一字立。

【急急风】八宋兵、四宋将、宗泽上，到"大边"一字立。张万户、宗泽立台中架住。

宗 泽 【叫头】呔！马前来的敢莫是张万户？

张万户 然。

宗 泽 【叫头】张万户！兴兵犯界，是何道理？

张万户 【叫头】住口！劝你马前归顺，还则罢了，如若不然，管叫你片甲不归。

宗 泽 一派胡言，放马过来。

「【急急风】宋、金兵将分下。宗泽、张万户起打，分下。宋、金兵将分上起打，分下；宗泽、张万户分上，起打，张万户败下。（宗泽白："追！"）宋兵过场，宗泽追下。

「【乱锤】八金兵、张万户上，立中台口。

张万户 【叫头】且住！这老儿杀法骁勇，不免回去搬来救兵，再与那贼决一死战。——儿郎的！

众 有。（仓）

张万户 收兵，收兵！

「【冲头】八金兵、张万户同下。

「八宋兵、四宋将、宗泽上，宗泽立中台口。

众　　那贼大败。
宗　泽　紧紧追赶。
众　　啊！
〔【急急风】八宋兵、四宋将下。【四击头】宗泽亮相。【急急风】宗泽下。

第 十 七 场

〔【撤锣】【小锣原场】程鹏举头戴乌纱，着红（或粉）蟒上，立中台口。
程鹏举　（引子）官居太守，为贤妻，

常　挂　心　　　　　　　头。

〔【小锣回头】转身，坐"外场椅"。家院由"下场门"暗上侍立。
【小锣归位】下官程鹏举。自从投效大营，宗元帅听我献策，大破金兵。如今那张万户老贼早已逃回金邦去了。多蒙宗元帅保我为襄阳太守，到任以来，每日思念贤妻韩玉娘，不知身落何方。我不免派赵寻前去寻找寻找。——家院。

家　院　有。
程鹏举　唤赵寻进见。
家　院　遵命。（立中台口）赵寻进见。
〔赵寻内白："来了。"【小锣原场】赵寻上。
赵　寻　（念）大人一声唤，怎敢稍迟延。（台　台）参见大人。（进门）
程鹏举　罢了。
赵　寻　（立"大边"）有何差遣？
程鹏举　实不相瞒，前者本府与夫人韩玉娘，被掳金邦，同在一起为奴。后因夫人劝我逃回故国，被张万户老贼卖与兴元铺瞿老丈家中，也不知是怎样的结果。本府想起夫人，寝食不安，意欲烦你去往北国，寻找夫人，不知你可愿往？
赵　寻　大人之命怎敢有违，只是一向未曾见过夫人，此去纵然相遇，恐夫人不肯相认，也是枉然。
程鹏举　这却不难。（回身取包袱）啊，赵寻，这包裹之内，有夫人耳环一件，本府的鞋儿一只，那一只在夫人之手，你就带在身旁，见面之时，将它献出，必能相认。
赵　寻　（接包袱）拜别了。

〔西皮摇板〕
【闪锤】　即刻

收　拾　　　　莫　消　停，

程鹏举　路上多加小心。

269

赵 寻 【闪锤】($\widehat{\underset{6}{7}}$ 6 $\underset{5}{4}$ 5 5 5 3 6 5 5 3 2 1 1) 6 1
去 往

3 3 2 (3 5 2 1 6 1 2) 3 2 1 6 1 —
金 邦 走 一 程。（"下场门"下）

程鹏举 唉！

〔西皮摇板〕

【闪锤】($\widehat{\underset{6}{7}}$ 6 $\underset{5}{4}$ 5 5 5 3 6 5 5 3 2 1 1 6 5 5 5)

（起身立台口）

3 3 5 5 5 7 7 $\widehat{\underset{6}{7}}$ 6 (6 5 3 5 6 5 3 2 1 1)
自 从 我 破 金 兵

7 6 6 3 5 5 6 6 (6 5 3 5 6 5 3 2 1 1
襄 阳 到 任，

6 $\underset{5}{4}$ 5 5) 1 6 3 5 5 3 5 6 6 (6 5 3 5 6 5)
心 思 念 放 不 下

3 5 1 5 6 5 (5 6 5 3 6 5 5 3 2 1 1 6 5)
贤 德 夫 人，

5 5) 1 1 3 5 5 5 7 $\widehat{\underset{6}{7}}$ 6 (6 5 3 5 6) 5 6 5
今 日 里 命 赵 寻 前 去

2 3 5 3 7 6 6 【闪锤】（至"大边"台口）
访 定，

($\widehat{\underset{6}{7}}$ 6 $\underset{5}{4}$ 5 5 5 3 6 5 5 3 2 1 1 6 5 5 5) 3 3 5 5 1
但 愿 得 早 相

1 6 6 (6 5 3 5 6) 3 5 3 5 1 6 5 5 5
见 迎 接 归 程。

「【大锣原场】程鹏举下。

第 十 八 场

「【冲头】收住后起更鼓打【初更鼓】。
「韩玉娘（幕内）【叫头】"天哪，天！想我韩玉娘，好命苦哇！"

〔二黄导板〕

【大锣导板头】サ（5̣ 5̣ 　5̣ 5̣ 　5̣ 5̣ 　3̣ 2̣ 　2̣ 2̣ 　2̣ 3̣ 　3̣ 3̣ 　3̣ 2̣ 　2̣ 2̣

2̣.1̣ 6̣ 6̣ 　3̣ 3̣ 　2̣ 2̣ 　2̣.1̣ 　6̣ 　6̣ 6̣ 　6̣ 6̣ 　6̣ 6̣ 　5̣ 5̣ 　5̣ 5̂）

（韩玉娘幕内唱）

6 i̇6ˇ 3 3̇2̇ 2̇6ˇ i̇ i̇6 i̇ 3̇2̇ — 6̇（3̣ 3̣
耳 　边 　厢

2̣.1̣ 6̣ 6̣ 　6̣ 6̣5̣5̂） 5 3̇5̇ˇ 2̇ 3̇2̇ i̇ 2̇7ˇ 6.7 6 5̇
又 　听 得

3 5ˇ 6.7 2̇ 3̇2̇ 6̇5̇ 7.6 5̇6̇ 5̇6̇.i̇ 5̇5̇
　　　　　　　

（3̣3̣ 2̣.1̣ 6̣ 6̣ 6̣.6̣ 5̣̂）4̇ 5̇3̇2̇ i̇2̇ 3̇ 2̇3̇ i̇2̇ 6
初 更 鼓

（6̣.6̣ 5̣7̣ 6̂）i̇2̇ 3̇.5̇ 2̇6̇ˇ i̇6̇ i̇ 3̇2̇ — — 6̇
响。

「【纽丝】幕缓缓拉开，韩玉娘坐"大边"台口矮座，前放纺线车一个。"小边"台中斜放一桌，置点燃的油灯一盏。桌里首设一椅，椅旁放一小篮，内装白绸一块。

韩玉娘 （哭）喂呀……

〔二黄散板〕

【纽丝】

思想

起 当年 事 好不悲 凉。

遭不 幸掳金邦

身 为 厮 养， 遇程

郎 成婚配 苦命

的 鸳鸯 （啊）。

我也曾

劝 郎君 高飞远

扬，

「【撕边一击】起打【二更鼓】

生死恨

〔回龙〕

〔撕边〕

（哭）"程郎啊……"

又 谁 知

一 旦 间

枉 费 心

肠。

【大锣夺头】
（龙 冬 大 大 大台 ｜ 仓 另 才 乙台 仓

（下略）

（或：入头）

大 扑 台 仓

（下略）

273

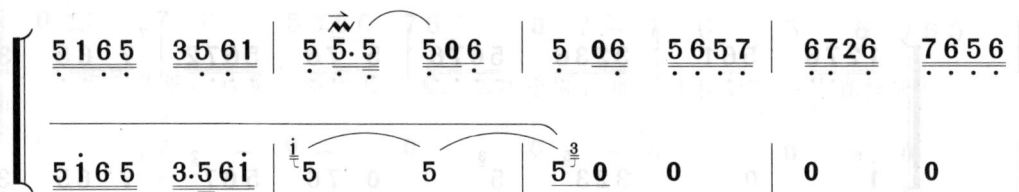

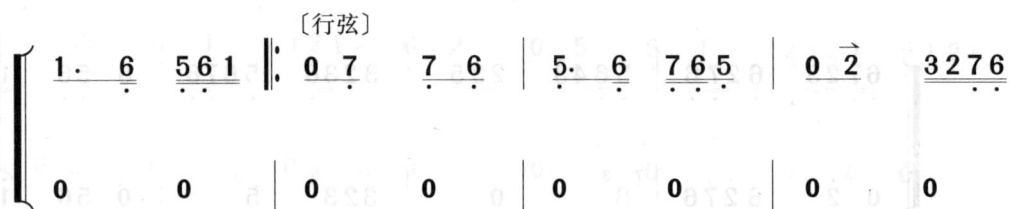

李氏内白："啊,女儿,天色不早,安歇了吧。"韩玉娘白:

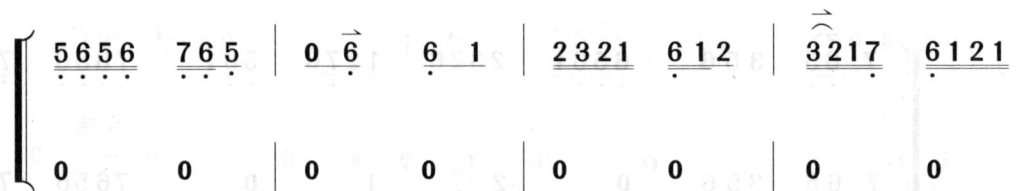

"孩儿我就要睡的。"

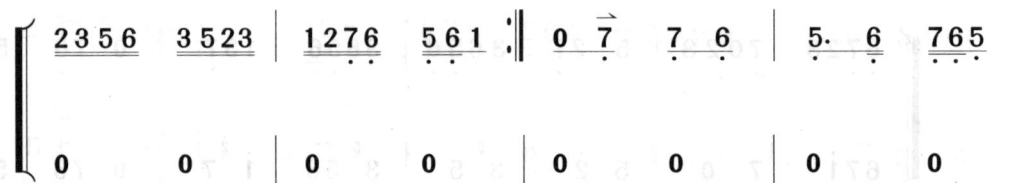

李氏内:"女儿不必忧愁,你夫妻日后自有相逢之日,快些

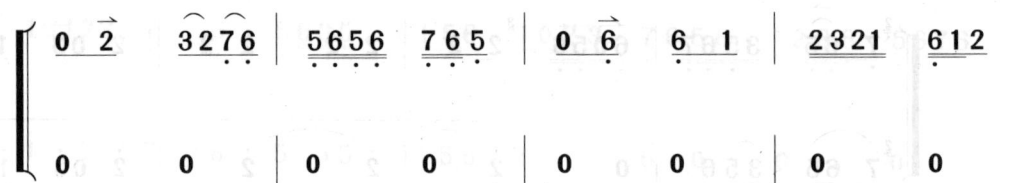

安歇了吧。"

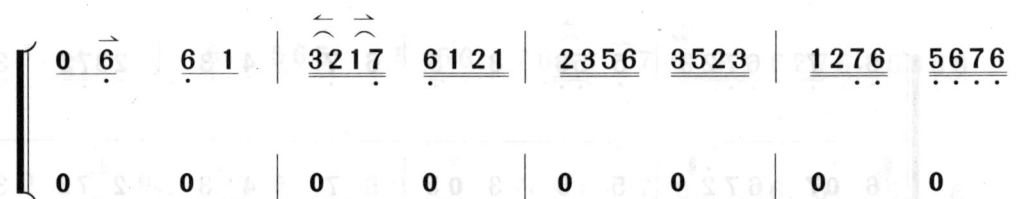

韩玉娘内:"孩儿遵命。"

生死恨

转〔二黄原板〕

| 1 2 | 3̇ 6̇ | 5 6 5 | 5̇ 6 1̇ | 5̇ 1 | 1 5 6̇ 1 | 5̇ 6 4 3 | 2 3 5 |
| 0 | 0 | 0 | 0 | 5̇ 1̇ | 5̇ 6̇ 1̇ | 5̇ | 5̇3 0 |

恨只恨

| 5̇ 5̇6 | 7̇ 6 5 | 3 2 3 5 | 6 1̇ 5 6 | 1̇0 1̇1̇ | 1̇ 6 5 6 | 7̇ 0 6 | 5 6 7 6 |
| 5̇ | 7̇ 6 5 | 5 3 5 | 6 1̇ 5 6 | 1̇ | 0 | 0 | 0 |

那程郎

| 1 2 | 3. 6̇ | 5 6 5 | 5̇ 5̇6 | 7 6 5 6 | 7̇ 0 6.6 | 6 2 7 6 | 5 3 5 6 |
| 0 | 0 | 0 | 0 | 7. 6̇ | 7̇ 6̇ | 6 0 | 5. 6 |

把我遗

| 1 2 7 6 | 5 6 1̇ | 3 2 3 6 | 5 6 7 6 | 5 5̇6 | 7̇ 6 | 5 7 6 5 | 3 5 6 7 |
| 1̇ | 0 | 3 2 3 | 5 | 0 5 | 7 6 5 | 5 3 5 | 3 5 6 |

忘，　　　　全不念①　　我夫妻患难

| 6 7 1 7 | 6 2 7 6 | 5̇ 6 4 3 | 2 3 5 | 5̇ 6 1̇ 2 | 1̇ 5 6 7 | 6 3 2 | 3 6 5 6 |
| 0 7 | 6 2 7 6 | 1̇ | 0 | 5̇ 6 1̇ | 1̇ 6 | 6 0 3 2 | 3 5 |

情　　　　长。　　　到如今　　只落得

---

① 早年唱作：7̇ 6 5 6 2̇ 7
　　　　　　全 不 念

281

7656 7·6 | 6765 3657 | 𝄐6·7 2 2 7⌢ 6 76

7·6 76 | 6 0 3 5 | 𝄐6·7 2 2 7 0 6 6

空 怀 怅 惘，

5 6 6 56 7 7 777 6 6 6 - |【纽丝】

5 6 6 7 67 6 6 6 - （切住）

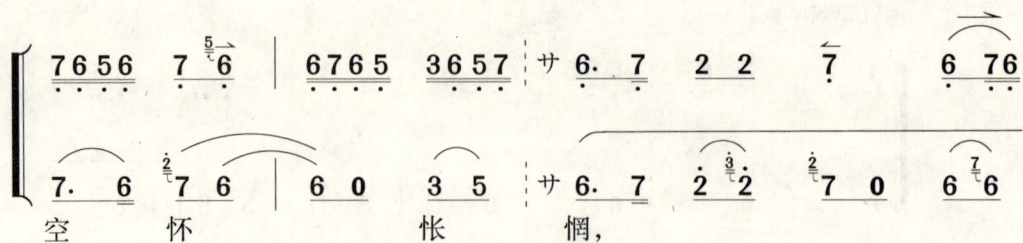

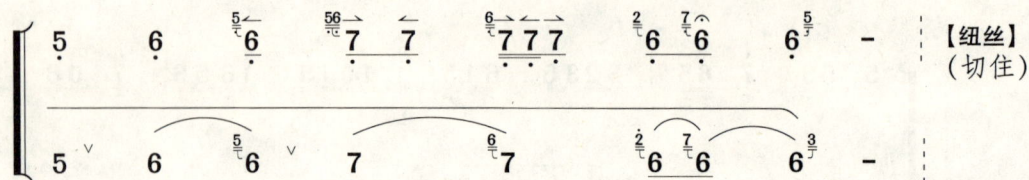

（右转身走到"小边"桌前）

「打【四更鼓】

〔亮弦〕

（0 3 3 33 2 2 766 6 6）【纽丝】（将桌上油灯吹灭）

〔散板〕

𝄐（5 5 5 5 3 2 3 3 322 2·1 6 6 6 6 5 5 5）

7 67 1 7 (67) 2 2 76 5 - 6·7

留 下 这 清 白 体

5 6 7 7 (65 567) 3 5 3·5 3 5 6 5

还 我 爹

6 6 1 1 (20) 4·6 4·643 3 3 5

娘。 （嘟 0）

「坐"外场椅"，伏桌入梦。

奏京胡曲牌＜二黄万年欢＞

2/4 6723 7657 | 6156 1612 | 325 352 | 32·1 6157 |

（仓）

在曲牌中韩玉娘做梦境：八宋兵（二人捧凤冠、霞帔）、轿夫、家院引程鹏举
上，同进门，八宋兵站两边，捧凤冠者站"大边"，捧霞帔者站"小边"，轿夫

生死恨

$\underset{\cdot}{6}156$　$\underset{\cdot}{1}612$ | 3256　$35\overset{\frown}{2}$ | $30\overset{\rightarrow}{2}4$　$32\overset{\frown}{3}$ | $30\overset{\rightarrow}{5}$　$3\ 2$ |

站"大边"外首；程上前拍韩肩，韩抬头微睁眼，见程悲喜交加，二人搭袖"推磨"伏泣少时，程手势示意，忆昔逃离金邦、投宋营、献策、杀敌，如今做官带来官

3235　$\underset{\cdot}{6}156$ | 3235　3216 | $\overset{\frown}{2}\ \overset{\rightarrow}{5}$　2523 | 5235　2312 |

诰请韩收受。韩也追忆当年劝夫逃走是一番好意，被他泄漏，使自己遭受磨难，心有余恨不肯收受。程无奈捧凤冠跪请，韩心软才收受，回手交"小边"宋兵。程扶

$6\overset{\rightarrow}{5}\overset{\frown}{6}$　$60\overset{\rightarrow}{5}6$ | $70\overset{\rightarrow}{6}$　$6\overset{\frown}{0}1$ | 2161　2343 | 2352　3523 |

韩至"大边"台口上轿、向"上场门"走，八宋兵、家院、程依次随行。韩行至"上场门"时八宋兵等正挡住台下视线，韩急抽身离轿回原座入睡。八宋兵等依次

$1\overset{\rightarrow}{0}2\overset{\rightarrow}{1}$　$\overset{\rightarrow}{7}071$ | 2321　6123 | 5235　3216 | $\overset{\frown}{2}\ \overset{\rightarrow}{5}$　$2\ 3\overset{\rightarrow}{2}$ | $1.\ \overset{\frown}{2}$　$1\ \underset{\cdot}{7}$ |

由"上场门"下。

$\underset{\cdot}{6}765$　3235 | 6723　7657 ‖ $\underset{\cdot}{6}156$　$\underset{\cdot}{1}612$ | 3256　352346 | $3\ \overset{\frown}{3}$　0 ‖

〔打【五更鼓】亮天，【大锣导板头】

〔西皮导板〕

丬（$\overset{7}{\underset{\cdot}{6}}\ \underset{\cdot}{6}$　$\overset{7}{\underset{\cdot}{6}}\ \underset{\cdot}{6}$　$6\ 5$　$\overset{4}{5}\ 5$　$\overset{4}{5}\ 5$　$\dot{1}\ \dot{1}$　$\dot{1}\ \dot{1}$　$3\ 3$　$\overset{6}{\overset{\frown}{1}22}$　$\overset{7}{\underset{\cdot}{6}}\ \underset{\cdot}{6}$　$2\ \overset{\frown}{1}$）

$\dot{1}$　$\dot{1}\overset{\frown}{3}^{\,\underline{5}}$　$5\ 5$　$7\ \overset{2}{\overset{\frown}{7}}$　$5\ {}^{\underline{5}}6$（$6\ 5\ 3$　$3\ 5\overset{\frown}{6}$）7　6

　适　才　　间　见　程　郎　　　　　　官　宦

〔亮弦〕

6　$3^{\,\lor}$　$5^{\,\underline{3}}\ 5$　$\overset{7}{\overset{\frown}{6}}$　$-^{\,\underline{3}}$【撕边一击】丬（4　$3.\ 2$　$5\ 7$　$\overset{\frown}{6}$）

　模　　样，　　　　　　　　　　　　（揉眼，起立两边一望）

（白）"呀！"

〔西皮散板〕

【纽丝】丬（$\overset{7}{\underset{\cdot}{6}}\ \underset{\cdot}{6}$　$6\ 5$　$\overset{4}{5}\ 5$　$\dot{1}\ 3$　$\overset{6}{\overset{\frown}{1}22}$　$\overset{7}{\underset{\cdot}{6}}\ \underset{\cdot}{6}$　$2\ 1$　$1\ \overset{\frown}{1}$）5　$\dot{1}$

　　　　　　　　　　　　　　　　　　　　　　　　　　　　醒　来

283

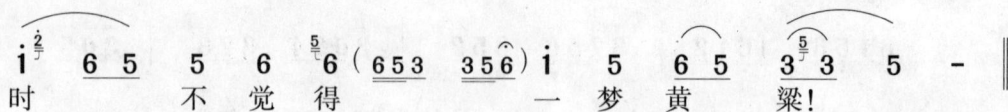

时 不 觉 得 一 梦 黄 粱!

哎呀且住!（大大 大大 大大乙 台）适才程郎衣锦荣归，接我赴任，醒来乃是南柯一梦！（大大 大大 大大乙 台）且自由他。看天色已明，不免到门外浣洗一回便了。

「【小锣抽头】取竹篮开门，出门。

〔西皮摇板〕

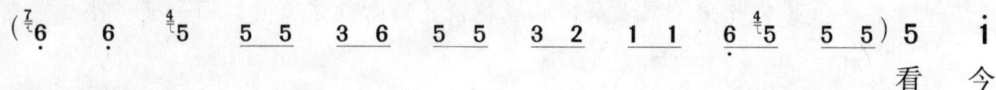

看 今

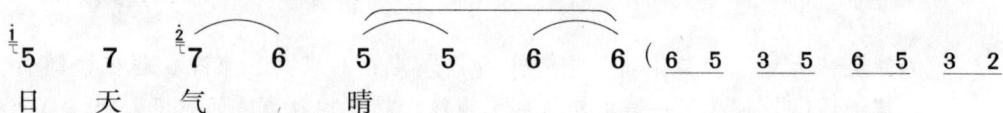

日 天 气 晴

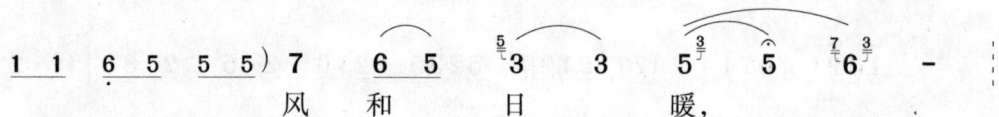

风 和 日 暖，

「【小锣抽头】韩玉娘行至"小边"台口，赵寻挟包袱上，行至中台口提靴，包袱遗落在地，匆忙下（小锣打住）。

〔亮弦〕

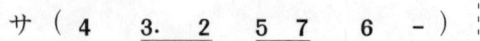

韩玉娘 呀！

〔西皮摇板〕

【小锣凤点头】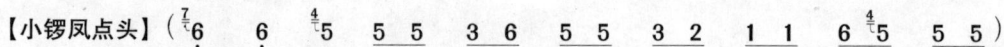

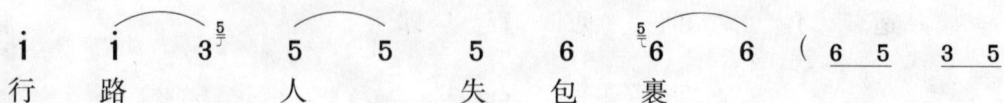

行 路 人 失 包 裹

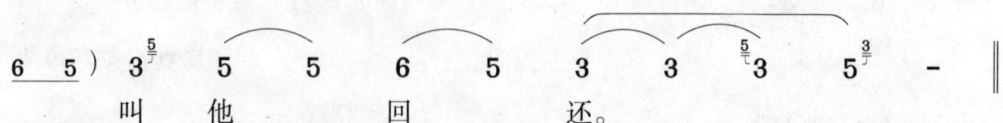

叫 他 回 还。

看那位客官，慌慌张张，失落包裹，待我唤他回来。（至台中，向"下场门"）啊，客官请转！【小锣一击】

「赵寻由"下场门"转回立中台口。

生 死 恨

赵　寻　大嫂唤我何事？

韩玉娘　你的包裹失落了。（指包裹）【小锣一击】

赵　寻　哦！（拾起包袱）多谢大嫂，多谢大嫂！（匆忙下）【小锣五击】

韩玉娘　看那位客官行得慌速，定有心事在怀。唉！休管他人闲事，待我浣洗起来。

　　　〔【小锣抽头】韩到"小边"台口跪洗。赵由"下场门"上，立"大边"台口。

〔西皮摇板〕

赵　寻　（⁷6̣　6̣　⁴5　5 5　3 6　5 5　3 2　1 1̣）2　1　2　2

　　　　　　　　　　　　　　　　　　　　　　　　适　才　间　蒙

　　　1 5　3　³2（3 5　2 1　6̣ 1　2）3　2 1　1　1　³2

　　　大　　嫂　　　　　　　　　　将　我　唤　　转，

　　　（3　2 1　6̣ 1　2 1　6̣·⁴5　5 5）6　6⅟̇　1　1⅟̇　6⅟̇·

　　　　　　　　　　　　　　　　　　若　不　然　见　大

　　　1　2ˇ　3　3 2 1　1　6̣ 3　2⁶̇⁄　1̣（1 1　6̣ 2　1 1　6̣⁄）‖

　　　人　有　何　　话　　　言。

　　　哎呀且住！（台）适才若不是这位大嫂将我唤回，我的包裹失落，回去怎样交差呀！（看韩）（大大　大大　大大乙　台）我看这位大嫂甚是寒素，不免赠她几两银子，以为酬报。（向前至中台口）啊，大嫂请了。（大大　大大　大大乙　台）

　　　〔韩回头望赵，起立向前。

韩玉娘　客官为何去而复转？

赵　寻　适才蒙大嫂的恩德，在下无以为报，现有纹银一锭，请大嫂收下，以表寸心。（由怀里取银付韩）

韩玉娘　客官说哪里话来，你失落包裹，我不过唤你一声，焉能受你的银两。请收回吧。

赵　寻　如此请问大嫂尊姓，日后也好答报哇。

韩玉娘　你问我的姓氏么？（大大大大　大大乙　台）

赵　寻　正是。

韩玉娘　奴家姓韩。

赵　寻　（自语）啊！（台）她说她姓韩，想我家夫人也姓韩哪！倒要仔细问上一问。——请问大嫂，你家官人姓甚名谁，做何生理？

韩玉娘　这——不说也罢。

赵　寻　（寻思，自语）看此情形，其中定有缘故；莫非他就是我家夫人么？想我家夫人已然出家为尼了哇！（寻思）（大大　大大　大大乙　台）有了，我不免将这包裹打开，倘若她是我家夫人，看见里面物件，必然追问于我，我就是这个主意。——啊，大嫂，看你光景不甚宽裕，这锭银子，还请大嫂收下才是。

韩玉娘　奴虽贫寒，尚可度日，客官不必挂意，请赶路要紧。

285

赵　寻　如此多谢了。

韩玉娘　赶路要紧哪。

赵　寻　待我将银子包好。（故意拆包、放银，顺手将鞋取出、拍灰）

　　　　（大大　大大　大大乙　台）

　　　　「韩见鞋吃了一惊。赵提包袱假意向"下场门"走去。

韩玉娘　【小锣一击】（焦急地追问）啊！客官请转，客官请转！（大大　大大乙　台）

赵　寻　（回立原处）大嫂唤我回来何事？

韩玉娘　请问客官从哪道而来？

赵　寻　从襄阳而来，奉大人之命，寻找夫人的下落，故而到此。

韩玉娘　这包内的鞋儿，是哪里来的？

赵　寻　此乃我家大人之物，临行之时，大人吩咐于我，倘若寻着韩氏夫人，以此鞋履为证。

韩玉娘　你可曾访着你家夫人？

赵　寻　是我去到兴元铺，那瞿老丈对我言讲，我家夫人已然出家为尼；我又赶到观音庵
　　　　内，那老尼姑言道，夫人出外投亲去了；是我无法寻找，只得回去交差。

韩玉娘　我来问你，你家大人可是姓程？

赵　寻　姓程。

韩玉娘　名鹏举？

赵　寻　是啊！（大台）

韩玉娘　他……今在何处？（大大　大大　大大乙　台）

赵　寻　现为襄阳太守，就在任上。

韩玉娘　你快将鞋儿拿来我看。

赵　寻　是，是，是。（开包取鞋）鞋儿在此，大嫂请看。

　　　　「【撕边一击】韩接鞋细看。

韩玉娘　哎呀程郎啊！【大锣五击】如今你身做高官，怎知为妻我在此受苦哇……

〔西皮散板〕

【纽丝】

（曲谱）血泪　抛　魂梦绕　肝肠痛

① 早年曾唱过：（曲谱）绕

生 死 恨

【哭头】

(musical notation)
（仓 仓 仓 仓 仓 仓 七 仓） 坏！

(musical notation)

【乱锤】（吐血状）【纽丝】(musical notation)

(musical notation)
今　日　里　燕　归　来　　明

(musical notation)
月　　　入　　　怀。

李　氏　（由"上场门"暗上）外面何人讲话？（出门）（见韩站不稳，急忙上前扶住）【撕
　　　　边一击】你是怎么样了？

　　　　「韩摇头不语。

赵　寻　啊，大嫂，见了此鞋，为何如此悲痛啊？

韩玉娘　对你实说了吧，奴家就是韩玉娘。

赵　寻　你家官人就是程鹏举么？

韩玉娘　正是。

赵　寻　哎呀！原来夫人在此，小人不知，望乞恕罪。（跪拜）

韩玉娘　快快请起。你叫什么名字？

赵　寻　小人名唤赵寻。啊，夫人此位是——

韩玉娘　这是我的义母李老太太。

赵　寻　哦，原来是李老太太，小人这厢有礼了。（跪拜）

李　氏　起来起来。你怎知你家夫人在此啊？

赵　寻　小人奉命寻找夫人，寻了几日，寻觅不见，只好回去交差，行至此处，偏偏凑巧，
　　　　我将包裹失落，被夫人看见，将我唤回，因此才得相见。

李　氏　这倒巧得很。

赵　寻　啊夫人，几时起程哪？

李　氏　是啊，你几时起程？

韩玉娘　这起程么？（**大大大大　　大大乙　台**）

赵　寻　是啊。

韩玉娘　当年我与你家老爷分别以后，音信杳然，不想今日得见此鞋，如见程郎一般，啊义
　　　　母，我们收拾收拾，即刻随他同——【乱锤】（吐血状）

　　　　「【扫头】李氏扶韩进门，由"上场门"下。

287